今日思想丛书

双重见证
Double Witness

张新颖 著

江苏教育出版社
凤凰出版传媒集团

自　序

这是一册当代文学批评选集，所收文章，最早的写于1987年，最近的则是2005年所写。十八年的时间，我从二十岁到三十八岁。

这期间也做过一丁点儿台湾文学研究，1997年以来又在现代文学上用力，因为都各有专书，这里就不再编选了。似乎满意自己并不是一个专门的当代文学批评家，但在这十八年间，从未离开过当代文学和当代文学批评。

这个集子选了二十七篇文章，其中未曾收入我以前书中的，有十一篇，大多是这三四年写的。

一册小书，文字不多，却把大三大四刚开始试着写的四篇文章都放了进来。问自己，为什么呢？也许是青春消逝之后的惶惑和危机感，使得旺盛的生命阶段愈发令人留恋吧；况且那是80年代后期，文学也正处在旺盛的阶段。

但我也并不愿意，这个选集只是对过往的当代文学的历史、过往的个人批评活动和青春岁月的一份见证，虽然取名《双重见证》主要是这个意思；我还希望，它能够见证现在的起点和新的开始，不论是文学的还是个人的。譬如关于文学的语言困境的探讨，就只能算是个开始，换句话说，它有可能朝向未来。

2005年6月22日

目 录

第一辑 语言困境

现代困境中的语言经验 ················· (3)
行将失传的方言和它的世界
　　——从这个角度看《丑行或浪漫》 ········· (14)
　　附录:关于《行将失传的方言和它的世界》的通信
　　　　　　（李振声　张新颖） ··········· (33)
黑暗中的声音 ···················· (38)

第二辑 新文学作家在新中国

论沈从文:从1949年起 ················ (47)
释读沈从文土改期间的一封家书 ············ (63)
路翎晚年的"心脏" ·················· (79)

第三辑 小说:80年代

重返80年代:先锋小说和文学的青春 ·········· (95)
马原观感传达方式的历史沟通
　　——兼及传统中西小说观念的比较 ········· (114)

显性的与隐性的

　　——韩少功重构世界的方式之一解 ……………………(124)

荒谬、困境及无效克服

　　——余华小说试评 ……………………………………(134)

恐惧和恐惧价值的消解

　　——残雪小说论 ………………………………………(140)

新空间:中国先锋小说家接受博尔赫斯启悟的意义 ………(146)

第四辑　小说:90年代和今天

平常心与非常心

　　——史铁生论 …………………………………………(161)

乱语讲史　俗眼看世

　　——刘震云《故乡相处流传》的无意义世界 …………(171)

《马桥词典》随笔 ………………………………………………(179)

读《碑》 …………………………………………………………(183)

十年前一个读者的反应

　　——为新版《九月寓言》拼合旧文 ……………………(189)

坚硬的河岸流动的水

　　——《纪实和虚构》与王安忆写作的理想 ……………(207)

"我们"的叙事

　　——王安忆在90年代后半期的写作 …………………(217)

知道我是谁

　　——漫谈魏微的小说 …………………………………(223)

小说精神的源头、生活世界、现代汉语创作传统
　　——林建法编《2003中国最佳短篇小说》序 ……………（235）

第五辑　诗、歌、散文与当代文化

中国当代文化反抗的流变
　　——从北岛到崔健到王朔 …………………………………（249）
张楚与一代人的精神画像 …………………………………（266）
困难的写作
　　——述论90年代的诗人散文 ……………………………（272）
带着偏见、麻木和心动
　　——《21世纪中国文学大系·2001年中国最佳散文》序言 …（286）
界外消息
　　——《21世纪中国文学大系·2002年散文》序言 …………（289）
可以一篇一篇读下去
　　——《新世纪编年文选·2003年散文》序言 ………………（298）

辑外　批评的批评

审美批评的原创性：生存根基的畅现与心智的交流
　　——关于张新颖的文学批评实践及其理想的通信　刘志荣 ……（305）
表达的焦虑
　　——漫谈张新颖的文学批评　周立民 ………………………（322）

第一辑
语言困境

现代汉语(我愿意用这个词来代替通常用以指称现代文学语言的"白话"或"现代白话")从它诞生之初就不得不面对错综复杂的现代世界,就不得不带着丛结的问题在各种力量关系中锻造自身,而且,非如此,就不足以成就现代文学,也不足以表达现代中国主体的精神遭遇。

现代困境中的语言经验

一

主体本身是一个复杂的动态建构过程。中国卷入世界范围的现代性潮流,由此而发生的现代中国主体的建构过程,必然不可能是一个单纯的事件,多方纠缠、矛盾重重的思想和实践,常常有意无意间与此牵涉勾连。牵涉勾连之所以难以避开,也许就是因为,现代中国主体的建构是中国现代性的根本问题之一,无论是否有足够的意识和清醒的自觉,都直接或间接通到这一根本。

我当然没有能力对这个复杂问题做全面的描述和论说,这里我只是想从语言——现代文学语言——的角度,特别是现代困境中的语言经验,谈一些浅显的看法。

二

以前讲中国现代文学,说鲁迅的《狂人日记》是新文学的第一篇白话小说,后来发现有更早的新文学白话小说,就含混地说是第一篇"成熟"的现代白话小说。什么叫"成熟"呢?很难确定一个普适的标准;更值得追问的是,《狂人日记》是"白话"小说吗?

为了确立和巩固中国新文学的合法性,新文学的开山人物胡适写《白话文学史》,周作人讲《中国新文学的源流》,着力从一个相对封闭的历史维度上,为新文学寻求传统中国文学史资源的支持,拓通前后承接和发展的关系。其功甚伟,这里不论;问题是,中国现代文学发生的复杂情境和它不得不置身其中的多种力量互相缠绕、彼此冲突的世界,被有意识地简单化和明晰化了。用单纯、明了、清晰的方式描述和解释中国现代文学,为什么总给人以难免隔膜、不够真切的感觉,恐怕这是一个很大的原因吧。

《狂人日记》的语言并非"明白如话",除了"吃人"的题旨显豁,全篇作品难懂之处甚多;仔细思量起来,就是"吃人"二字,也包含了很费解的意思。它的语言不同于胡适的《白话文学史》所指的白话是显然的——不妨想象一下,用《水浒传》或者《老残游记》的语言来重写《狂人日记》,会成为什么样子;即使有人有能力用《红楼梦》的语言来重写,结果恐怕也不宜做十分乐观的预期。毋宁说,《狂人日记》的语言非常"欧化"——姑且这样用这个词吧,我们通常不假思索地把不熟悉、不习惯、不亲切的表达方式一概称为"欧化"——可终究还是汉语。这是什么样的汉语呢?不是白话,表面上又很近似白话,不是文言(除了开篇有意识用文言写的小序),又保留了诸多文言的成分、用法和特殊的感受性;"欧化",表明它正面对和经受着传统中国系统之外的一种力量,这种力量,已经打破了传统中国系统的封闭性,这个时候再说"中国",已经不容易界限分明地说清何为"中"、何为"外"了。但《狂人日记》的语言到底是非常"欧化",还是颠倒过来说,非常"化欧",仍然是一个问题。现代汉语(我愿意用这个词来代替通常用以指称现代文学语言的"白话"或"现代白话")从它诞生之初就不得不面对错综复杂的现代世界,就不得不带着丛结的问题在各种力量关系中锻造自身,而且,非如此,就不足以成就现代文学,也不足以表达现代中国主体的精神遭遇。《狂人日记》语言的奇突和生涩、锐利和深厚、力量和困难,一定程度上正可以对应于一个现代中国主体的精神情境。

关于语言与主体精神的关系,章太炎早就有"文字者语言之符,语言者心思之帜"①的明识。无"心思"则无主体,不与"心思"往返相通的语言则不是主体性的语言。章太炎一再阐发他"用国粹激动种性"的主张,是因为"国粹"保存了"心思",是个人的主体性觉醒和主体性建设的文化根源。

鲁迅继承了这一思想中的核心精神,即以个人的主体性的确立为根本要务;同时又坚持,要完成此种确立,则必须立基于个人自身的历史和现实境遇,必须从个人最深切处("心思")出发进行落实。其落实之处一个重要的方面,即为语言的锻造。

写作《狂人日记》之前很多年,在东京留学时期,周氏兄弟一面前往民报社听章太炎讲《说文解字》,听他张扬"用国粹激动种性"一类的主张,一面却尽心搜求和翻译域外小说。一般看来,这是两种性质相当矛盾的事。在当时的鲁迅那里,却正合乎其思想的逻辑。他以极端的方式——几乎可以说是,在相当矛盾的两个极端之间——进行着摩擦力巨大的精神和文学试验,也是锻造语言主体性的实验。

这两个极端,一端是"自此始入华土"的"异域文术新宗"②。1909年先后出版的两册《域外小说集》,收入波兰的显克微支,俄国的契诃夫、迦尔洵、安特来夫,英国的王尔德,美国的爱伦·坡等七个国家、十位作家的十六篇作品,其中鲁迅翻译了安特来夫的《谩》与《默》、迦尔洵的《四日》三篇小说。作家作品的选择,不仅如译者在序言中自称的那样"至审慎",而且渗透于此种选择中的现代意味是相当浓烈的。但是这种浓烈的现代意味似乎出现得过早,在当时的社会文化环境中无法弥漫开来,注定了《域外小说集》无声无息的孤独命运。这种过早出现的孤独用另一件事来比照可以看得更清楚:大约十年后,留美归国后的胡适调查外文书籍的出售情况,他在书店里看到的外文作品,都是与欧美的新思潮无缘的,"怪不得

---

① 章太炎:《规新世纪》,原载《民报》,1908年第24号。
② 鲁迅:《〈域外小说集〉序言》,《鲁迅全集》,10卷,155页,北京,人民文学出版社,1981。

我后来问起一位有名的英文教习,竟连 Bernard Shaw 的名字也不曾听见过,不要说 Tsheckhov 和 Andrejev 了……"①1921 年《域外小说集》出新版本,鲁迅在前一年以周作人的名义写了一篇序,其中对十多年前的遭遇仍然耿耿于怀,他特别解释说,这些短篇里,"所描写的事物,在中国大半免不得很隔膜;至于迦尔洵作品中的人物,恐怕几于极无,所以更不容易理会。同是人类,本来决不至于不能互相了解;但时代国土习惯成见,都能够遮蔽人的心思,所以往往不能镜一般明,照见别人的心了。幸而现在已不是那时候……"②

与选译作品的现代精神内涵和选译者本身过早产生的现代意识这一端恰成强烈反照,另一端却是译文的古奥,古奥至文言文的极限处。鲁迅在新序里承认是"句子生硬,'诘诎聱牙'",而当初的序言却自称"词致朴讷"。"朴",即是回到过去的意思,《域外小说集》特意用古字古义,正可见章太炎的深刻影响。问题是,之所以选择这样做的内在实质是什么?《域外小说集》的诞生,简直可以称之为一个翻译奇观,一方面它一反清末的意译风尚,"宁拂戾时人"③,也严格直译;另一方面这种直译所用的却是古奥的汉语。这就像是在相距最远的两端寻求亲近、贴合,企图在最不可能的情形中创造出可能性。它的结果不免是"生硬"的,但正是这刺眼的"生硬",表露了两种语言及其内含的文化意义系统之间摩擦的艰难和剧烈。

仅仅把《域外小说集》的直译理解成照搬过来是远远不够的,甚至可能是错误的:这样理解的直译,往往是以所译的语言及其文化意义为本位,如果用汉语来进行翻译,汉语只不过是传达所翻译的对象的工具。《域外小说集》的野心,却是想以异域的思想和文学来试验汉语的接受性,通过有意识地追求艰难、剧烈的摩擦,试验汉语再造、新生的能力。通常所理解的直接照搬式的直译,不把与个体自身内部发生深切关系作为必

---

① 胡适:《归国杂感》,原载《新青年》,1918 年 1 月号。
② 鲁迅:《〈域外小说集〉序》,《鲁迅全集》,第 10 卷,163 页。
③ 鲁迅:《〈域外小说集〉略例》,《鲁迅全集》,第 10 卷,157 页。

需的条件,而鲁迅是把不与个体自身内部发生深切关系的介绍西方近代观念的做法斥之为"伪"的。不与自身内部发生深切关系,不产生巨大的摩擦,又怎么能改造和建设自身呢?《域外小说集》序言里所说的"籀读其心声,以相度神思之所在",深意正在于此。

《域外小说集》的译者在把个体从异域的文学和思想那里获得的感受诉诸汉语的时候,有意识地使用尽可能古的字词义,这与鲁迅"白心"的思想紧密相合。这个"白心",是与中国知识分子的文化传统正相反的东西,是被这一传统污染之前的、执著于内部生命真实的心灵状态,《域外小说集》选择尽可能古的汉语,也就是想尽可能地越过这一文化传统,而求接近于这一传统之前的"白心"状态的语言。这显然也是一种在不可能中创造可能性的企图。对于鲁迅的思想逻辑而言,对应于个体内部的深处,他理想中所要求的语言也应该处于民族文化的内部的深处。

从外在的社会效果来看,这个翻译实验是失败了,但对鲁迅个人来说,甚至对正在孕育之中的中国现代文学语言来说,却不能忽略和轻看其不同一般的意义:用日本学者木山英雄的话来说,就是,"通过这样的摩擦,作为译者自身的内部语言的文体感觉才得以形成吧。"[①]就此而言,《狂人日记》的出现并非空穴来风。常有论者惊异新文学之初就出现这样"成熟"的作品,其实一个现代中国主体的"心思"和语言挣扎求生、摩擦锻炼的艰难历程隐约其后。

三

主体并非容易获取一个质的规定性,对一个人,对一个民族,对一种个人使用的民族语言,尤其是在 20 世纪的剧烈变动中创造性地生成着的

[①] 木山英雄:《"文学复古"与"文学革命"》,载《学人》,第 10 辑,260 页,南京,江苏文艺出版社,1996。

现代文学语言,轻言何谓主体性、何谓非主体性,往往失之武断、片面和表面化。

胡风的理论语言和路翎的与胡风理论紧密关联的小说语言,常常为人诟病:当其时,就有人指责为纠缠夹杂,不忍卒读,甚至有害青年文心;半个多世纪后的今天,有自觉者检讨现代汉语的主体性,仍以为这样的行文读上去颇为不适,阅读伊始,就可能撞得鼻青脸肿。毛病出在哪里?其中一说,是"欧化"。"欧化"扭曲了现代汉语,使得现代汉语的论述和创作变得像是翻译文体,现代汉语的主体性也因此丧失。

如果此说成立,首先就必须此说的前提成立,也就是说,先就存在着不扭曲的现代汉语,它是与翻译文体泾渭分明的,它先在地就具有主体性。这样的现代汉语是什么样的?它怎样呈现于文学创作中?有人举《红楼梦》、金庸的武侠小说、汪曾祺的创作为汉语创作的范例。这诚然都是不可替代的作品,各自文学语言的意义我们领悟得远远不够,但是,汉语的主体性就寓居于这样的样本之中吗?语言的主体性可以被已经出现的独特作品定型化?可以从中提取普适的标准?如果说这样的作品才符合民族的审美传统和语言习惯,那么,主体性可以化简或等同于审美传统和语言习惯?现代以来的中国人的审美传统和语言习惯已经固化了?现代以来的中国人的审美与语言能够与他们的现实境遇和精神活动相分离,而抽取纯粹的"中国作风"与"中国气派"?

胡风和路翎的语言之所以会让人觉得纠缠夹杂、撞得鼻青脸肿,更深刻的原因不是"欧化",而是"现实化"(仿照"欧化"给出这样一个说法)。此时的中国现实,早已全面地经受着世界现代性潮流的击打和裹挟。

在20世纪40年代中国混乱复杂、残酷激烈的现实情境中,胡风个性鲜明地指出,"文艺创造,是从对于血肉的现实人生的搏斗开始的。""对于血肉的现实人生的搏斗,是体现对象的摄取过程,但也是克服对象的批判过程。"①在胡风的思想里,对象不是作为客体、作为物来进行观察、分析、定性,主体和对象之间的相互搏斗,也就意味着对象不是凝固的、完成了的客体形象,而有自己的活的独立意志;与它们之间的关系,究其实质是对话的交际关系,由于这样的对话,才会引发深刻的自我斗争。这是需要特别注意的一点,胡风所强调的主体和对象的搏斗是要转化为主体内部的"自我斗争"的,表达的过程也一直是主体内部"斗争"的过程,也正因为如此,胡风本人的理论写作充满了持续的内在紧张性。这种持续的内在紧张性造成了表述上的鲜明个性,而为人不喜的冗长纠缠,其实正是内在搏斗的过程所透显的思想痕迹。

  在创作中最能充分体现这种血肉搏斗并把搏斗充分内在化,从而有力地支持着胡风理论主张的,在抗战以来的文坛上,当然首推路翎的小说。从路翎的叙述中强烈凸现出来的"在重压下带着所谓'歇斯底里'的痉挛、心脏抽搐的思想与精神的反抗、渴望未来的萌芽"②,诸如此类的征候,都可以看成是激烈的心灵纠葛的文字显现。在路翎的小说中,很难看到对外在事物的"客观"叙述,他的作品虽然涉及长久的历史和广阔的现实,但"生活本身的泥海似的广袤和铁蒺藜似的错综",以及"生活的一个触手纠缠着另一些触手,而它们又必然各自和另外的触手绞在一起"③的特征,全都是经过充分的内在化——经过紧张的"自我斗争"——才叙述出来的。在长篇小说《财主底儿女们》的题记里,路翎坦言:"我特别觉得苦恼的是:当我走进了某一个我所追求的世界的时候,由于对这某一个世界所怀的思想要求和热情的缘故,我就奋力地突击,而结果弄得好像夸张、错乱、迷惑而阴暗了:结果是暴露了我底弱点。但这些弱点,是可以作为一种痛苦的努力而拿出来的;它们底企图,仅仅是企图,是没有什么可以羞愧。我一直不愿放弃这种企图,所以,也由于事实上的困难,就没

---

  ① 胡风:《置身在为民主的斗争里面》,《胡风全集》第 3 卷,187~189 页,武汉,湖北人民出版社,1999。
  ② 路翎:《我与胡风》,《胡风路翎文学书简》,10 页,合肥,安徽文艺出版社,1994。
  ③ 胡风:《一个女人和一个世界——序〈饥饿的郭素娥〉》,《胡风全集》第 3 卷,99~100 页。

有再改掉它们。"①路翎没有改掉的,某种意义上正可以说是面对现代劫难而艰难挣扎的中国现实图景。定型化的阅读习惯和要求被这种"奋力地突击"的语言撞得鼻青脸肿,也并不是多么奇怪的事情。

并不是"欧化"使胡风和路翎丧失了文体的自觉和语言的主体性,而是他们以与中国现实的紧张"肉搏"和"奋力地突击",去艰难获取中国主体的诚实语言。

如果一定要用扭曲这样的词汇,那么这种语言的诚实正在于这种扭曲上,对历史、现实和自身经验的诚实使得未经虚饰和掩藏的扭曲发生了。这里不妨引用雅克·德里达(Jacques Derrida)的见解:"文字痛苦的自我弯曲使得历史在获得密码的同时反省自身……而历史则被自身的经验性所规定。"②

四

语言的主体性,不只关涉语言的使用者,而且应该同时关涉用语言创造出来的世界。

胡风和路翎曾经谈到过小说的语言问题,在路翎于上个世纪80年代末的回忆文章《我与胡风》里,生动地描述了当年的讨论。

胡风说路翎小说的语言是欧化的形态,人物对话也缺少一般的土语和群众语言,胡风还转述向林冰的意见,说路翎写的工人,衣服是工人,面孔、灵魂却是小资产阶级。胡风还说,"人物缺少或没有大众的语言,大众语言的优美性就被你摈弃了,而且大众语言是事实,你不尊重事实了。"

"我说我的意见是,不应该从外表与外表的多来量取典型,是要从内

---

① 路翎:《题记》,《财主底儿女们》(上),1版,1页,北京,人民文学出版社,1985。
② 雅克·德里达:《爱德蒙·雅毕斯与书的疑问》,《书写与差异》(上册),张宁译,105页,北京,三联书店,2001。

容和其中的尖锐性来看。工农劳动者,他们的内心里面是有着各种的知识语言,不土语的,但因为羞怯,因为说出来费力,和因为这是'上流人'的语言,所以便很少说了。我说,他们是闷在心里用这思想的,而且有时也说出来的。我曾偷听两矿工谈话,与一对矿工夫妇谈话,激昂起来,不回避的时候,他们有这些词汇的。有'灵魂'、'心灵'、'愉快'、'苦恼'等词汇,而且还会冒出'事实性质'等词汇,而不是只说'事情'、'实质'的。当然,这种情况不很多,知识少当然是原因,但我,作为作者,是既承认他们有精神奴役的创伤,也承认他们精神上的奋斗,反抗这种精神奴役创伤的,胡风便大笑了。喜欢大笑也是他的特征。我说,精神奴役创伤也有语言奴役创伤,反抗便是趋向知识的语言,我说,我还是浪漫派,将萌芽的事物'夸张'了一点。胡风又大笑了。我还说,在语言奴役创伤的问题里,还有另外的形态。负创虽然没有到麻木的程度,但因为上层的流氓、把头、地痞性的小官与恶霸地主,许多是用土语行帮语,不用知识语言,还以土语行帮语为骄傲;而工农不准说他们的土语,就被迫说成相反的了。劳动人民他们还由于反抗有时自发地说着知识的语言。胡风赞成我的见解,他说,这样辩论很好。"①

在一封给胡风的信里,路翎还做过这样的辩解:"文句上的毛病,那起源是由于对熟悉的字句的暧昧的反感:常常觉得它们不适合情绪。"②

路翎小说里的人物,尽管职业、身份、阶层各异,讲的却差不多是同一种语言,也就是作者的语言。在这一点上,与陀思妥耶夫斯基非常相似,而他们所受的责难也非常相似,列·托尔斯泰甚至也为此而批评陀思妥耶夫斯基。但是,问题的症结在于,巴赫金在讨论陀思妥耶夫斯基的语言时指出,"采撷语言的多种成色,为主人公写出鲜明不同的'语言个性',这些原则唯有在塑造客体性的完成论定的人物形象时,才会获得重大的艺

---

① 路翎:《我与胡风》,《胡风路翎文学书简》,6~7页。
② 路翎1943年5月13日致胡风的信,《胡风路翎文学书简》,68页。

术意义。人物的客体性越强,他的语言面目就越鲜明突出。"①这也就意味着,某一社会阶层的典型性语言是客体性很强的语言。而对于陀思妥耶夫斯基和路翎来说,他们并非是要塑造"客体性的完成论定的人物形象",而是在一个永远也无法完成的过程中探索他们的人物和他们自己的进行着复杂剧烈的精神活动的内心世界,他们牺牲了所谓的语言个性,摈弃了客体性,而获得了主体的存在。这也就是胡风所说的人物的"活的意欲"——卓越的批评家胡风敏锐地感受到了这种主体性的降临极其非同一般的文学意义:"在路翎君这里,新文学里面原已存在了的某些人物得到了不同的面貌,而现实人生早已向新文学要求分配座位的另一些人物,终于带着活的意欲登场了。"②而胡风所说的精神奴役创伤和路翎敏感着的语言奴役创伤,及其对它们的反抗,并非就是某种本质性的规定,也并不静止地存在于客观对象上,只要去剖析去揭示就能够露出其面目,而是活动于主体的精神世界中并通过主体的全部活动显现出来。

路翎对待自己小说中的人物,如同对待进行小说叙述的自己,常常非常"残酷":让他承受着持续不断的精神折磨和搏斗,逼迫他达到极度紧张的状态,并把这种状态下的自我意识呈现出来。而在精神折磨和搏斗状态下的自我意识的呈现,就使得一切客体物、稳固定型的东西、中性的存在、外在的经历,全都融入这血肉的活的过程中而成为精神的因素。路翎的自我斗争,形象化地转化为作者和人物之间的对话,这意味着路翎面对他的人物的时候,面对的是一个具有充分价值的主体,而不只是作者的语言讲述的对象。路翎小说中的大部分人物都由此而获得充分的主体性,这样,作者在叙述这些主体性人物的时候,他是面对着主体说话,而不是在主体的背后说话,也就不能用定性的客观化语言——这种语言往往是主体不在场的判断的语言、指物的语言,也被称为"背靠背的语言"。说到这里,也就回到了上面所说的胡风和路翎关于语言问题的讨论。

---

① M. 巴赫金:《陀思妥耶夫斯基诗学问题》,251 页,北京,三联书店,1988。
② 胡风:《一个女人和一个世界——序〈饥饿的郭素娥〉》,《胡风全集》,第 3 卷,100 页。

而现代的搏斗经验,在一个意义上也正是主体间的语言搏斗经验。

五

鲁迅的"挣扎"、胡风的"肉搏"、路翎的"突击",是现代中国探求个人主体性、民族主体性、语言主体性的未完成的实践。没有凭空设想的现代文学语言的主体性,无论这种设想如何美好和诱人。不可能脱离现代中国人已经经历和仍将要继续经历的现代过程而空言语言的主体性。

而把现代过程中的"挣扎"、"肉搏"、"突击"等各种经验,深化到语言"挣扎"、"肉搏"、"突击"的复杂过程中来探索、历险、痛苦、欢乐,正是深入到现代文学的核心展开的工作,也是深入到现代中国主体的建构过程中展开的工作。

2002年4月20日客居韩国釜山大学

(载《上海文学》2002年第8期)

行将失传的方言和它的世界

——从这个角度看《丑行或浪漫》

一

中国当代小说家的语言自觉,近些年来渐成一种"小气候"。这其间说不上有多少"共识",不同作家的思想见解和创作实践往往互相矛盾、彼此辩难、冲突不已,但它们却表露了一个共同的前提:对文学来说,通行的现代汉语/普通话的不足,以及写作者在其中所感受到的限制。

也就是说,一个需要共同面对的问题,"抓住"了一些以各自不同的方式来面对它的作家们。

这样也就容易明白,我在这里所说的中国当代小说家的语言自觉,一、指的不是个人的语言修养和语言能力的提高,这通常是在对现行标准充分承认的前提下进行的,它的意义是个人的,而不是语言的;二、指的也不是作家的语言哲学观念,譬如说在"第三代"诗人那里,"诗到语言为止"、"语言即世界"一类的观念产生过重要的影响,也波及小说界,但这样的语言哲学观念可以在抽象的层次讨论,可以在不涉及具体创作、不涉及具体语言种类(如现代汉语)的层次上讨论。在这里,重要的是中国小说家在现代汉语/普通话的写作实践中各自的困惑、反省和"突围"之道。

从这个意义上来看当代文学,其特殊的价值和与其相对应的要害问题,就有可能会逐渐显现。我们至少应该注意到贾平凹的小说语言意识和实践,莫言汪洋恣肆的"胡说",李锐坚持多年的对现代白话传统的质疑性思考,韩少功的"准词典式"写作,张承志文体的异质因素。说到张承志,我们更多地着眼于他的精神立场和他的文字所承载的内容,往往忽略了他语言上与标准的现代汉语/普通话之间的巨大差异以及由此而来的文体上的独特魅力。

我还愿意提到刘震云,他的《故乡面和花朵》、《一腔废话》,有强烈的语言追求,但这种追求不怎么被当回事,作者的苦心不被解。这种语言追求的前提也就是那个需要共同面对的问题,刘震云自己的说法是:"汉语在语种上,对于创作已经有了障碍。这种语种的想象力,就像长江黄河的河床,其功能在很大程度上沙化了,那种干巴巴的东西非常多。生活语言的力量被破坏了。这种语言用于以往那种'新理想'的创作,即使是夸张一点,也足够了。但是像《一腔废话》这样的,想用这种语言表达一种非常微妙的状况,就非常捉襟见肘,非常不够用。""一个作家存在的意义是什么?无非是对一种语种的想象力负责。这需要一个过程。我们的语言在沙漠里待得太久了。"①

我同意这个意思,不同意在表达这个意思的时候"语种"这个词的用法。因为一说到"语种"的问题,就说到了根子上,而"语言的沙漠化"不是根子上的问题,还用那个比喻来说,长江黄河的河床,不是一开始就沙漠化了。但我非常认同"生活语言的力量被破坏了"这一基本判断,更为"对一种语种的想象力负责"这一自我认同的"野心"而感奋。

"生活语言"——当代小说创作中还有多少"生活语言"?王鸿生在对一个年轻作家的批评中,敏锐地指出,小说的语言是"瘫痪的语言,无根的语言,没有故乡的语言。它无法脱离情节要素而自立,也没有生命的质感和自然的气息,更不会焕发某种经由地域文化长期浸润而形成的韵致和光泽。主导这种语言的力量,既不是痛苦的人生经验,也不是参悟不透的

---

① 刘震云:《在写作中认识世界》,林建法主编《中国当代作家面面观·寻找文学的魂灵》,147页,沈阳,春风文艺出版社,2003。

命运玄机,而是被竭力掩饰着的肤浅的说明冲动……人、事、理均处在一个真正的'缩减的旋涡'之中,'生活世界'在这旋涡里宿命般地黯淡下去,逐渐堕入'存在的遗忘'"。① 在我看来,这种批评完全可以在更大范围内针对某类创作的一般情形而言,而不仅仅是对个别作家;反过来说,之所以会导致这种状况,导致"小说之死",恐怕也不仅仅是个别作家的问题。

二

在另外一个意义上,即使是优秀的小说家,他作品的语言也可能是"没有故乡的语言"。余华曾经表达过类似的感受:对他这样在南方小城镇长大的人来说,用普通话写作,差不多就好像是用一门外语写作。也就是说,他的"生活语言"与"写作语言"差不多是两种不同的东西。只不过,余华把这门"外语"掌握得很好——这主要是靠他个人的能力;但不能指望大多数作家都有这样的能力,更根本地说,不能指望靠这样的个人能力来掩盖、来弥合"生活语言"和"写作语言"之间的差异、断裂和不可通约性。

我们可以想象这样的过程:对于一个"生活世界"的语言与普通话差别很大的作家来说,写作在某种程度上变成了"翻译":"生活世界"——"生活语言"——"写作语言"。但从"生活语言"到"写作语言"的转换,是写作者在暗中完成的,读者看到的只是最终的纸面结果。

这个被掩藏起来的环节困难重重,其中当然包含了无法克服的问题。一个"翻译者"的无奈、妥协、挫折,或者他的得意、喜悦、胜利,都藏在了纸面语言的背后。

我这样想象的时候,预设了面对这个问题的是一个好作家,他为了自

---

① 王鸿生:《小说之死》,林建法主编《中国当代作家面面观·寻找文学的魂灵》,497 页。

己的忠实而甘愿去经受这个艰难的过程。但即使是一个这样的好作家，时日既久，他也会慢慢习惯了写作和"写作语言"，习惯了用"写作语言"来描述和思考，甚至当他想什么的时候在他心里响起的不再是方言的腔调而是普通话的声音，这个时候，他的写作可能就发生了相当大的变化，他不再需要把"生活语言"转换成"写作语言"，他不再需要去暗中经历这个痛苦的"翻译"过程，他胜任直接用"写作语言"来打量、描述、分析"生活世界"，他已经成为一个富有经验的好作家，他可以把那个困难重重的环节抛弃了，他可以不再理会多余的"生活语言"。

当这样一种并非和"生活世界"相生相伴的"写作语言"来"深入生活"的时候，"生活世界"就不能不面临着被缩减、删改、戏弄、强暴的威胁；还有比这更糟糕的，是"写作语言"的极端自负把写作完全变成了"写作语言"的自说自话，自我表演，它似乎是在"写生活"却对"生活世界"视而不见，"生活世界"也就只有堕入"存在的遗忘"。

当然还可以设想另外的情形，就是一个作家，他的生活和他的写作自始至终都是隔绝的，这样他的写作从一开始就不需要"生活语言"，他不需要在错综复杂的关系中纠缠，他可以让他的写作建造一个无所指涉的孤立世界。这不在我们讨论范围之内。

这样想来，几年前的《马桥词典》就是一部了不起的作品。韩少功把通常写作过程中被暗中"翻译"乃至被粗暴省略的"生活语言"从纸面的背后写到了纸面上，而且放到中心聚光的位置，通行的标准语言通过对"马桥词语"扎根其中的"生活世界"的描述使这些方言土语得到有效的阐释。"马桥方言"不是韩少功的方言，他是一个外来者，也就是说，"马桥方言"不是韩少功的自然语言，他需要去弄明白，需要有意识地去体会，需要用他的语言去"翻译"。这个"翻译"的过程和性质，与我们上面讲的把自己的自然语言的某种方言"翻译"成"写作语言"的过程和性质正好相反：韩少功的"翻译"凸显了方言、"生活语言"的独特性、差异性和丰富性，而另一种暗中的"翻译"则把这些东西牺牲掉了，因为它需要"写作语言"的胜利,需要"写作语言"驯服"生活语言"、方言不能够进入公共流通领域的个性,以保证写作的进行。

但是,《马桥词典》仍然留下了不可克服的矛盾,这是韩少功的身份、方式和与这种语言的关系决定了的。尽管外来者韩少功对这种语言保持了足够的谦逊和尊重,尽管他把"马桥词语"放到了中心的地位,这种方言仍然无法获得充分的主体性。这不仅是说阐释总不可能尽善尽美,用通行的现代汉语/普通话来阐释方言一定会留下阐释的"余数";更根本的是,阐释进行的时候,是通行的现代汉语/普通话在说话,而不是"马桥词语"在说话,"马桥词语"只能被动地等待着被描述、被揭示、被凸显。它是在中心,可是它不是充分的主体。

三

那么,方言能够自己说话吗?它不需要经过"翻译"就能够直接进入到文学写作中吗?

1892年,松江人韩邦庆创办文艺期刊《海上奇书》,他自己的小说《海上花列传》就在上面连载,1894年出版完整的六十四回单行本。孙玉声《退醒庐笔记》记载了他和作者的一段对话:"余则谓此书通体皆操吴语,恐阅者不甚了了;且吴语中有音无字之字甚多,下笔时殊费研考,不如改易通俗白话为佳。乃韩言:'曹雪芹撰《石头记》皆操京语,我书安见不可以操吴语?'"①

韩邦庆这话说得理直气壮,毫不掩饰为人的狂傲和文学上的抱负。这部作品虽然不获风行于时,三十多年后却被新文学的开山人物胡适奉为"吴语文学的第一部杰作"。1926年亚东书局出版标点本《海上花》,前

---

① 孙玉声:《退醒庐笔记》,转引自范伯群主编《中国近现代通俗文学史》(上),34页,南京,江苏教育出版社,1999。

有胡适、刘半农序,合力推举。胡适说:"方言的文学所以可贵,正因为方言最能表现人的神理。通俗的白话固然远胜于古文,但终不如方言的能表现说话的人的神情口气。古文里的人物是死人,通俗官话里的人物是做作不自然的活人,方言土语里的人物是自然流露的人。"①"死人"/"活人"的对立当然是胡适典型的"五四"式思维和判断,"古文里的人物是死人"正确与否这里不论,但通俗的白话和方言土语的区别的确意义重大,关乎"神理"。"神理"这个词出现在小说的《例言》里,胡适是接过来顺着用。

刘半农强调"地域的神味",与胡适说的"神理"相通;但刘半农比胡适更敏感、更明确地指出了普通白话(通行的小说"写作语言")与方言土语("生活语言")之间的不平等关系,以及人们对这种不平等的"习惯",对因此而"牺牲""地域的神味"的"习惯"。刘半农是这样说的:"假如我们做一篇小说,把中间的北京人的口白,全用普通的白话写,北京人看了一定要不满意;若是全用苏白写,那就非但北京人,无论什么人都要向我们提出抗议的。反之,若用普通白话或京话来记述南方人的声口,可就连南方人也不见得说什么。这是什么缘故呢?这是被习惯迷混了。我们以为习惯上可以用普通白话或京话来做一切文章,所以做了之后,即使把地域的神味牺牲了,自己还并不觉得。"②

新文学重要人物的郑重其事,显然不单是就作品论作品,而是从中国新文学的整体建设着眼的,胡适在序里就很明白地说:"如果这一部方言文学的杰作还能引起别处文人创作各地方言文学的兴味,如果从今以后有各地的方言文学继续起来供给中国新文学的新材料、新血液、新生命——那么,韩子云与他的《海上花列传》真可以说是给中国文学开一个新局面了。"③

---

① 胡适:《海上花列传序》,《胡适文集 4·胡适文存三集》,408 页,北京大学出版社,1998。
② 刘半农:《读〈海上花列传〉》,《半农杂文》,第一册,245~246 页,北平星云堂书店,1934;本文据上海书店 1983 年影印本引。
③ 胡适:《海上花列传序》,《胡适文集 4·胡适文存三集》,412 页。

遗憾的是,这样一个"新局面"并未出现;不但如此,就连这部作品本身也一直挣不脱失落的命运。以至于许多年后,对这部"失落的杰作"情有独钟而对它的命运耿耿于怀的张爱玲,费时费力,不仅将它翻译成英文,而且把它改写成国语。"我等于做打捞工作,把书中吴语翻译出来,像译外文一样,难免有些地方失去语气的神韵,但是希望至少替大众保存了这本书。"①

韩邦庆和胡适说的"神理",刘半农说的"神味",张爱玲说的"神韵",到底是什么呢?为什么用方言就能表现出来,用普通白话就会失去呢?

从晚清就已经开始、至"五四"而大张旗鼓地推进的中国现代语文运动,目的是创造和规范一种统一的"普遍的民族共同语言",它不仅反对文言,而且要超越方言。虽然文言的因素、方言的因素都可以利用,但它们只能作为这种新的现代普遍语言的极为有限的零星资源而被吸纳,整体性的取向是被排斥的。方言的多样性、差异性,特别是它的土根性,正是需要克服和牺牲的东西。

早在20世纪之初,章太炎就对各种脱离语文的本根建造新语文的设想持强烈反对意见,他反对的不是现代语文的建设,而是极力主张要"有根柢"地达成这种建设。他身体力行,从当今民间语言入手,博考方言土语的古今音转、根柢由来,从古语今语中探求古今一贯之理,以应将来现代语文之用。1908年,撰成《新方言》,序中说:"世人学欧罗巴语,多寻其语根,溯之希腊、罗甸;今于国语顾不欲推见本始,此尚不足齿于冠带之伦,何有于问学乎?"又说,"读吾书者,虽身在陇亩,与夫市井贩夫,当知今之殊言,不违姬、汉。"②刘师培在《新方言》后序中也说,"委巷之谈,妇孺之语,转能保故言而不失。"又说,"夫言以足志,音以审言;音明则言通,言通则志达。"并寄希望"异日统一民言","有取于斯。"③

---

① 张爱玲:《〈国语海上花列传〉译者识》,《国语海上花列传Ⅰ·海上花开》,2页,上海古籍出版社,1995。
② 章太炎:《〈新方言〉序》,《章太炎全集》(七),3、5页,上海人民出版社,1999。
③ 刘师培:《后序一》,《章太炎全集》(七),135、134页。

且不说这一思路与中国现代语文运动的主流相违,单是这"推见本始"的工作,繁难艰深,与在现实的压力和危机中急迫地想拿出应对性方案的历史情境格格不入。大势所趋,现代白话文应机运而生,随时代而长。

语言的"神理"、"神味"、"神韵",是与语言的"根柢"紧密相连的,之所以说方言是有"根柢"的语言,一方面,"但令士大夫略通小学,则知今世方言上合周汉者众。"①另一方面,方言又是当今"生活世界"的语言,是"生活语言"。两方面——语言的"根柢"和生活的"根柢"——合起来,可以说方言是有历史的活的语言。虽然中国现代语文运动一开始就倡导并长期致力于言文一致的目标,但时至今日,"写作语言"和"生活语言"的分离仍然是创作中令人困扰的问题。

四

就这样,我们遇到了张炜的《丑行或浪漫》,一部用登州话创作的长篇小说。

登州地处山东半岛东端,武周如意元年(公元692年)置州,明洪武九年(公元1376年)升为府,1913年废。废后很长时间里,当地百姓仍习惯沿用旧称。我的祖父生于1916年,一生不理行政区划的变更,不顾登州府在他出生之前就没了的现实,开口还是登州府如何如何。

登州话和普通话之间的距离,与吴语和普通白话之间的距离,当然不好比;《海上花》的对白吴方言区以外的人读不懂,《丑行或浪漫》却并没有给山东半岛以外的人造成多大的障碍。这当然主要是因为普通话本就以北方方言为基础。但北方方言的区域十分广阔,各地语言的个性和之间

---

① 章太炎:《汉字统一会之荒陋》,原载《民报》,1907年,第17号。

的差异,被笼而统之地"超越"了,产生出在这之上的、清除了"土"性的普通话。各地方言是"土"的,除了"假洋鬼子",没听有人说普通话"土",因为普通话在"上边",离"土"远;方言呢,不仅就在"土"上,而且还有扯不断的长长"土根"埋在土里。登州这块悠久之地,它的方言"土根"自然也深;登州自古至今又一直是一块生机盎然的活泼之地,它的方言也不僵滞,也不拘泥,也不顽固,倒是根深叶茂,生机盎然,活活泼泼。

张炜怎么会用登州方言创作一部小说呢?《海上花》主要是用方言写对白,张炜的这部作品不仅里面的人物说话用方言,整个作品的叙述都顺从着方言的声韵气口,渗透着方言的活泼精神。他是怎样走到了这一步?

简单回答这个问题。对于一位有二十多年的创作历史,并且贡献了中国当代文学极为重要的作品的作家来说,他的文学语言经验,不可不谓丰富;他的绝大部分作品,是用规范的现代汉语写成的,而且,用通行的标准来衡量,也无法否认作家出色的语言才华。也就是说,他完全可以一直就用这样的语言写下去,规范,而且规范得才华出众。但是,随着民间的生活世界在他创作中越来越深入、越来越充分的展现,民间语言的因素也越来越突出地融入到作品中,譬如中篇《蘑菇七种》、长篇《九月寓言》等。民间语言因素的融入,拓开了一个创作的新境界。这样一个新境界有着特殊的吸引力,吸引作家再进一步地走下去。

陈思和用"民间"的理论来重新梳理 20 世纪中国文学史的一种走向,是 90 年代以来中国现当代文学研究的一个重要创见。[①] 随着创作实践不断出现新现象,提出新问题,这一理论阐释有可能进一步深化。文学表现民间,是依托语言来实现的:一、用规范的现代汉语/普通话来表现民间,二、用融入了民间语言因素但整体上仍基本规范的现代汉语来表现民间,三、用民间语言来表现民间,显然处在不同的层面上。不仅是语言的层面

[①] 见陈思和:《还原民间——文学的省思》,台北,东大图书公司,1997。除了《民间的沉浮——从抗战到"文化大革命"文学史的一个尝试性解释》和《民间的还原——"文化大革命"后文学史某种走向的解释》两篇长文外,还有评论张炜创作的《还原民间——谈张炜〈九月寓言〉》。

不同,而且不同类型的语言所内涵的视角、价值立场、选择倾向,也不相同。

用民间语言来表现民间,民间世界才通过它自己的语言真正获得了主体性;民间语言也通过自由、独立、完整的运用,而自己展现了自己,它就是一种语言,而不只是夹杂在规范和标准语言中的、零星的、可选择地吸收的语言因素。

张炜在登州出生在登州长大,登州方言是他的"母语",他让这片土地的"生活语言"上升为他自己的"写作语言"——更准确地说,是他自己的"写作语言"下降为这片土地的"生活语言"——事情就是这么简单。

与语言的位移同理,文学里的真正民间,更准确地说,不是把民间上升为文学,而是把文学下降到民间——事情也就这么简单。

五

现在,我们应该到里面来看看这个登州方言的世界了。

主人公叫刘蜜蜡,她抗暴抗恶,踏上出逃(外力逼迫)和寻找(内心渴求)的坎坷长路,在大山广野间奔跑流浪,二十多年后与当年的俊美少年重新聚首。小说的线索就是这一个丰硕健美女人的生命传奇。

但是,线索穿起的,却是一个阔大的生活世界。如果在这部作品里只读到一个人或几个人的故事,就把这部作品读小了。事实上,这个宽阔的生活世界比哪个人物都重要。所有的人物,都是这个生活世界的活生生的表现。这样也许就可以理解,为什么作者在写到刘蜜蜡之外的人、事、物,或者与刘蜜蜡关系不大的各种情形时,也总是兴致盎然,涉笔成趣。

譬如,刘蜜蜡第一次出逃,寻找启蒙老师——也是她深爱的一个男人——雷丁,得知雷丁跳河被枪打死,深更半夜在野外仰天大哭。接下来写,白天,河两岸红薯掘出来了,成堆成簇晒着太阳;村子家家做南瓜饼,

"人说吃多了这样的饼身子就会长得圆鼓鼓的,从屁股到大腿胳膊,再到乳房。河边姑娘小伙子在正午的庄稼地里干活,被太阳晒得舒心大叫。他们相互夸着,小伙子说:'瞧大腿像水桶似的,妈耶吓人','哎呀胖成了犊子哩,保险你一冬不瘦。'姑娘红着脸说:'你才是犊子哩,没遮没拦胡咧咧。''那边过来的更胖哩,哎呀我看清了,多大的婆娘哎。'刘蜜蜡听到议论,就索性走到了地中央。年轻人见了赶路的主动搭话,还掏出兜里的花生和杏子给她吃。'我来帮你们做活吧。''做吧做吧,头儿不在怎么都行。'蜜蜡挨近的是两个小媳妇,就问她们:'快有孩儿了吧?'一个摇头说:'没呢。不歇气吃酸杏儿的时候才是哩。'另一个接上:'也有的到时候撒了泼吃辣椒,一口一个大红辣椒眼都不眨。'她们啧啧着,都说这是早晚的事儿:'那些不懂事的男人哪,像小孩儿一样怪能闹腾,早晚有一天嘭嚓一声,让咱怀上了。'几个人哈哈大笑。小媳妇说:'男人们真有办法,能让咱爱吃酸和辣什么的。'另一个说:'那得看是谁了。如果是俗话说的盐碱薄地,就生不出根苗了。'最后一句让蜜蜡瞪大了眼睛,长时间不再吱声。有人问她:'大妹妹咱多句话儿:你有了婆家还是没有?''没有。''哟哟,快许下个吧,大奶儿喧蓬蓬的,日子久了也不是个法儿呀。'"[①]

所引的这一段(其实只是一个长自然段里节出来的一小部分,全书的段落大都很长,像没有停息的生活世界),并不是作品里特别突出的部分,单从字面上看,方言土语的性质也不是特别强。我多少有些随意地挑选一段能够体现作品一般情形的普通的文字,正是想说明这个方言的民间世界的一般情形。

在作品里,我们会遇到诸如"窝儿老"、"懵了瞪"、"书房"、"张口叉"、"上紧"、"嚯咦"、"来哉"、"砸了锅"、"郎当岁"、"白不洌刺"、"泼搋"、"老了苗"、"撒丫子"、"脱巴"、"酒漏"、"不喜见"、"坏了醋"、"搅弄"、"迂磨"、"悍气"、"物件"、"饿痨"、"泼皮"、"人家老孩儿"、"主家"、"骚达子"等等字词,

---

[①] 张炜:《丑行或浪漫》,154~155页,昆明,云南人民出版社,2003。

从写到纸面上的字词来看，其中有的是北方方言区共有的，大多是登州一带独用的；但即使是字词共同的（这一类在作品里不少见），说话的"气口"也绝不相同。也就是说，在方言里，声音比文字重要，有不少方言是有音无字的；说到"气口"，就更见方言的精细微妙、源远流长了。一种地方"气口"不仅发散当时当地生活的气息，而且更能够上接古音古韵，所以有时特别有力和生动。

更进一步说，在乡村民间世界里，语言（也就是方言）远比文字重要得多。费孝通在他的名著《乡土中国》中甚至认为，在传统的中国乡土社会，语言即已足够，哪里用得着文字？"这样说，中国如果是乡土社会，怎么会有文字的呢？我的回答是中国社会从基层上看去是乡土性，中国的文字并不是在基层上发生。最早的文字就是庙堂性的，一直到目前还不是我们乡下人的东西。我们的文字另有它发生的背景，我在本文所需要指出的是在这基层上，有语言而无文字。"①"言为心声"，乡野的"心声"存在于乡野之民的语言，文学表现民间，如果不能贴近这语言，也就与"心声"隔了、远了，自然也就与民间隔了、远了。

我们从方言的角度来看《丑行或浪漫》，注重的不是一些特别的字、词、句，而是这样一种语言浑成一体的自然表达所呈现出来的一个整体性的世界的精神。

回头看上面摘引的那一段叙述。这短短的一段，从食物（红薯、南瓜饼、花生、杏子）说到身体（屁股、大腿、胳膊、乳房），从身体说到怀孕生殖（男人们"怪能闹腾"，"嘭嚓一声，让咱怀上了"；生出"根苗"），转换顺畅，语意天成。这里说的是乡村生活的基本内容，突出的是它的"天然"的性质。一个现代的城里人也会说，饮食男女是人生的基本内容——这之间有什么不同吗？

对于一个现代人来说，饮食男女，不论哪一项，都是个人的、个体化

---

① 费孝通：《乡土中国生育制度》，22～23页，北京大学出版社，1998。

的,这首先是因为,一个现代的身体是私有的、个体的;而在这里,在这片乡野民间,身体的本性还没有脱离生活领域,没有彻底个体化,没有和外界分离,这与现代那种狭隘意义和确切意义上的身体和生理截然不同。在这里,身体的因素被看做是群体性的,同一切自我隔离和自我封闭相对立,同一切无视大地和身体的重要性的自命不凡相对立,它的体现者不是孤立的生物学个体,也不是私己主义的个体,而是人类群体,并且是生生不息的人类群体。身体的因素具有积极的、肯定的性质,在这样的身体形象中,主导的因素是丰腴、生长、繁殖和兴旺,而且带有一种从本性发出的欢乐。①

刘蜜蜡健壮丰硕,女性特征突出,这一点作品屡屡彰显;这样的女性身体,也许只有在大地之上的民间世界里才水灵俊秀,在气韵生动的方言描述里才生气勃发。民间大美,绝不是一个孤立和隔绝的概念,这其实是对与之相连的整个生活世界的积极肯定,是对人类繁衍不息的生命过程的积极肯定。说句实在话,也只有身心被民间精神充分浸染过的作家,才敢写"丰乳肥臀",像莫言,像张炜:莫言写得放肆而大气磅礴,张炜写得深蕴而意远情长、光彩照人。大地之上的身体,与各种各类现代空间/房间里的身体是不一样的。现代的人体观念,或者更进一步,时尚的人体观念,与这种民间观念的悬殊差异,反映出来绝不仅仅是所谓"审美"观念的变化,而是人、身体与整个生活世界的关系的重大变化。韩少功在他的长篇作品《暗示》里,谈到了他称之为"另一个无性化时代"的"骨感美人":"这些超级名模——在T型舞台上骨瘦如柴、冷漠无情、面色苍白、不男不女,居然成为了当代女性美的偶像。骨瘦如柴是一种不便于劳动和生育的体态,冷漠无情是一种不适于在公共集体中生活的神态,乌唇和蓝眼影等等似乎暗示出她们夜生活的放纵无度和疲惫不堪,更像是独身者、吸毒

---

① 这里的论述化用了巴赫金讨论"拉伯雷的创作与中世纪和文艺复兴时期的民间文化"时对"物质—肉体因素"的观点,见《巴赫金全集》,第6卷,22~24页,石家庄,河北教育出版社,1998。

者、精神病人以及古代女巫的面目。体重或三围看来已经逼近了生理极限,她们给人的感觉,是她们正挣扎在饿死前的奄奄一息,只是一片飘飘忽忽的影子,一口气就足以吹倒,随时准备牺牲在换装室里或者是走出大剧场的那一刻。"显然,韩少功并不想克制自己,他认为这些"身体自残"的超级模特,"表现为她们对生命正常形象的一步步远离"。① 刘蜜蜡"泼吃""泼长"、"大白脸庞喜煞人"、"大奶儿暄蓬蓬"、"大腚"、"浑实",这样的"大水孩儿"与现代美女是两个世界的人。

  与身体因素的积极肯定性质结为一体的,是刘蜜蜡整个生命传奇的积极肯定性质。刘蜜蜡所遭受的种种骇人听闻的折磨、虐待,所经历的种种非同寻常的艰难苦痛,足以摧垮一个人的生命意志,毁坏一个人对生活的基本信念。但刘蜜蜡没有。在刘蜜蜡漫长的流浪生涯中,我们强烈感受到的,是生命的趣味不熄、不灭,是生活的世界活泼无尽。她甚至感受到一种她未曾明了的"幸福",她想:"我这辈子就在野地里跑哩,一直跑到'有喜'。"②生命和生活世界都会遭受大恶的强暴摧残,但这里的生命和生活世界都没有转化为消极的否定性质。刘蜜蜡胜利了,但这种胜利不是个人的胜利,是生命与之紧密相连的生活世界的胜利,是民间积极肯定的精神的胜利。方言叙述了这种胜利,方言也分享了与之紧密相连的胜利。

六

  《丑行或浪漫》的第三章《食人番家事》、第五章《河马传》,集中呈现了这个生活世界里的坏和恶,而且是大坏大恶。

  在我们的文学中,常见的是小奸小坏;而且,似乎是要写出人物复杂性的思想在起作用,常常坏也坏得压抑,坏得不彻底,坏得鬼鬼祟祟,总

---

① 韩少功:《暗示》,载《钟山》文学双月刊,2002(5),81 页。
② 张炜:《丑行或浪漫》,145 页。

之,坏得不爽。复杂性似乎是,好人也不真那么好,坏人也不见得多么坏。面目模糊差不多就是复杂性了。

《丑行与浪漫》抛弃了这种所谓的复杂性,却并没有走向简单、教条和僵化。它敢放笔直写大坏大恶,而且,它有能力把坏和恶不当成一个本质性的定义来演绎,而是当成一种同样丰富多彩的生命现象来叙述。坏和恶是一种生命现象,而且有些时候具有强大的生命力。所以,我们在这部作品里看到的坏,坏得有活力,坏得有感情,坏得有追求;坏得趣味横生,坏得花样翻新,坏得淋漓尽致;还有,坏得满足,坏得快乐。

大坏大恶,就是要这样坏和恶得没有限制,没有好和善作为一个对立面,没有好和善的意识,同时也就是没有坏和恶的自我意识,坏和恶得不知道什么是坏和恶。

在一个乡野小村,再坏再恶又能如何?多大的人物啊?这样问就似乎不太懂得中国乡村社会了。小油矬和他父亲老獾,那是伍爷一人之下众人之上的人物;什么叫一人之下众人之上?伍爷呢,当然就是皇帝。这个道理伍爷的"军师"二先生说得明白:"使上了'缩地法',把一村缩成一国,差不多也就是皇上了。"①这样一来,至高的权力就保证了坏和恶的蓬勃发展,保证了坏和恶充分施展的舞台空间,甚至保证了坏和恶的艺术性,保证了坏和恶的持久魅力。想想看吧,伍爷巨大的身躯,像大河马一般丑陋,可是这具丑陋的躯体似乎有着领袖般的各个方面的超凡魅力(chrisma),有着似乎无穷无尽的能量。从民间权力运作显影特殊时期的现代社会政治风云,当然非作者本意,但读者未尝不可以得其某种"神似"之处。

坏和恶其来有自,作品追究了历史。但像这样的历史追究,恐怕只有民间的视角和方言的叙述最适合担当。老獾讲家史,说:"世上人叫咱'食人番'呢,咱这支人嘴里一左一右有两颗尖牙,后来一代一代下来大荤腥

---

① 张炜:《丑行或浪漫》,174 页。

没了,尖牙也就蜕成两颗小不点儿萎在嘴里,你照着镜子擎着灯扒拉着看吧,一看就知道了。"① "伍爷为什么对咱好?他也是古谱上寻不着的人口,用一个假'伍'藏住了身哩……(口)里边一面一颗小獠牙。你当这是怎么?这是要在人堆里啃咬哩。"②

特别有趣的是二先生为伍爷写了一部"传书",自然从上溯几代写起,来龙去脉交代清楚;一路下来,写到传主伍爷,"十五岁长成街上霸主,大小童子皆为身边喽啰。孬人闻其声而色变,常人观其行而规避。大小村落,泱泱民间,莫不知虎门又添豹子,苍天再降灾星。先人既老,兵权私授,上级倚重,根红苗正。君不见都督来视,执手而行,酒过三巡,声色俱厉……吾虽年长十岁有二,或可为伍爷记叙日常行止,收拾一路碎银……吾半生觅得病妻一枚苟延残喘,幸得伍爷关爱方获一分活趣,不至轻生。吾平生所见伟人多乎不多,身材宽大声如洪钟者仅此一例。且不说治理保甲技高一筹,设文臣置武将以逸待劳,平日里安卧榻上身覆朱红缎被,大街上一片升平井井有条。真正是以静制动,运筹帷幄,决胜于千里之外。其人声势远播,恩威并举,毗邻如上村之头黑儿来见,每每弓身低眉,乃畏惧之状。凡强力之士必有余兴存焉,俺伍爷虽日理万机,仍旧异趣盎然令人惊骇。本传书依据不为贤者讳之原则,在此慎记传主瑕疵一二,以承续太史公之遗风。"③以下所记"余兴""异趣",无非"袭人妻女"之类。

二先生写"传书",对方言土语,虽终不免夹杂一二,整体却是极力回避的,一是因为,为"伟人"作传,当然不能用村语野言,须得"高雅"之文才相般配;况且,"传书"为古已有之的体裁,有它自身的原则、模式和要求。二是因为,二先生是有文化的人,"有书底子",这一优势——意味着特殊的资格和权力,意味着乡村的"文治"——的明显标记,就是和那些无知乡民说话不一样,且会写字作文。这部"传书"实在有些妙不可言。它歌功

---

① 张炜:《丑行或浪漫》,88 页。
② 张炜:《丑行或浪漫》,114 页。
③ 张炜:《丑行或浪漫》,208 页。

颂德,阿谀逢迎,文过饰非,却又从记叙中透露了真实生动的历史信息;它满篇陈词滥调,随处可见各类文体的混合杂交,却在新的组合和拼接中碰撞出了或大或小的缝隙和裂口,得以窥见被掩藏的图景;它有时老谋深算,有时却轻率放肆;它可能刚刚说皇帝穿着新衣服,马上又接口说皇帝没穿衣服;它常常一知半解,不懂装懂,可是,这一知半解和不懂装懂反倒可能一语中的,一针见血。

在《丑行或浪漫》这么一部方言之书的里面,放进了一部戏仿的"伟人传",堪称神来之笔。作者写大坏大恶,对这部"传书"借力多多。同时,在方言的大地上,我们又可见别样语言的奇观。

七

在《丑行或浪漫》里,一如在《九月寓言》和其他的一些中短篇里,出现的人物大都有非常独特的名字,这几乎可以说是张炜小说的一个特殊记号。这样的记号,可以算做作家个人化风格的一部分;但其根底是非个人化的,是民间生活世界和民间精神的自然标记。

张炜讲过这样的事:"三十年前有这样一个小村,它让人记忆深刻:小村里的很多孩子都有古怪有趣的名字。比如说有一家生了一个女孩,伸手揪一揪皮肤很紧,就取名为'紧皮儿';还有一家生了个男孩,脸膛窄窄的,笑起来嘎嘎响,家里人就给他取了个名字叫'嘎嘎';另有一家的孩子眼很大,而且眼角吊着,就被唤做'老虎眼'。小村西北角的一对夫妇比较矮,他们希望自己的孩子能高一些,就给他取名'爱长'。"

张炜把这称为"自由命名的能力"。

这种"自由命名的能力"是依托生活世界,靠方言来实现的。

这种"自由命名的能力"并不仅仅表现为取名字,而且表现为对置身其中的生活世界的自主性。譬如说,《九月寓言》里写的"忆苦"、《丑行或浪漫》里写的"辩论会",本来都是政治意识形态的仪式,但是这种自主性却把它们变成了集体共同参与的节日性活动,意识形态的因素没有被完全消除,但却在整体上充分民间化了。这种自由的自主性把这样的仪式改造成了平凡日常生活之外的另一种戏剧化的生活,而且人人都不同程度地参与其中。

可是,这种"自由命名的能力",这种自主性,正在逐步丧失。

我们也许可以想得到"三十年后的小村怎样了"——"满街的孩子找不到一个古怪有趣的名字——所有名字都差不多。……不仅这样,当年的'紧皮儿'、'爱长'、'嘎嘎'、'老虎眼'们,他们自己也不喜欢别人叫原来的名字。显然他们认为那是一种羞愧。"①

这种"自由命名的能力"的丧失,背后是"自由命名的语言"的丧失,是生活世界的完整性的丧失。

方言已经没有办法统一乡土农民的生活。今天已经很少有乡村集体活动——集体劳动、集体娱乐,方言的集体场域不那么容易见得到了。方言和方言的语境、方言和方言的大地之间那种天生的默契和亲密无间的交融没有了。说方言的农民们,即使他们没有背井离乡加入涌向城市的"民工潮"里,即使他们还留在他们的土地上,那片土地也已经大大不同了。在现在的这片加速变化的土地上,他们只是一个个孤单无助的人,孤单无助地对付生活的重压,孤单无助地面对越来越普通话化的世界:不仅是教育的彻底普通话化,而且是生活也越来越深入地普通话化,就连娱乐也是,娱乐内容是普通话化的,娱乐形式是家庭化、私人化的。普通话化,简单一点说,也就是现代化在语言上的变体。偶尔在某类电视节目里听到方言,可那样的方言只不过是点缀,是调味品,甚至是可笑的东西,被嘲笑的对象。他们的语言不断遭受剥夺,他们生活世界的完整性不复存在。

20 世纪产生了重大影响的语言学家索绪尔在《日内瓦大学就职演说》

---

① 张炜:《世界与你的角落》,林建法主编《中国当代作家面面观·寻找文学的魂灵》,31 页。

中讲道:"语言不会自然死去,也不会寿终正寝。但突然死去却是可能的。其死法之一,是因为完全外在的原因语言被抹杀掉了。"譬如说,把普遍的共同语强加给说方言的人,就有可能抹杀掉方言吧。索绪尔继续说,"在这种情况下,只有政治的支配是不够的,首先需要确立文明的优越地位。而且,文字语言常常是不可缺少的,就是说必须通过学校、教会、政府即涉及公私两端的生活全体来强行推行其支配。这种事情,在历史上被无数次地反复着。"①

不过方言还会持续存在下去吧?但又能持续多久呢?如果方言活泼泼的精神没有了,与这活泼泼的精神共生的生活世界没有了,只剩下一个声音的躯壳,除了做一种语言的"标本",被当做一种语言的"遗迹",还有什么活生生的意义?

由此而言,《丑行或浪漫》生气灌注、自由流淌的方言及其神理、神味、神韵,行将从生活的大地上失传?这部作品是登州方言和这个方言的生活世界的绝唱和挽歌?

我很疑惑。

也许不是这样?也许我们对方言及其生活世界所内涵的积极肯定性质估计得太不够充分,也许这样的积极肯定性质会创造出新的生命活力?也许这样的积极肯定的性质——而不是整体性的贬黜、否定、对立——会引导我们去重新寻找与悠久之根柢相沟通的新的方式,重新建立生活、语言、写作之间的息息相通的联系?

2003 年 10 月 8 日

(载《上海文学》2003 年第 12 期)

---

① 柄谷行人在讨论"书写语言与民族主义"时引用了索绪尔在《日内瓦大学就职演说》中的这段话,本文是从这里转引的。见柄谷行人:《日本现代文学的起源》,赵京华译,198 页,北京,三联书店,2003。

附录:关于《行将失传的方言和它的世界》的通信

李振声 张新颖

一

新颖:

正像你所说,假期里虽然一起喝了好几次酒,但却未能有机会好好谈谈,是件遗憾的事。

谢谢你特意寄来你新写的文章。好久没有读到你的新作了,现在突然有了这样的机会,高兴是自不待言的。显然,这是早已在你心里盘桓过多时的问题,现在正好从张炜的新作那里找到了一份印证,便借机将它们从容地写了出来。你让我看看有没有问题,我看过后,觉得挺好,至少在你所设定的论域里,该谈的都谈得相当得体,也许再也无法比你现在所谈的谈得更好的了。

但如果稍稍跳开你的论域呢?

我觉得你在做的工作,和前些年,最先是从一些有着美国留学背景的人,他们对"后发"现代性国家和地区的思想文化境况所作的"后殖民"反思,在思路上比较接近,尽管这么说,很可能是你从一开始就不情愿的;也和韩少功近年努力在做的对中国种种虚妄的新意识形态的解构工作,有异曲同工之处,这你在文章就提到了,相信不会反对。珍重方言,拒绝用任何名义将方言消弭在普通话的麾下,说到底,也就是始终不放弃将文化的多元和差异视为正当的立场,并且相信只有这样,才有可能维系住世界本有的真实和丰富。但这里边也不是没有疑惑。就算方言吧,它最终还是跟语言脱不了干系,说到底,它还是一种语言系统,语言所不得不具有的抽象性和象征性,在它那里同样无不一一具有。能说出的,总比不能说出的要虚幻贫乏得多,人类语言本身即是一个背叛前语言的世界本身的过程,这既是语言的不幸,但也是它的有幸,要是语言不具有逸出在真实世界之上的抽象概括和象征隐喻性能的话,我们凭什么去通观、认知、思索和解释这个广袤丰富得没有边际的世界呢?推到极端的话,若想对生活世界"高保真"的话,就连方言也是有致命缺陷的。相对缺陷少些的,也许只有原始部落民用的尚未经过抽象分化的原始语。但原始民那里是不需要文学和小说的。语言的本质似乎已注定了,从根本上说,和普通话一样,方言同样也会损耗生活世界本有的真实和丰富,如果说有区别,那也只是程度不同,五十步至于一百步的比差而已。看来要帮助小说根本挽回生活世界的真实和丰富,出路很可能既不在普通话,也不在方言,而当另想办法。否则,我们也不容易说清楚那些再普通不过的文学经验:那些真正能打动我们的作品,不恰恰正是那些不受国家、地区、民族、政治、经济,当然包括语言等因素限制的东西,是那些溢出在这种种制约之外的东西,是那些人跟人最终可以彼此认同、理解,并深深为之折服和肯定的,真正表达了人的尊严和信念,而不仅仅只是存在于某一地域,从事某一特定职业的人身上的尊严和信念?国家、民族因素,政治、经济体制,方言,也许更多地只具有地域文化政治意义,只是增长和满足我们对异文化、民俗学和地方志的见闻和好奇心而已。

　　我们中国人自古以来怀抱有"世界大同"的悲愿宏志,可能最近十多年间情况有些变化,但举国上下,不管明里不乐意还是暗地里乐意,自觉还是潜意识的,那种对欧美价值趋向和生活方式的趋同,依然还是根基于这一"大同"心理情结。尊尚"大同"理想,未必就是虚妄,但未经认真反思(这本该是一个充满了外在挫折和内在精神挣扎的异常痛苦的过程),一相情愿式的趋同，其虚妄的性质则自不待言。后一点，竹内好在上世纪50年代特意标举鲁迅精神乃至中国社会主义实践，对日本毫无反思一味趋从的现代性痛下针砭时，已有很好的分疏，用不着我再来多嘴，尽管他当时用的材料和所得出的推论，现在读去，也有不少是落了空的。"人之初，性本善"，我们是相信，人跟人，是可以回到根本的出发点上来谈论问题和彼此沟通的，即使通约的可能性再小，但毕竟还是存在着的。人有彼此交流的必要，也是有可能交流的，首先得有彼此多少可以认同的价值心理基准，对善和恶的理解和解释的尺度，也许会因经济收入、政治制度、民族习性，甚至从事的职业和纯粹个人性的生活癖性等方面的差异，存在较大的出入，但对人人都有追求最大幸福的权利和自由，近代以降（在我们这里自然还是很晚近的事），大概是谁也不会再愚蠢地悍然表示公开反对的了，是之为善，否之则恶。有了这些大致可以通约的价值心理基准，接下来还得有可以彼此传情达意的语言，就近代国家和民族而言，它还得拥有足以满足他们维系和确认自己政治、文化、经济乃至感情共同体等诸多认同需求的表征性语言符号系统。所谓普通话，便是这样一些需求的产物。比起方言来，它当然对局促于一隅的地方有所超越，必须兼顾到各个地区的共通性、抽象性，也就是趋同求同的程度高些，但并非虚妄。不过，正像柏林所反复谈论的那样，鉴于我们人类迄今为止都还搞不清这个世界上究竟什么是最有价值的生活，什么是最为正当合理和最有尊严的生活方式，在这种情况下，为了杜绝再有人出来宣布某种价值、某类生活模式为最合理正当，从而满怀使命感和道德优越感，强使更多的人放弃自己原有的价值和生活，以便与他们一起分享那种最具价值、最为正当合理的生活，结果却迫人就范，导致人类众多价值和生活权利被剥夺。为了避免这样的历史惨剧，坚持人类价值的多元立场，坚持各种文化生活方式的正当合理性，便是一件刻不容缓的事。借重柏林的这一思路，我们不妨这样说，在眼下还找不到一种最好的语言的情况下（很可能，寻找一种最好的语言本身即是一种无法实现的乌托邦冲动），珍视和宝重现存方言正当合理的权利,使其免遭受压抑和被剥夺,是我们此时应当刻刻留意的事情。

《中庸》讲:"万物并育而不相害,道并行而不相悖。"这种"并行"的状态自然非常理想,但"道"在无限延伸的过程中总会和别的"道"接近甚至发生交叉,生物随其成长也终究要和其他生物彼此发生接触和纠缠,出现空间的纠纷,当此之时又该怎么办? 这都是问题。

对趋于一体化的东西,对普通话的话语权力,在保持必要的批判立场并对其有可能包含的虚妄性坚持提出质询的权利的同时,是不是对自己所持的方言立场,也同样需要持有一份警惕和反省之心呢?

以上是我读你新写的文章后联想到的一些意见,拉杂写出,供你参考。

振声

2003 年 10 月 14 日

二

李老师:

你的信在我的邮箱里躺了快两个月我才看到,那个电子邮箱我基本不用了。

你在更大的语境中看方言问题,更能见出这种关注的意义,另一方面也为"方言立场"的自我反省提供了背景和可能。

你说的我基本都同意。你说在对生活世界的损耗上,方言和普通话不过是五十步和一百步之差,我也同意的;但五十步和一百步还是差五十步,我就是要争这五十步。并不能因为语言本质上的特征而忽略这个差异。特别是对于文学而言,这差出来的五十步太重要了。

写完这篇文章后,看到林斤澜一篇文章,说到他《矮凳桥》系列小说用了不少温州方言的旧事,又说:"一方水土一方人,方言是一方水土的言的美,一方人物质生产精神生产的总和的味。一个作家只会说普通话,干什么都无碍,只是到了文学这里,就会语言无味,语境不美。有人说得苛刻:写了七八本书,也还面目不清。"①

但我的立场还不是"方言立场",我很担心这篇文章引起这样的误解。我要强调的是差异性,是差异性的语言对统一的、板结的、高高在上的语言的反抗。我在这个思想的方向上肯定方言,也在同样的思想方向上肯定被笼统地指责为"欧化"的语言,譬如鲁迅的语言、胡风的理论语言、路翎的小说语言。去年为东京的那个会而写的论文《现代困境中的语言经验》就讲这个意思,但那时因为在韩国,手边没有资料,文章就写得像个提纲;以后有机会,我还想再仔细讨论。就像这篇关于方言的文章会让人觉得我是"方言立场",那篇关于"欧化"的文章也会让人觉得是"欧化语言"的立场,而一般又认为,方言和欧化语言是势不两立的;其实在我这里,是从差异性的角度来肯定不同的语言形式有可能给现代汉语带来更大的弹性,假如我们持一种开放的现代汉语观念,能够不断接纳差异性的话。

不过仔细说起来,这里面的问题太复杂,说不清楚。我自己心里的困惑很多,文章有时候并不能把这些困惑充分表达出来。但你知道,我所以会对这样的问题感兴趣,最初的出发点就是我个人的语言困惑。1994年我写《黑暗中的声音》,1995年写《疯狂与晦涩》,其实是很焦虑的个人语言经验,没想到今天就走到这儿了。

日本寒假放得虽晚,但也快了吧?回来再喝酒。

新颖
2003 年 12 月 18 日
(载《上海文学》2004 年第 4 期)

---

① 《拳拳》,载《随笔》,2003(6)。

黑暗中的声音

我对语言的弊病感兴趣。我对陈词滥调感兴趣。

瓦茨拉夫·哈韦尔在任捷克和斯洛伐克联邦共和国总统之前所写的一本自传性的书里,说过上面这两句话。哈韦尔让他的剧中人发现"陈词滥调是这个世界上的中心原则",他自己却仍然能多多少少地超然处之,这确实也是他忠诚于荒诞派戏剧传统的一个例证。[①] 荒诞派戏剧中晃动着嬉戏的影子。

但是并非所有的人都有"感兴趣"这样良好的态度。很多人是被陈词滥调纠缠、被语言的弊病困扰、不安、痛苦甚至疯狂的。

会有人因为语言的问题而发疯?在我看来这毫无疑义。

尼采在《人性,太人性了》第一卷第四章中说:"由于几百年来情感的夸张,一切词汇都变得模糊而肿胀了,这种情况严重地妨碍了认识。高级文化,在认识的支配(倘若不是专制)下,必须有情感的大清醒和一切词汇的强浓缩;在这方面,狄摩西尼时代的希腊人是我们的楷模。一切现代论著的特点便是夸张;即使它们简单地写下,其中的词汇仍然令人感到很古怪。周密的思考,简练,冷峻,质朴,甚至有意矫枉过正,质言之,情感的自制和沉默寡言——这是唯一的补救。——此外,这种冷峻的写作方式和情感方式作为一种对照,在今天也是很有魅力的;当然,其中也有新的危险。因为严厉的冷峻和高度的热烈一样也是一种刺激手段。"[②]

一百多年以前尼采身受的困扰,并没有因为尼采的敏悟而且作为一

---

① 见《哈韦尔自传》,李义庚、周荔红译,北京,东方出版社,1992。
② 尼采:《悲剧的诞生》,周国平译,195页,北京,三联书店,1986。

个问题连同"对策"一起提出来而得到消除。从整体而言,"唯一的补救"措施非但没有去实行,而且相反方向上的运作更加疯狂和变本加厉,语词的"模糊"与"肿胀"已几近面目全非的地步,对它的恐惧在今天变得愈发突出了。生活也许变得日益轻松、容易、有意思,存在却更加艰难、空洞、意义暧昧。我们可以做越来越多的事情,我们却越来越不能表达自己。

无法表达自己的情形每个人都会有不同程度的感受,但是,它作为一个存在的巨大问题,却是针对那些在当下状况的语词中找不到自我精神的基本空间的话语主体而言,我把这些人称做"我们"。我们是这样一些人:我们找不到历史,历史是别人的创造物;我们找不到现实,现实为他者占有;我们存在于历史和现实之外,同时也不为未来做准备,未来不过是历史和现实的延伸,不拥有历史和现实的我们也不拥有未来;我们还找不到同类和伙伴,其他人往往把我们看成同类和伙伴,并且让我们共戴一顶这个或那个名词做的帽子,几个形容词或动词拼凑的存在方式,但这是别人强加的,我们彼此间并不认同和沟通,原因很简单,也触及了根本:我们还无法把自己表达出来,凭什么来认同和沟通?我们只是在无法表达自己这一有限规定性上才能称做"我们",硬要说我们是同类或伙伴,那我们最多也只能算是黑暗中的同类,看不见的伙伴,我们不可能互相援手。

我们是以否定的方式来透显自身的,这是不得已而为之,我们几乎丧失了任何正面表达自我精神实质的能力。比如我们"爱":然而一想到"爱"是被大大小小的歌星唱来唱去卖钱的;一想到"爱"是意识形态的指令,并且替你设置好了一个个有所指但你总也搞不清所指的具体性的对象;一想到"爱"被无数的人重复了千百年而且还要继续重复下去,每重复一次它的成分就要复杂一分,于是"爱"便无法出口。一旦说出,就等于扭开了历史和现实的开关,就会从各个方向涌来含混而巨大的"情感"之流把我们的"爱"淹没,我们会在污泥浊水中不明不白地遭到流弹的袭击。我们害怕被不是我们的历史覆盖,窒息而死;我们害怕被我们不拥有的现实侵害,受伤而死。

我们不愿意承认先我们而在的历史和现实,然而我们却躲不开不是我们的历史,我们无法不用被用旧了、磨坏了、既无限复杂又失去了弹性变得无比僵硬的字、词、句;我们更躲不开现实,现实会逼着我们对它作出反应。我们一旦对现实表态,就只能用现实的语词,它是在表态之前就已经规定好了的。比如文化人"下海"、文学上的"陕军",不管我们持何种态度,都无法回避"下海"、"陕军"这样的词汇,只要我们和这样的词汇发生关联,就等于承认了这样的语言事实及其内含的价值准则。即使是反对(对具体的事件),也是承认(对无所不在的现实)。尤金·奥尼尔说:"我们常常反对一些小事,最后我们自己却变得渺小了。"我们不希望因为反对现实而被现实化。我们常常在现实的压力下仍然缄口不语,其时我们就退出了现实同时也是被现实放逐。

为了拒绝现实、保护自己不被现实侵害,我们成了无言的话语主体。因此现实不把我们当做话语主体来看待也自有现实的道理。现实不尊重沉默。

但现实是什么?现实不为我们占有,同时也不为自以为占有现实的人占有,现实不为任何人占有。现实从不真实。自以为熟练地掌握了现实的词汇和语法的人在毫无困难地表达自己的时候实质上正被现实占有。越在现实中如鱼得水,现实对他的占有就越全面、越彻底。因此,我们在现实中退场,不对现实说话,也就避免了被捕获。这是我们的欣慰。然而如果我们不通过现实表达自己,我们能在现实之外表达自己吗?

换句话说,我们能创造自己独有的词汇和语法吗?在我看来,当代先锋文学就曾经抱着这样的企图,要创造出一块既不被历史、也不被现实占有的话语空间,所以社会对它的贬斥是意料之中的。在先锋文学极端的表述中,特别常见的是在先锋诗歌中,它尽了自己最大的力量摈弃和破坏历史和现实中通行的表述原则,它使自己的表述成为一种其他人无法进入的独语。先锋文学对语言的能指和所指之间关系的"发现"和致力于其间张力的表达,其实可以理解为精神主体的自我发现及其与现实之间的紧张关系。为了逃避无所不在的历史、现实及其原则,先锋文学被逼上梁山。但是最个人化的独语就是自我表达吗?如果现实进入不了这种独语,现实就认为它不值一提或者根本就不存在;另一方面,从自我的立场上来看,别人不懂的词汇和语法自己就懂吗?假设说我懂我自己,那么是否能够据此推断我就懂得自己在压力和焦虑状态下所做的不自由的表达——独语?不得已的独语为了逃避历史和现实的占有,同时也就牺牲掉了人类亘古以来最基本的即共同或共通的情感、认识和思想,而舍弃了这些最基本的东西的表达,还是自我表达吗?

先锋文学寄希望于将来,这是先锋文学最世俗的一面。将来不过是历史和现实的延伸,将来的承认和授勋也就是历史与现实的承认和授勋。所以20世纪80年代的先锋在90年代大红大紫,灿若明星。先锋与现实之间彼此苟且,彼此靠拢,彼此让步,在现实对先锋的认可和先锋对现实的认可之间成功地达成妥协,二者都是赢家,而现实是最后最大的赢家。我们从俗,把曾经有过的那么一部分文学、那么一些作家称做先锋文学和先锋作家,而真正的先锋永远的先锋默默无闻。先锋没有前途没有希望。先锋应该是彻底绝望者的姿态,是一无所求者的姿态。所以我们不苛责中国先锋文学在当代文化语境中的裂变和分化,我们不苛责梁山好汉的归顺投降。世上有永远的独语者,但为数肯定很少很少,而彻底的独语者,我们也无从知道。如果世上没有谁堪称这样的人,那么我们的理想中肯定有这样的存在,我们的理想为这样的人留下了位置。

先锋文学的今昔变迁证明创造独立的话语空间是一种妄念,它没有为我们解决如何表达自己的难题提供一条途径。我们曾经以为在先锋文学的话语空间中可以安置自己的精神家园,现在我们恍悟我们仍然居无定所。

我们不为明天准备自己,我们也没有希望,弃绝前途,但同时我们懦弱,我们没有大智慧开创坦途,我们没有大勇气踏上绝路。我们终于不得不在表面上承认现实,我们也学会在商业化潮流中嘲笑精神价值,我们嘲弄别人更嘲弄自我，嘲弄自我心中最珍贵的价值和情感。我们把自己弄得面目不清，我们不知道我们对现实的认可是否仅仅止于表面，我们怀疑这能够仅仅止于表面吗？我们尽量争取低姿态，不知道这是不是一种本能的自我保护的反应？我们自己已经把自己置于最不堪的境地，现实还能再怎样伤害我们？自我嘲弄和自我作践围起了一堵墙，我们最珍贵、最美好、最纯洁、最深邃的情感和思想居于中心；我们宁肯自己染指它、毁灭它，也不愿意在光天化日之下被现实和别人染指、毁灭。

如果语言是我们自己的语言，那么语言就是我们存在的家园。可是语言先我们而在而且不可能为我们拥有，我们不得已和它发生关系就会被它反锁住，语言是我们黑暗又肮脏的牢笼。我们没有新工具，造不起来新房子。我们的存在既没有庇护又积满了历史和现实的尘垢，被莫名地捆绑。我们左冲右突、头破血流却仍然发不出声音。我们模仿历史和现实的声音来说话，此时，我们的口在说，而心灵在沉默。有时我们未免说得太多，在这个语言过剩的时代加剧过剩语言的生产和输出，这时候，往往心灵沉默得更深，如同死去。我们变得胡说八道、信口开河，带着对语言的仇恨和存在的恶意糟蹋不为我们所有的语言。我们愤世嫉俗、尖酸刻薄，可是谁又真愿意愤世嫉俗、尖酸刻薄呢？谁不愿意自己能正常地生活和思想，却偏偏把自己搞得怪里怪气、不像人样呢？也许，我们拼命把自己的尖酸刻薄、愤世嫉俗发泄出来，我们的内心就会少一些这类东西，而更多一些平和安详、更多一些宽厚坦荡。如果不是这样，如果我们的内里也只有愤世和刻薄，那就好办许多，就不会有如何表达的存在难题了。

大诗人威·休·奥登羡慕数学家的命好，因为"只有同行才能评论他"，而作家和公众却在用着同样的媒介——语言。奥地利诗人卡尔·克劳斯说："一般公众其实并不懂德语，可是在杂志里我不能跟他们这么说。"他气概非凡地表示："我的语言是一个人尽可夫的娼妓，可是我却必须把它改造成一个处女。"奥登认为，"这既是诗歌的光荣也是耻辱：诗歌的媒介不是它的私产，诗人无法创造自己的语词，这语词并非大自然的产品,而是为了不同的目的使用语词的人类社会的产品。在现代社会里,语言常遭污损,被贬低成'非语言',诗人经常处在耳朵被污染的危险之中,对于媒介是他们的私有财产的画家与作曲家来说,这种危险是不存在的。但在另一方面,诗人却比画家与作曲家保险,不那么容易受到另一种现代社会的祸害——唯我论者的主观主义——的污染;不管一首诗有多么隐秘,它所用的每一个词都有意义,在词典里能查到,这一事实足以证明别人的存在。即使《芬尼根觉醒》的语言也不是乔伊斯独创的,一个纯属个人的文字世界是不可能存在的。"①

其实奥登所言并不一定局限于文学写作,它对于每一个要"存在"的人都是问题。

也许我们太褊狭了,我们承认我们确实受到了"唯我论者的主观主义"的污染,这是一个时代的病症。我们有可能像奥登那样,既清醒又通达吗?即使现在不能,将来可能吗?

如果我们没有大智慧、大勇气,如果我们无法获得地气、天启和神示,那么就让我们沉默。我们不加入现实的合唱。我们不在现实中存在但我们并非不存在,现实不是唯一的根据和尺度,甚至现实根本就不是根据和尺度。我们不要做现实中的话语主体。我们在沉默中孤绝。

这不是哪一个个人的命运,虽然我们仅仅是,但我们毕竟是:黑暗中的同类,看不见的伙伴。

1994年6月16日
(载《上海文学》1994年第9期)

---

① 奥登:《论写作》,《二十世纪文学评论》(下册),李文俊译,451页,上海译文出版社,1993。

第二辑
新文学作家在新中国

对照五六十年代公开发表的散文和同一时期的"从文家书",我们会强烈感受到一种堪称巨大的反差,感受到家书所表露的思想、情感的"私人性"与时代潮流之间的紧张关系。在特别时期,正是在"私人性"的写作空间里,"私人性"的情感和思想才得以以文字的形式表达和存在,才保留了丰富的心灵消息,文学也正是在这种空间里才得到庇护和伸展,能够对时代风尚有所疏离和拒斥。

书简这种典型的"私人性"写作空间,为通常的文学史所忽视,可是对于特殊时期的文学史有特殊的意义。

论沈从文：从1949年起

引言：论题和材料

对沈从文的再发现，将注意力集中到1949年以前的作家作品上，是很自然的事。从1949年起沈从文绝少创作，似乎作为一个作家的创作生命已经停止；沈从文的再发现中，人们虽然对于他的文物研究成就十分惊讶和赞叹，但那已经是在文学范围之外，文学研究者似乎也没有多少话好说。既然一方面没有多少可以注意的东西，另一方面值得注意的又逾越了专业范围，那么从1949年起的沈从文，对于文学研究者来说似乎就是不特别重要的，对于从此以后的叙述也就可以是简略的、一笔带过的。

到目前为止，已经整理、公开的资料对于研究从1949年起的沈从文仍然是相当不充分的。然而就是已有的资料，已经能够构成对一些被普遍认可的一般性说法的质疑。譬如《从文家书》[1]的出版，就引发出许多值得重新思索的问题。《从文家书》从1949年起的内容占了二分之一强，这些内容是不是"文学"？[2] 按照惯例我们可以把书简当做广义的散

---

[1] 《从文家书——从文兆和书信选》，"火凤凰文库"之一种，1版，上海远东出版社，1996年2月。

[2] 陈思和主编的《中国二十世纪文学精品》，上海，学林出版社1999年第1版，就收入《从文家书》中的"五月卅下十点北平宿舍"、1949年9月20日致张兆和、1951年11月9日致张兆和三文。

文,看做文学作品看待的。其实仅仅如此远远不够。我们完全可以把书简就看做书简,不必去攀附散文,从而进一步认识书简这种写作形式在当代中国的特殊文学史意义。在特殊的社会、政治、文化环境下,文学作品的公开发表机制往往是审查和控制的方式,对照五六十年代公开发表的散文和同一时期的《从文家书》,我们会强烈感受到一种堪称巨大的反差,感受到家书所表露的思想、情感的"私人性"与时代潮流之间的紧张关系。在特别时期,正是在"私人性"的写作空间里,"私人性"的情感和思想才得以以文字的形式表达和存在,才保留了丰富的心灵消息,文学也正是在这种空间里才得到庇护和伸展,能够对时代风尚有所疏离和拒斥。《从文家书》这样一种潜在的写作文本的出版,至少使得那一段时期的文学史变得不像原来那样单调乏味了,仅就此而言,便不可以说沈从文的作家生涯到 1949 年就已经结束。书简这种典型的"私人性"写作空间,为通常的文学史所忽视,可是对于特殊时期的文学史有特殊的意义。

  本文论述从 1949 年起的沈从文的心态和精神世界,依据的材料主要如下:

  (一)《从文家书》后半部分,其性质和意义如前述;

  (二)公开发表的 1949 年起的书信、日记、检讨等各类文章和旧体诗;

  (三)关于文物研究的文章,主要集中于《花花朵朵坛坛罐罐》一书[①];

  (四)1949 年以前的作品,主要是 40 年代写作《绿魇》、《烛虚》、《潜渊》、《长庚》诸篇什时期的作品。

一、"疯"与"狂"

  从 1949 年 1 月起,沈从文陷入"精神失常"。"精神失常"其实是个极

---

 ① 《花花朵朵坛坛罐罐——沈从文文物与艺术研究文集》,1 版,北京,外文出版社,1994。

其模糊的说法,据此我们难以得到任何实质性的认识。他的"精神"状况到底是怎样的?"失常"的"常"是指什么?从哪一种角度看是"精神失常"?如果换一种角度呢?

《从文家书》中《呓语狂言》这一部分,汇编了沈从文"生病"过程中所留下的一些文字材料,我们需要仔细看看通常所说的沈从文的"疯狂"究竟是怎样的情形。

沈从文在张兆和1月30日致他的信上写下了许多批语,其中一段是这样的:

> 给我不太痛苦的休息,不用醒,就好了,我说的全无人明白。没有一个朋友肯明白敢明白我并不疯。大家都支吾开去,都怕参预。这算什么,人总得休息,自己收拾自己有什么不妥?学哲学的王逊也不理解,才真是把我当了疯子。我看许多人都在参预谋害,有热闹看。①

另有一段相类的文字:

> 金隄曾祺王逊都完全如女性,不能商量大事,要他设法也不肯。一点不明白我是分分明明检讨一切的结论。我没有前提,只是希望有个不太难堪的结尾。没有人肯明白,都支吾过去。完全在孤立中。孤立而绝望,我本不具有生存的幻想。我应当那么休息了!②

这两段文字相当触目,触目的原因还不在于不承认自己的"疯",而在于尖利地指出周围的人"不肯明白不敢明白"、"支吾过去"。在此,沈从文把自己跟几乎所有的朋友区别、隔绝开来,区别、隔绝的根据,说白

---

① 《从文家书》,152 页。
② 《从文家书》,153 页。

了就是：在社会和历史的大变局中，周围的人都能顺时应变，或者得过且过，而他自己却不能如此、不肯如此。他所意识到的"完全孤立"当然与左翼文化人对他的猛烈批判有关，即使在"病"中他也仍然十分清醒："我'意志'是什么？我写的全是要不得的，这是人家说的。我写了些什么我也就不知道。"①除了此类来自外部的压力，他自身的"乡下人"品性也在这时特别执拗地显示出来，在他没想通之前，这个冥顽不灵的"乡下人"是不会顺时应变的。而在一切都顺应趋变的时局和情势下，他的话就显得非常刺耳："小妈妈，我有什么悲观？做完了事，能休息，自己就休息了，很自然！若勉强附和，奴颜苟安，这么乐观有什么用？让人乐观去，我也不悲观。"②

正是沈从文自己，十分清楚地表述了他的精神状态和产生这种状态的根源。他在 5 月 30 日写道：

> 有种空洞游离感起于心中深处，我似乎完全孤立于人间，我似乎和一个群的哀乐全隔绝了。③

又写道：

> 世界在动，一切在动，我却静止而悲悯的望见一切，自己却无份，凡事无份。我没有疯！可是，为什么家庭还照旧，我却如此孤立无援无助的存在。为什么？究竟为什么？你回答我。④

这种对比实在太悬殊了：一个群的状态、世界的状态和个我的状态截然相反，一个并没有巨大神力的普通人身处历史和时代的狂涛洪流中，却

---

① 《从文家书》，151～152 页。
② 《从文家书》，153 页。
③ 《从文家书》，160 页。
④ 《从文家书》，160～161 页。

想保持不动,不与泥沙俱下。从"识时务"者的"明智"观点来看,这当然是一种"疯狂"。其实对此种情势沈从文自己相当清楚,在2月2日复张兆和的信中,他写道:"你说得是,可以活下去,为了你们,我终得挣扎!但是外面风雨必来,我们实无遮蔽。我能挣扎到什么时候,神经不崩毁,只有天知道!我能和命运挣扎?"①

1月初《题〈绿魇〉文旁》三段文字的最后一段说:"我应当休息了,神经已发展到一个我能适应的最高点上。我不毁也会疯去。"②9月20日致张兆和的信似乎表示这一"失常"过程的结束,并对此作了自我总结。信中说:"我温习到十六年来我们的过去,以及这半年中的自毁,与由疯狂失常得来的一切,忽然像醒了的人一样,也正是我一再向你预许的一样,在把一只大而且旧的船作调头努力,扭过来了。"③

这两段话中值得注意的是与"疯"相提的"毁"、与"疯狂"相提的"自毁"。我们想到沈从文曾有过自杀的经历,很难说自杀是一时的冲动和糊涂,"自毁"的意识在沈从文的思想中明显而强烈:"小妈妈,你的爱,你的对我一切善意,都无从挽救我不受损害。这是凤命。我终得牺牲。我不向南行,留下在这里,本来即是为孩子在新环境中受教育,自己决心作牺牲!应当放弃了对于一只沉舟的希望,将爱给予下一代。"④其实"疯狂"同自杀一样,也是一种"自毁"的方式。

我们很容易把沈从文的"疯狂"视为外力逼压的结果,当时的事实也很容易为这种看法提供有力的证据;同时我们也必须承认左翼文化人的激烈批判⑤使沈从文心怀忧惧,忧惧的主要还不是这种批判本身,而是这种批判背后日益强大的政治力量的威胁。1949年沈从文的"疯狂",这些

---

① 《从文家书》,157页。
② 《从文家书》,147页。
③ 《从文家书》,162页。
④ 《从文家书》,157页。
⑤ 1948年3月出版的《大众文艺丛刊》第1辑集中刊出了郭沫若的《斥反动文艺》、邵荃麟的《对于当前文艺运动的意见》、冯乃超的《略评沈从文的"熊公馆"》等文章。后来,当时沈从文所在的北京大学还贴出了大字报,全文抄出了郭沫若的文章。

因素都是直接的,确实难逃其咎。可是从沈从文自身的思想发展来说,也有其内在的缘由。这需要追溯到上世纪40年代前半期沈从文在昆明写作《绿魇》、《烛虚》、《潜渊》、《长庚》诸篇什的时期。

沈从文至此一时期思想上出现巨大迷茫,陷入苦苦思考的泥淖而难以自拔。用沈从文自己的话来描述,就是"由于外来现象的困缚,与一己信心的固持,我无一时不在战争中,无一时不在抽象与实际的战争中,推挽撑拒,总不休息"。① 要说"疯",沈从文那时候就开始"疯"了:"我正在发疯。为抽象而发疯。……我看到生命一种最完整的形式,这一切都在抽象中好好存在,在事实前反而消灭。"②原本不长于抽象思考的沈从文,却在这个时期思考起"抽象"的大问题来,而他所说的"抽象",其实总是与具体的现实紧密相连,因此也总是与具体的现实搏战不已,"对一切当前存在的'事实'、'纲要'、'设计'、'理想',都找寻不出一点证据,可证明它是出于这个民族最优秀头脑与真实情感的产物。只看到它完全建筑在少数人的霸道无知和多数人的迁就虚伪上面。"③他的大脑和心灵成为无休止的厮杀的战场,他承受不了,所以"发疯"了。

……沉默甚久,生悲悯心。

我目前俨然因一切官能都十分疲劳,心智神经失去灵明与弹性,只想休息。或如有所规避,即逃脱彼噬心啮知之"抽象",由无数造物空间时间综合而成之一种美的抽象。然生命与抽象固不可分,真欲逃避,唯有死亡。是的,我的休息,便是多数人说的死。④

把这一时期沈从文所表述的内心思想图景——如上述一段文字——和1949年"生病"期间的"狂言呓语"相对照,我们会在很多地方发现惊人

---

① 《长庚》,《沈从文别集·七色魇》,1版,155页,长沙,岳麓书社,1992年12月。
② 《生命》,《沈从文别集·七色魇》,1版,160页,长沙,岳麓书社,1992年12月。
③ 《长庚》,《沈从文别集·七色魇》,155页。
④ 《潜渊》,《沈从文别集·七色魇》,148页。

的相似。渴望"休息"——"便是多数人说的死"——即隐约透露出到1949年时已相当明确的"自毁"意识,其时所感受到的在周围人事中的隔绝无援,彻底性也正如后来的体验。"主妇完全不明白我说的意义,只是莞尔而笑。然而这个笑又像平时,是了解与宽容、亲切和同情的象征,这时对我却成为一种排斥的力量,陷我到完全孤立无助情境中。"①

如果说这一时期的精神危机和1949年的精神危机有什么差别,可以说这一时期主要表现为"疯",而1949年时在"疯"之外更表现为"狂"。在本文里,不妨做一点细微的区分:"疯"在这里是指思想争斗不休、茫然无所适从的混乱状态,而"狂"则是思想意识十分清醒姿态下采取的带有极端性的言行。1949年沈从文的"疯狂",即是一种极端清醒状态下的"疯狂",其中包含着一种破罐子破摔般的无畏的勇气。在当时和以后,都有人认为沈从文夸大了自己的困境,不免显得多疑和怯弱,焉知"狂人"具有不同凡俗的眼睛,鲁迅笔下的"狂人"不就是从常人看了几千年的字里行间看出"吃人"二字来的吗?沈从文也有如此的"狂言":

> 我十分累,十分累。闻狗吠声不已。你还叫什么?吃了我会沉默吧。我无所谓施舍了一身,饲的是狗或虎,原本一样的。社会在发展进步中,一年半载后这些声音会结束了吗?②

沈从文的"狂言吃语",事隔多年后读来,很有些惊心动魄的效果,也必须给予认真的对待。当时的见证人之一汪曾祺就认为:"沈先生在精神崩溃的时候,脑子却又异常清楚,所说的一些话常有很大的预见性。40年前说的话,今天看起来还很准确。"③

---

① 《绿魇》,《沈从文别集·七色魇》,45页。
② 《从文家书》,154页。
③ 汪曾祺:《沈从文专业之谜》,此文被作为《花花朵朵坛坛罐罐》一书的代序。

二、一切都在"动"时的"静"

按照一种被普遍认可的社会历史叙述，一般容易把从"旧社会"过来的"有问题"的知识分子在解放以后的心理状态，描述成噤若寒蝉的样子。这种具有普遍性的叙述套用到沈从文头上，似乎还特别合适，沈从文一度精神几近崩溃，企图自杀，忧惧与怯弱的形象简直就是明摆着的。

然而，我们即使不去怀疑这种社会历史叙述的普遍有效性，对其普遍有效的程度也必须加以限制。近二十年来，我们在回顾20世纪以来知识分子所遭受的精神创伤的时候，往往特别强调和突出了来自历史、时代、政治和各种强势权力形态的残害之力的无坚不摧，这种叙述特别容易获得深受其苦的知识分子的广泛认同，因而这种叙述模式也不断得到加强和稳固，似乎业已成为一个无须质疑的叙述前提。伤痛之情，哀鸣之音，深广的忧愤和尖锐的批判锋芒隐含其中却极易被感受到，使得这种叙述模式甚至得以流行。问题是，为了突出知识分子境遇的严酷，往往无意中看低或忽略了知识分子承担苦难、自主选择、自我坚守的能力和实际情形。

沈从文从"疯狂"中恢复过来之后，其思想意识的一个核心仍一如既往，虽然在表述上平和了一些、理性了一些。这个核心就是：世界都在"动"，他却仍然保持着"静"。可以说，这个"动"/"静"之对照一直贯穿到生命的终结。

对于"静"的坚守需要多么强的毅力是很难想象的。新中国成立初期沈从文置身的大环境无须再说，沈从文的小环境却是必须考虑到的。那时一家四口，从年轻的主妇到上学的孩子，都在追求"进步"，而且不断敦促沈从文追求"进步"，日常生活中无形的压力无论如何没法视而不见。热心的敦促没有实质效果，就慢慢冷却成生疏，"家中人对我生疏日甚，别的人对我生疏更可想而知。"①举世皆"动"的"动"不仅形成几乎无所不在的压力,有时还要露出残酷和血腥的一面。有一件事始终未见沈从文有什么反应:沈从文兄弟十分相亲,他的弟弟沈荃作为国民党的少将,1949年参加了湘西凤凰县的和平起义,然而却在1951年被镇压枪毙。②我们无从推测沈从文的痛苦,无从想象沈从文的内心波澜,他似乎是一言未发,我们只知道他收留抚养起弟弟那个小学刚毕业的女儿沈朝慧。这种"静"彻底到彻底的沉默。

1970年下放湖北咸宁双溪期间,沈从文作了一首题为《喜新晴》的旧体诗,其中有句云:"本非驰驱具,难期装备新。只因骨骼异,俗谓喜离群。"③诗的意思其实相当显明,可以为沈从文在世界翻天覆地的巨"动"中固执地不与时俱"动"做一个注脚,可以为他在新中国成立后的一些言行和选择提供精神上的透视点。

中华人民共和国成立后,沈从文基本上中止了通常意义上的文学创作。这对于一个以创作安身立命并且仍然具有伟大的文学抱负的人来说,必然是非常痛苦的事。沈从文哪里又是能够决然忘情的呢。从《家书》中,我们即可以看到他在长时间内仍然在做创作的打算、构思和搜集材料,不断地尝试,最终却没有结果。"跛者不忘履"④,惟其如此,才更显出放弃的可贵,因为唯有通过放弃,才保持了自我坚守的一些东西。对此沈从文也相当清楚,他在一篇可能写于1961年的未完稿《抽象的抒情》中说道:

艺术中千百年来的以个体为中心的追求完整、追求永恒的某种

---

① 《凡事从理解和爱出发》,《沈从文别集·边城集》,1版,14页,长沙,岳麓书社,1992年12月。
② 参见李辉:《破碎的将军梦》,收入《人生扫描》,1版,上海,远东出版社,1995年3月。
③ 《喜新晴》,《沈从文别集·七色魇》,223页。
④ 沈从文以此比拟自己对创作的念念不忘。见《我怎么就写起小说来》,《沈从文别集·阿黑小史》,1版,35~36页,长沙,岳麓书社,1992年12月。

创造热情,某种创造基本动力,某种不大现实的狂妄理想(唯我为主的艺术家情感)被摧毁了。新的代替而来的是一种也极其尊大,也十分自卑的混合情绪,来产生政治目的及政治家兴趣能接受的作品。这里有困难是十分明显的。矛盾在本身中即存在,不易克服。有时甚至于一个大艺术家、一个大政治家,也无从为力。他要求人必须这么作,他自己却不能这么作,作来也并不能令自己满意。现实情形即道理他明白,他懂,他肯定承认,从实践出发的作品可写不出。在政治行为中,在生活上,在一般工作里,他完成了他所认识的或信仰的,在写作上,他有困难处。因此不外两种情形,他不写,他胡写。①

"动"/"静"之间的对比和隔绝在沈从文而言是自我选择的结果,在没有更好的方式确立自己的独立性的时候,以"静"的形态与众相区别也不失为一种选择。在一份写于1968年12月的检查稿中,沈从文坦然地说:"这三年来我和这个空前剧烈变化的社会完全隔绝,什么也不懂了。即馆中事,我也什么都不懂了。"②

"静"一经成为生命形态的核心,除了安稳自身,还由此生发、反射出生命的奇异光彩。只不过这种光彩往往被大时代的喧嚣和夺目所掩盖,难以为人看到罢了。从另一方面来说,在一切皆"动"的世界中,也许只有那一两个"静"的人才能发现生活和生命中的"静"及其意义。对于沈从文来说,"静"竟然会在不经意间成为审美的视角和对象,并且于无意中将自己的生命投射其上,交融其间。这里举两个例子。第一个例子是一幅速写,是1957年沈从文到上海出差随手画下的清晨窗口所见的景象,于"万千种声音在嚷、在叫、在招呼"的忙乱之中,他特别注意到——反衬出——江水的"静",这种"静",在画面中只是用空白来表示——"一切都在动。/

---

① 《抽象的抒情》,《花花朵朵坛坛罐罐》,23页。
② 《我为什么始终不离开历史博物馆》,《花花朵朵坛坛罐罐》,38页。

流动着船只的水,/实在十分沉静。"①第二个例子还是沈从文随手画下的速写,更能充分说明他独具的"静观"慧眼,对被时代和人群忽略了的事物的注意,而这些被忽略的事物,正具有一种稳定的、安然的、悄悄生息的可爱性质。这是关于1957年五一节上海外滩所见的三幅速写,我们应该意识到这个时间和地点所提示的时代气氛和性质。每一幅画沈从文都同时用文字作了描述,第一幅,"五一节五点半外白渡桥所见":

> 江潮在下落,慢慢的。桥上走着红旗队伍。艒艒船还在睡着,和小婴孩睡在摇篮中,听着母亲唱摇篮曲一样,声音越高越安静,因为知道妈妈在身边。

第二幅,"六点钟所见":

> 艒艒船还在做梦,在大海中飘动。原来是红旗的海,歌声的海,锣鼓的海。(总而言之不醒。)

第三幅:

> 声音太热闹,船上人居然醒了。一个人拿着个网兜捞鱼虾。网兜不过如草帽大小,除了虾子谁也不会入网。奇怪的是他依旧捞着。②

沈从文在时代的宏大潮流轰轰而过——外白渡桥上正通过由红旗、歌声和锣鼓混合成的游行队伍——的时候,眼睛依然能够偏离开去,发现一个小小的游离自在的生命存在,并且心灵里充满温热的兴味,这不能不

---

① 图画和文字见《从文家书》,269页。
② 图画和文字见《从文家书》,280~282页。

说是一个奇迹。翻检那个时代的文学艺术作品加以对照,就会对这样的奇迹更加惊叹。

如果不嫌牵强的话,我们可以把五一节沈从文"静观"的过程和发现、欣赏的情景看做他个人的生命存在和他所置身的时代之间的关系的隐喻。说得更直白一点,我们不妨就把沈从文看做那个小小的艒艒船里的人,"总而言之不醒",醒来后也并不加入到"一个群"的"动"中去,只是自顾自地捞那小小的虾子。

三、"静"的现实存在形式

在一切皆"动"的时代中,"静"的生命形态需要一个现实的庇护形式,沈从文选择了历史博物馆和古代文物与艺术研究。通常容易把沈从文待在历史博物馆看做他处境极端不堪的一个证据,其实这其中沈从文自主选择的成分应该是主要因素。事实也是,沈从文并非没有机会到高校教书或继续做一个作家(哪怕是挂名作家,什么东西不写也可以),但沈从文几次拒绝了这样的机会。在历史博物馆工作,用他自己的话说,和"人"接触的机会比较少,和坛子罐子绸子缎子打交道却特别多,这正合"静"的意愿。

如果仅仅把博物馆当成现实的庇护所,沈从文也可以在这里终老此生了。但沈从文所追求的"静"的内涵,却并不只是蜷缩于一隅,无所作为。20世纪40年代对生命意义的痛苦追索以致产生精神危机,自此之后,这种追索一直成为占据首位的自觉意识和现实尝试的不竭动力。沈从文以"消极"、"退避"的方式选择博物馆栖身,潜心于文物研究,实在是别有抱负的。正是在这个范围里,他恢复起自信,找到了实现生命意义的有效形式。他的生命存在形态也就愈发"静"了。

在"文化大革命"中的一次检查稿里,沈从文曾经这样描述过自己的状态:"从生活表面看,我可以说'完全完了,垮了',什么都说不上了。因为如和一般旧日同行比较,不仅过去老友如丁玲,简直如天上人,即茅盾、郑振铎、巴金、老舍,都正是赫赫煊煊,十分活跃,出国飞来飞去,当成大宾。当时的我呢,天不亮即出门,在北新桥买个烤白薯暖手,坐电车到天安门时,门还不开,即坐下来看天空星月,开了门再进去。晚上回家,有时大雨,即披个破麻袋。我既从来不找他们,即顶头上司郑振铎也没找过,也无羡慕或自觉委屈处。"①这样年复一年,一天到晚在库房里转悠,经手的文物不计其数,对自己工作的意义也越来越坚定。

　　说自信,并不是后来取得成就获得承认和赞誉之后再补加上去的,至少沈从文自己,对他的文物研究,在当时就是相当自信的,虽然说这种自信主要局限于专业领域,但也很难想象一个噤若寒蝉的人可能有这样的自信。你看他在五六十年代,仿佛又恢复了"好斗"和"惹是生非"的脾性,依靠文物研究的知识和自己对实物的亲身接触,不断写文章去指出人家文史方面的错误,口气坚定地和人家商榷,同时说明他文史研究的主张。②他认为,老一辈"玩古董"方式的文物鉴定多不顶用,新一辈从外来洋框框"考古学"入手的也不顶用,新的文史研究必须改变以书注书的方法,结合实物,文献和文物互证,才能开出一条新路。③ 地下发掘的东西,比十部《二十五史》还丰富,而且是活的,是第一手的。④ 沈从文从内心的想法到外在的言说,都一致确认他所从事的工作的创始性质。他非但没有掩饰这种自认的创始意义,相反对此反复强调,自信和自负显而易见。事实也证明,沈从文多年的文物和艺术研究,及其反复倡导的观念和方法,对中

---

①《我为什么始终不离开历史博物馆》,《花花朵朵坛坛罐罐》,32页。
② 如关于汉魏乐府注释商榷的《文史研究必须结合文物》,载《光明日报》,1954-10-03;关于《红楼梦》注释商榷的"瓟斝犀"和"点犀盉",载《光明日报》,1968-8-6,以及《"杏犀盉"质疑》,载《光明日报》,1961-11-12;《从〈不怕鬼的故事〉注谈到文献与文物相结合问题》,载《光明日报》,1961-06-18;与王力商榷的《从文物来谈谈古人的胡子问题》,载《光明日报》,1961-10-21,1961-10-24,等等。这些文章都收入《花花朵朵坛坛罐罐》。
③《我为什么始终不离开历史博物馆》,《花花朵朵坛坛罐罐》。
④《从新文学转到历史文物》,《花花朵朵坛坛罐罐》。

国文化史的研究做出了独特的贡献。

沈从文从事文物研究的方法和原则,实际是一种非常朴拙的方法和原则,不需要高深的理论来讲。他破除了对于文字文献的传统迷信,以一种"乡下人"品性中的笨、诚、勤、勉,在库房里转悠了二三十年,亲眼看过、亲手摸过无以计数的实物。也许正因为出自于朴拙和诚实的硬功夫,他的研究才特别具有坚实的意义。沈从文研究专家凌宇在《风雨十载忘年游》的长文中,记叙了他和沈从文曾经有过的这样几句闲谈:他看见沈家书橱里有李泽厚的《美的历程》,就问他看过没有。其时正是这本书风行的时候。沈从文回答说:"看过。涉及文物方面,他看到的东西太少。"又说,"如果他有兴趣,我倒可以带他去看许多实物。"①时至晚年,沈从文仍然在强调他于从事文物研究之始就提出并自觉实践的文献和实物研究相结合的原则及方法的重要性。

现在我们再回过头去看看沈从文对文物和博物馆的选择,应该能够体会到一种情味和深意。在1951年9月的一封信里,他写道:"关门时,照例还有些人想多停留停留,到把这些人送走后,独自站在午门城头上,看看暮色四合的北京城风景……明白我生命实完全的单独。就此也学习一大课历史,一个平凡的人在不平凡时代中的历史。很有意义。因为明白生命的隔绝,理解之无可望,那么就用这个学习理解'自己之不可理解',也正是一种理解。"②

赘语:个人在时代中的位置

百年来的中国社会历史,几乎就可以说是时代挟裹一切的历史。从伟人豪杰到凡夫俗子,几乎都有一种唯恐被时代抛弃的无意识恐惧,大家

---

① 凌宇:《风雨十载忘年游》,《沈从文印象》,1版,125页,学林出版社,1997年1月。
② 《凡事从理解和爱出发》,《沈从文别集·边城集》,22~23页。

自觉地追赶时代，自觉地投入到时代的洪流中去，尽管心里都清楚没有几个人能呼风唤雨，引领时代，可是至少也要做到与时俱进，随波逐流。有普遍的不自觉恐惧和普遍的自觉追求的民众思想意识做基础，时代对人的影响、改造就容易进行，而且进行得完全彻底，势不可挡。社会和时代的角落是被人鄙视和摈弃的。

沈从文恰恰找到了一个角落的位置，而且并不是在这个角落里苟延残喘，却是安身立命。这个角落和时代的关系，多少就像黄浦江上小船里捞虾子的人和外白渡桥上喧闹的五一劳动节游行队伍之间的关系。处于时代的洪流之外的人也并非绝无仅有，可是其中多数是逃避了时代洪流，自己也无所作为的。沈从文却是要在滔滔的洪流之外做实事的人。《喜新晴》中"本非驰驱具，难期装备新"表达的是对于时代潮流和时代要求的温婉而坚定的拒斥，这首诗中的最后两句"独轮车虽小，不倒永向前！"则是表达自我的抱负和作为。单纯从诗的角度着眼，这两句实在算不上好，初看过于直白，实则寄意深远。"独轮车"这个意象，沈从文也不是随便选取的。在1976年给程流金一家的信里，沈从文又一次提到这个意象，当非偶然："独轮车终究只能当独轮车使用，配合不上社会变化，是必然而非偶然！"①

毋庸讳言，沈从文是有些瞧不上所谓的知识阶级的，对比于他这个"乡下人"，知识阶级似乎本能地就具有得风气之先、闻风而动的本领，更能灵巧应变，适应趋时；而他几乎一贯地固执己见，晚年一篇未写完的自述题为《无从驯服的斑马》②。多少具有反讽意味的是，恰恰是知识分子，多少年来一直强调独立性、自主选择、自我坚守等等。因此就尤其值得反省：以往知识分子所强调的独立性，是不是包括对于个人与时代之间的关系的选择和自我在时代中的位置的确立而言的。1949年以后，沈从文的角落位置和在角落里的作为，能够为我们提供一些什么样的启示？

---

① 《给程流金一家》，《沈从文别集·七色魇》，5页。
② 《无从驯服的斑马》，《花花朵朵坛坛罐罐》。

这样说也许有些远了,因为对于从 1949 年起的沈从文的理解也才刚刚开始——

照我思索,能理解"我"。

照我思索,可认识"人"。①

1997 年 8 月 20 日

(载《上海文学》1998 年第 2 期)

---

① 《抽象的抒情》,《花花朵朵坛坛罐罐》,21 页。

释读沈从文土改期间的一封家书

一、简单的引言

1951年10月25日,沈从文随同北京的土改团,启程参加四川农村土地改革。这个团大约有六百多人,先乘火车到汉口,然后分坐两只船到重庆,再分散下乡。沈从文11月4日到重庆,分在第七团四队,11月13日到达产糖的川江县第四区烈士乡驻地。一直到次年2月下旬,土改工作才告结束,到重庆开总结会,再乘船到汉口,换火车回北京,到家里已经是3月上旬。前后四个多月。

沈从文1949年初"精神失常",到秋冬逐渐恢复;1950年3月进华北大学政治学习,不久随建制转入华北革命大学,至12月毕业,后回历史博物馆工作。参加土改之前,曾就此事问丁玲的意见,"丁玲所谈'凡对党有利的事就做,不利的就不做',在他心中留下深刻印象"①。平心而论,土改川南农村之行,尽管条件艰苦,沈从文的身体也一直为病痛困扰,但大致上要比在革命大学期间愉快得多。革命大学学习空洞的理论,而土改却是实际接触山川风物和现实人事,同为"教育",沈从文显然更愿意接受后一种;同时,他内心里还有一个隐秘的愿望:希望借此亲身参与历史变动的机会,尝试寻找与新时代相结合的文学方式,重新开始写作,恢复自己

---

① 沈虎雏:《沈从文年表简编》,见《沈从文全集·附卷》,43页,太原,北岳文艺出版社,2003。

用笔的能力。

土改的四个多月,沈从文写了大量家书,对他此行的经过、闻见、感触、思想,有细致详尽的描述,为了解此一时期的沈从文留下了宝贵的第一手资料。书信所包含的信息涉及诸多方面,丰富复杂,不可简慢对待。在这里,我们并不全面处理此期的全部书信,只选其中夜读《史记》的一封,参照其他信件,来体会他这个时期的情感和思想。

二、声声入耳

这封信是1952年1月25日写的①,这天是旧历腊月二十九日,前一天沈从文的信中就说到过年,但他过年的方式是:"用温习旧年来过旧年"。

信是写给全家人看的,称呼是"叔文、龙、虎"。这一时期沈从文的家信,给妻子的最多,给孩子的次之,妻子和孩子一起的只有四封,而这四封信,都具有相当的重要性。

> 这里工作队同人都因事出去了,我成了个"留守",半夜中一面板壁后是个老妇人骂她的肺病痰咳丈夫,和廿多岁孩子,三句话中必夹入一句侯家兄弟常用话,声音且十分高亢,越骂越精神。板壁另一面,又是一个患痰喘的少壮,长夜哮喘。在两夹攻情势中,为了珍重这种难得的教育,我自然不用睡了。

这是他居住和休息的环境。隔壁的夜骂,其实他早在1951年12月13日就向家人报告过了,那时的描述还要具体:"隔壁住了户人家,半夜有鼠

---

① 这封信编入《沈从文全集》第19卷,317~320页,太原,北岳文艺出版社,2002。以下这封信的引文均据全集,用仿宋体标出,不再一一注明。

咬门板想进到我们这边来,那边有个妇人就喃喃地骂:'你妈来个……',并摇动床铺,捶床边,还不济事,就用个竹杆子乱打,各处都打到。木桶,缸子,家私,门板,各处都打到。可是耗子大致是在什么柜桶后边,理会这个竹杆子总不会打到身上。床上人带骂带打时,它就停停,竹杆子一停,它又动作,这么搞了半夜,一切正像是为了款待一个生客而举行。住处四铺床,住五个人,其余到县里开会去了,就只我听了半夜。特别是那种半醒半梦的骂声,听来有异国远方感。大致三方面都闹得十分疲倦时,才告停止。醒来头重心跳,在院子中看屋后白雾茫茫,竹梢滴着重露……这时读杜甫,易懂得好处和切题处。"①1952年1月20日信又说到隔壁老夫妇每夜必吵架,而白天不声不响,"生命如此真可怕","只有左拉有勇气写它,高尔基也写过它"。"从争辩中可见出生命尚极强持,但是白天看看,都似乎说话也极吃力,想不到在争持中尚如此精力弥满,且声音如此刚烈,和衰老生命恰成一对照,奇怪之至,也可怕之至。因为理解到这种生命形式如何和一般不同,实在令人恐怖。"②

  1952年沈从文私下尝试创作了篇幅很短的《中队部——川南土改杂记之一》,写到隔壁的这一家:"第四家成分不定,三口人,老夫妇已过六十岁,青年二十六岁。这一家是十月里才从乌龙寺搬下来的。原是个道士,看守庙宇管香火,做了点庙里庄稼。乌龙寺改了保国民学校,这一家人才下了山。……白天一家三个人就坐在灶房里煮豌豆烤烤吃,一句话也不说。每到半夜,总是忽然吵闹起来。有时老夫妇对骂,有时又共同骂孩子,声音和一个钝刀子在空锅里刮一样,刮刮又停停。骂得个上气不接下气。老的还半夜咳嗽,直到天明……"春节过后,老道士死了,当天就埋,"一院子都照常,只有晚上去毛房,在屋外竹林子那边,看到一点东西,一个竹杆子扎好用白纸糊成的小灯,里面有个小碗,装了点油,有一苗苗火

---

 ① 沈从文:《致张兆和、沈龙朱、沈虎雏》(19511212—16),见《沈从文全集》,第19卷,225~226页。

 ② 沈从文:《致张兆和》(19520120),见《沈从文全集》,第19卷,298页。

光,象征生死之间的一点联系,别的再没有什么。"①

打骂老鼠也好,骂丈夫和孩子也好,夫妇吵架也好,沈从文不厌其烦地写这些,为什么呢？只是要抱怨影响和干扰了自己吗？如果完全以自己的生活为中心,那么这些东西就只是自己生活的环境,不免就会从是否于自己有利来做出评价;如果不那么自我中心,就会意识到,这也是生活,另外一种不同的生活。沈从文对这种生活在不同的时刻感受有差别,但意识到这本身是一种生活,需要去理解这样的生命形式,则是一致的。哪怕这种生活和生命形式可怕到只有左拉和高尔基这样的作家才有勇气写它。事实是沈从文这个被认为是"唯美"的作家,一而再再而三地写到这种令人难受的声音,在1月13日,他还写到另一种哭骂声:"闻隔壁三岁小孩子哭得伤心,难受得很,大人不管,就听他哭下去。我就一面听着这种哭声和那个妇人骂孩子声,一面两肋痛着,在摇摇灯光下写这个信。手足的血都缩到胸部。"②所谓的"风声雨声读书声,声声入耳",可不像在书斋里说说那么风雅。

认识和理解另外一种生活,另外一种生命形式,非但不风雅,而且可能是可怕的、痛苦的和沉重的。刚到土改驻地接触了一些人事不久,沈从文就给妻子写信说:"一个人,如果真正理解到另外一种人的生命(灵魂)式样时,真是一种可怕的沉重,我一定要好好重现到文字中。……我看到苦难的一面,又看到新的生长的一面,我看到这些东西,却进而要来重现这些东西,为了一种责任,我不免有点茫然自失……"③

有意味的是,在遭遇了这样的生活之后,他说:"这时读杜甫,易懂得好处和切题处。"什么"好处"？"切题处"在哪里？他没有说下去;那么这次他在"两面夹击"情形下读《史记》,会读出什么来呢？

---

① 沈从文:《中队部——川南土改杂记之一》,见《沈从文全集》,第27卷,481、485页。
② 沈从文:《致张兆和》(19520113),见《沈从文全集》,第19卷,283页。
③ 沈从文:《致张兆和》(19511130),见《沈从文全集》,第19卷,188页。

三、对新兴文学的意见

　　古人说挑灯夜读,不意到这里我还有这种福气。看了会新书,情调和目力可不济事。正好月前在这里糖房外垃圾堆中翻出一本《史记》列传选本,就把它放老式油灯下反复来看,度过这种长夜。

　　他是先看"新书"的,可是只看了一会儿;如果说是"目力"不济的原因,那看《史记》也应该存在同样的问题,或许那个《史记》选本的排印比"新书"节省"目力"? 但他能够在油灯下"反复来看",以至"度过长夜",看来还主要是"情调"的原因。

　　"新书"怎么就"情调"不符呢? 这里的"新书"具体是哪一本或哪几本,不能确指;但这一时期沈从文书信中多次谈到的"新书",指的就是与当时形势结合紧密的土改文学,范围再大一点,是指符合新政权意识形态要求的新兴文学。书信中多次提到的赵树理的《李有才板话》,虽然是1943年发表和出版的,但直到50年代初期的土改中,仍然是"新时代"文学的标高之作。就在五天前(1月20日),他还在看赵树理1946年出版的《李家庄的变迁》。早在路上乘船时,沈从文就给两个儿子写信说:"你们都欢喜赵树理,看爸爸为你们写出更多的李有才吧。"①"我一定要为你们用四川土改事写些东西,和《李有才板话》一样的来为人民翻身好好服点务!"②但跟妻子说起自己打算写的东西,却和跟孩子说的不一致:"这些乡村故事是旧的,也是新的,事情旧,问题却新。比李有才故事可能复杂而深刻。"③"重看看《李家庄的变迁》,叙事朴质,写事好,写人也好,惟过程不

---

① 沈从文:《致沈龙朱、沈虎雏》(19511028),见《沈从文全集》,第19卷,126页。
② 沈从文:《致沈龙朱、沈虎雏》(19511031),见《沈从文全集》,第19卷,134页。
③ 沈从文:《致张兆和》(19511113),见《沈从文全集》,第19卷,160页。

大透……背景略于表现……是美中不足处。"①后来,当他实际接触到农村土改中的人事,他对孩子的口气也变了:他说,现实中的人事"比赵树理写到的活泼生动"②,"有许多事且比你从《暴风骤雨》一书中所见到的曲折动人"③;甚至说,"你看的土改小说,提起的事都未免太简单了,在这里一个小小村子中的事情,就有许许多多李有才故事,和别的更重要故事"④。而对置身在土改现实中,却忽略现实而去看土改小说的人,他更是不以为然:"年青人却以为村中无一可看,赶回住处去看土改小说,看他人写的短篇。"⑤

他所说的"新书",未必就是指赵树理和周立波的作品;如果是其他的土改作品,他大半就更看不上眼了。那么,这些新兴文学为什么就与他"情调"不济呢?他觉得新兴文学有什么问题呢?

还在去土改途中,船过巫山时,沈从文对两岸自然景观十分动情,他很想能在沿江的小村镇住一段时间,觉得这对他"能用笔极有用","因为背景中的雄秀和人事对照,使人事在这个背景中进行,一定会完全成功的。写土改也得要有一个自然背景"。"不知道一切人事的发展,都得有个自然背景相衬,而自然景物也即是作品一部分!"⑥要把大自然的沉静和历史巨变的人事之动结合起来,而在这一点上,即使是赵树理的作品,也不免"背景略于表现"。表面上这似乎是个写法上的问题,其实却关涉到如何认识人事、历史巨变在世界中的位置问题,不可不谓大。而根据沈从文自己的经验,自然背景其实远远大于人事变动,哪怕是剧烈的变动。1952年1月4日,他参加一个五千人大会,那个会"解决"了一个"大恶霸",同时还押来约有四百名地主批斗,场面大而且热闹,"实在是历史奇

---

① 沈从文:《致张兆和》(19520120),见《沈从文全集》,第19卷,296页。
② 沈从文:《致沈龙朱、沈虎雏》(19511226),见《沈从文全集》,第19卷,246页。
③ 沈从文:《致沈虎雏》(19520123),见《沈从文全集》,第19卷,303页。
④ 沈从文:《致沈虎雏》(19511227),见《沈从文全集》,第19卷,250页。
⑤ 沈从文:《致张兆和》(19511119—25),见《沈从文全集》,第19卷,179页。
⑥ 沈从文:《致张兆和》(19511101),见《沈从文全集》,第19卷,139页。

观。人人都若有一种不可解的力量在支配,进行时代所排定的程序"。但是这样的大场面和时代程序如果和自然背景一对照,就产生出"离奇"的情形:"工作完毕,各自散去时,也大都沉默无声,依然在山道上成一道长长的行列,逐渐消失到丘陵竹树间。情形离奇得很,也庄严得很。任何书中都不曾这么描写过。正因为自然背景太安静,每每听得锣鼓声,大都如被土地的平静所吸收,特别是在山道上敲锣打鼓,奇怪得很,总不会如城市中热闹,反而给人以异常沉静感。"①沈从文一谈到文学,一谈到自然,往往就"忘乎所以",他产生这种感受的当时没想到,这种时代巨变"被土地的平静所吸收"的感受,显然超出了意识形态的规约。

当沈从文不那么"忘乎所以"的时候,他也清醒地意识到他的想法与新兴文学的抵触:"真正农民文学的兴起,可能和小资产阶级文学有个基本不同,即只有故事,绝无风景背景的动人描写。因为自然景物的爱好,实在不是农民感情,也不是工人感情,只是小资感情。将来的新兴农民小说,可能只写故事,不写背景。"他竟然也可以"理智"到从"阶级"来划分文学的不同;但他显然不服气,所以紧接着就说,"对于背景的好处发生爱好,必从比较上见出不同印象,又从乡土爱中有些回复记忆印象,才会成为作者笔下的东西,写来才会有感情。四川人活在图画里,可是却不知用文字来表现,正如本地画家一样,都不善于从自然学习。学习的心理状态如不改善,地方性的文学,也不会壮大的。"②

另外一方面,他不满于新兴文学的,是写社会变化没有和历史结合起来。还是在船过巫山时,他写信说:"川江给人印象极生动处是可以和历史上种种结合起来,这里有杜甫,有屈原,有其他种种。特别使我感动是那些保存太古风的山村,和江面上下的帆船,三三五五纤夫在岩石间的走动,一切都是二千年前或一千年前的形式,生活方式变化之少是可以想象的。但是却存在于这个动的世界中。世界正在有计划地改变,而这一切

---

① 沈从文:《致沈虎雏、沈龙朱》(19520105),见《沈从文全集》,第19卷,267页。
② 沈从文:《致沈龙朱、沈虎雏》(19511226),见《沈从文全集》,第19卷,246页。

却和水上鱼鸟山上树木,自然相契合如一个整体,存在于这个动的世界中,十分安静,两相对照,如何不使人感动。"① 沈从文所要求的,并不是简单的历史感,而是对于"常"与"变"的深刻的感情和长远的关心。他说到同来土改的人,"对于那么好的土地,竟若毫无感觉,不惊讶,特别是土地如此肥沃,人民如此穷困,只知道这是过去封建压迫剥削的结果,看不出更深一层一些问题,看不到在这个对照中的社会人事变迁,和变迁中人事最生动活泼的种种。对于这片土地经过土改后三年或十年,是些什么景象,可能又是些什么景象,都无大兴趣烧着心子。换言之,也即不易产生深刻的爱和长远关心"②。

而在根本上,不能和自然结合,不能和历史结合,是因为缺乏"有情"。什么是"有情"?接下来读《史记》,核心感受就是谈这个问题,也是这封信的关键。

四、"有情"与"事功"

> 看过了李广、窦婴、卫青、霍去病、司马相如诸传,不知不觉间,竟仿佛如同回到了二千年前社会气氛中,和作者时代生活情况中,以及用笔感情中。

需要注意的是,沈从文这次读《史记》列传,不仅为作者所写内容吸引,而且为作者本身所吸引,体会、认同作者竟至于"如同回到了""作者时代生活情况中,以及用笔感情中"。

按说接下来就要讲《史记》和它的作者了,但是并不,沈从文笔一荡,说起旧事来。

---

① 沈从文:《致张兆和》(19511101),见《沈从文全集》,第19卷,139~140页。
② 沈从文:《致张兆和》(19511119—25),见《沈从文全集》,第19卷,179页。

记起三十三四年前,也是年底大雪时,到麻阳一个张姓地主家住时,也有一回相同经验。用桐油灯看《列国志》,那个人家主人早不存在了,房子也烧掉多年了,可是家中种种和那次作客的印象,竟异常清晰明朗的重现到这时记忆中。并鼠啮木器声也如同回复到生命里来。

这件旧事和当下境况的相同处,就是一个人在孤单寂寞的情形中读一本有久远历史的书。

　　说这样的旧事有什么意义呢?

　　自觉地追忆旧事,其实是有意识地追溯个人生命的踪迹,由这样那样的踪迹而显现个人生命的来路。在一天前,也就是1月24日,沈从文集中地做了一次追忆。因为是一个人过年,他首先想起三次一个人在湘西辰州过年的情景。这三次,分别在他人生的三个不同阶段上:第一次是二十岁左右,在船上,身边只剩一个铜子,"生命完全单独,和面前一切如游离却融洽";第二次是1934年,回乡看望母亲后往回返,乘小船下行,"生命虽单独,实不单独",这时的沈从文已经是有名的作家,《边城》已在写作中,旅途中写给新婚妻子的信不久将改写成《湘行散记》而成为他湘西作品的代表作;第三次是抗战爆发后南迁途中,他在大哥的家里过年,同伴玩牌去了,他一个人烤火,想着两个儿子和正在进行的战争。还有两次过年,他在四川内江"用温习旧年来过旧年"时也想起来了:一次是1923年到凤凰高枧乡下做客,二十多年后写小说《雪晴》就是根据这次经历。还在当兵的他"当时什么都还不曾写,生命和这些人事景物结合,却燃起一种渺茫希望和理想。正和歌德年青时一样,'这个得保留下来!'于是在另外一时,即反映到文字中,工作中,成为生命存在一部分"。还有一次也是当兵期间,在保靖,锣鼓喧闹声中,一个人在美孚灯下读书,"看的书似乎是《汉魏丛书》中谈风俗的"①。这些遗忘在时间背后又重现在记忆中的年景，连缀起个人生命的线索，这条线索中所贯穿的，是生命的单独和寂寞，以及在单独和寂寞中生长出来的感情和思想。他的文学的来路，也正在于此，由此而奠基和成就。

追忆旧事之后，没有什么过渡，直接就说："换言之，就是寂寞能生长东西，常常是不可思议的！"这是说自己吗？是，但又不仅仅是说自己，个人的经验一下子又归附到一个长远的历史和传统中去，又是没有什么过渡，直接就说："中国历史一部分，属于情绪一部分的发展史，如从历史人物作较深入分析，我们会明白，它的成长大多就是和寂寞分不开的。"

而"寂寞"生长"有情"，下面就谈"有情"：

> 东方思想的唯心倾向和有情也分割不开！这种"有情"和"事功"有时合而为一，居多却相对存在，形成一种矛盾的对峙。对人生"有情"，就常常和在社会中"事功"相背斥，易顾此失彼。管晏为事功，屈贾则为有情。因之有情也常是"无能"。现在说，且不免为"无知"！说来似奇怪，可并不奇怪！忽略了这个历史现实，另有所解释，解释得即圆到周至，依然非本来。必肯定不同，再求所以同，才会有结果！

为什么谈"有情"要在与"事功"的矛盾纠结中谈呢？1月29日致张兆和信，说："管仲、晏婴、张良、萧何、卫青、霍去病对国家当时为有功，屈原、贾谊……则为有情。或因接近实际工作而增长能力知识，或因不巧而离异间隔，却培育了情感关注。想想思想史上的事情，也就可以明白把有功和有情结合而为一，不是一种简单事情。因为至少在近代科学中，犹未能具体解决这件事。"为什么要把"有情"和"事功"合而为一呢？"政治要求这种结合，且作种种努力，但方法可能还在摸索实验，因为犹未能深一层

---

① 沈从文：《致张兆和》(19520124)，见《沈从文全集》，第19卷，308~310页。

理会这种功能和情感的差别性。只强调需要,来综合这种'有情'于当前'致用'之中,是难望得到结果的。"①

这就明白了,沈从文要谈的不是一个于自己于当前无关的理论问题,而是他自己正遭遇的思想和文学上的困境。政治要求"事功",要求"致用",甚至以"事功"和"致用"为标准和尺度,"有情"如果不能达到这个标准,不符合这个尺度,就可能被判为"无能"和"无知"。沈从文认为应该先"肯定不同,再求所以同",那是把"有情"和"事功"放在平等的位置上,不以一方来衡量、判断甚至是裁决另一方;但政治未必如此。

五、作者生命的"分量"、"成熟"、"痛苦忧患"

> 过去我受《史记》影响深,先还是以为从文笔方面,从所叙人物方法方面,有启发,现在才明白主要还是作者本身种种影响多。

"现在"明白的要比"过去"以为的更进一层,既是对《史记》及其作者的认识更进一层,也是对自我的认识更进一层。而促成这种进一层认识的,主要是他所遭受的挫折、失败和困难重重的现实处境。他从个人生命的曲折来路中体会,仿佛与创造了伟大文学的作家对晤会心:"从文学史上过去成就看作者,似乎更深一层理解到作品和作者的动人结合。作品的深度照例和他的生命有个一致性。由屈原、司马迁到杜甫、曹雪芹,到鲁迅,发展相异而情形却相同,同是对人生有了理会,对存在有了理会。"②

《史记》列传中写人,着笔不多,二千年来还如一幅幅肖像画,个性鲜明,神情逼真。重要处且常是三言两语即交代清楚毫不粘滞,而

---

① 沈从文:《致张兆和》(19520129),见《沈从文全集》,第19卷,335页。
② 沈从文:《致张兆和》(19511119—25),见《沈从文全集》,第19卷,181~182页。

得到准确生动效果,所谓大手笔是也。《史记》这种长处,从来都以为近于奇迹,不可学,不可解。试为分析一下,也还是可作分别看待,诸书诸表属事功,诸传诸记则近于有情。事功为可学,有情则难知!中国史官有一属于事功条件,即作史原则下笔要有分寸,必胸有成竹方能取舍,且得有一忠于封建制度中心思想,方有准则。《史记》作者掌握材料多,六国以来杂传记又特别重性格表现,西汉人行文习惯又不甚受文体文法拘束。特别重要,还是作者对于人,对于事,对于问题,对于社会,所抱有态度,对于史所具态度,都是既有一个传统史家抱负,又有时代作家见解的。

几天后信里重谈这一话题,而用语更简:"……列传写到几个人,着笔不多,二千年来竟如一个一个画像,须眉逼真,眼目欲活。用的方法简直是奇怪。正似乎和当时作者对于人,对于事的理解认识相关,和作者个人生命所负担的时代分量也有关。"①《史记》的非凡成就是怎么取得的?沈从文的思路,是马上从作品跳到作者,从文字跳到人生。"作者个人生命所负担的时代分量",这是要害。前面曾说遭遇不堪生活之后读杜甫"易懂得好处和切题处",应该主要是这个方面的所指。

  这种态度的形成,却本于这个人一生从各方面得来的教育总量有关。换言之,作者生命是有分量的,是成熟的。这分量或成熟,又都是和痛苦忧患相关,不仅仅是积学而来的!

前面追究个人生命的历史,其实也是检测个人从过往的各种经验中所受的"教育总量"。人生所受"教育总量"和人生所担负的"时代分量",以及个人生命本身的"分量",表述各有偏重,实际难分难扯。进而又言

---

① 沈从文:《致张兆和》(19520129),见《沈从文全集》,第 19 卷,334 页。

"痛苦忧患",愈发逼近情绪和思想的核心。这种"痛苦忧患",由个人所承受,承载的内容和含量却与历史和时代紧密相关。只是这种相关,却不是顺从或满足历史和时代的"事功""要求",也不是随波逐流。"万千人在历史中而动,或一时功名赫赫,或身边财富万千,存在的即俨然千载永保……但是,一通过时间,什么也不留下,过去了。另外又或有那么二三人,也随同历史而动,永远是在不可堪忍的艰困寂寞、痛苦挫败生活中,把生命支持下来,不巧而巧,即因此教育,使生命对一切存在,反而特具热情。虽和事事俨然隔着,只能在这种情形下,将一切身边存在保留在印象中,毫无章次条理,但是一经过种种综合排比,随即反映到文字上,因之有《国风》和《小雅》,有《史记》和《国语》,有建安七子,有李杜,有陶谢……时代过去了,一切英雄豪杰、王侯将相、美人名士,都成尘土,失去存在意义。另外一些生死两寂寞的人,从文字保留下来的东东西西,却成了唯一连接历史沟通人我的工具。因之历史如相连续,为时空所阻隔的情感,千载之下百世之后还如相晤对。"由个人的遭遇而体认历史、会心传统,又由历史和传统而确认自我、接受命运:"新的人民时代,什么都不同过去了,但在这个过程中,恐还不免还有一些人,会从历史矛盾中而和旧时代的某种人有个相同情形。……应当接受一切,从而学习一切。……我在改造自己和社会关系,虽努力,所能得到的或许还是那个——不可忍然而终于还是忍受了下去的痛苦!"①

与"痛苦忧患"相关,与作者生命"分量"相提并论的,是作者生命的"成熟"。"成熟"这个词,沈从文在这里也不是随意写下的。他自觉此时生命储蓄的能量已经达到饱满的状态,只要条件许可,就可以化为创作。内江实际的生活经验使他体会到,"我的生命如有机会和这些人事印象,这些见闻,这些景物好好结合起来,必然会生长一片特别的庄稼……即可形成一种不易设想的良好效果。一面是仿佛看到这个庄稼的成长,另一

---

① 沈从文:《致张兆和》(19520124),见《沈从文全集》,第19卷,311~312页。

面却又看到体力上有些真正衰老,人事挫折,无可奈何的能力消失。在悬崖间绝对孤独中体会到这个存在时,更深一层理会到古来人如杜甫等心境。"沈从文常常走到住处附近的一个悬崖顶上,"一到顶上,即有天地悠悠感。各个远近村落,都有我们同队的人在工作,三天有一部分可见到。表面上我和他们都如有点生疏,少接触谈笑,事实上生命却正和他们工作在紧密地契合,而寻觅那个触机而发的创造心。只要有充分时间,这点天地悠悠感即会变成一份庄稼而成长、而成熟。但是这个看来十分荒谬的设想,不易有人能理解,能信任的。……是和风甘雨有助于这个庄稼的成长,还是迅雷烈风只作成摧残和萎悴?没有人可以前知。我常说人之可悯也即在此。人实在太脆弱渺小。体力比较回复时,我理会得到,新的历史的一章一节,我还能用文字作部分重现工作,因为文字的节奏感和时代脉搏有个一致性。我意识得到。如果过去工作有过小小成就,这新的工作,必然还可望更加成熟,而有个一定深度,且不会失去普遍性。为的是生命已到了个成熟期。特别是对于人的爱与哀悯,总仿佛接触到一种本体,对存在有了理会,对时代有了理会。"①

年表诸书说是事功,可因掌握材料而完成。列传却需要作者生命中一些特别东西。我们说得粗些,即必由痛苦方能成熟积聚的情——这个情即深入的体会,深至的爱,以及透过事功以上的理解与认识。因之用三五百字写一个人,反映的却是作者和传中人两种人格的契合与同一。不拘写的是帝王将相还是愚夫愚妇,情形却相同。

"有情"从哪里来?由痛苦而成熟而"有情"。而现实中却缺乏这种"有情",亦即缺乏"深入的体会,深至的爱,以及透过事功以上的理解与认识",为什么呢?沈从文曾经想过这个问题,他说,"似乎是因近三十年教

---

① 沈从文:《致张兆和》(19511119—25),见《沈从文全集》,第19卷,180~181页。

育的结果,有些感情被滞塞住,郁积住。又似乎因教育分科,职业分工,这些情感因过去和学业和职业的现实需要都不合适,在适当年龄中不曾好好培植过,也即始终不能得到好好发展机会,而逐渐使这类机能失去作用。"也就是说,现代教育在情感的培养上可能存在缺失;"又似乎这种对一切有情的情形,本来即属于一种病态的变质,仅仅宜于为从事文学艺术工作者所独具,而非一般人应有的。"①即便是对一切"有情"只宜于为文学艺术工作者所独具,以此衡量眼前的文学艺术及其从业者,"有情"也实不多见。

这封信接下来就是对现实的批评。一是说向优秀传统学习,容易公式化,"因为说的既不明白优秀伟大传统为何事,应当如何学,则说来说去无结果,可想而知";二是关于中学语文教育,比较具体:"近年来初中三语文教科书不选浅明古典叙事写人文章,倒只常常把无多用处文笔又极芜杂的白话文充填课内",他指的主要是"时文","如仅仅用一些时文作范本,近二三年学生的文卷已可看出弱点,作议论,易头头是道,其实是抄袭教条少新意深知。作叙述,简直看不出一点真正情感。笔都呆呆的,极不自然。"语文教育同时也是情感教育,没有情感,笔只能是"呆呆的"。

这封信不见结尾,残存的部分,到这里就结束了。

六、简单的结论

以上对这封家书的释读,用的方法很简单,就是以沈从文同一时期的其他书信来解说他关于夜读《史记》的文字。夜读《史记》的文字只有千余,从其他书信征引的文字则大大超过这个数字;而且,全篇所有征引文字都是沈从文自己的,这也是有意为之:从沈从文来理解沈从文。"照我

---

① 沈从文:《致张兆和》(19511119—25),见《沈从文全集》,第19卷,179页。

思索,能理解'我'。/ 照我思索,可认识'人'。"①至少,在理解沈从文的所有方式中,从沈从文来理解沈从文是个基础。就目前而言,这个基础工作仍然没有做得很好。

那么,经过这样的释读,我们是不是可以有一个简单的概括呢?我个人的看法是,当沈从文深陷困境的时候,他自觉地向久远的历史和传统寻求支撑的力量。他的困境主要表现在两个方面:文学的困境和个人的现实困境,这两个方面也可以看做是一体的。他的文学遭遇了新兴文学的挑战,这个挑战,不仅他个人的文学无以应付,就是他个人的文学所属的五四以来的新文学传统也遭遇尴尬,也就是说,他也不能依靠五四以来的新文学传统来应对新兴文学;况且,他个人的文学和五四以来的新文学传统的主导潮流,也并非亲密无间。但他又不愿意完全认同新兴文学和新时代对文学的"事功""要求",这个时候,就需要一种更强大的力量来救助和支撑自己。一直隐伏在他身上的历史意识帮助了他,他找到了更为悠久的传统。千载之下,会心体认,自己的文学遭遇和人的现实遭遇放进这个更为悠久的历史和传统之中,可以找到解释,找到安慰,更能从中获得对于命运的接受和对于自我的确认。简单地说,他把自己放进了悠久历史和传统的连续性之中而从精神上克服时代和现实的困境。

---

① 沈从文:《抽象的抒情》,见《沈从文全集》,第 16 卷,527 页。

路翎晚年的"心脏"

马的心脏有红色的火焰与白色的闪光外溢,/它自己看见。

(《马》)

我的心脏是,/穿着多层火焰衣服的,内核是极强的火焰的、血液盈满的心脏。

(《旅行者》)

一

路翎(1923—1994)晚年的创作,孤独地持续了十多年的时间,贯穿了整个80年代以至90年代初,而在这一时间段落,"新时期文学"正成为时代文化和社会生活表述的强音,热点频繁转换,思路和格局不断调整,真可谓意气风发、挥斥方遒的时候。在这样的时候,有几个人会关注到路翎的创作?即使关注到了,又有几个人不会感到巨大的失望和伤痛?因而,路翎的创作不被纳入到"新时期文学"的整体构成中,几乎是必然的了。也就是说,对于自觉着本身的构成已经足够丰富的"新时期文学"——或更平实地称之为当代文学——来说,路翎的创作,不管是已经发表的少数篇章,还是大量未能发表的作品,都是完全可以忽略不计的。

《路翎晚年作品集》①的编成和出版,似乎在有意识地反抗着时代的文学意识、文学潮流、文学史叙述的冷漠、残酷、偏见和盲视,编者特别提醒道:这些作品揭开的,"是一个从未向外界充分'敞开'、近乎置身于'黑洞'之中的晚年路翎的人生、精神和文学形象"。"由于种种原因的共同作用,晚年路翎是在一种几乎将自己彻底与外界(包括家人和难友)隔绝开来的状况下从事其与时间竞赛、与自我搏战的创作活动的,也许只有这样,他才能够保证在写作过程中将其自我向自己的内宇宙彻底敞开,重温往日的追风逐电、狂飙激荡的激情体验,逼迫自己保持高昂的写作热情。此种大约只能为路翎一人独有的特定情境下的特定写作方式所导致的一个直接结果,便只能是使得所有'他者'都唯有通过阅读其作品才能对'晚年路翎'的真实生命状态获得真切的了解。而且,依据我们在前后历时将近一年的本书原始材料清理过程中所获得的'约翰牛'式的阅读经验,这种对'晚年路翎'以及由此而通盘照亮的20世纪中国文学史上的路翎的阅读还必须是仔细而全面的,否则就恐终不免为他的某些外在形象或浅表形象所迷惑,以致随他历经身心两方面的重创之下在所难免的创伤遗痕而左右摇摆,也陷身于某种价值歧义之中不能自拔。"②

也许我们还可以把话说得更明白一点。在大部分关于晚年路翎的叙述中,已经形成了某种定见和共识,典型的表述如冀汸的"一生两世"说:"1955年那场'非人化的灾难',将你一个人变成了一生两世:第一个路翎虽然只活了三十二岁(1923—1955),却有十五年的艺术生命,是一位挺拔英俊才华超群的作家;第二个路翎尽管活了三十九岁(1955—1994),但艺术生命已消磨殆尽,几近于零,是一位衰弱苍老神情恍惚的精神分裂患者。"③而钱理群更从这"感到了真正的恐怖"的"事实"中概括出"精神界战

---

① 《路翎晚年作品集》,张业松、徐朗编,"20世纪文学备忘录丛书"的一种,1版,上海,东方出版中心,1998年3月。本文所引路翎作品,皆据此书,以下不再一一注明。本文的写作得益于张业松研究路翎的一些见解,特此说明。
② 张业松:《编集说明》,《路翎晚年作品集》,7页。
③ 冀汸:《哀路翎》,载《新文学史料》,1995(1)。

士的大悲剧":路翎以残病之躯写下的大多数作品不能发表,"不仅是因为艺术质量的急剧下降,而且整个写作都仍然纳入在'文化大革命'时期'四人帮'钦定的标准模式之中!这就是说,当路翎伏案写作时,他就回到了那个'时代':怀着巨大的恐怖(那是千百次施虐的审讯造成的永远不能摆脱的恐惧),手不由己地按照那个'时代'的命令写作,除了'遵命'(那也是那个'时代'千百次强迫灌输给包括路翎在内的每一个中国作家的)以外,他已经不会写作!但他又似乎在反抗着这一切。于是,在按照既定模式写作的工整的文字旁,又出现了粗笔触的'混蛋'之类的骂语,到了最后时期他的写作已经陷入了狂乱之中。这样,晚年写作的路翎,实际上只剩下了生命的躯壳,或者说,写作着的,仅是那个被彻底'改造'了的'非我化'了的路翎,被'迫害'的半疯狂的路翎。那个'才华盖世'的,在思想、艺术天地里自由驰骋的,独一无二的小说家、精神界战士的路翎,哪里去了?他已经永远的消失,已经'死'了!……这'精神的死亡'对于一个'精神界战士'是格外残酷的,而'精神界战士'的被'强迫改造',而且改造得如此'彻底',如此'成功',这样的'大悲剧'则更让人悚然而思。"①

这样的叙述基本上遵循的是"时代灾难——对个人精神的摧毁——个人创作才能的完结"的理路,进而唤起和达到对于"时代灾难"的集体性痛恨、深刻的反省和强有力的批判。这种叙述模式的形成有着极大的现实合理性和广泛的心理基础,它所能够探及的深度和产生的批判力度也很难为别的方式更为有效地替代。可是,当叙述模式的力量过于强大,超过了事实给出的可能性限度,或者当叙述醉心于模式的力量和模式急欲达到的目的,而疏忽了对事实的耐心考索和诚心尊重的时候,问题就可能产生了。其实不难发现,这种叙述模式的情节性很强,一般总是环环相扣,因果关系简洁明了,而且包含着戏剧化的倾向。因为这种倾向,所以它能够听到一个充满诱惑的声音:个人所遭受的摧残越彻底,个人的情形

---

① 钱理群:《精神界战士的大悲剧》,载《读书》,1996(8)。

越不堪,对于"时代灾难"的批判就越深刻、越强烈。天才作家路翎竟然被彻底摧毁了!——这是一个多么"合理"、又是多么"惊人"的"事件"啊。可是,充满诱惑的声音同时也藏匿着巨大的危险:为了"时代灾难"的充分展示和表现,个人的全部复杂性就得割舍掉一部分甚至全部割舍掉吗?说到这里,也许就触及了上述叙述模式必须面对的一个根本问题:在这种模式中,是什么居于叙述的中心?是达成对于"时代"的反省和批判吗?那么"时代"的受难者——具体个人——的位置何在?如果看起来深刻的反省和有力的批判,不能落实到对于反省和批判过程中出现的个人的全部复杂性的尽力恢复和诚心尊重上,这种反省和批判极有可能是虚妄的。

也许我有点儿言重了,可是读着路翎晚年的作品,特别是他那一首首的长诗和短诗,我由衷地感受到了精神透过重重迷障散发出来的动人光辉。人是经不起摧残的,可是人也绝不就是轻易能够彻底摧毁的——特别是这个人,路翎,"一个对生命的'原始强力'和生命意志的不甘屈服有着常人罕及的深切了解,在其文学活动中久已习惯于使其生命能量在巨大的压力之下作出更为猛烈的释放的激情型作家,这样的作家所具有的生命自我救治能力和创造潜力差不多是与生俱来、与身俱在的。"[①]所以在上引钱理群的一段话中,我特别注意到"但他又似乎在反抗着这一切"这一句——它透露出路翎内心世界的一点儿信息,而路翎内心世界的信息,应该是更为丰富的。我绝对无意以路翎的未毁来削弱对于"时代灾难"残酷性的认识和记忆,我也绝对无意看轻路翎身心所遭受的巨大创伤,诚如钱理群在同一篇文章中所说:"一切对历史'血腥气'的消解,都应该受到诅咒,而且是鲁迅所说的'最黑最黑的诅咒':他们正是'强迫忘却'的权势者的帮忙与帮凶。"但我却有意以路翎承受了异常残酷、血腥的遭遇和身心的巨大创痛而未毁,来证明穿透黑暗时代的人性光辉。

[①] 张业松:《编集说明》,《路翎晚年作品集》,6页。

二

路翎于 1955 年 5 月 16 日《关于胡风反党集团的第一批材料》公布后的第三天被隔离审查,入狱羁押了十八年,到 1973 年才被宣判二十年徒刑(从 1955 年算起)。这种"不告诉时间的囚禁"对路翎所造成的精神上的压力相当巨大,中间曾有一段时间被移往精神病院接受治疗和"保外就医"。1975 年 6 月刑满释放后,在北京做了四年半扫地工,直至 1979 年 11 月为其在"保外就医"期间"上书攻击党中央"的个人"反革命罪"平反;1980 年 11 月他的另一项"反革命罪"即胡风集团案初步平反。

从 1978 年起,路翎过去的朋友们,如牛汉、曾卓、绿原、贾植芳、冀汸、罗飞等等,差不多都是怀着劫后重逢的不平静心情来看望过他,可是几乎无一例外地惊异于路翎的冷漠、迟钝、寡言少语,没有交谈的欲望。他甚至跟家人都极少说话。友人和亲人都对他的生活和精神忧心忡忡,特别是对他能否恢复创作能力耿耿于怀——路翎可是二十岁出头就完成了《财主底儿女们》——胡风称它的出版"是中国新文学史上的一个重大的事件"[①]——的作家啊。

谁也想不出路翎内心的感受。可是他自己知道,他没有用表情和语言显示给朋友和家人的,用诗表达了出来。请看下面这首完整的《红果树》——

干枯的红果树在昼与夜静默着/别的树都长了树叶了/羞惭的红果树/用它的魂魄在挣扎着/风吹过/用关切的声音喊着:杭唷/泥土屏息着/也在喊着号子:/杭唷

[①] 胡风:《青春底诗——路翎著长篇小说〈财主底儿女们〉序》,《胡风评论集》(下册),北京,人民文学出版社,1985 年 3 月。

杨树和枣树/长了很茂盛的树叶了/那些树叶似乎是被春风带来/落在树干上的/仿佛是魔法似的/从膨胀的风和膨胀的泥土/膨胀的树浆……/这些树也觉得一种羞惭/红果树沉默着

太阳照耀很欢快/发出金色的箭镞/夜晚有有力的风/红果树听见自己枝干内/有顽强的声音又中断了/它发出痛楚的叹息/周围的树木替它/喊着鼓舞的号子：杭唷/房屋内睡着的儿童/也似乎在替它喊着号子/而诚实的泥土用很大的/元气充沛的声音喊着/而在夜间发芽的小草也喊着/而在夜间月光下开放的花也喊着/而在夜间幸运地孕育着果实的桃树也喊着/而在夜间未睡着的蜜蜂也喊着/而远处的江流也喊着/而在城市边缘鼓动着的/旋转着的车轮也喊着

红果树被一些亲爱之情围绕/泥土在它的根须下滋滋发响/它的树干内又起了颤动了/它用它的魂魄奋斗着/它的树叶的脉络在树浆里形成了/它的树叶的绿色/又得到泥土的补充了/它的新的树浆灌满树干了/它的花的形态在激动里形成/而果实还连着果核的形态/连着对下一代的预想/含着爱情痉挛着形成/泥土高喊着：杭唷/红果树在一夜之间长出树叶/树木群中/林阴路上/楼房旁侧/不缺红果树

这首诗至少足以造成这样的强烈印象：它突出地显现了对于被"亲爱之情围绕"的敏感和心领身受的系念，一连串的排列并行的诗句使对此的表达相当充沛而深远；这与路翎外表的无动于衷适成鲜明对比。整首诗叙写"红果树"从干枯到复苏的过程，虽然未做任何的渲染，却能够于平静中令人惊心动魄，因为这是"静默"的"红果树"用"魂魄""挣扎着"、"奋斗着"，尽了全力才达到的。像"红果树听见自己枝干内/有顽强的声音又中断了/它发出痛楚的叹息"的句子，该包含着怎样深重的精神创痛呢？

然而，奇异的是，灾难过后的路翎并不怎么直接叙说个人身经的灾难和创伤，从《路翎晚年作品集》来考察，他的很多作品都给人一种罕见的宁静、明亮之感。他恢复创作后写的一些散文，"清新、细腻，用一种难得的平静,描述自己对往事的回忆和对市井生活的观察。"特别是写得最多的做扫地工的生活的篇章,"委婉、温馨,并非一种伤痕式的记忆,"类似的心情反映于诗歌创作中,更散发出"令人难以置信的一种诗意。"①——

  暮春,/扫地工在胡同转角的段落,/吸一枝烟,/坐在石头上,/或者,/靠在大树上:/槐树落花满胡同。
  扫地工推着铁的独轮车,/黎明以前黑暗中的铁轮/震响,/传得很远,/宁静中弥满/整个胡同。(《槐树落花》)

  而早在路翎80年代初刚刚恢复创作,发表了五首诗②之后,曾卓就以诗人的敏感,立即作出反应,他撰文指出:"这里没有任何伤感,他歌唱的是今天的生活。这里没有任何矫揉造作,他朴实地歌唱着生活中的感受。这里没有感情上的浮夸,他的歌声是真挚、诚恳的。""这里展开了平凡的生活场景……能够在平凡的生活中发现诗,这是需要热爱生活的心灵。能够将平凡的生活提升到诗的境界,这是需要敏锐的感受力和高度的表现力。"③

  为什么会是这样?如果我们愿意回顾一下同时期的文学创作,大致不难发现,路翎创作中所"没有"的,差不多却正是被那一时期的文学凸现出来的表征:"伤痕式的记忆"、"伤感"、"矫揉造作"、"感情上的浮夸",诸如此类。路翎怎么可能避开这些呢?路翎本来是更有资格作这样的表现,而且被认为应该作这样的表现的。

  可是真正经历过大苦难的人也许并不需要靠苦难来证明和表现什么,他们甚至对自身非凡的、可以充分夸张和戏剧化的过去说也不愿多说,也许正是因为刚刚摆脱的恐怖经验,他们才会比常人更懂得体会平

---

  ① 李辉《灵魂在飞翔》,《路翎晚年作品集》,4页。
  ② 《诗刊》1981年10月号发表《果树林中》、《城市和乡村边缘的律动》、《刚考取小学一年级的女学生》,《青海湖》1982年1月号发表《月芽》、《白昼》。
  ③ 曾卓《读路翎的几首诗》,载《青海湖》1982年第6期。

凡、今天,才会发现和朴素地歌唱平凡中的诗意。牛汉特别注意到,路翎重新回到家里那几年,"固执而焦渴地到阳光下面行走",他还写了几行诗,记下了路翎的姿态:"三伏天的晌午/路翎独自在阳光里行走//他避开所有的阴影/连草帽都不戴//他不认路早已忘记了路/只认得记忆中的阳光/他的性格孤僻的女儿/远远地跟在他的身后"。① 这种对平常日子的"阳光"非同寻常的"固执"和"焦渴",其实可以看做一种心理和精神状态的隐喻。

呈现在人们眼前的路翎,如同一棵"黑绿色"的"老枣树","有着狰狞的外貌/度过峥嵘的岁月",只是"静静地""站立着"(《老枣树》),近乎呆滞地面对一切,无感无应;可是他的心灵世界却异常地活跃、丰富,并且相当奇特,他的灵魂"像是要飞翔起来":在沉静的夜晚,"星斗闪烁像是要飞翔起来","刺目的亮光像是要飞翔起来","顶端的窗户亮着像是要飞翔起来","夜的寂静像是要飞翔起来","婴儿的笑像是要飞翔起来","深沉的夜像是要飞翔起来"(《像是要飞翔起来》)。

三

路翎内心世界的紧张似乎在灵魂的飞翔中消失了,平常生活中一点点的诗意似乎也可以让精神放松下来。那么,他个人的那些苦难和经历,他未曾激越夸张地述说过、未曾大肆直接描绘过的恐怖经验,是不是在他的思想和感受中处于不那么重要的位置呢?他是不是能够让自己忘记——哪怕是强迫忘记、假装忘记,以使自己活得稍微舒心一点儿呢?

这怎么可能。你看他在 1984 年的《池塘边上》,分明就看到了新旧重叠的影子——

---

① 牛汉:《重逢第一篇:路翎》,载《随笔》,1987(6)。

池塘深底里有旧时候的倾诉上浮，/池塘闪光荡漾着/各时候捣衣、洗米的勤勉的农妇的影子，/以及/愤激的殉难者。(《池塘边上》)

历史的经验和意识使路翎没有沦为一个现实"新时代"的简单的歌颂者，"经过了患难"的人在"新时代"的现实经验往往格外纷繁复杂，要"突破缠绵的痛苦"，哪里是一件容易的事——

每日和噩梦搏斗，/行进于适时的雨、雪、晴朗与工作与想象中，/过去的年代死难了，/过去的年代鬼魂时时显影，/徘徊在现时的雨、雪、晴朗与工作与想象/与对这想象的想象中，/出现着恶魔的战斗精神；/时代也有这种纵深，/阳台上凝望着国家的疆土，/面前的都市有远处的巨大山河的/重叠的影，/与过去流血的纵深，/——高大的幻象里有善良的建设者自己的成就与/死难了的年代恶魔的形影。

(组诗《在阳台上》之十二《经过了患难》)

路翎有长达二十年的徒刑，可是写这种生活的诗只有两首，一首写拉车，一首写种葡萄——

囚徒拉着车子行走，/囚徒用绳圈套在肩上拉着车子前行，/凛冽的冬季的狂风里被陷谋的囚徒拉着车子，/太阳升起在监狱的劳动场上空，/太阳升起在生死场的上空，/太阳黄昏落下去了，红色的、冷的、严峻的。

(《拉车行》)

塞上寒冷/荒凉的黄土里扒出去年的葡萄/冷风和白云一同飞翔/夜晚有寒月和监狱的探照灯照耀/冤案错案里的犯人们种植葡萄/冤案错案的犯人们夜间谛听着/从荒凉的黄土里出来的葡萄/在

风里轻微地响着的声音/伸出来的柔嫩的枝/嫩绿的叶子
　　　　《葡萄》

　　这种遭遇造成的精神上的根本痛苦是——

　　我因欠时间的债而心跳恐怖,/我因劳动力被迫丧失/或无人来雇佣而痛苦战栗,/我行走在黑色死亡的空间
　　　　《旅行者》

　　这可能是路翎最直接地表达个人恐怖经验的诗句了。在我想来,路翎就是用这些诗句,既泄露着又压抑着的他那最惨烈的号叫。曾经被囚禁在路翎隔壁的难友绿原描述道:"每天二十四小时,除了睡眠、吃饭、大小便之外,其余时间都侧耳可闻他一直不停的、频率不变的长号;那是一种含蓄着无限悲愤的无言的号叫,乍听令人心惊胆战,听久了则让人几乎变成石头。"①

　　路翎内心世界的奇迹在于,他把个人这样恐怖、惨烈的经验承担了起来而没有被压倒,没有让这样黑暗的经验把心灵占满、把思路阻塞、把精神的不断生成能力扼杀。他的灵魂还有能力、还有空间飞翔,"劫灰深处拨寒灰",晚年竟然在自己的内心世界里造就出巨大的诗性存在。

四

　　我们在使用诸如"内心"、"心灵世界"这一类的词汇的时候,常常会觉得浮泛、模糊、无力,特别是当我试图以它们来描述和揭示路翎埋藏极深

---

① 绿原:《路翎走了》,载《南方周末》,1994-3-11。

的那一面时，更觉得词不达意。就在这时，路翎诗中一个反复出现的词突然灼疼了我的眼睛，这个词就是——"心脏"。我一下子明白过来，"心脏"就是很难抓住的路翎内心世界的核心，而且也就是路翎晚年诗歌的核心。路翎晚年超过五千行的诗，因此而融会贯通。

看看这是什么样的"心脏"吧。路翎写了"老枣树"的"心脏"，写了蜜蜂的"心脏"，还写了蜻蜓的"心脏"——

蜻蜓的心脏是有豪杰的火焰的蜻蜓的，/蜻蜓。(《蜻蜓》)

还写了马的"心脏"——

马的心脏知觉着经过的空间——危急的空间，/和时间，紧张的时间；/马的心脏有红色的火焰与白色的闪光外溢，/它自己看见。(《马》)

他写了"丧失者"渴望"心脏的新的繁荣"(《阳台上》之二十《丧失者》)，写了"失败者""火焰熄灭着的心脏痛苦"(《失败者》)，写了"经过了患难"的人"夜间的睡眠里有心脏的那时的痛苦的战栗形成的噩梦"，而从患难中复苏的老人"由于心脏跳动/来到阳台上了"。(《经过了患难》)

长达六百行的长诗《旅行者》无疑是路翎晚年诗歌中的重要作品，他反复修改，"可能直至临终都不认为自己已将它改定了。"① 这首诗以"旅行者"第一人称写道——

高耸着的是心灵的渴望/心脏是血液盈满穿着多层火焰衣服的火焰，/我探索和意识和敏感和看见和触摸历史，/于水泵厂的机器震

---

① 关于《旅行者》的"编者附记"，《路翎晚年作品集》，139页。

动声的夜,/我的幻想使我进入过去时代和新时代综合的炼狱。

又写道——

我于是从心脏里极深地和黑暗的地狱结成仇恨,/仇恨——刀子是总在我的身边/而有对于黑暗的知识。

他又重复道——

我有旌旗与带着刀刃/我的意识是我的心脏越过炼狱时的凶狠的冷静的火焰。

他特别醒目地重复道——

我的心脏是,/穿着多层火焰衣服的,内核是极强的火焰的、血液盈满的心脏。

在上引的诗句里,最突出地显明"心脏"特征的意象是"火焰",与"心脏"、"火焰"发生过最紧张关系的词应该是"炼狱"。这是一颗"越过"了"综合的炼狱"仍然有"极强的火焰"与"闪光"的心脏,只不过别人看不见——这也不要紧,"它自己看见"。

这颗"越过"了"炼狱"的心脏的坚强性、凝聚力、爆发度实在是罕见的,它的诗性表达创造出了几乎是不可思议的事实。从1990年3月1日到12日,是路翎晚年诗歌创作的巅峰期,在短短的十几天时间里,这位老人写下了两千多行诗,其中包括篇幅巨大的组诗《阳台上》和异常优秀的短制《落雪》、《雨中的青蛙》、《马》、《蜻蜓》、《失败者》等。自此以后,再也没有见到路翎的诗作。仿佛路翎积聚了全部的心力,在这一个巅峰期辉煌地消耗光了。这是多么复杂的消耗啊,要贪婪地体会平常日子的宁静,要时刻与浮到日常生活中的苦难和恐怖的阴影搏斗,要"在幻觉中呆站,又走回去寻找"。(《丧失者》)要"做战栗的停空的飞翔"。(《蜜蜂》)——而且还要消耗在对于自己和自己的同道们的毕生追求的无力的沮丧上面:忍心看看这颗"穿着多层火焰衣服的,内核是极强的火焰的、血液盈满的心脏"最后的沮丧吧——

> 事业失败,生活挫败者沿着朦胧、似乎变异的路归来,
> 来到阳台上凝望命运了。
>
> (《失败者》)

五

长期受到深重摧残和伤害的人在身体上、在精神上留下伤疤,是再自然不过的事了。路翎没有本领脱胎换骨,却凭借着一己生命所具有的强大的自我救治能力,开始了晚年的创作。他的晚年创作既可以说是他自我救治的结果,同时,在更大的意义上,也是他进行自我救治的方式,而且是最重要的方式,特别是诗歌创作。那么,在路翎的诗中,时常跳出一些刺眼的词汇、句子,表露创伤尚未完全恢复时的意识和思想形态,乃至于呈现已经结了口、定了形的伤疤,这不是很自然的吗?所以对此是一点儿也用不着讳饰的。不但不需要讳饰,而且应该睁大眼睛,看个清楚。然而另一方面,面对这样的伤疤,如果有谁竟能产生优越感以及因此而起责备心,那还是请他走开吧。要求一个人饱受摧残和伤害却不允许留下伤疤,即使留下伤疤也不允许伤疤太难看,谁有这样的权力?谁可以这样发昏?

路翎从1981年到去世,创作了不下于五百五十万言的作品,占总量百分之九十的中长篇小说至今未能发表和出版,《路翎晚年作品集》尽可

能全面地囊括了此外的作品,其中最引人注目的是诗歌。本文所论,基本限于诗歌。钱理群曾经发出过这样的呼吁:"如果我们真有勇气的话,应该把路翎的著作(包括晚年所写那些难以发表的长篇小说)全部出版,留给后人一个完整的遗产。"[1]而晚年路翎为了留下这份遗产,他全部的"魂魄"进行了怎样的"挣扎",他"火焰"般的"心脏"穿越了怎样的"炼狱":他"死前几天竟然还在服用——冬眠灵。知道吗,这种药为了抑制病人的狂躁,宁可让他变得痴呆⋯⋯"[2]

1998 年 11 月 16 日

(载《南方文坛》1999 年第 1 期)

---

[1] 钱理群:《精神界战士的大悲剧》。
[2] 绿原:《路翎走了》。

第三辑
小说:80年代

少年经验对于二十岁的人和对于五十岁的人是完全不一样的。对于一个二十几岁开始创作的人来说,少年经验是他生命当中唯一的经验,几乎可以这样说,唯一的经过一点点时间沉淀的经验。所以,少年经验有时候对跟它没有关系的人来说是毫无意思的事情,但是,在自己经验过那段经历的人看来,是刻骨铭心的记忆,是他永远也摆脱不掉的、有的时候像阴影、有的时候像阳光一样的东西,是他生命当中最真切的疼痛、苦恼或者欢乐。

重返 80 年代:先锋小说和文学的青春[①]

一

1985 年,上海外语教育出版社出版了一本书,叫《伊甸园之门》(Gates of Eden),作者是 Morris Dickstein。原本是 1977 年在美国出版的,副标题是"美国 60 年代文化"。这本书在 80 年代中后期非常风行,好像大学中文系的很多学生都在读。

书的前面有一些黑白照片,大致上可以看出这本书的内容。第一张是马尔库塞的照片,我们知道,马尔库塞是西方马克思主义的一个代表人物,他对马克思和弗洛伊德理论的综合成为西方 20 世纪 60 年代反文化的一个理论基础。第二页的照片是三位作家,一个是小库尔特·冯尼格,另外一个是诺曼·梅勒,最下面的大胡子是"垮掉的一代"的代表诗人艾伦·金斯堡。第三页是摇滚乐时代最有名的歌手,一个是滚石乐队的米克·贾格尔,另外一个是鲍勃·迪伦,接下来的一张是甲壳虫乐队刚刚在利物浦开始他们演唱生涯的照片,那个时候他们都还是穷光蛋。还有一张是 1968 年 8 月在纽约四十万人集会的伍德托克摇摆舞节——一个反文化节,乱糟糟的场面。接下来两张是反战游行的照片。最后一张是在 60 年代美国的大学里面经常看到的场面,柏克莱大学学生和警察的对峙。

[①] 本文由陈婧祾根据 2001 年 12 月的讲课录音整理。

从马尔库塞的理论到诺曼·梅勒、艾伦·金斯堡这样的文学创作,到摇滚乐,到学生的反文化运动,到整个社会的反战,大致上就是这本书的内容,概括了一个非常混乱的但是又充满生机的,而且在社会的各个方面都有一些新的东西在不断生长出来的这样一个时代。好像一个社会从50年代突然地发生了变化,一个社会的典型的感情、人们典型的意识,都发生了变化,有一些新的东西在生长出来。

当时,有一个学生就说,读了这本书,就想写一本书,仿照这本书来写一本中国文学、中国社会发生变化的书,这本书的名字就叫"1985年"。很多人有这样一个愿望,要把1985年这一年表述出来。其实对这一年的描述,就可以像迪克斯坦描述美国60年代文化一样,从社会的各个方面,从普通人的感情,从大众文化,从文学创作,甚至包括新闻,等等方面来着手。这是1985年刚刚过去不久以后说的话。说明这一年——1985年,中国人,特别是中国的文学知识分子包括文学学生的心里,留下的冲击非常大,而且它是来自多方面的。这种冲击里面肯定还包括一些很混乱的,当时摸不清、后来可能也说不清的一些东西。

先讲《伊甸园之门》这本书,不是说要把美国60年代文化和1985年发生在中国的事情做一个类比。没有这样简单的事情。但是确实有一些相像。比如,很多的事情就是那样从社会的各个角落冒出来,就那样发生了。也不是说,是这本书影响了中国1985年的变化。当然不是。想说的是,如果要讲先锋小说,讲先锋文学,其实有一个很重要的去理解先锋文学的途径,就是能够进入到1985年的现场。如果能够对那一年,那一年的前后发生的一些事情有一个感受的话,那么大致上就可以理解先锋文学。今天,我们在讲先锋小说的时候,拿出几个作家或者几个文本来分析,其实,这几个作家或文本看起来都是干巴巴的,不能还原到当时历史情境当中去的东西就很难读出什么意思来。说老实话,重新读这些先锋小说,那些当年曾经激动人的很多东西没有了。不是说它不好,而是说当年先锋小说非常奋力地去争取来的东西,很多东西,在今天已经变成了常识。当年让人惊奇的东西,现在变成了日常写作当中常见到的东西。所以,它不会让你激动,引起你的陌生感,也不至于对你的阅读构成什么样的挑战。但这个是它最大的成功,它把当时一些还没有的东西拿进来,当时一些非常陌生的东西今天变成了常识,"常识化",它要做的就是这样一件事情,就在于你今天再回头读那些文本的时候,你不那么激动了。比如说,我们现在看棉棉——70年代出生的代表性女作家——的小说《糖》,里面写到了吸毒,她引用了艾伦·金斯堡在他的《祈祷》里面引到的他母亲写给他的一封信。他母亲临死的时候写给他一封信,这封信是在他母亲死的第二天金斯堡收到的:"钥匙在窗台上,钥匙在窗前的阳光下——我带着钥匙——结婚吧,艾伦,不要吸毒——钥匙在窗栅里,在窗前的阳光下。"这其实是80年代常被引用的东西,《伊甸园之门》也引了;到了90年代末,到了21世纪,在某些新人类的小说里面出现,自然也很感人。不过,在反复引用过之后,它的冲击力当然不会有当年那么强烈。

二

先锋小说当时的叫法很混乱,有叫"新潮小说"的、"探索小说"的、"实验小说"的、"现代派"的,"先锋小说"也是一个很不严格的叫法。到现在也不知道该怎么叫。回过头去看1985年发生的事情,单单从文学上来讲,好像在那一年的前后一下子出现了很多注定要在文学史上留下来的作品。文学史的发展是非常奇怪的,很可能一百年就是一个空白,什么都没有留下来,但是,很可能突然一个时间、一个地方,会有很多的作品一下子都出现在文学史上。

在1985年,出现了寻根文学的很多作品,像韩少功的《爸爸爸》、《文学的"根"》等。之前,1984年,有张承志的《北方的河》、阿城的《棋王》;之后,有贾平凹的"商州系列"。

在1985年,出现了刘索拉、徐星的小说。这一些小说可以看成是与塞林格的《麦田里的守望者》和艾伦·金斯堡的作品一类品格的东西,是一些年轻人以一个非常叛逆的姿态对社会的事情来发言。

在80年代后期有一个"伪现代派"的讨论,刘索拉、徐星写的这些人,在中国的老百姓看来都是吃饱了撑的,闲着没事干。刘索拉写的是中央音乐学院她的同学,整天觉得生活没有什么意义,干些毫无意义的事情。从最表面上看是对当时僵化的教育体制有一种反抗。其实不一定看得那么狭隘,因为他们正好在学校里,所以就只好反抗教育体制;换别的任何一个地方,也会反抗那个地方的体制。这样一些内容,有点类似于西方的嬉皮士(不能把这种类似夸大)。那些艺术青年,用今天的话来说,他们那些另类的生活和思想,当初就让人觉得中国人现在怎么已经到了这个地步了。所以当时有一个很普遍的说法,认为这个所谓的现代派其实是假的,我们中国并没有这样的社会土壤、社会基础。其实是真的。要反驳"伪现代派"这样的指责,不要那么多的理论,只要讲读者的感受就可以了。按照"伪现代派"的说法,像刘索拉写的这样的情感、生活方式不可能引起中国人真正的感受,如果说你这样感受,你是在模仿一种时尚。其实,像这样一种对于社会的反抗,有的时候是莫名其妙的,你要说理由当然可以说体制非常僵化,压制、约束人的个性的生长,但有的时候可能就是一个青春期的骚动、不安,偏要跟什么作对的感受和情绪。当时刘索拉的《你别无选择》唤起了一大批青年人的认同,这应该不是假的。1985年我高中毕业,从山东半岛到上海读大学,随身带着两本杂志,一本上面有张承志的《北方的河》,另一本就是发表《你别无选择》的那期《人民文学》。而且刘索拉写的差不多是实事,她写的班级里的同学,这些同学当然后来一个个都是大名鼎鼎。但那个时候他们就是那样吊儿郎当地在学校里,不去上课,整天做一些无意义的事情,和老师闹别扭。他们就是这样过来的。徐星写的《无主题变奏》,写的是社会青年,没有刘索拉写的学校里的艺术青年那么高雅,是整天在社会上闲荡的一个人。像刘索拉和徐星的小说，基本上可以看做后来出现的王朔小说的一个前奏，特别像徐星的《无主题变奏》，作者都是北京的，只不过后来王朔发展得比他们更痞了。在刘索拉和徐星那里有一个很雅的东西，因为是嬉皮士。到王朔，把立场换得更加平民化，更痞一点，来写一个人对于社会的不满、牢骚、叛逆。这样的情绪一路发展下来，到90年代出现了朱文的小说，像《我爱美元》、《什么是垃圾什么是爱》等。

1985年文坛还特别注意到了一个东北人，他写的多是西藏的事情，喜欢说"我就是那个写小说的汉人马原"。这一年马原发表了很多作品，以前他一直发不出来。从1984年发表《拉萨河女神》，一下子走运了，在1985年发表了《冈底斯的诱惑》等等一大批。一个简单的说法，韩少功和寻根文学，以及刘索拉这样的青年人的反抗文学，它带来的变化基本上还是文学内容上的变化；马原的变化，更重要的不是内容，而是形式上的，或者我们把这个"形式"换成当时更流行更严格的说法，叫"叙事"。这个说法当然过于简单了，比如韩少功的《爸爸爸》，它在叙事上的变化也非常大，"怎么写"的问题不会比马原的更少。当时人们喜欢的一个说法是，小说到了这个时候，"写什么"变成了"怎么写"——那当然也是一个非常简单的说法——所以就有叙事结构、小说语言等等一系列的问题出现。对这些问题的探讨，不再和我们通常所要探讨的小说的意义、小说的认识功能联系在一起，它本身变成了一个独立的东西，可以把它叫成"文学的自觉"，或当时的概念"纯文学"。

还有残雪，《山上的小屋》也是在1985年发表的。

还有莫言。莫言在1985年发表了一个中篇，叫《透明的红萝卜》。这篇小说是和王安忆的《小鲍庄》发表在同一本杂志上——《中国作家》。莫言的出现，代表了小说写作者的主观观念非常大的解放。这个主观一开始主要还是指感官方面的，或者说得更朴素一点，是感觉，作用于人的耳目口鼻舌的感觉。钱钟书先生讲"通感"，通感是偶尔才会用到，在一首诗或一篇作品里，你不能从头到尾都是通感。小说比诗要长多了，可是，莫言的小说,在一个非常大的长度内,很可能从头到尾就是各种各样感觉混杂在一块儿,呈现出一种异常丰盛的状态。

大致上在1985年前后,先锋小说可以以这样一些人和这样一些方面的探索来作为代表。那个时候,好像文学发展得很快,过了一两年,1987年前后,一批比他们更年轻的人就出来了,像余华、苏童、格非、孙甘露等等。这些人都是在1987年前后开始在文坛上比较受注意的。那个时候也很怪。比如今天写小说,你可能写了十篇小说还没有人注意到你;但那个时候,很可能你写了一篇小说大家都会注意到你。当时社会的注意力比较集中,而且文学是当时的社会思想各个方面里面最有活力的一个部分,所以,整个社会的注意力集中到文学上也是很正常的。文学在今天不是社会最有生命力的东西;而且今天可以注意的东西也比较多,大家的注意力比较分散。

残雪、莫言、刘索拉、马原,可以各自代表1985年在小说创作上的一个方向。后面接着出现的人,可以把他们归类,比如说,格非可以归到马原的系统里面,孙甘露在语言上的实验也可以看做以马原为代表的小说叙事革命的方向上的一个小的方向。余华可以放在残雪的系统里面。我们知道残雪写人的非常丑陋、不堪、肮脏的生存状态,在这样一个生存状态里面人的心灵的扭曲,扭曲到难以想象的地步,可人还是若无其事地在这样一个内部心灵扭曲、外部肮脏不堪的环境里苟活。但是在这样一个苟活里面,他有一种恐惧。写出人的这样一种生活,而且写出这样一种生活的没有价值,对人的生存状态或者对人性的深度作了挖掘。余华的创作其实也是这样一些东西。从表面上看,他不像残雪写日常琐事里面到处可见的肮脏和日常世界里每时每刻都要经历的东西,余华写的是一些特殊时刻的暴力血腥;但是,他同样指向人性里面的一些东西来挖掘。孙甘露用语言的能指的滑动来结构一篇小说,给人一个非常吃惊的感受,读者读起来,就是一句话接一句话地流动,却不怎么指向语言背后的世界。后面我们再详细讨论这一点。

三

《伊甸园之门》专门一章介绍实验文学,介绍的实验文学作家有唐纳德·巴塞尔姆、约翰·巴塞、托马斯·品钦、阿根廷的小说家博尔赫斯、从苏联移居美国的纳博科夫等。马原在小说叙事、小说观念上的探索和变革多少可以对应类似于博尔赫斯的创作。这样一个小说叙事实验的兴起,其实是可以找到所模仿、所学习、所借鉴的对象的。当时马原最吸引人的就是马原怎么讲故事,吴亮有一个说法,叫"马原的叙事圈套"。《伊甸园之门》里引用了德国文学批评家瓦尔特·本雅明的一段话,这段话他说得很早:

每天早晨都给我们带来了世界各地的消息,但是我们却很少见到值得一读的故事。这是因为每一个事件在传到我们的耳朵里时,已经被解释得一清二楚……实际上,讲故事的艺术有一半在于:一个人在复制一篇故事时对它不加任何解释……作者对最异乎寻常和最不可思议的事物进行最精确的描述,却不把事件的心理的联系强加给读者。(《讲故事的人》)

这段话特别适用于马原的小说。文学批评里面有一种所谓的"母题分析",母题分析出来的结果其实是很令人沮丧的,所有的文学创作大致上都可以用几个母题来概括。如果是这样的话,文学确实就变得没意思,大家都在讲相同的事情。马原当时就能够把同样的事情讲得值得一听、值得一读。他的方法有点类似于本雅明所说的。通常,讲故事的人会把所有的东西告诉你,告诉得很清楚。他不一定会讲得很清楚,但是,他会给你一些感觉,让你明白。但是,在马原那里,这样一些东西是没有的,这样一些事物之间的联系、这种联系的意义是没有的,他给你的只是事物本身。传统的讲故事,其实是有一个作者暗示给读者的心理过程。在这样一个心理过程里面,你把事件联系起来了,通过作者暗示给你的意义,或者通过作者暗示你自己想象出来的意义把事件联系起来了。但是,在马原那里他没有这样强加的联系。举一个简单的例子。有一次马原和格非一块儿到复旦来作演讲,两人中有一个讲了一个故事:一个人要过河,他就先把鞋脱下来,把两只鞋一只一只地扔到河的对岸去,等他过了河之后,他发现两只鞋非常整齐地摆在一块儿,就像一个人把两只鞋脱下来,有意识地很整齐地放在一块儿。他觉得这里面有一个很神奇的力量,为什么我这样很用力地随便地扔两只鞋,它们会整整齐齐地摆在河边呢?马原的小说是怎么写的呢?他如果写这样的小说,他不会去按照我们通常的思想的意识探究到底是一个什么样的力量,他会精确地描述这两只鞋是怎么摆的,却不会对造成这样一现象的原因去做一个解释,不管了,然后就写下面的事情。我们传统的小说理论讲"含蓄",我们还知道小说家海明威有一个很著名的说法叫"冰山理论",作家写出来的东西只是冰山浮在海面上的很小的一部分,更大的一部分是在水下面的。"冰山理论"就类似于中国人所说的"含蓄",我有话,我没有说完,我说了一句话,另外一句没说,但是你能够知道我没说的另外一句话是什么样的意思。也就是说,虽然我没说,等于是我说了,即中国人说的"此时无声胜有声"。但是,在马原的叙述里面,他不是含蓄,也不是海明威的"冰山理论",他就是把这话省略掉了。因为含蓄的理论是我不说,但是你能够从我已经说的话里面知道、感受到。而马原没写就是省略掉,你根本无从推测他省略掉的是什么,事情和事情之间的链条缺了一环,他不给你暗示,你自己是没办法补上的。比如说,因果律是我们认识事情、认识世界、认识意义的一个基本的思维方式,虽然我们不经常用"因为""所以"这样的词汇来连缀我们的思想,但是,因果律是作用于你思维当中核心的部分,我们不自觉地用这样的关系来看待世界和看待我们自身的一些行为、意义。可是在马原小说里面,他很多东西都省了,这个因果关系就建立不起来。一个人在小说里突然死了,他怎么死的,他的死会有什么后果,我们不自觉地就会问这一类的问题。但马原的小说里,死了就死了,他不作交代,就是这样突然出现的事件,事件和事件之间缺乏联系,因果关系被打乱了。

马原的小说经常把很多看起来不相干的事情放到一块儿。这个是写小说的大忌。我们写小说总要讲情节、人物、情绪要集中,要统一。所谓的集中、统一,就是你要有一个互相连贯起来的东西。大家讲马原的先锋性的时候,总是把他和西方的作家联系在一起,其实马原是一个很典型的中国人,他的小说完全是一个很典型的中国人的写法。现在你很难说什么样的人是中国人,现在的中国人大多很西方化,只不过很多时候不自觉。我们从"五四"以来,接受的很多西方的观念已经使我们变得很难说我们是传统的中国人。就说小说,我们今天关于小说的观念,不是中国人的小说观念,都是从"五四"以后引进来的西方小说的观念。其实我们想一想,小说这个词反映到我们脑子里的时候,想到的小说都是西方的小说,或者"五四"以来中国的小说。但是,"五四"以来中国小说的观念是典型的西方小说观念。马原对传统小说观念的突破,不是突破中国小说的传统,而是突破"五四"以来我们所接受的西方小说的传统。比如说,我们讲究小说有统一的集中的人物、情节、故事,这是一个典型的西方小说的观念。而在传统的中国小说里面,中国人不把小说当成一回事,小说是个很随便的东西,它是一个志怪的、记人的、说事的,很多东西都可以当成小说。

马原看起来很先锋的小说,其实是有点要回到西化以前中国传统的思维里面去。比如说,中国画,可以把不同时间、不同地点看到的东西画在一幅画里面。我们刚刚接触西方画的时候,觉得中国人很落后,不知道焦点透视法什么的。其实,在马原的小说里就是这样。怎么乱七八糟的事物都放在一篇小说里去了?比如,小说里出现一个人物,这个人物会讲一个故事,小说里还有另外一个人物,他就讲另外一个故事,跟前面讲的故事互不相干,就这样组成一篇小说。那么比较起来,从一个真实的角度或者从一个还原的角度来看,哪一种方式更接近于世界本来的样子呢?至少在马原看来,中国传统的那种方式更接近于世界本来的样子。可能这个世界的很多事情本来没有联系,就是一些不相干的事情。你人为地把它组织起来,人为地给它一种联系,这样你已经离世界的本来面目远了。从一个单一的或者好一点说统一的视角来看事物,看到的只是事物的一面,你从这个单一的视角去看,可能看得更深刻,但是,这样一种深刻,它牺牲掉的是对于事物的总体把握、综合的观感。马原就是强调,这样一个单一的视角对观察世界、还原世界来说是不够的。所以,他小说里的视角不断地变化。

这样的变化造成了一个因素。我们讲小说的艺术是时间的艺术,一个事情有开头有结尾,更本质上说,小说是用语言写出来的,你在读小说或者他在创作小说的时候,只能是一句话一句话地说、一句话一句话地看,这样一个过程本身就是时间的流动。其实时间比空间在小说里的作用更大,这个观念本身也是一个西方化的观念。在中国传统小说里面,很可能就是时间变得不重要,或者有意使时间变得不重要。比如说《红楼梦》,它一个场景写完了换到另外一个场景,然后再换一个,它的场景不断地变化,而同时,你觉得时间是静止的,重要的是它给你的空间。在《红楼梦》这样一部长篇小说里,重要的其实是一个空间展示的问题。马原的小说也是这样,一个视角讲一个故事,那肯定是一个时空里,而突然又换另外一个视角,肯定带来另外一个时空。视角的变化必然带来时间的切断,空间的因素变得更加重要。可能在日常世界里面,我们自己也感觉到我们的生活是一个空间不断变换的生活,尽管时间在同时不断地流逝。时间的流逝是一个人的生命的感觉,但是,你在经历事情本身的时候,其实是不怎么有感觉的,你知道我今天干了什么事,明天又要干什么事,主要就是一个空间场景的不断变化。也就是说,在我们认识世界的时候,空间因素可能更重要,至少在当时。

马原小说表面上非常突出的一个叙事方式,现在已经用滥了,叫做"元叙事"或者叫"元小说"。"meta-"的前缀,比如说物理学加上这样一个前缀,就是形而上学,小说加上这样一个前缀,就是"关于小说的小说",就是说在小说当中讨论小说创作的小说。也有一种翻译的方法,叫"后设叙事"。马原在写小说的时候,他突然会跳出来说,我怎么写到这里了,我写不下去了,我下面应该怎么写呢?本来在我们看到的创作里面,创作过程是被排除在作品外面的,你看到的只是一个作品,你不知道作家怎么来创作这个作品。但是,马原是把他的创作本身和他的作品混到了一块儿。他把他的写作过程写到了作品里面,他会跟读者讨论我下面怎么写更好。它会带来两个结果。第一,传统上我们读一个作品,作者要把你带入他创造的这个世界,让你以为这个世界是真的,让你陷入作品里面越深越好。而马原不时地告诉你这是假的,这是我虚构出来的,还可以有另外一个虚构。他把作品给人的真实的幻觉打破了。第二,作家跟作品之间的关系,作家不再是一个很神秘的创造者,比如我们很多作家愿意强调作家就是用语言来创造一个世界,我们读作品的时候,很想知道作家是什么样的。这个感觉其实是他有意造成的,他有意不让你知道创作是怎么一回事,反倒勾起你对创作的神秘感。马原这样做,作家的神秘感、创作过程的神秘感被打破了,而且作家不再是高于作品了,作家本身就是和他创作的东西一样。马原叙事的内容包括他自己,使自己的创作过程、自己的状态也被叙述。这样一来,自己和作品中的人物、事件处在一个同等层次上。他不再是上帝。我就是那个写小说的马原,我就是那个汉人马原。这是典型的马原小说。因为这个方式太显眼了,后来模仿的很多,一直到今天也还很多,有时候显得很不必要,你不知道他为什么这么说。而在马原那里,他是有意思的。马原的写作方式,影响了一批人,带来了对小说的重新认识。

四

另外应该讲一讲的是苏童。我们的文学史会讲到《妻妾成群》。大部分的人知道苏童是因为《妻妾成群》以及根据《妻妾成群》改编成的电影《大红灯笼高高挂》。一般的文学圈子里的人知道苏童,是因为此前写的以"枫杨树"这个名字为系列的乡村历史传奇,他把他写的那个乡村地方叫枫杨树。比这部分人更少的人知道苏童,是因为苏童在"枫杨树"之前,写了一组少年的故事。这组少年的故事发生的地方都是一个南方的小城,其实就是苏州。在这个南方小城,有一条街,后来,他把它叫做"香椿树街"。苏童的成名作应该是这样一系列的南方少年的故事。

这是苏童刚刚写作的时候写的东西,而且,他一直对这一类东西比较迷恋。后来,他写乡村传奇,完全靠文学的想象力,《妻妾成群》更是这样的东西。而"香椿树街"的南方少年的故事,其实是有他自己的生活经验在里面的。少年经验对于二十岁的人和对于五十岁的人是完全不一样的。对于一个二十几岁开始创作的人来说,少年经验是他生命当中唯一的经验,几乎可以这样说,唯一的经过一点点时间沉淀的经验。所以,少年经验有时候对跟它没有关系的人来说是毫无意思的事情,但是,在自己经验过那段经历的人看来,是刻骨铭心的记忆,是他永远也摆脱不掉的、有的时候像阴影、有的时候像阳光一样的东西,是他生命当中最真切的疼痛、苦恼或者欢乐。苏童把这样一些东西写出来,非常好。苏童是一个典型的南方人,苏州人,不会把自己的个性非常张扬,他就写那种很阴郁的带着个人伤痛的一些东西。这样一些东西可能不是非常了不起,杰作说不上,但是,永远会是一些很优秀的东西。

苏童出文集的时候,特意编了一本《少年血》,这一集可能是苏童的小说里面在艺术上写得最讲究的一些东西。他这个少年经验的系列里面较早的一篇是《桑园留念》,是大学刚刚毕业的时候写的。苏童的写作很早,但他初期的写作一直不成功,在大学里面老是投稿,老是退稿。不好意思了,他就用他朋友家里的地址,很羞涩的一个人。大学毕业以后分到南京工作,就写了《桑园留念》。南京这个地方很出作家,有一帮子人在写诗写小说,苏童也在这个圈子里面混。写了《桑园留念》以后,自己感觉写得还不错,要拿给朋友们看,又不好意思,他就趁人家不在,塞到人家家里。其实,大家都是一些没发表过作品的人。他们看了之后,觉得苏童会写东西。但《桑园留念》也是不断地投稿,不断地退稿,这个稿子在全国的各个编辑部流转了三年多,后来在《北京文学》发出来,是1987年的时候。他里面有这样一段话:

> 我之所以经常谈及《桑园留念》,并非因为它令人满意,只是由于他在我的创作生活中有很重要的意义,重读这篇旧作似有美好的怀旧之感,想起在单身宿舍里挑灯夜战,激情澎湃、蚊虫叮咬、饥肠辘辘。更重要的是我后来的短篇创作的脉络从中初见端倪。……从《桑园留念》开始,我记录了他们的故事以及他们摇晃不定的生存状态,如此创作使我津津有味并且心满意足。
>
> 我从小生活在类似"香椿树街"的一条街道上,我知道少年血是黏稠而富有文学意味的,我知道少年血在混乱无序的年月里如何流淌,凡是流淌的事物必有它的轨迹。

其实,对苏童的这一组小说用不着什么评论。他自己说得就很好,"一条狭窄的南方老街","一群处于青春发育期的南方少年,不安定的情感因素,突然降临于黑暗街头的血腥气味"。在这种少年故事里面经常会写到一些血腥,但他这个血腥写得不像余华那样血淋淋的,而总是带着忧伤,莫名所以,写"一些在潮湿的空气中发芽溃烂的年轻生命"。按照我们通常的说法,这应该是一群最富有活力的生命,他却写出了这群最富有活力的生命当中那种阴暗的非常容易溃烂的性质。刚刚发芽的年轻生命，当然可能预示着发了芽它会长起来，长大，但是，也非常可能这个芽在还是芽的时候就死掉了，就被折断了。他写出了后面这一种令人不能释然的发芽溃烂的年轻生命，"一些徘徊在青石板路上的扭曲的灵魂"。这样的生命在这样一个阶段本身就可能是非常混乱无序的。

苏童在写这一系列的时候，通常用第一人称，"我"常常是小说里面的一个人物。这个"我"，是一个少年，他在看世界的时候，就是一个少年的眼光、少年的视角，来写少年经历的事情。就是说，苏童在写这些事情时候，不是以一个已经经历过这些事情已经长大的人回过头去再重新看待这些事情。因为你在经历过这些事情以后，你已经长大了，你至少对这些事情有了一个看法，对过去的经验可能还不十分明晰，但已经有了一个判断、一个总结。但是，苏童写的这一个"我"，正在经历着这些事情，他对这些事情根本就没有判断。他以这样的眼光来写，充满了不确定的因素。对生命不明白，但是生命在要求你明白，生命在冲撞着你，不管是从生理上、从与社会的接触上。苏童把这样一种状态写了出来，他以他当时那个年龄的视角来写。所以这样一批小说，说它是少年小说，不仅是因为它的题材、它的内容是写少年的，更重要的是它的眼光、它对事物的感受是少年的。

五

还要讲的是孙甘露小说的语言实验。本来我们通常以为的语言，是用来表达一个意思的东西，不管它是载道的，还是言志的，在一个范畴里，载道和言志是对立的，可是，从另外一个更大的范畴来看，它们是一回事，都认为语言是表达某个意思的工具，不管意思是什么，不可能设想语言是什么都不表达的。可是，在孙甘露的小说里面，在这种语言实验里，语言不表达什么明确的意思,既不载道也不言志,也不传达我们日常语言里所有的确定的意义。这样一来,语言解放了,也就是说语言不再是语言之外的一个东西,语言的组合,词汇和词汇组合在一块儿,句子和句子组合在一块儿,这样的组合也不一定是要为了一个特定的目的,为了传达,为了输送某种意义来组合在一块儿,也就是说把语言从语言的意义中解放出来,语言最大限度地获得了它本身、它本身的自由。我们的文学史里说孙甘露的小说的语言就像超现实主义的诗,把他小说的语言分行排,就像诗一样。什么是超现实主义?这里不是用一个严格的超现实主义的流派的概念,而是说语言在这里的运用,不再是我们在日常生活里面常规下的语言运用,它变得不指涉语言之外的现实。那么,它变成了什么?在这样的语言运用当中,所指的功能越来越减弱,而能指的功能越来越大,它这句话可能指涉任何的意义。如果所指的功能很强,那么这句话、这个词所指的意义是非常确定的,而把这样的功能减弱之后,一方面可能是没有任何意义,另外一方面是它也可能指任何意义。所以,我们读孙甘露的小说,多少会有这样的感觉,你不知道他在说什么,你好像知道他在说什么,但是你不能确切地说他在说什么,他的语言像梦境里的语言一样,词汇本身获得了很大的自由,但是,词汇连缀在一块儿的意义就不知道了。

这样的语言体验有点类似于人在迷幻状态当中的体验。意大利电影导演费里尼写的一段话可以用来解释。费里尼讲他喝了一点迷幻剂后的体验:

> 前几天,当我有濒死的感觉时,物体便不再拟人化了。原来一直像一只奇怪的大蜘蛛或拳击手套的电话,如今只是电话而已。也不是,连电话也不是,它什么都不是,很难形容。我不知道那是什么,因为体积、颜色和透视的概念,是了解事物的一种方法,是界定事物的一组符号,是一张地图、一本可供大众使用的公认的初级教科书,而对我来说,这种与物体的理性关系突然中断了。

你判断一个东西,比如他举的例子——电话,凭什么你看到那个东西,你的意识里马上反映是电话?这里有很多综合的信息,比如它的形状、颜色、放的位置,等等。因为构成电话的每一个因素都是有意义的,它的颜色、形状、体积,这些联系起来指向某个意义,综合起来,使你判断它是电话。可是,如果把这些因素都割裂开来,颜色是颜色,形状是形状,你就没办法判断这是电话。本来你和那个东西形成的关系是我和电话之间形成的关系,而不是单独和颜色、形状之间的关系。

有一次,为了满足正在研究迷幻药效应的医生朋友们,我答应做他们的实验品,喝下了掺有微量仅一毫克迷幻药的水。那一次,客观的物体、颜色、光线,也都不再有任何可辨识的意义。那些物体是它们自己本身,浸浴在明亮而骇人的辽阔寂静中。那一刻,你对物体不再关心,无须像阿米巴变形虫那样用你的身体笼罩一切。物体变得纯洁无邪,因为你把自己从中抽离了;一次崭新的经验,就像人第一次看到大峡谷、草原、海洋。一个充满了随着你呼吸的韵律而跳动的光线和鲜活色彩的洁净无瑕的世界,你变成一切物体,与它们不再有所区别,你就是那朵令人眩晕地高挂在空中的白云,蓝天也是你,还有那窗台上天竺葵的红、叶子和窗帘布纤细的双股纬线。那个在你前方的小板凳是什么?你再也无法给那些在空气中如波浪般起伏振动的线条、实体和图样一个名字,但没有关系,你这样也很快乐。赫胥黎在《知觉之门》(The Doors of Perception)一书中,耸人听闻地描写了这种由迷幻药引发的意识状态:符旨的符号体系失去了意义,物体因为没有根据,没有是否存在的问题而令人放心。这是至福极乐。

在迷幻药的作用下,你和世界的日常的理性的联系都没有了,在这个世界里你所看到的东西都变成了它们本身,你想到的一个东西不再是它的功能、它的用处、它和你之间的关系、它的意义,因为失去了这些东西,它们本身获得了极大的解放。就像费里尼描述的,物体变成了物体本身,物体不再是日常人为的加给它的东西,所以这个时候你的感觉是非常放松的,甚至到了"至福极乐"的状态。

这个就有点儿类似于极端的语言实验,语言的所指被减少到极点,只剩下能指,只是一堆漂亮的词语,念出来是一堆漂亮的声音的组合。当时类似于孙甘露这样的小说引起年轻人的兴趣,就是这样一个效果,不恰当的比喻,类似于吸毒的效果。虽然以前看到过草原峡谷或者河流,但是,你从来没有这样看到过草原峡谷或者河流。好像你是第一次看到,语言原来是这样的,语言原来可以不指涉任何东西,它本身就可以构成一个很美的流动的语言过程。

但是,这个只是在迷幻药作用下的第一个阶段。接下来,费里尼说:

> 但是突然被排除在概念的记忆之外,让你掉入无法承受的焦虑之深渊里;那前一刻的狂喜转瞬变成地狱。怪异的形体既无意义也没有目的。那讨人厌的云,那教人难以忍受的蓝天,那活生生的令人作呕的双股纬线,那你不知道是什么东西的小板凳,把你掐死在无尽的恐惧中。(《我是说谎者:费里尼的笔记》)

他突然看到空气中的云彩、线条不再是日常在清醒的状态下看到的,那些东西特别好、特别纯洁、特别是它们自身,它们没有意义,没有作用,就是那么自在地待在那儿,可是时间一长,就觉得没有意义、没有目的,它们之间没有任何联系、和你也没有联系的这些东西,其实是很让人焦虑的,你没法适应这样一个世界。你不知道这些东西是什么,除了只是一些纯粹的线条、声响。他描述说,这样一个"至福极乐"的状态会在某一个瞬间转变成一个你难以忍受的状态,唤起你无尽的焦虑,天堂一下子会变成地狱。可能吸毒到最后都有这样一个阶段。

如果语言没有所指了,它只变成了能指,看起来语言是变成了语言本身了,它不再一定要表达什么东西,它好像获得了它自己的自由、解放、幸福。但是,这样时间一长,你会产生怀疑,什么是语言本身?语言本身难道就是它没有所指?以往,我们把语言完全工具化,不承认它本身的特性;那么,现在把它所有的所指的成分去掉,这就变成语言本身了?一个人说话、写文章,正常的意义是既有语言的能指的部分,它也同时具有语言的所指的功能。否则的话就是梦话,就是一串没有任何现实意义的东西。这个严格说起来,就不是语言。语言本来就是由这两部分构成的。任何人为地去掉一部分,或者减弱一部分功能,加大另一部分功能,它所带来的幸福、自由的感觉也是短暂的。过了最初的兴奋期之后,你会觉得这个东西无法认识。

六

先锋小说在时间的概念上,大致上应该是 1985 年或再稍前一点时间到 1989 年。现在,很多人谈 90 年代是的先锋小说,其实不对的。90 年代没什么先锋小说;如果说还用先锋小说的概念的话,一定跟 80 年代所指的是不一样的概念。虽然,在 80 年代中后期写先锋小说的这些人在 90 年代还在写,但是性质已经发生了非常大的变化。比如说像余华、苏童等等,在 90 年代是非常重要的作家,但是,他们的写作已经很难被称为先锋写作。先锋这个词是借用的,这是一个军事术语。先锋的命运是不知道它下一步是什么,它是要为后面的大部队来开辟道路或者来探明情况、获得信息。我们把它用在写作当中或者用在文化上,其实是说这一部分的人的写作、文学实验是和大部队、和社会的主导潮流的工作是不一样的,他们是要去探索一种不仅是没有成为这个社会的主导作用,而且可能是这个社会、这个写作的规范还没有意识到的东西,或者说是去摸索一种可能要对现在的主导潮流、写作规范、写作体制形成某种反叛力量、某种挑战的写作行为。这样一种写作行为我们叫做先锋行为。那么从另外一方面来讲，这样的写作行为因为它是向未知的领域探索的，它会对已经形成的社会的主导规范形成挑战、反叛的力量，所以反过来讲，它必然也会遇到一个比它更大的社会主导力量的阻碍。把词语的色彩降低到最低点用"阻碍"，比如还可以用色彩更强的"压抑"、"压迫"、"排斥"、"反对"等等。这个阻碍包括很多方面，不仅仅是来自正统的政治的意识形态的阻碍，还来自已经习惯化了的我们的审美习惯、我们的日常感知世界的方式、我们的文学教育对这一类东西的本能的反抗。先锋的发展和先锋的产生过程，一定是伴随着挑战和对挑战的克服，处在这样一个对立的关系中，然后在这样对立的关系中获得它自身的意义。先锋的意义就是原来你不习惯的东西慢慢有一部分人接受，有更多的人接受了，最后被整个社会的大众所接受。这个时候已经没什么先锋的意义了。它从原来向主导的文化潮流、审美习惯挑战的写作行为变成构成社会主导潮流、构成文学的审美习惯当中的一部分力量，或者很重要的一部分。比如说，像苏童、余华这样的作家，在80年代人们是根据那个时代主导的社会潮流所形成的文化标准、文学标准来判断他们，而今天的人在判断文学的时候，是根据他们——莫言、张炜、张承志、史铁生、韩少功、王安忆，这样一部分人形成的文学标准、习惯、审美经验来判断其他人。这个时候，再讲他们是先锋的话，就没有先锋本来应该有的含义。如果说90年代还有先锋的话，那一定是另外一批人，另外一种写作。

青春常常和先锋联系在一起，那是因为，青春本来就是为即将充分展开的生命进行探险的先锋。

（载《南方文坛》2004年第2期）

马原观感传达方式的历史沟通

——兼及传统中西小说观念的比较

写下这个题目我自己都有点心惊。我猜想如果问马原哪些作家对他有较大影响时,他开列的会是一长串的外国名字,诸如博尔赫斯、拉格洛孚、马尔克斯、福克纳、海明威……你无论如何也无法把马原与他们割断,无法对马原所构筑的小说世界中或隐或现的异域的幽灵视而不见。甚至可以说,没有他们,就不可能有现在这个样子的马原小说。尽管如此,读马原和读博尔赫斯等仍有感觉上的极大不同,特别是在马原那层表面的陌生逐渐消除之后,我对马原小说竟产生了一种亲近感,一种自觉从内心发出而非经过多么艰难的理性思索的认同;而面对那些"洋货",由于始终有一种"隔"的感觉,终究无法达到同样的效果。从这种感觉出发,我认定在马原独特的观感传达方式背后,存在着与我们这个民族文化的特质相沟通、相联结的东西。进一步说,马原对世界的态度及其小说的表现方式根植在自己民族特定的历史和文化结构中。

人命中注定了必须是一定文化结构的体现者,这不仅仅是因为外在的教育、影响对人施加的作用,更在于文化的遗传性无法割断,它像血液一样在身体诞生的时候即已存在其中;在于集体无意识的绵延继承,它同样排斥人的主观努力而独立潜行默运。这一切成为意识的"先结构"而体现出本民族文化的基本骨架和精神内核。在吸收外来文化成分时,首先是一个选择的过程,选择的对象则必然是那些有认同的成分的;同时吸收又包含着转化与改造,其基础和前提则是先在的本民族的文化结构。因此,试图超越或摒弃那种"先结构",往往是徒劳无益的。幸好马原聪明地宣称:"我深信我骨子里是汉人,尽管我读了几千本洋人写的书,我的观念还是汉人的。"他同样认定这是"没法子的事"。①

我们还是先进入马原经营的独特世界。按照已经习惯了的阅读方式,我们一遍又一遍地寻找心理期待的东西,如意义的明晰性,人物、事件之间的关联性,小说逻辑的必备因由及必然结局,等等等等。当精疲力竭的时候,才恍然大悟:这里不提供对于期待的满足,这个世界好像正是与预期心理作对似的。倘若能够进一步把按照我们习惯性想象构成的世界与马原的世界进行比照,反躬自省,我们是否会发现那种一捧起小说就有的惯性预期的虚幻色彩?当作出这样一种判断的时候,我们不自觉使用的坐标是现实世界的真实性,马原恰好正是以此为参照来达到真实性的还原。这里还要加上一句本可以不说的话来做一补充,即:这里所说的真实性并非就是说马原笔下的一切都可以在现实世界中找到对等物,而是强调马原小说世界中的人、事、物的存在状态和结构方式与现实世界具有某种程度上的同构关系,即使马原的小说是完全虚构出来的。

马原的还原真实的意愿和努力是体现在他的观感传达方式中的。马原对外在于自己的世界的基本态度和行为是观感,是体验,是把自己投诸现象世界而拒绝对现象世界做出各式各样的推理和判断。在这里,马原明显地呈示出一个传统中国人的典型的思维方式,体现着中国艺术的基本精神。据此,马原的非因果叙事方法,对众多偶然因素和可能性的重视与把握,叙述角度的变幻,作者与他所构造的世界的关系,叙述的现时性、随意性等等,都可以得到解释。

与西方运思方式的轻现象、重"理念"、重"本质"不同,在传统中国人的意识中现象世界占据了极重要的地位。柏拉图认定现象是虚幻不真的,因而人为地制造出一个秩序井然的理念世界;中国道家却是现象世界的崇拜者,认为万事万物自生自然自足,人为万物之一,没有特权和资

---

① 马原:《马原写自传》,载《作家》,1986(10)。

格对这个世界指手画脚。马原对他所展示的世界基本上正是这一中国式的态度。他拒绝西方式的推理与判断是因为他对这种概念、逻辑的不信任和对自在自足的现象世界的尊重,在马原小说中,呈示的是斑驳陆离的生活被体验的原貌和人的生存的自在形态。新近的长篇《上下都很平坦》开头的四句话就隐约地表现出马原的观物态度和艺术处理手法:"我清楚记得/就在堤坡上/那三颗弹子/显得自由自在。"对这种自在之物的态度,对人的生生死死、喜怒哀乐,马原非但未突出、夸张一般小说中所具有的情感反应,几乎可以说是漫不经心,颇有点"纵身大化中,不喜亦不惧"的味道。可以看出,当小说世界作为与现实同构的存在物时,作为作者,马原自觉地不再充当传统意义上的主宰而表现出居高临下的自傲或局外人的冷漠。马原是作者、叙述者、参与者,甚至是被叙述者。马原创造了他的小说世界,而他自己也成为这个世界的普通的一部分,无法凌驾于其上。这似乎已陷入了一个逻辑悖论,然而马原却是心甘情愿地欣赏、想象、描述现象,并把自己包括进去,而不去人为地界定、概括、分割、联结自在自足的现象世界,更不是用它来填充自己理性概念的框架,把它当做达到某种虚设的目的的手段。既然马原描述现象世界只是为了现象世界本身(特别是在马原 1985 年之后的作品中这一趋向更加明显),那么在作品呈示的经验背后寻找哲理、象征诸如此类的东西,其效果是大可怀疑的。关于这一点,我们可以把和马原有点"貌似"的洪峰小说对照,马原从未表现出洪峰在《生命之流》、《极地之测》等"生命系列"里表现出的对形而上的东西的执著与信任。可以说,哲理意义的深刻是马原的观念所不能容纳的。马原感兴趣的不是超越具体真实的抽象本体,不是建立在假设基础上的人为的结构和秩序,而是直观于中国人眼中的丰富、庞杂和混沌为一的现象世界。少判断少哲理的马原小说使传统的阅读方式陷入困惑,马原却不止一次地对类似于"你的小说是什么意思"的疑问表示反感,我相信马原自己也无法弄清小说确定的明晰的意义。因为面对驳杂混沌的现象,作为万物之一的人的思考是很难规定明确指向的。对人们的刨根问底,马原揶揄说:"主要是人们认定没有说明不了的东西,也可以这样说——没有哲学解决不了的问题。"①这种揶揄透露出的对知性的极大怀疑,恰恰是中国文化的基本精神和思维方式的基本特点。

现象是混沌为一的世界,是共时并存的多种人、事、物,那么对现象世界的描述与呈示即使是只局限在经验的范围内,要求单一的情节与主题,创造单一的情绪,遵循直线型的因果追寻方式来完成作品也是不可能的了。因此,马原小说中就出现了与整体性崇拜的传统中国思维方式相适应的平行故事并置组装法和非因果叙事方式。《叠纸鹞的三种方法》、《拉萨生活的三种时间》、《四个女人和三个阶段性想法》等,都是把互不相干的故事拼凑成篇,即使单从标题的数量词,也会产生这种感觉。以《叠纸鹞的三种方法》为例:小说是由新建和罗浩的事(叙述者叙述)和一桩刑事案及一个养狗老太太的故事(叙述中的叙述人小桑格、刘雨叙述)叠加而成。习惯上人们认定小说是时间的艺术,可是在这里,作者削弱了时间的意义而试图强调空间的地位,赋予多重空间以张力。无意中马原暗合了中国古代艺术、特别是诗画的表现方式(中国古典诗画中意象、景物的呈现往往是非同时同地从各个不同视角观察得来的结果的综合的整体的呈现,造成一种空间张力。中国诗画都不大讲究单视角的焦点透视关系)。这决不是说马原小说一定受了中国古典诗画的影响,况且由诗画到小说还需要一定的中间转换的环节。从这种暗合得到的启示是:艺术表现方式决不是独立存在的,它总是摆脱不了本民族文化思维方式的制约;共同思维方式制约下的艺术表现方式,即使是在不同的艺术品类之间,也可以找到相通的精神。

人为的逻辑结构使人们天长日久地相信生活是严整关联的存在,可是在多重空间里平行并置的故事没有联结,当然谈不上因果关系;即

---

① 马原:《哲学以外》,载《当代作家评论》,1987(3)。

使是一个故事,马原呈现的常常是有因无果(此处的"果"即为读者按照作者所提供的因素、关系等所预期的东西),有果无因或者干脆就是既无因也无果的经验的碎片。《游神》大概就是一个不甚了然的故事,小说提供了一个故事框架,可是有好多地方是故意空着的,没有充分的因由能做出让人信服的解释。《冈底斯的诱惑》煞有介事地安排了陆高、姚亮两次探险,冒雨去看天葬和寻找野人。结果是没有结果。因果律本来就是中国人运思方式所不屑一顾的,马原摒弃了这一连接世界的链条,使小说世界与中国人眼中的真实世界达到某种程度的契合和同构。实际上,因果关系大都取决于叙述者的愿望和动机,承认和建立这种关系无疑就是一种判断和人为的介入,这种行为和马原的观念相冲突因而不为所用。对有因有果的连锁反应具有极大破坏力的便是众多的偶然和可能的存在,马原对偶然因素和可能性的注重使它们在小说中占据了极突出的地位。类似于陆高刚结识不久的漂亮藏族姑娘突然没来由地死了(《冈底斯的诱惑》)这样的偶然事件的参与,是马原故事的一个明显特征。那么,对与偶然性相连的可能性的把握就成为马原的一个目标。《回头是岸》这篇不甚成功的小说的结尾过分直露地显示了他的意向:一个女人心房插着一把刀死了,作者罗列死因——"……我姐姐是因为喜欢你才死的呵。""……是我杀了姐姐呵。""……姐夫是因为我才杀了姐姐呵。"用作者的话说,"有什么可能是完全不可能的呢?"马原在不同的小说里把同一人物同一故事变来变去地写(特别是知青题材的小说),是否也正体现了作者试图把握多种可能性的愿望呢? 有人说马原小说中充满了神秘色彩,我倒是觉得除了马原笔下的拉萨生活本身赋予这种色彩之外,便无其他神秘的东西。神秘感的产生主要在于人们不习惯于非因果叙事方式,无因可寻,无果可找,时间断续,空间零碎,便觉得不可思议了,突发性、偶然性和种种可能情形的大量介入更加强了这种感觉。其实,比照一下你投身其中的现实生活,你便不会觉得神秘感是作者故意玩玄制造出来的,非逻辑非线性的经验本身即构成了人与世界的真实关系，这是对人的永恒的诱惑。

叙述角度的变幻是贬抑时间的作用呈现多种空间关系所必然要求的。在语言艺术中，由于语言的排列是线性和时间性的，多视角决不可能做到绘画意义上的绝对的并时共存，而只能无可奈何地轮流坐庄，所以小说中的空间张力只能在读完整个作品时才能得到完整的呈示。应该说，马原正是以视角的变换作为他结构小说的依据的。每一个视角都追寻一条时间线和一个空间面，马原作品的丰富、驳杂、多面性、多维向正是在此基础上构架起来的。中国传统思维不愿意为一点一面而舍弃整体的把握，它牺牲片面的深入而求综合的观感。多视角无疑大大提高了这种可能性，使马原始终眷恋这种方法而做得心安理得。与众不同的是，马原常常把视点拉到能观照到自己的地方，作者或者叙述者的马原成了被叙述的对象，被叙述者却摇身一变与创造他的主人换位。比如《战争故事》，比如《西海的无帆船》，比如《涂满古怪图案的墙壁》。既然每个人都是现象世界极少的一部分，那么马原就必须表现出与他所经营的世界中的人物平等相处的姿态。有时马原把自己分成两个人，拉开距离，同时兼任叙述者和被叙述者的角色。于是正在进行的叙述过程反被另一个马原所叙述，多种叙述互为参照、评判，最后叠加、融合为一体。马原的多视角产生了叙述的现时性与随意性，其根基在于对现时的叙述作为一种现象而与其他现象平等为一的理解。马原在作品中不厌其烦地提到自己正在进行的写作情况和种种意图，表明在他的观念中，叙述本身并不比被叙述的故事情节高出一头，它同样可以被叙述而丝毫不享有什么特权。表面看来，叙述失去了不可触犯的神圣，它可以被另外的叙述所叙述，其实际效果正相反：正因为它被叙述出来而与它所叙述的比肩而立，不再像以前那样躲避在后面不为人所见，它才被发现、被注目，才同样可以被突出、被强调。马原揭去了蒙在叙述头上的面纱同时还给它应得的地位，小说不但是历险的叙述，同时也是叙述的历险，这是否反映了叙述观念的变化？就马原个人来讲，这种变化是毫不奇怪的，他所观感、体验的现象世界使他能够经验到每一部分而不仅仅从中提取一点一面。这里该补充一句的是：作为汉人的马原在现象世界面前的整体性崇拜与有机把握是包括不同层面的。把握与体验被叙述的人物故事情节是一个层面，把握和体验叙述本身是另一个层面。

前面说过，马原的观感传达方式体现了他还原真实的愿望和努力。到此我们就可以看出，马原对真实性的理解就是让外在世界最大限度地自在自动地呈现，最大限度地减少人为的对自在之物的介入和干扰。人对现象世界做艺术处理时，最理想的状态是做无为的观照。这正透露了中国艺术的精神。

但这种"无为"须是艺术处理基础上的无为，如果连艺术处理也放弃了，则必然导致取消作品的意义。马原的一些不成功的小说，似乎稍嫌艺术处理不够，有点走向意义零点的趋势。

在新时期作家中，马原不可避免地被归入不安分、实验性强的那一路。"实验性"、"探索性"这一类词唤起的是人们自觉或不自觉的与外国的特别是西方的文学流派、文学大家、经典作品的联系，认定这之间有着不解之缘。这大致是不错的。只是如果仅仅注意这一方面，忽略了与历史、与在历史中形成的中国人的精神特质和运思方式相沟通的可能性，我们往往就会做出肤浅的片面的判断，比如指责这些实验、探索是无根的，是没有历史与文化基础的等等。

本着对沟通可能进行试验的另一个方面，是对中西"小说"概念的比较与澄清。不管是对马原一路实验派的褒扬还是指斥，大致有一个相同的看法，即认为马原等的小说是对既定的小说格局和规范的叛逆与突破。这种看法的立足点是传统的西方的小说观点，即20世纪以来引进的并在中国逐渐稳固和强化的小说格局与规范。它的美学原理是：要求作品情调和作者观点的僵硬的统一性，要求风格的纯粹、简明，并与作品的内容、手法、效果相对称相和谐，要求把注意力集中在精心选定下的情节和主题上,创造一种预期的往往是单一的情绪。这既大大不同于20世纪西方现代主义文学驳杂斑斓的小说观念,更不可与中国本土的小说观念相混同。在中国,小说最早不是一个纯文学的概念。班固《汉书·艺文志》说:"小说家者流,盖出于稗官,街谈巷语,道听途说之所造也";又引孔夫子的话称小说为"小道"。这种说法后人大都承继。单单从对小说的各种分类中,就可以看出小说概念与我们今天用的是多么的不同:明胡应麟列志怪、传奇、杂录、丛谈、辩订、箴规六类①;清《四库全书总目提要》里分杂事、异闻、琐语三派……很显然,这种"小说"概念没有西方那样严格划一的规范,它宽泛,具有较大的容纳性,关注着整个生活和经验的每一部分,尊重作者的旨趣,不会像西方那样为保持小说品类的个性与规范而对生活和经验进行筛选、加工,做削足适履式的调整。

　　背离西方传统小说观念的马原小说中有许多东西可以被本土的观念所接纳。如马原对经验的多面呈示即为传统所注重。马原小说中"闲话"特别多,啰里啰嗦,开头结尾中间,他好像随随便便地化入化出,这是传统西方小说极力避讳甚至是不能容忍的;我们的老祖宗"说话艺人"倒是开明,他有许多时候忍不住要这样做。西方小说讨厌意图的显露,马原有时故意设置讲解的段落,最明显的莫过于《西海的无帆船》中姚亮的"声明"了,他提示读者注意马原小说中的人称转换、双线的叙述及选材上的特点。姚亮的准"评点"式批评——中国特有的文学批评形式——构成马原小说完整的一部分。中国小说评点到金圣叹手中成熟之后,出现了一种独特的中国小说读本样式,即评点夹杂在作品中,与作品交织在一起。评点把读者与作品拉开了欣赏的距离,时时提醒注意精彩之笔与表现技法,还有一个客观效果是割断了故事的连贯性与叙述的时间性。马原闲话创作过程、技巧、意图所达到的效果也正包括了这些东西。与西方小说对时间的极力推崇不同,中国小说中的志怪志人体、笔记体这一发展脉络的小

---

① 见《少室山房笔丛》二十八。

说,时间性不具有对叙述顺序、文体结构的左右控制功能,它只是诸多叙述依据因素之一,失去了在西方小说中的显赫地位。即使是描写家世兴衰过程的《红楼梦》,时间的作用也不是很突出。它是由无数个场面或无数场戏转换连接起来的,时间在场景中仿佛是静止的。因此有人认为《红楼梦》中空间的铺排较时间的情节在艺术上更为重要。马原打破小说对时间的崇拜,削弱其作用,与本土观念和传统有相似之处和暗合的地方。用心考虑一下,我们发现中国小说的观念仍与民族文化的结构和精神内核相联系,并受它的制约。如果不是这样的话,马原小说与传统中国小说的附比就失去了根基,也就不会有太大的意义。

  附带说明:在这篇短文里涉及中西小说观念比较这个大问题,是很难深入也是不符合论文做法的,只因要顾全马原小说纵向沟通的可能性,就不忍舍弃这一点。

  这样看来,马原算不上绝对意义上的出格,尤其是"格"的概念在与历史的沟通中界定之后。到这里,我发现自己正面临危险:朝这样的方向走下去,我是否会把一切都牵强附会地拉进传统文化之中,并认定这就是传统的不可抗拒的延续,因而陷入宿命的泥淖中不能自拔同时抹杀马原的创造性?实际上我只是认定马原观感传达方式所表露的对世界的观念和思维方式是传统中国式的,并没有把马原的全部都纳入既存的范畴;也并不因为涉及简单比照就判定二者是在同一层次上,马原毫无扬弃与创造;更没说马原小说是对古典小说观念的简单归复。许多问题只涉及了能够与历史接通的一面,而由于论题的限制,对另外的部分少有阐发,这也正表明我不是把马原世界的全部都镶嵌到既定的历史框架中。

  正是马原的现代意识和感受性为传统的观念和方式所无法涵盖,才使马原能够作为新时期作家被接纳,同时也正是这种鲜明的现代性容易掩盖几乎是超越时间流程的民族文化特质及其表现方式。做一点历史的比较与疏通,是试图为马原、为新时期文学中的实验派做点小说观念的

"寻根",以期打破被夸大了的时代精神所造成的时代与时代之间的封闭圆圈,恢复时代连续性的本貌,使马原们在更高层次上的超越与开拓显得从容而自信。

1987 年月 11 月复旦东部

(载《上海文论》1988 年第 1 期)

显性的与隐性的

——韩少功重构世界的方式之一解

我们习惯了说某某作家的世界如何如何,这种提法的隐义无疑至少是对下面两层意思的认可:一是说作家观照的对象不同,二是其艺术表达方式各异。后者往往更具艺术本体意义,更能显示作家的个性。不是世界的每个部分都能进入作家的审美视界,即使面对相同的题材,不同的作家也会制造出完全背离的效果。那么就必须承认:作家所呈示的世界必然是作家主观化了的、重新建构的世界。既然如此,要进入《诱惑》集(湖南文艺出版社,1986)作品本体的神秘世界,就必须先进行扎扎实实的读释工作,弄清韩少功重构世界的方式,而不是让思绪和语言不着边际地游荡,游荡的结果最多不过是接近了作品的外围。

《诱惑》集不太起眼的一篇短短的《老梦》提供给我阐释全集的契机。伙房里的饭钵不多不少一天丢一个,查来找去竟发现是民兵干部勤保偷的,更叫大家莫名其妙的是,勤保是在梦境中偷了八十一个饭钵,把它们埋到很远的齐公岭上。可是"勤保在梦境之外还是个极本分的人"。(着重号为笔者所加)他几乎从不像其他干部那样借公务之口来伙房煮面、炖狗肉或乌龟之类;碰到职工种芝麻吃芝麻、种花生吃花生总把目光移开,满面赤红,好像自己有罪一般;有一次狠心吃了一个嫩西瓜团子,竟"打算他们让我下台坐牢!"而众人都已吃得要反胃作呕。——"这样一个人,怎会干出那些不仁义的勾当?"

我所以不厌其烦地转述这些琐事,是因为正可以从这里找出问题的症结所在。韩少功设立的勤保形象在梦境之外和梦境之中的鲜明对立,实际是对作为类的代表的勤保显性的行为和隐性的心理本能、欲望、情感、动机的双层审视与洞察。勤保的外在表面形态显然有做给人看的意味,他的行为的出发点显然在于他人而非自身。这个抽象的"他人"(可具体化为特定生活环境和时代形势下的领导、群众等等)无形中成为勤保意识中的主宰而左右着他的一举一动。烦人的地方在于只要勤保活着就没法消灭他个人自身的地位,既然显性的行为不给自我本体提供表现本能和欲望的机会,各种要求得不到满足,那么,只要压抑、饥渴超过一定的度,自我本体必然用变相的途径或形式将被压抑的东西表现出来,于是就有了勤保在梦境中偷饭钵的令人费解的事发生,而且居然形成了每天晚上偷一只的习惯,就像他每个白天必须做出"极本分"的样子一样。这里实在隐含着某种必然趋向,这种趋向暗示出,当勤保说"我有神经病"的时候,我们实在不必为此大惊小怪。

事实却是"我吓了一跳,差点一刀切破指头"。我不知道有多少人注意到了作家这个隐蔽性极强的反讽,它告诉我们人们在吃惊于骇人结果的同时,对造成这种结果的畸形的生活状态却是多么冷漠、多么习以为常。勤保的显性表现对于人的存在来说分明是非正常的,可是大家看惯了,熟悉了,就把它当成正常的、天经地义的,甚至成了测度、评价勤保的标准和依据。可怜的勤保只有从这所谓的正常中走进梦境去寻求隐性心理层次的表现了。这样,韩少功否定意识的指向在穿过勤保之后与其说是对准了那段特殊的历史,毋宁说是聚焦于更深一层的一种广大的文化心理背景。那个特定的时代与形势,只是促使这种文化心理中的恶性充分暴露出来,把其荒谬性推向极端,让人们更清楚、更触目惊心。随便提一句,标题《老梦》的"老"与"梦"二字不管是从各自独立的本身还是从合成的存在来讲,都标示出一种意味深长的历史与文化的自省。

至此,韩少功已经比较清楚地显示了他思维结构的特征:他观照对象时自觉地将对象分成显性与隐性两个层面,而且有意识地将两个层面拉得很开,着重寻找发现两个层面之间的不同与对立。显性的一面是被社会道德、大众习俗、时代潮流等所普通承认、接纳或提倡的部分,这一部分往往是虚假的、矫揉造作的,并非从"真"出发而为;隐性的一面则大多为被压抑的本能、欲望、情感等,虽然真实却难为社会公开认可,况且又多以丑与恶的形式显现。而韩少功的探讨意向与关注焦点正在层面鲜明对立的背后,即深广的无处不在的文化心理。韩少功正是将思维物态化为作品,经营出一个具象的艺术世界。

  这一建构方式几乎完全可以直接套用在《女女女》上。幺姑自从在浴室的白腾腾的蒸汽中昏倒过去之后,就变成了"只是形似幺姑的另外一个什么人了,连目光也常常透出一种陌生的凶狠"。她以前连臭了的东西都吃,那样细致入微地体贴、照顾别人,之后却吃鱼吃肉都挑挑拣拣,千方百计折磨人。我们在前后两个幺姑身上看到的几乎全是对立的因素,很难发现具有连贯性的道德和情感。作者对于非对立性因素的舍弃和对于对立性因素的夸饰与强调,显然是在强烈的自觉意识之下进行处理的。对幺姑,作者仍然予以分层观照的方式。在韩少功看来,前后两个幺姑本为一体的两个方面,前者呈显性形态,后者深藏于外化的行为之下而不得表现。那团团神秘的蒸汽是韩少功使用的一件很重要的道具,借此他才得以揭示幺姑隐性的心理,并将其显化为外在的表现形式。这与《老梦》借梦境显现勤保被压抑的本能、欲望,实在是异曲同工。

  这里需要重复提醒注意的是,被揭示出来的隐性部分多呈现为恶与丑的表现形式。幺姑实在让人讨厌透顶,以至于连"我"也像老黑一样认为幺姑还是死去的好。勤保偷饭钵也决说不上是一件光彩的事。是不是韩少功认定隐性的一面原本就是丑的、恶的呢?假定做肯定的回答,我们就必须说韩少功对人性本身、对人的存在本身即抱有深深的怀疑甚至是绝望。其实问题远没有严重到此等程度,有《寻找月光》一篇为证。在这里,韩少功将显性与隐性两个层面的对立改造成为孩童与成人之间的不相融合。一向冷峻严肃地审视生活的韩少功在写到小朗朗时,笔调仿佛不由自主地变得那么柔和,那么富有深情。朗朗其实是具象化了的韩少功对于真实的本来意义上的人的理解与思索,如果说这不是理解与思索的全部,那么仅这一部分也足以表明韩少功心底里对于真诚,对于美好真实的人性的强烈呼唤。而作品中被社会化世俗化了的成人作为背面参照的存在,更昭示出美好与真诚具有人的本源的意义。那么隐性心理外化出的丑与恶又是怎样来的呢?成人身上所具有的非人性自身的逻辑自然发展而生的品性清楚地注明了外界的强大魔力,这种魔力赋予人本来没有的东西,另一方面又长久地坚持不懈地施加给人性中自然的、本无所谓美丑的部分以高强度的压力,使之变形变相,成为丑陋难忍的恶性显现。幺姑简直就是恶性显现登峰造极的代表。

　　但韩少功并不褊狭地将隐性层次的全部地盘都让丑与恶占据,尽管丑与恶是他费心费力发掘暴露以醒世人的。他有他的关注重点,但这并没有妨碍他做较为全面的审察。《归去来》中故地重游的"我"的隐性的表露就是那么感人,那么深挚的怀恋与追索。相反,韩少功在各个篇什里提供的显性形态却有较强的连贯性与统一性。看看这个归去又来的"我",在众人面前总是觉得生疏、隔膜,甚至不承认自己到过这个地方。这确实是一种心理感觉的真实,十年时光的流逝和环境的变迁,足以使一个人的价值立场发生变化,况且这十年又决非是平平静静的十年,个人与社会的变化也许都是始料不及的,"马眼镜"变成"黄治先"虽是怪诞的变相夸张,却也在情理之中。可是一旦离开喧闹的乡民,"没有服饰,没有外人,就没有掩盖和作态的对象,也没有条件,只有赤裸裸的自己,自己的真实"的时候,"我"就没法端着"黄治先"的架子,就没法不去想那个雨雾蒙蒙的早上,那条窄窄的山道……当一个人走进熟悉的牛房,"我"更是情不自禁地沉浸到那段历史中去了,情不自禁地忆起三阿公,并在冥冥中满怀深沉真挚的情感与逝去的三阿公对话:"我想着你的酸黄瓜。我自己也学着做过,做不出那个味儿来。"……当"我"没有作态对象时所显现的情感最深处与记忆最底层的对逝去岁月的不可抑制的亲切与追恋,比起那种生疏与隔膜,是不是一种更深层更根本的真实?心理真实是分层次的,相对来说,浅层的更易表面化,深层的则多呈隐性。当浅层真实与深层真实相矛盾相对立的时候,我们有理由怀疑前者,有理由说"我"对故地人事表现出的陌生与心理距离多多少少罩上了虚假的面具的阴影,一面对他人,"我"就没法摆脱那种自觉或不自觉的面具意识。于是"我"就只能纠缠于面具阴影与真情实感之间。四妹子讲的姐姐的事分明触动了"我"的心灵深处,"我真想给她擦泪,想抓住她的肩膀,吻那头发,像吻我的妹妹","但是我不敢,这是一个奇怪的故事,不敢舔破它。"(着重号为笔者所加)"我不敢"并非是因为男人与女人的两性相隔,而是人与人、真诚与面具意识相对立的结果。只要纠缠于这种对立之间,"我"就"永远也走不出那个巨大的我"。

如果说《老梦》、《女女女》、《寻找月光》、《归去来》较为完整地具象出韩少功思维结构和对立层面——尽管每篇都有所侧重——即思维与作品本体具有同形同构的对应关系,那么《火宅》与《爸爸爸》则属于另外的情形。这两个中篇的用力在对立层面之间都发生了严重的倾斜。《火宅》斜向显性层面一边,《爸爸爸》则试图最大限度地潜入隐性的深处而不再顾忌显性的情势。单纯地从层面的属性上讲,这两篇表面上品格相差极大的作品倒是具有一种互补关系。韩少功这种大角度的倾斜并不是对思维结构的背离,显然是他感到有必要集中全力一一对付,而不是因为要顾忌二者的平衡反倒失去尽情发挥的机会,况且即使是在思维框架里两个层面恐怕也不总是能够平衡的。《爸爸爸》提供的偏远闭塞近乎原始蒙昧状态的背景,使背景中的人不必像处在复杂社会关系中的人那样非要虚饰与伪装,相对意义上他们的一举一动更近乎自发的真实,而这些外显的形态在文明化的人那里往往多潜藏于隐性的层面。这样的处理方法使韩少功对群体文化心理的探向与剖析来得更直接、更突出、更有效。韩少功自己说这篇小说"着眼点是社会历史,是透视巫楚文化背景下一个种族的衰落",①他有意识地创造出一个不需要美化外表的活动时空,就自然使他的"透视"少穿越一个层面,少一些能量损耗,一定程度上保证达到欲求的深度。《火宅》却正异其趣,充斥全篇的几乎全是带着荒诞、虚假、盲目、自私、势利等等色彩的显性状态,作者放任其情绪,淋漓尽致地描摹、夸张、嘲弄,从头至尾没有类似于梦境、蒸汽等神秘的道具,让人物、世界将其隐性暴露出来,但作者几乎处处都在暗示你、提醒你注意这喧嚣表面背后的隐性世界,我们觉察出韩少功是将他透视中的这一部分半藏半露于字里行间。他没有明了地说出,但他是多么愿意、多么期望他的读者能够洞悉这一切,能够进一步地进行文化心理的检察与深省。

  分层观照与对立意识的自觉成为韩少功重构世界的一个明显特征,但是如果无限地夸大这一特征,极有可能将问题简单化,不管是对创作实践来说还是对具有阐释功能的批评而言。韩少功注意到了显与隐两个层面对立属性之外的其他关系,对连接显与隐两种状态之间的心理过程投以探求的目光。这种探求不像在其他作家那里那样表现为对心理过程的或笨拙或高明的描述性再现,而是通过相对稳定的显与隐两种状态的变化隐约暗示、提醒出来。看似不着一字,存在于作品之外,实则隐含其中。对于接受者,不仅需要感悟,更需要理性分析。若干年后的勤保有点"神游"——夜里潜入瓷厂,把骨灰坛子排成整齐的行列,大呼口令:"立正——向右看——齐!齐步——走!——立定!"这背着人一本正经的操练和原来勤保极本分的外显面貌竟是十分统一,这种玩意儿实在应该是喜欢谈部队、当过"文化大革命"时的兵、走路习惯把手甩起来的不苟言笑的几年前的勤保正大光明做给大家看的。本是为给人看才做的竟成为自己自觉或不自觉要做的,这其间总有一个漫长的心理过程即内化的过程,而它总该引人深思点什么吧?不做具象描述,只是通过内化的结果来暗示,这也许更能让理性判断抓住本质的东西而不为繁杂不定的心理显象

---

  ① 韩少功:《答美洲〈华侨日报〉记者问》,载《钟山》,1987(5)。

拖累。我甚至怀疑如果作者用大量的文字铺排心理显象,更多地诉诸感性,这是否会使问题本身减弱它沉甸甸的分量和促人思考的刺激力。(《老梦》)对于复杂的内化过程,韩少功还有更简的用笔做出那样醒目的提示:公社秘书何某开会时昏昏入睡,被同事踢脚喝醒之后,紧张眨眼四顾而问:有人要杀害毛主席吗?我相信韩少功不是把它作为笑话来讲的,尽管它会使人一时生笑,可是笑过之后呢?这是那个特殊年代的特殊产品,骨子里是让人悲哀、思索、省悟的严肃与冷峻。(《史遗三录·秘书》)对耳聋的幺姑,"我"不得不大声说话,可是后来对别人"我"也变得总是大喊大叫,"总以为她们都是幺姑"。类似于这样的叙述,不是游离于作品之外的闲扯或卖俏,本来正常的人为适应畸形自己竟变得有些不太正常,在时间的推移里一定有着心理上的并非简单得一两句话就能说清的变化。(《女女女》)韩少功对心理过程不着笔墨的关注,将显与隐两个基本对立的层面连接沟通,在二者的相对稳定状态中融进不断变更的活动因素,增加了各个层面的复杂程度和还原的真实性,同时引发出对变化过程和变化结果的历史的、社会的、文化的以及人本身的多维向、多层次的理性思考。

韩少功重构世界的方式的阐明使我们得以对作品的存在形态进一步地解释,这之间有一定的因果联系。读《诱惑》集,几乎总是处在怪诞的夸张、变形和尖锐的嘲讽所造成的特殊氛围之中。既然韩少功更多地着眼于显性形态的虚假、矫揉造作和隐性心理的恶与丑的表现,着眼于二者不和谐的扭曲的对立存在,那么抓住关注对象的一点,极度地夸张或进行变形处理,最大最多地显示出这种存在的不合理与荒诞,将心中几乎是不可抑制地涌起的嘲讽释放出来,这正是情理之中的吧。幺姑敲床的声音似乎不但危及楼房,好像甚至影响了年轻夫妇的生育,"带着血腥味充塞于天地之间"。(《女女女》)曹会计那位千金被随便地问是否知道勤保的去处时,便"如同被红铁烙了一下,尖叫起来:'你问我做什么?你问我做什么?'"(《老梦》)平平常常、司空见惯了的人间世事就在这自觉的夸张、变形和满含嘲讽的叙述之中显出不寻常的意味,而正是"不寻常"才能激起人们去认识去刨根问底的欲望和热情。没有这样的艺术处理,人事本身所具有的严肃意义恐怕就会因为表现形态的习以为常而被人们忽略过去。中篇《火宅》将夸张、变形和嘲讽的自觉给予最充分的发展,韩少功好像完全受控于自己的激愤情绪,任其淋漓尽致地发挥,极尽能事地完成了一则关于现代社会中病态文化心理和人格的寓言。寓言的真实更在于其本质的真理性而不去追求对人事世态的录像式的再现,《火宅》的文化价值正在于荒诞不经的表面的喧闹纷杂所包裹着的经感悟和理性判断凝结成的坚硬内核。

  说到这里,就不能不进一步地涉及韩少功审视生活的参照坐标和对待世态人事的情感与理性的态度,无法回避韩少功本人的心理状态。《诱惑》集作品世界中被凸现出来并占据了主要地位的荒谬怪诞和畸形反常能够给我们一点启示。荒谬与畸形不管是事实本体的属性还是意识中的主观感觉,它的存在依赖于在和它相对立的事实或感觉的互比互照之中。没有这个对立面,没有合理与正常,没有与合理和正常相比照,就不会显出荒谬与畸形的存在。显然韩少功的作品只主要地显现给我们比照中的一端,即经过艺术变形的现实的人间世事,而另外的一端则是韩少功的理想世界。韩少功就是因为立足于这个高于现实存在的理想世界,以此为参照来审视他所观照的对象,才发现了现实中那么多的荒谬与畸形,那么多的虚饰与做作、那么多的丑与恶。面对他视界中的现实,韩少功表现出真诚的激愤和深重的悲哀。为什么韩少功的嘲讽意识那样强烈?读读《火宅》,就会感觉出在那充斥全篇的嘲讽背后跳动着一颗怎样激愤不平的心。前面已经说过韩少功尽管着眼于隐性的丑与恶的表现形式,但并不能因此就说他对人的存在本身即是绝望的。再往下看,我感觉出韩少功是悲哀的。绝望和悲哀不是一回事。我不知道这会不会引起异议,我只是认定每个人应该对自己的真实感觉保持起码的忠诚。韩少功认为

"中国文化心理问题不是一个本体的问题","而是一个改变结构的问题"。① 这种思想的前一半保证了韩少功不会彻底地绝望,但即使只有后一个问题——"改变结构"——的存在,也足以使富有激情同时更深知自己的现实规限的韩少功不会轻轻松松,嘲讽和激愤中流露出无法掩饰的深深的悲哀。他越来越发现他的作为现实参照同时却超越现实的理想状态几乎是没有办法达到的;对于现实,他只有深入发现的份儿,而要"改变",他更多地感到自己的无能为力。《寻找月光》和《火宅》都表现出较为明显的理想倾向:小朗朗去寻找白色的圆巴巴(月亮),"那儿美丽,那儿宁静"。令作者愤怒厌恶得不能自抑的大楼被突如其来的大火烧成一片黑焦焦的废墟。可是就在同时,作者清醒地意识到这一切都是不可能实现的:"往前走,那个白色的圆巴巴就后退了。再往前走,还是一样……"而那一场仿佛从天而降的大火,实在是因为作者太激愤,而又无其他妙方,就借助大火来干净利落地一烧了之。真有这样神奇的大火能烧光文化心理和人格中的病态成分以及病态的社会结构吗?无可奈何的韩少功没有办法,就只能制造出一个虚幻的自我安慰的办法,惟其如此,才显出悲哀的深重。我不想再去找更多的例证,只要看看韩少功是怎样从最平常最普遍的生活中审视、洞察其荒诞与丑恶,看看韩少功是怎样不失时机地揶揄、嘲讽、挖苦,我们就不仅会觉察到而且能够理解韩少功的激愤与悲哀,而不会认为他怀有"一种宽宏旷达的心境"。② 韩少功无法超脱、旷达起来。

说韩少功,似乎不能不提那篇有名的《文学的"根"》。但是我发现作品与这篇宣言式的理论之间,在文化的价值取向上很难统一起来。不管别人怎么说,我都不会相信韩少功作品世界所指示的文化就是他要寻求的"绚丽的楚文化",我不认为丙崽、幺姑、勤保,以及《火宅》里的一大群所代表的文化形态和心理是韩少功认同的对象。当作家的理论与实践本体

---

① 韩少功:《答美洲〈华侨日报〉记者问》,载《钟山》,1987(5)。
② 李庆西:《说〈爸爸爸〉》,载《读书》,1986(3)。

不能够完全统一起来的时候(这是很平常的事),批评更应从作品本体出发,以作品本体作为立论依据,而不是硬要在二者之间和稀泥、牵强附会,这样导致的结果将是批评功能的削弱。

这篇读释浅论,只是提供了进入并解开《诱惑》集神秘的艺术本体世界的一种方法。

1988 年 1 月

荒谬、困境及无效克服

——余华小说试评

一旦介入余华的小说世界,你就不得不承受对情感、理性和生理感官的强烈刺激,这位文学新人所构建的另一种现实从不真正给读者提供逃避的机会,相反倒是不动声色地不断提高刺激度。当我们无法忍受却又欲罢不能时,作者正仿佛躲在书页后面快意地嘲笑芸芸众生习惯了平静安稳无波无澜生活的心理和生理承受力的不堪一击。

余华把刺激效应贯诸1987年开始发表的作品,并且愈演愈烈,在最近的三个中篇《一九八六年》、《河边的错误》和《现实一种》里达到巅峰状态。如果能够稍微平静一下,我们就有可能思考这样一些问题:高强度的刺激有赖于什么?作品的终极指向是否就在于刺激本身?如此等等。

无疑,作品中残杀别人、酷虐自己和互相施予暴力以置对方于死地的场景以及柴刀、鲜血等物象的重复凸现具有极大的刺激性,但这些只是表面的征象和辅助的手段,内核恐怕是作者用心良苦的对人无法克服的荒谬和困境隐喻或昭示。无法忍受刺激实质上是对处在荒谬世界中的自己的极端化困境无力承担。

《河边的错误》是余华最明显地具完整呈规模态的小说,从此篇入手兴许能较容易地获得对余华世界的整体体察。一个疯子用柴刀砍下收养他的到河边赶鸭的幺四婆婆的头,身子用土掩埋起来,再把死者的头放在土堆上。公安局对疯子无可奈何,只是用绳子捆了他一个星期。不久河边又出现了小小的坟堆,上面同样放着一颗人头,于是犯案者疯子被送进精神病院待了两年,疯子出院后,又以相同的方式杀死了一个纯真可爱的孩子,而且做了同样的现场布置。作品的刺激性使我对那个疯子有一种不可抑制的厌恶感,我甚至觉得自己要呕吐。文学作品中的疯子大都唤起人的怜悯与同情,为什么这个疯子独独给予人们最不愿有的感受?也许就是因为他暗喻了人的极端尴尬的困境,对人的无能为力进行了肆意的嘲弄。困境中人本能地涌起克服困境的冲动和愿望,正由于这种愿望和被嘲弄的恼火,侦察科长马哲对准疯子扣动了扳机。但是困境并不随疯子的死而消失,反而更荒谬地推演下去:疯子因为其疯而不受法律的约束,可是正常人马哲私自开枪打人却要受法律的制裁。这里就出现了一个极大的悖谬:法律无法约束疯子却要对疯子实行保护,其对应的表现即为法律对马哲的一丝不苟。马哲逃避法律的唯一途径只能是成为疯子、精神病患者。为了满足亲友的期待,再加上对医生的厌烦,马哲真的就装疯了。至此,一个严格密封的怪圈形成了,其中每一步几乎都是靠荒谬的连接。牢不可破的怪圈俨然象征着人克服困境的无望,明智的做法是对困境的顺从,否则荒谬会将你推入更大的困境中。

我不由自主地想起了"西西弗的神话":西西弗不断地推巨石上山,巨石一次一次滚落下来,西西弗只能永远地推下去。这里同样呈现了荒谬、困境和克服的无效性的模态。西西弗对荒谬自始至终有着极为清醒的认识,并因此而表现出漠然甚至蔑视的态度,"神话"的重点在于传达西西弗通过坚持不懈的无效努力在谬境中创造出生命意义的悲剧意味。共同呈现模态下的余华小说却自有另一般面目。余华对困境与荒谬的发现有着始料不及的惶惑和相当程度的异陌与惊讶,他首先是带着这种眼光和感觉来审视突然发生的一切的。因而,突发性就成为余华进入体察、描摹和表现状态的先在的心理感受和契机。"我"十八岁出门去认识外面的世界,好容易搭上的汽车遭人抢劫,司机被抢却仍旧慢慢散步,最后竟拿了"我"的背包跳上抢劫犯的拖拉机哈哈大笑一同而去。"我"什么还没明白过来,事情已经发生过了。(《十八岁出门远行》)小说结尾,余华写出门以前,是"一个晴朗温和的中午,那时的阳光非常美丽","我欢快地冲出了家门,像一匹兴高采烈的马一样欢快地奔跑了起来。"这后述的一笔与远行遭遇的对照,更坚实了突发的可信和突发性所带来的心理震动的强度。《西北风呼啸的中午》更为直接地显示了人被突然推入荒谬和困境中时的无能为力:一个彪形大汉冲进屋里强行拉"我"去参加一个"我"从未见过面的朋友的葬礼,而且"我"竟不得不接替了死者的位置让"谈不上有什么好感的老女人成了我的母亲"。因为对毫无准备就发生了的一切的惊讶与异陌,敏感就成为同时产生的心理特征渗透在对自身周围世界的审视中。《四月三日事件》就是靠一个敏感得几乎神经质的少年的幻觉、想象、猜疑、梦境把周围无机的、零碎的人事联结组织起来,重造了一个包围十八岁少年的世界。又是一个十八岁,余华看中的恐怕正是这个忽然产生了独立意识的年龄。("无依无靠。他找到了这个十八岁生日之夜的主题。")却因为经验的缺乏而保持着对世事独特的陌生和敏感吧?少年发现周围正筹划着一场在四月三日加害于他的阴谋,于是他在前一天晚上出逃了。整整一部中篇,自始至终是少年的发现,而一切的发现实质都是敏感的发现,都是对梦魇般的极端孤立无援的困境的加强。这里余华提供了一种对抗困境的方式:出逃。且不说出逃这种消极性行为并不意味着对困境的真正克服,离家出走以后是否会被抛入新的困境,《十八岁出门远行》其实已经作了预先的经历考察。

　　相应于对突然呈现在眼前的世界的惊讶、异陌和敏感,余华不是把荒谬、困境看成既存的事实和稳定静止的结果,他把它作为一个流动的过程来充分地展开、渲染,这成为余华小说用力最大的地方。这也是与"西西弗的神话"不同之所在。这一点可以证之于余华1987年开始发表的所有篇什。正是对敏感着的过程的纤毫不遗的细致描绘和传达,才产生了开始所说的刺激效应。以《现实一种》为例,余华写一家人的互相残杀,有意识地倾注大量笔墨于每个人惨死的场景。场景的刺激不仅唤起人们因为习以为常而磨钝了的对荒谬和困境应有的最基本的本能的厌恶、对抗性感受与情感,同时也就重新开启了同样因为惯常的经验而关闭了的认识和批判机制,释放出人的正常的反应功能。为了保证过程展现的充分和完备,只要篇幅许可,比如在中篇里,余华就抓住机会频繁地进行视角的转换。摄入每一视界的客观呈像同时伴随着摄像者流动的大量繁复的感觉作为对正在发生的过程的主观注释。无疑客观的动态世界是刺激的第一源头,而余华同时强调人的感觉对第一性存在的注释用意在于对读者的反应的诱导和加强,这也是产生预期的效应强度不可缺少的。

如果把余华对过程的展现看做一个包容各个独立部分的总过程,稍微用心,我们就可体察出流动中的变化。在《十八岁出门远行》和《西北风呼啸的中午》里,主人公"我"的无知与缺乏应世准备和写作时的作家自我不是同步对应的,甚至正相反,作家自我对他笔下的世界有着较强的把握力和一定的优越感。这样在主人公的"我"和作家自我之间就暗含了一种张力,这种张力使得主人公"我"的精神和智慧状态具有佯装的性质,通俗点说,人们并不会感觉"我"像表现得那么傻。作家的优越心态向作品的叙述语调渗透,就使"我"的叙事流露出些许的对荒谬的嘲弄,整个作品染上了一层薄薄的明朗、轻松的色彩。但是这种情报很快就消失了,其后的作品心理色彩要阴暗、沉重得多,有意识地制造俏皮式的嘲讽的闲暇没有了,相反的倒是刺激性的加强,并成为余华区别于通常的对谬境表现的明显特征之一。这种变化主要应归因于:一、作家优越感的减弱乃至丧失;二、作家理性思考的深化。

优越感的渐失是与对荒谬和困境的趋向深度广度的发现同步的,发现得越多越深,他也就越来越觉得无力把握自己发现并创造的巨大的荒谬世界,但是他又不能停止发现和创造,于是就只得悲哀地默认自信与优越的衰落。与此同时,另一种力量却在暗中滋长,即原来被优越感所妨碍的对对象世界的理性思考。余华理性的明显指向在于试图为荒谬和困境寻根求源。他的理性审视首先将理性本身对象化,其结果是发现神圣的理性原来脆弱得像玻璃片一样一击即碎:山峰还在襁褓中的儿子被山岗四岁的儿子掉到地上摔死的事件导致一家人理性的全线崩溃,本能的力量立即以最残暴的形式表现出来,山峰用脚踢死了山岗的儿子,自己在剧烈的刺激下神经失常,被山岗戏谑地杀死;接着山岗的精神支柱也坍塌了,最后被判死刑。理性的丧失使在毁灭别人的同时也毁灭了自己。(《现实一种》)这样脆弱的理性即使保护得完好又能如何呢?法律倒是社会理性化的产物,可是它不但同样地对于非理性力量(疯子)无效,反而成了荒谬的帮凶,铁面无情地把人类推进更大的困境。(《河边的错误》)与社会思潮对"文化大革命"的文化自省和文化批判相契合,《一九八六年》对荒谬和困境的追溯立基于寻找文化上的根由。这里写的也是一个疯子,与上面提到的另一个相区别,他自身就是一个完整的标示荒谬和困境的符号并同时成为其牺牲品。"文化大革命"的创伤严重扭曲了疯子的心理,使他的心理形式成为历史的荒谬和困境的忠实投影,并在文化的支持力下固定化。篇首展示的那张写着五刑、车裂、凌迟、剖腹等古代刑罚名称的发黄的纸作为一种文化符号,支配着"文化大革命"前曾潜心研究古代刑罚的疯子的所思所为。他口喊"墨"、"劓"、"剕"、"宫"、"凌迟",在幻觉中将他人作为刑罚的对象,实际做的却是把通红的铁块烙在自己脸上,用钢锯锯自己的鼻子、膝盖,拿石头砸自己的生殖器,举菜刀砍自己的腿,对应于"文化大革命"中泛滥的惨不忍睹的场景。疯子幻觉中对他人、实际上对自己进行惨不忍睹的虐待。研究刑罚的人在1986年自己同时成为刑者和被刑者,他在这之间找不出另外的路,他逃不出这个一身二任的角色。这是不是深深积淀的中国文化给他安排的宿命?那张黄纸启示着向这个方向的思考。正如小说中一开始就写的那样,他在走近小镇时"感到是一座坟墓的突然出现",他要克服这命定的谬境,唯一的出路是已经无法避免的死亡。

不管是理性的脆弱、无力,还是文化的宿命,其最后的归结即为人。

人的荒谬和困境是由人自身造成的。这个如此简单明了的结论在余华那里被去掉了几乎全部的抽象和思辨，从而创造出一个具有无限丰富性的具象的艺术世界。

1988年3月末复旦东部

（载《上海文论》1988年第3期）

恐惧和恐惧价值的消解

——残雪小说论

现在来谈论残雪的小说,无论如何算不上一个聪明的选择。这恐怕很难提起人们的兴致。胃口的败坏部分地是要由作家本人负责的:她一而再、再而三地重复与唠叨使人不胜厌烦。还有一部分责任应该推给批评家,他们抓着残雪小说说来说去却没有多少真正的见解在里面。

恐惧像一张巨大无比的网使残雪小说中任何一个人都难逃其笼罩。一切皆因恐惧而生,一切皆生恐惧。这个发现也许会令人失望,"恐惧"又不是什么新鲜玩意儿;但我所给它的是别人不曾给予的突出地位,我甚至认为它就是残雪小说的表现核心。

在读解残雪小说时,我注意到许多论者是从对残雪迷恋的物象、隐喻、不断重复的事件模式、人物的行为特征和生存境遇的分析入手的,我相信这该是一条通达之路。遗憾的是,"分析"一开始就被由阅读引起的生理、心理和情感上的强烈反应淹没了,所谓理性的力量、理论的穿透度以及文化的反思之类不过是一种做作的姿态、虚假的摆设和无边际的瞎扯罢了,到头来得出的结论也不过是恶心、丑陋、猥琐等等一开始就产生了的直接反应的肤浅的、平面的引申。不是指责这种反应有什么不对头,相反它恰恰是正常的、普遍的,只是应该充分自觉到,这种反应只是读者的,它不等同于作者的意图,更不与小说中人物的感受相通。接受美学的影响及其误解和歪曲了的批评主体意识的强化等等使批评家不再去做这种细致的区分,而建立在含混不清基础上的论证和判断是很有理由进行怀疑的。乌黑乌黑的清水塘不断地浮出死猫、死鸟、死狗,不知哪个角落里见到一具死尸、一堆骷髅,这当然令人作呕;可在小说人物的感觉里,它们却只是弥漫着死亡的气息,正是这种气息搞得他们心神片刻也得不到安宁。他们时时刻刻担心着生命遭受侵害和被否定,而侵害和否定的力量也时时刻刻追逐、威逼着他们。残雪把这种力量具象化为三大类:(1)由虫、兽等动物发出的。仅从感官意义上来说,这些动物也绝对让人难以忍受,它们是蟑螂、蜈蚣、蜂蝓、老鼠、蝙蝠、蛇、食人肉的鸟,如此等等。它们永远也灭不完,残雪的人物就必须焦头烂额地与它们进行着永无终止的搏斗。(2)来自他人的。除去《天堂里的对话》,在残雪构筑的世界里,几乎任何一个他人都构成对自身的侵害和否定。残雪在这一点上做得十分彻底,在人和人之间一切可能有的关系里,包括最亲密的夫妻和血缘关系,通过残雪的笔所能看到的,只是一种互相否定的力量和行为。借用一句话(只取其字面上的意思)来概括这种关系,即是:他人即地狱。既然任何人都不可能只是一个孤立的个人,而是处在各种关系网络中的一个点,那么对他的侵害和否定便是无所不在的,这样他的恐惧也就无所不在,除非他不再爱惜生命和留恋存在。而残雪的人物却个个都十分固执于"活着"。他们怕死怕得要命。(3)自身生长的异己力量。残雪的人物是常常得病的,从烂红眼、溃疡、痔疮到癌症,每一种都激发出腐坏和死亡的气息。虚汝华肚子里长满了一排排的芦秆,她恐慌地预感到芦秆总有一天会燃起来,将她活活烧死(《苍老的浮云》);同样可怖的是,"我"的肺里面长有三条水蛭(《天窗》)。从自己身体内生长出来的否定自身的力量把人推向了最彻底的绝望,人即使能躲开其他的一切可他永远也躲不开自己,残雪残酷地把她的人物永久性地囚禁在恐惧的牢笼里,而得不到哪怕是一刻的安宁、舒展和自由。

应该承认,分类很多只是为了论述的方便而做的人为分割。在许多语境中,残雪对侵害性力量及其恐惧反应的描述是无法归类的或者说它们是综合性的。不难注意到,有两个十分突出的物象令残雪着迷因而常常被扩展、填充成精彩的段落,它们是(1)天花板上的裂缝和(2)噩梦。天花板时常出其不意地裂开,掉下黑蘑菇、蟑螂或伸出许多细小如蛇头的人的脑袋,它像墙上的洞一样,都是一种被外界侵害的隐喻。类似的还有屋顶上的洞、屋顶的腐烂和坍塌等。那无数个折磨着人的噩梦其内容实际是同一的,即异己力量对自身的否定和自身对否定的恐惧。人总是梦到肠子被撕扯,眼珠暴出来,一只蝙蝠来咬脖子,被吃人的鱼追逐得无处可逃,等等。这些五花八门的乱糟糟的梦境,实质上是在行使和表达相同的隐喻功能。正是噩梦和噩梦般的世界,才是残雪的人物理想的放逐和挣扎之地。

在残雪的世界里苟且活着的人,对进入感知、思维系统中的一切都无一例外地产生恐惧,因为这个世界总是"隐藏着什么阴谋",让人总"有一种大祸临头的感觉"。在这个层面上看,恐惧是作为一种心理状态存在着。但作为状态的恐惧往往能够转化为一种心理动力产生和控制人的反应与行动方式。一方面,恐惧能够直接繁衍更多更大的恐惧,恐惧的生殖增产能力是残雪的人物神经质的重要原因,说白一点,他们实质上是被自己的恐惧吓坏了,仅仅是已经根深蒂固的恐惧就够他们恐惧了。这只要看看"黄泥街"居民的面相就会一目了然。另一方面,在残雪的世界中,既是人的各种各样的活动和行为产生了恐惧,也是恐惧使得人进行各种各样的活动和怪诞的人生表演,二者互为因果。残雪在昭示侵害和否定产生恐惧的同时,描述了她的人物对恐惧的对抗和逃避。他人是地狱,是死对头,那么好吧,即以其人之道还治其人之身,我也去窥视、去挑衅、去攻击他人。每个人皆如是想,如是做,这个世界变得更加阴森可怖,本是为对抗恐惧而采取的策略反而使恐惧越来越大,这便是消极对抗产生的悖论。这里我不想从作品中寻找例证,残雪几乎所有的篇什都可以做如是的描述。相应于对抗的消极后果,逃避也是无效的,不管是江水英钻进笼子不出来(《黄泥街》),虚汝华把自己禁锢在钉上铁栅的小屋里阻挡他人的侵入(《苍老的浮云》),还是"我"待在盖上盖子的大木箱里(《我在那个世界里的事情》),都无济于事,无法获得心中渴求的安全感。对比于这种逃避的方式,《山上的小屋》里"我"对安全与秩序的寻求多了一些积极和主动的色彩。"我一直想把抽屉清理好",并为此费尽心机,"但妈妈老在暗中与我作对",每到快要完工的时候,总被弄回原来的无序和混乱状态中。一切都是徒劳的,命定的噩运不可逃脱,"在这一切的后面,是那巨大的,无法抗拒的毁灭的临近。"(《苍老的浮云》)

至此,我想到一个十分有意思的问题:当残雪的人物在恐惧中苦苦挣扎的时候,为什么激起读者的只是厌恶、恶心之类的反应?如果说残雪的独特在于最为彻底地表现了人的恐惧感,那么顺着这个待解答的问题的思路走下去,我们则越来越接近了残雪的高明过人之处,即:对恐惧价值的消解。

一切恐惧归根到底都是对于死亡的恐惧,都是因固执于生命和存在由否定性力量激起的对抗性心理反应。这里面隐含着这样一个先在的判断:只有生命和存在本身是有意义、有价值的时候,恐惧才是有意义、有价值的。亚里士多德在论悲剧时指出,悲剧应该引起人的恐惧与怜悯之情[①]。古希腊悲剧引起观众恐惧的前提是主人公的正面价值和主人公形象的崇高与伟大,以及由此唤起的敬慕、崇拜之情,比如说为人间盗火的普罗米修斯。与此相反,残雪世界里却净是猥琐度日、苟且偷生者。他们吃臭虫、苍蝇,他们把大便弄得到处都是,他们一心一意地戒备、窥视、盯梢、攻击别人,他们身上生着散发出腐烂气息的疾病,他们被恐惧折磨得得不到片刻的安宁,他们也就片刻不停地为别人同时也为自己制造恐惧……他们的恐惧在本质上是自作自受。他们"从未看到过日出的庄严壮观,也未看到过日落的雄伟气势,在他们昏暗的小眼睛里,太阳总是小小的、黄黄的一个球"(《黄泥街》),他们的生命和存在非但永远不会与崇高和伟大之类沾边,而且从中无法找出哪怕是零星的意义和价值来。残雪通过对基本前提的否定性直观,不动声色地对恐惧的价值进行了消解。

---

① 亚里士多德:《诗学》,罗念生译,37页,《诗学 诗艺》,北京,人民文学出版社,1962。

值得强调的是,消解的操作不是随后进行的,而是与对恐惧的表现共时并生,二者互相渗透互相纠缠,以至于不仅要剥离开是完全不可能的,而且两者已融为一体。这样看来,残雪的语言就兼有双重表达的功能:描述与表现恐惧的同时取消了恐惧本该具备的存在因由和意义。恶心与厌恶即因价值的消解而产生。

在亚里士多德看来,"恐惧是由这个这样遭受厄运的人与我们相似而引起的。"[①]正因为我们无法认同于残雪的人物的存在方式,读者与作品的人物缺乏最起码的相似性,生命与生命之间不存在沟通和默契,所以作品人物的恐惧无法向读者进行潜在的传递,无法唤起相应的感觉和反应类型。读者所拥有的是站在自己的生命立场和价值立场上对作品与作品人物的反应、感知及判断,这样我们就不可遏止地产生了与恶心相类的感觉,在我们看来,即使他们的死亡也是令人作呕的。

按理说,残雪世界里那些人永不停息的绝望的挣扎该引发出一点悲剧感来的,然而没有。他们注定了的毁灭既没有古典意义上震撼人心、催人泪下的悲壮,也无法唤起现代观念中欲哭无泪、不形之于色的无言悲哀。因着恐惧的无价值、无意义,即使清醒地意识到他们是我们的同类,甚至更可怕地自省到他们说不定就是我们自身(这是我们最不愿意承认的。读者读残雪时,因没有这种清醒的自觉或是即使朦胧意识到也拒不承认的心理,造成了读者与作品人物缺乏基本的相似性。我想这与我前面的说法并不矛盾),那么我也决不掩饰我的恶心与厌恶,对我们的同类,也对我们自身。

从小说人物和读者在感觉、情绪、心理类型上的互相排斥,可以大致推知残雪的写作是处于分裂状态的。两种不同类型的体验同时占据着她的身心,她无法摆脱和抛弃其中任何一种,否则残雪的小说就不是现在这个样子了。然而在长久的坚持之后她大概累了,她不愿意再承担分裂的

---

① 亚里士多德:《诗学》,《诗学　诗艺》,38页。

痛苦。慢慢地,残雪开始变了,最明显的标志是抒情化的渐强。对比《天堂里的对话》之一、之二和最近的同题新作①,这种感觉就相当突出。恐惧由浓渐淡,直至完全被一种充满温情的渴盼所代替。开始还有一种夹带着温柔的凄冷,渐渐地凄冷就被温柔所融化。恐惧的淡化甚至消失,使前些时辰对恐惧价值消解的操作就派不上用场了,因而阅读反应也趋于常规化。

1988年10月复旦东部

(载《人民文学》1989年第4期)

---

① 《天堂里的对话》,载《天津文学》,1988(6);本文论及残雪作品除此之外,均收入小说集《天堂里的对话》,北京:作家出版社1988年3月版。

新空间:中国先锋小说家接受博尔赫斯启悟的意义

一

1985年,就是他去世的前一年,阿根廷文学大师博尔赫斯(Jorge Luis Borges)出版了最后一部著作《地图册》(Atlos)。这本薄薄的图文并茂的游记式作品的最后一页照片,是博尔赫斯一只皱老的手抚摸汉字碑刻。"那只手在碑上的流连摸触,好似象征了这位几乎失明的老作家对未能访问中国的遗憾。碑刻显然是在日本,但是汉字与手指发生接触的一瞬间把这位拉丁美洲文学天才与中国文化连在一起。"①博尔赫斯读过老庄,对不管是在时间上还是空间上都因遥远而显得愈发神秘、魅人的中国古老文化的向往常溢于言表。晚年的他常常双手摩挲着在纽约唐人街买的中国竹制手杖的弯柄,我想,这一习惯性的动作后面,也许有一种在幻想中完成的愿望和想象的亲情吧。

其实,中国文化对于博尔赫斯始终只是个朦胧的存在物、期待的对象。相反,20世纪80年代中国的一批先锋作家对博尔赫斯的发现却具有实质的意义。尽管这个发现过于迟后,当欧美在60年代就把博尔赫斯和

---

① 董鼎山:《再谈阿根廷大师博尔赫斯》,载《读书》,1988(3)。

乔伊斯、卡夫卡并列为第一流的大家时①,我们对这个阿根廷人却一无所知。1979年,上海的《外国文艺》第1期发表了四篇博尔赫斯短篇小说的译文;1983年,上海译文出版社编辑出版了《博尔赫斯短篇小说集》。自此,博尔赫斯才逐渐走进中国人的视野②。眼光最尖的是几位年轻的先锋小说家,尽管他们几乎毫无例外地是通过译文来看博尔赫斯的,但只要和外国文学研究界对博尔赫斯的冷漠态度(不论质量,可以找出一两篇中国人的研究文章)相对照,就可以强烈感受到这些作家艺术感觉的敏锐和敞开的接受性的胸怀。本文将要讨论到的这几位作家是:马原、孙甘露、格非、余华。没有他们,博尔赫斯是否最多不过是用抚摸汉碑、手杖的姿势做文化接触的虚无象征来聊以自慰,殊难意料;对于我们,更重要的是,博尔赫斯通过他们给当代中国文学带来了何种新的素质,启示了何种新的可能性。

一个大家都可以接受的事实是,文学观念和创作在1985年前后发生了革命性的变化,我们已经用了很多的话语来描述这场文学巨变构成的对传统文学观的威胁、破坏和颠覆。一个不易理解然而又确实存在的问题是,我们并没有真正弄清楚什么才是文学的革命性的力量,拼了力气跑在前面的先锋是不是就只把旧的给打个稀巴烂,除了废墟他们没让我们看见别的?批评有时沉浸在摧枯拉朽的快感和激动之中,不免忘了仔细瞧瞧废墟上和废墟之外默默矗立的新的群落。其中,博尔赫斯启悟的中国作家和作品就是极有价值的观察对象。

---

① 这方面最有影响和代表性的文章当推美国后现代主义健将约翰·巴思(J. Barth)的《耗疲的文学》(*The Literature of Exhaustion*),以及稍早于此的1965年第1期《纽约人》杂志的评论,作者是约翰·厄普代克。

② 介绍博尔赫斯最早、最有力的杂志是《外国文艺》,其他主要有《世界文学》、《外国文学报道》、《读书》等。

二

从主观和自觉的意义上说,马原是因为立足于技术的角度才看重博尔赫斯的小说的,他自己毫不掩饰剥离其小说技巧为我所用的心理和做法:"与利用逆反心理以达到效果有关的,是每个写作者都密切关注着的多种技法。最常见的是博尔赫斯和我的方法,明确告诉读者,连我们(作者)自己也不能确切认定故事的真实性——这也就在声称故事是假的,不可信。也就在强调虚拟。当然这还要有一个重要前提,就是提供可信的故事细节,这需要丰富的想象力和相当扎实的写实功底。不然一大堆虚飘的情节真的像你声明的那样,虚假,不可信,毫无价值。……这样的方法往往是最具效果的方法。另外的方法还有一些,比如故事里套故事的所谓套盒方法,也是博尔赫斯用的比较多的,原理大致相同。"[①]这样说来,马原小说里对虚拟的强调只是一种姿态、一个新鲜的招数,他时不时地告诉你他在编造故事,可是目的却是要你相信这是真的;就像有人对你讲什么之前之后做诡秘状说"信不信由你",效果却是不由你不信。

刨根问底,可以发现博尔赫斯和马原对世界的认知在基本的观念形态上的差异。中国传统文化中的汉人马原(如他常常自称的那样)实质上是现象世界的崇拜者,他认定在主体之外存在着一个先验自明的现实世界,它的真实性是毋庸置疑的。当人为的逻辑和观念强加到现象世界,对自在物进行一相情愿的"施暴"式解释,它的真实性就被破坏了,被弄得面目全非。马原试图驱除各式各样的因日久和习惯而变得似乎是天经地义的人为"施暴",努力还原他所认定的那种自在自明的真实,比如切断因果链条和线性逻辑,贬抑时间在小说中的作用而醉心于空间结构的并置,等

---

① 马原:《小说》,载《文学自由谈》,1989(1)。

等。博尔赫斯正相反,他怀疑现实存在的权威性,不仅故意混淆了传统小说精心构筑的现实世界和力图模仿它的想象世界的界线,更以虚幻的想象压倒、淹没了一直受人尊敬的现实,甚至进一步将现实完全从虚幻世界中剔除出去。幻想是博尔赫斯最基本的生活方式和创作方式,幻想对于他并不是生活之外的事情,他就生活在幻想中。"真实"这个概念本身一直是博尔赫斯所怀疑的,不管它用来充当现实世界的自明特征的标签,还是跑到博尔赫斯热爱的他自造的冥想世界来讨好他。无怪乎马原对于博尔赫斯的小说技巧表现出更浓的兴趣,当理解、看待世界的方式存在着根本性差异时,技巧在文本中被单独看中,被剥离下来,似乎不可避免。博尔赫斯构造幻想的小说世界纯粹性的方法(一切止于这个幻想的艺术世界,即小说本文的层面),却被马原挪过来当做让人相信他的小说背后的真实性(即小说试图还原的现象世界)的手段,这之间的裂隙不能不说是十分巨大的。

马原活剥来的技巧最突出的在两个方面。一是创作活动本身进入叙述之中,叙述有时脱离了正统的叙述内容,讨论叙述和写作本身。这在马原的小说中随处可见,如《冈底斯的诱惑》第十五节,他很体贴似的替读者着想,"提出一些技术以及技巧方面的问题",关于小说的结构、线索等;又如《西海的无帆船》第二十三节讨论叙述的人称、双线并行、选材等问题。另一个重要的方面是外表上没有这样昭彰,即叙述中间实体经验的"缺场"。马原认为这与传统的空白理论和含蓄手段不同,这根本上不是言犹尽而意无穷,因为缺乏的不是情味、韵致、不言之言。在马原明确的意识里,他觉得自己在这方面受启悟于海明威和他那个有名的"冰山理论":作家写出的只是浮在海面的冰山露出水面的部分。"作者(指海明威——引者注)利用了人所共有的感知方式及其规律,他知道大家都知道的东西你不说大家也会知道这个道理。"[①]事实上,马原得益于博尔赫斯的可能更

---

① 马原:《小说》。

大、更重要一些,尽管他自己未必是在十分清醒的状态里有意识去做的。如果说海明威教会了马原省略经验,被省略的部分是读者都知道的或是可以猜测出的,那么读者根本无从知晓的经验在马原小说中的缺失,则是博尔赫斯启示的了。博尔赫斯式的实体经验的不到场,使与之相连已"在场"的经验也都变得不甚确定,甚至飘忽起来,有时产生出一种神秘的效果。读者当然可以想象"缺场"的存在到底是什么,但却无从判断何种想象才是接近作者本意的、合理的、可能性最大的,因为本文允许想象却并未提供任何关于想象的方向性暗示,或者说提供了任何方向上的想象的暗示。这正是博尔赫斯建构迷宫的一条内在法则。海明威式省略的依据是读者可以通过已知的经验自己去达到省略的经验,博尔赫斯式的经验"缺场"则并不依赖于假想中存在的由已知到未知的通道,至少作品暗示出来,这样的通道并不存在。马原的《游神》等诸多作品便是一些不甚了然的故事,具有博尔赫斯式的迷宫风格和感受。

但是我们完全有理由提出这样的疑问:从文本中剥离下来的技巧的纯粹度是不是百分之百的?马原从域外大师那里学来的东西是否仅是一种让渡性的姿态和招数,仅具工具性和手段的意义,以达到他所谓的还原现象真实的目的?实际上,作家的主观愿望、清醒的理性认识和作品的存在事实之间总是有一段距离,对于开初引述的马原的那段话我们是难以尽信到底的。其实,真正引起文坛注目并形成冲击力的并不是什么还原真实的目的,人们并不十分在乎故事和故事指涉的现实是真是假,这不免让人怀疑博尔赫斯式的着数是否全心全意献身于马原的目的,自己心甘情愿地只做不上台面的仆人;批评和创作界共同感兴趣的反倒是那些姿态、着数、技巧,而且,大家关心的焦点并不在于它们的让渡性意义,而是热心地赋予它们本体论的价值——这样,再把它们称做姿态、着数、技巧就不太合适了,于是大家就开始探讨马原的叙述态度、方式、角色,对叙述本身的叙述,探讨马原小说世界本身。马原在自觉意识里并没有足够地认识到他从博尔赫斯那里学来的远远不止于技巧,技巧剥离了下来,可是还连带了许多东西,后者往往是更重要、更需要认识的。当他不够审慎地把博尔赫斯对虚拟的强调认做只是对读者逆反心理的利用,"只是心理学在小说创作上的表面化作用"①时,他实在是委屈了他的阿根廷老师。

更耐人寻味的是,马原有时却不知不觉地放弃了呈现生活真实的企图,去认同博尔赫斯的观念世界,这时大概理性和自觉意识正打盹儿,博尔赫斯化的感觉和幻想就趁机活泼、自由自在了一会儿,理性困倦地闭眼的次数不能算少,但每次的时间都不长。这应该成为理解马原的博尔赫斯味浓重的作品为什么多是较短篇什的一个角度。比如《涂满古怪图案的墙壁》,姚亮死了,留下一部叫《佛陀法乘外经》的手稿,这里面不但记述了很久以前的事以及姚亮自己的死,还记述了尚未发生的事,以后的事实仿佛就是按照这部手稿的记述去进行、发生的,手稿预知了(也就是主宰了)将来的世界。"陆高终于发现这部手稿与他正在读的另一本阿根廷人博尔赫斯所著的叫《沙之书》的书非常相似,同样没有接续的页码没有逻辑序列的叙述,有的只是一节一段的跟发生过的正在发生的必然要发生的事件的叙述……陆高希望从中找到一种新的历史学方法结果他失败了他从而发现这部手稿通篇胡说八道它其实是不存在的或可以说它的存在与不存在毫无不同"。(着重号为引者加,下同)可以明显地看出,马原的还原真实的努力在一个神秘的幻想世界面前是怎样退步以至消隐了的,从另一个角度说,也就是向博尔赫斯认知世界的基本观念形态趋同了。

与马原不同,另一位先锋小说家孙甘露没有那种关于自在真实的现象世界的意识,文学没有被有意识地与主体之外的目的相联系,他对文学的感情"出于一种对冥想的热爱"。很自然地,孙甘露对博尔赫斯沉溺于其中的纯粹的幻想世界产生出近乎天然的亲切感。正是由于这种基点性的契合和亲近,孙甘露不可能像马原那样用剥离的眼光单独相中其技巧性的部分,他为博尔赫斯的整体世界所动:"在被介绍过来的有限的博尔

---

① 马原:《小说》

赫斯的著作中,玄想几乎是首次以它自身的面目不加掩饰地凸现到我们面前。……他使我们又一次止步于我们的理智之前,并且深感怀疑地将我们的心灵和我们的思想拆散开来,分别予以考虑。这样,博尔赫斯又将我平凡的探索重新领回到感觉的空旷地带,迫使我再一次艰难地面对自己的整个阅历……正是此刻,世界的要素像遥远的背景一样衬托着我们。"①。在现实世界这个遥远得无法看清也没有必要看清的背景之上,是玄思冥想的神秘世界,是《访问梦境》、《我是少年酒坛子》,是《信使之函》,是《请女人猜谜》。

像博尔赫斯一样,孙甘露也用玄想设置了一座又一座迷宫。他的想象穿行于迷宫中,一边津津乐道地破谜解谜,一边又以破解活动遮蔽了烛照谜底的光亮,"用一种貌似认真明晰和实事求是的风格掩盖其中的秘密"。更具体地,让我们以《访问梦境》和《我是少年酒坛子》为例,体悟其博尔赫斯式的特征——

(1)如何把握作者构筑的小说世界,叙述者在文本中已有夫子自道式的提醒:

我正面对一扇窄门,迎门置放的一把椅子几乎意味着一种邀请,而椅背上挂着一条鲜艳如血的围巾又似乎是对邀请的某种解释,而围巾的悬挂方式又像是对任何试图理解解释的劝阻。(《访问梦境》)

在这迷宫里,我的理性是无所作为的,我只能为我遐想的冲动所驱使,在悲观的侥幸中择路而行。(同上)

我的乐趣此刻已不在何时走出(迷宫),而在于备受折磨。(同上)

(2)作者或叙述者如何理解、把握世界:幻想、怀疑主义(对现实、时间、人性、自我、幻想本身)和体悟"无限":

---

① 孙甘露:《学习写作》,载《文学角》,1988(4)。

总之,他是不真实的,而又是令人难忘的。(《我是少年酒坛子》)

他们活动于他们臆想的空间,他们不吝啬时间,而又对流逝的岁月耿耿于怀。(同上)

我沉浸在一种疲惫不堪的仇恨之中,我的经历似乎告诉我唯有仇恨是以一种无限的方式存在着的。(同上)

我们总有无穷无尽的走廊和与之相连的无穷无尽的花园……(同上)

我惊喜我以如此具体实在的方式迈入了我渴望已久的抽象的历史。(《访问梦境》)

我现在开始回忆。我将排除时间的因素……(同上)

书名叫《审慎入门》,它的每一页都充满了谵语似的独白……它暗指我们这些行走着的活人全是应运而生。(同上)

有些人一旦离开了他的冥想他就立刻化为乌有了。我深知我处境险恶。(同上)

我不能永远置身于这种杜撰的真实中。(同上)

我曾经在我虚构的决斗中被我虚构的仇人杀死过一回,不过那是以前的事,但虚构的时间倒是未来,严格计算起来,也就是再等一会儿。(同上)

这样集中引述是犯忌的,我之所以甘冒这样的风险是想同时显示博尔赫斯在另一个方面对孙甘露的影响:以论文的方式写虚构故事,假作评论并不存在的作家、著作或是自己正在创作过程中的小说及其人物、事件等。博尔赫斯收集在《迷宫》(Labyrinths)和《虚构集》(Ficciones)里的很多是这类作品,如著名的《〈吉诃德〉的作者彼埃尔·梅纳德》、《审阅赫勃·奎恩著作》。在孙甘露的《请女人猜谜》里,"我"不断和女护士讨论"我"的那部《眺望时间消逝》的小说,也纯属子虚乌有。孙甘露小说迷宫的建构过程中,总时不时地跳荡出几句明晰的、理性的、仿佛是旁观的议论的言语,如"信是一次遥远而飘逸的触动","信是一种犹犹豫豫的自我追逐,一种卑微而体面的自恋方式,是个人隐私的谨慎的变形和无意间的揭示。"(《信使之函》)这很容易让人想到博尔赫斯以论文方式创造虚幻世界的状态:仿佛同时用了两种眼光,一种出自心灵,一种出自思想。对于博尔赫斯和孙甘露,那些论文式的揭示和自我剖白,并非儿戏好玩,这些信息常常是具有启示意义的。再比如《访问梦境》的题记:"到了结束的地方,没有了回忆的形象,只剩下了语言。"(作者在这句话后面署卡塔菲卢斯的名字,实际语出博尔赫斯的小说《不死的人》。)这句话的含义等于提供了理解此部小说的基本切入点:语言(意念)活动取代了具体形象的发展。在不同于以往理解的意义上,这类作品本身即包含了对作品的阐释和批评。

如果仅把孙甘露看成博尔赫斯的中国翻版,那当然是一种艺术感受力迟钝的愚蠢判断。英国的V.S.普里切特称扬博尔赫斯有能力使"一个意念行走";孙甘露专注于这一向度上的可能性,并把它推到了极点,正是这一极端的做法——远离具体事物,将抽象观念诗化,斩断语言的所指,让能指做封闭运动,如此等等——使他与博尔赫斯区别开来。只是这些已超出这篇文章讨论的范围了。

从作品透露的信息判断,余华受博尔赫斯的影响显然较马原、孙甘露、格非晚些,直到最近,才发表了两部博尔赫斯面目的小说:《往事与刑罚》和《此文献给少女杨柳》。余华靠近博尔赫斯,实质是几年来对文学把握世界方式进行艰难思考的一个结果。他发现,人类自身的肤浅来自经验的局限和对精神本质的疏远,只有脱离常识,背弃现状世界提供的秩序和逻辑,才能自由地接近真实。很显然,余华所说的真实的概念不存在于只对实际事物负责的经验里,而进入了个人的想象世界和精神领域。"我个人认为20世纪文学的成就主要在于文学的想象力重新获得自由。""对于任何个体来说,真实存在的只能是他的精神。""人只有进入广阔的精神领域才能真正体会世界的无边无际。"①博尔赫斯的"巴别图书馆"式永无边缘的虚幻迷宫正迎合了余华对广阔的想象和精神领域的向往。

事实上,余华和博尔赫斯无法达到亲密无间的状态。毫无疑问,二人的亲近基于共同的对现实的怀疑及因此而建立的虚拟世界,但是,博尔赫斯的虚拟世界是超然于现实的,他沉溺其中忘记了现实;而余华则试图以他精神领域里的想象世界去映照、重构、颠覆现实的经验世界,他对这个他认为不真实的世界一直耿耿于怀,无法彻底斩断与它的关系,他总想以他构造的世界赋予(说重一点是强加)不真实的生活以真实,而且,他的虚构世界和博尔赫斯的相比,在纯粹性上(就与现实关系的亲疏程度而言)不免逊色。以《往事与刑罚》为例:1990年某个夏夜,陌生人拆阅了一份来历不明的电报,没有发报人的姓名住址,电文只有"速回"两个字。陌生人重温往事,选择了向1965年3月5日所喻示的方向走去。但是,由于另外四种时间(代表四桩往事)的干扰,他无法正确到达。陌生人碰上了刑罚专家,刑罚专家提供了另外四种时间所揭示的内容:他对1958年1月9日进行了车裂;对1967年12月1日施予宫刑,割下了那一日的两只沉甸甸的睾丸;他锯断了1960年8月7日的腰;最为难忘的是,他将1971年9月20日埋入土中,只露出脑袋,刑罚专家敲破它的脑袋,一根血柱的喷泉辉煌无比。最后,陌生人发现刑罚专家自缢身亡,时间是1965年3月5日。这五个时间和它们所代表的血腥、残暴、死亡,很清楚地指向了那段并非久远的历史。《此文献给少女杨柳》没有这么强烈和刺激的具体所指,但它还是指向了现实世界的一种抽象存在形式:时间。"我开始发现时间作为世界的另一种结构出现了。""时间的意义在于它随时都可以重新结构世界,也就是说世界在时间的每一次重新结构之后,都将出现新的姿态。"②再清楚不过地表明,余华虚拟世界的目的之一在于重构现实世界。时间同样是博尔赫斯热心探讨的一个问题,但无论他抱何种态度,他的问

---

① 余华:《虚伪的作品》,载《上海文论》,1989(5)。
② 余华:《虚伪的作品》。

题的提出和解答都是封闭在他那个幻想世界里的。可以这样说,博尔赫斯启迪余华去营造了虚拟的世界,但这个世界却没能拴住他全部的心思,他以此为基点,又回过头去打量他刚刚脱离的现实世界,当然这时他的眼光已不同于以往,他跃跃欲试想去重构日常的经验和事实。有必要强调一下,博尔赫斯式的虚幻世界对余华是重要的,没有这个精神领域的建构,面对不真实的现实,他将无处立足安身,无所依靠,丧失向不真实出击的根据。

这篇文章要谈到的最后一位中国先锋小说家是格非。

格非曾说:"我始终以为写作阻碍了生活,人的行为比运用语言更能表达自己。"①他所认定的"20世纪无可争议的大师"博尔赫斯多次表示过类似的见解:"有条不紊的写作,使我离开了人们的眼前的状况。可以确定的是,所有这些写下的东西,取消了我们,或者使我们变成了幽灵。"②(《巴别图书馆》)"我沉浸在这些想象的幻景中,忘掉了我所追求的目标。……我觉得我成了这个世界的抽象观察者。"(《交叉小径的花园》)

格非说《褐色鸟群》的结构受了朋友火柴盒里装了四分钱去买火柴的启发,实际上,这个故事的结构是典型的博尔赫斯套盒式的。而且,就像故事里的一个人物棋说的那样,"你的故事始终是一个圆圈,它在展开情节的同时,也意味着重复。只要你高兴,你就可以永远讲下去。"这正是"巴别图书馆"的性质:"这个图书馆是无尽的,周期性的;如果有一个永恒的游客,从任何哪个方向穿过去,经过几个世纪之后,他会得到证实:同样的一些书籍,以同样的杂乱无章在重复。"

《青黄》是一篇最典型的博尔赫斯式小说。这里有对博尔赫斯对智力、学术的审美性兴趣的模仿,有"我"整日整夜被谜一般的命运所困扰的

---

① 格非:《一些断想》,载《文学角》,1988(6)。
② 本文所引博尔赫斯的小说,皆从王央乐译《博尔赫斯短篇小说集》,上海译文出版社,1983。

窘境,有突然产生的"一种不真实的感觉",甚至小说最后"此文献给仲月楼公"怕也是博尔赫斯式的。

零零碎碎地,关于格非和博尔赫斯,我说出了什么?

坦率地承认,我说了(因为不能不说,这对于本文要讨论的很重要),却什么也没说出来。因为我无力说出什么。我愿意让这个问题摆在这儿(而不是掩盖它),作为我这篇文章未完成的部分。认清了自我满足的虚妄和欺骗性,又有什么论文是"完成了"的呢?

三

回到一开始就提出的问题,我们必须回答中国先锋小说通过对博尔赫斯的接受给文学带来了何种新的意义。不论具体的接受动机和方式如何不同,博尔赫斯启悟了中国作家对虚拟世界的自由创造,为小说在传统的地盘之外,又开拓出一块新的空间。这个虚拟和幻想的空间只按照自身的规则存在和运行,因而传统结构中的即使是同样的语汇也不足以说明这个空间的全新意义。对于务实的中国文化和被现实紧紧扯住张不开翅膀自由翱翔的中国文学来说,这个新空间的建立非可等闲视之。这个虚幻的空间常呈现迷宫的面貌,它呼唤(要求)一种超越常理的智力,现实世界里的能力在这里无所作为;它培养对待一切的审美性兴趣和极度纯粹的境界;它推动人类朝一个特别的方向探求与体验:人生的神秘与奇妙——它就是那个也叫做宇宙的无限的"巴别图书馆"。

一般地,我们讨论的几位作家并不掩饰对那位阿根廷老人一定程度上的模仿,相反,有时他们极力要达到模仿得逼真的效果。这表明他们内心的自知和自信。以否认前辈作家成就的方式来显示自己的所谓创作个性只能暴露自身的狂妄和无知;对于中国文学来说,即便仅仅是对域外优秀作家、作品的模仿,也是一种引入新鲜活力,开启新的可能性的方式,一潭死水无论如何扑腾总不会闹出多大成效来。对模仿的流行性指责实质上是出于一种狭隘的、顽固的、自卑的(畸形自尊的)文化心理。从绝对的意义上说,任何模仿都不会仅仅是模仿,况且,中国先锋小说根本就没有甘心止于模仿。

受博尔赫斯影响和启悟的中国先锋小说似乎表明,小说作为当代最重要最有实力的文学样式,已经显露出一种新的未来发展的向度。

1990 年 7 月复旦南区

(载《上海文学》1990 年第 12 期)

第四辑
小说：90年代和今天

如果我们承认了这个过程，就等于承认文学教育和小说教育是与我们自己的生活世界无关的，是不可能在我们自己的生活世界中发生的，即使发生了，也是错误的；我们得到另外的地方去学来什么是小说、什么是文学。推到极端便是，小说、文学，与我们自己的生活世界无关。

平常心与非常心
——史铁生论

一

一首歌里有这样两句歌词：

也许我将独自跳舞
独自在街头漫步

很长时间以来，这两句歌词被我有意地从它原来的上下文语境中分离出来，独立地萦绕于耳，体味在心。欲舞而形单影只，真跳起来是怎样一幅情景？漫步却在街头，看人间风物、日常景象，同时又沉思冥想，说不准因而产生一种超升之感。一人而有这两种状态、情怀，在我看来就兼具平常心与非常心：漫步是平常心，跳舞是非常心。想到史铁生，就总也摆脱不掉这样的印象：他既是一个漫步者，也是一个舞者。

但史铁生踏进文坛之前就瘫痪了。我非常能够理解许多关于史铁生的评论为什么总是从这一严酷的事实出发，由人论文，人与文互相投射，纠缠于残疾、自杀、死亡等等问题。折磨着史铁生的问题同时成为批评家探究的中心，应该说是很正常的，而且创作与批评都由此提出了许多有深度有意思的话题。然而，过于集中、过于中心化的洞见也许遮蔽了其他向度问题的探讨。我在想，读史铁生的时候，能不能"分散"一下注意力，要把已知的严酷事实从意识中完全抹去不太可能,但却可以"淡化"此种意识,像看一个普通人的作品一样看史铁生的作品,这样或许会有另外的发现吧?我立即意识到要实施这样的想法困难重重,史铁生的作品本身就把读者的注意力向"中心"拉得很紧。尽管如此,却不妨一试。

二

平常心不执不固,不躁不厉,阅尽万象,汇于一心。持平常心的人是一个安静的观察者,又是一个敏慧的反省者。史铁生的《我与地坛》(1991年)最能体现出这些特征来:

> 十五年了,我还是总得到那古园里去,去它的老树下或荒草边或颓墙旁,去默坐,去呆想,去推开耳边的嘈杂理一理纷乱的思绪,去窥看自己的心灵。十五年中,这古园的形体被不能理解它的人肆意雕琢,幸好有些东西是任谁也不能改变它的。譬如祭坛石门中的落日,寂静的光辉平铺的一刻,地上的每一个坎坷都被映照得灿烂;譬如在园中最为落寞的时间,一群雨燕便出来高歌,把天地都叫喊得苍凉;譬如冬天雪地上孩子的脚印,总让人猜想他们是谁,曾在哪儿做过些什么,然后又到哪儿去了;譬如那些苍黑的古柏,你忧郁的时候它们镇静地站在那儿,你欣喜的时候它们依然镇静地站在那儿,它们没日没夜地站在那儿从你没有出生一直站到这个世界上又没了你的时候……

要是换一个人来看,地坛很可能就会是另外一幅情景,感受也会大大不同,那我们就得承认观感态度对观感对象(如地坛)和观感主体(如"我")的影响。事实上,在浑然天成的语言表述中,主体、态度及对象三者之间往往融合为一,不可离析,又三者缺一不可。细究起来,这种情形中最重要的反倒是外在于主体的对象,需要借助它,主体才能将态度显现,并且在态度显现的同时实现从主体向对象的趋赴和让渡,对象成了主体的归宿,不合则不能心静神安,达观从容。一旦融合,对象对于主体来说就不再是外在的了。在《我与地坛》中,史铁生找到了地坛"这样一个宁静的去处"。"去处",随手拈来的一个词,可以做两层意义上的理解,一是指客观存在的一个地方,再一层意思就是说,它是自我之所,是"我"投奔的方向,而且包含了一种心情在里面。"我"与地坛那种神秘性的契合、感应,不是别的,是一种物我合一的自适状态:"在满园弥漫的沉静光芒中,一个人更容易看到时间,并看见自己的身影。"

从这里很容易看出东方传统的文化观念和审美理想的积淀。此处不深究这个问题,但不妨注意这一点。有论者谈史铁生时,曾引周作人译日本作家永井荷风的散文,这倒是颇具慧眼的一种对照:"雨夜啼月的杜鹃,阵雨中散落的秋天树叶,落花飘风的钟声,途穷日暮的山路上的雪,凡是无常、无告、无望,使人无端嗟叹此世只是一梦的,这样的一切东西,于我都是可亲,于我都是可怀……"[①]。

平常心之为平常,正在于主体能在一般风物、日常情景中有可感可怀,平常既是"心"的性质,也是主客交融的客体的性质,即主体投射的对象的平常。在传统的文化观念与审美观念中,一般认为平常心不易获得,它是需要经过一个修养、熏陶、领悟的文化过程之后才能够达到的人生境界与艺术境界。我不以为史铁生身上也存在一个这样的从无到有的过程,尽管时间也在帮助他不断地提升自己,但史铁生之平常心从初登文坛时即有,而且一直伴随他走过这些年,愈臻善美。直到现在,我还记得读高中时在笔记本上工工整整抄录下来的《我的遥远的清平湾》(1983年)中的句子:

[①] 参见胡河清《史铁生论》,载《当代作家评论》,1991(3);周作人中译文,出自《知堂回想录》,香港,三育图书有限公司,703页,1980。

火红的太阳把牛和人的影子长长地印在山坡上,扶犁的后面跟着撒粪的,撒粪的后头跟着点籽的,点籽的后头是打土坷垃的,一行人慢慢地、有节奏地向前移动,随着那悠长的吆牛声。吆牛声有时疲惫、凄婉;有时又欢快、诙谐,引动一片笑声。那情景几乎使我忘记自己生活在哪个世纪,默默地想着人类遥远而漫长的历史。人类好像就是这么走过来的。

如果再考虑到命运的残酷无情,你会觉得史铁生能存一份平常心是一件了不起的事情。不管怎么说,中国传统士大夫的进退用藏、得意失意,毕竟都是在自身生命与外在的社会现实之间展开的一种关系,在这种关系中,最大的悲哀莫过于自我的价值不能得到体现和证实,在这个时候就需要平常心来克服沮丧、颓唐和愤懑,把一切看淡看轻看透,进而达到自娱自适自乐的状态。这样一种心理平衡之所以比较容易获得,其原因还在于我们的文化传统中已经形成了"达则兼济天下,穷则独善其身"一类的自我与外在关系的调整模式,一代又一代被尊崇的士大夫很多是这样走过来的,不仅有前例可循,而且文化传统的力量在暗中支持、诱导。但是,史铁生面对的却是生命自身的问题,而不是自我与外部世界的关系,命运摧残身体,其结果很可能是摧毁精神,身外之物看淡容易,把自我的严重创伤、把生命本身看轻就非常困难。事实上史铁生也没有把这些看轻。那么,他的心理平衡是如何达到的?他怎么还会有一份平常心?

这实在是个很大的难题。身外之物不可得时,可以返回自我,以对自我的重视(乃至自恋)来看低自我之外的一切。但史铁生无法这样做,他正是在打量自我时才产生出巨大的痛苦,一己的生命毫无优越感可言。这时候,幸亏有一种通常的说法帮助了他,我想,靠了这种想法,他才摆脱了几乎无法克服的心理危机:谈人生时,出现频率很高的一个词"命运",通常被认为是一种不可捉摸、无法抵御的外在力量,它要怎样摆布人,人是无能为力的。这样,在人与命运之间,就存在着一种难以把握的关系。

本来,对于史铁生来说,生命的创伤与身体的疾患完全是自我内部的事情,它就是自我本身,不可能与自我形成一种依赖于距离才存在的关系,因为关系是在双方以上的存在中才可能成立。没有关系,哪里能够谈到平衡呢？然而史铁生设置了一种关系,即自我与命运的关系:他把最最具体的、最最真切的遭遇与痛苦从自我中抽离出来,以为这完全是由于神秘的外在命运造成的,进而把这当成命运本身,这样,自我对其遭遇与痛苦的承担,就被转变成一种自我与抽象之物命运之间的关系,本是生命内部的承担因此成为自我对外物命运的承担,像《宿命》(1988年)一类的小说就可以在这样的基础上解释。这样一种转换因为借助了一种被认可的说法,是非常隐蔽、难以察觉的,对于史铁生本人来说,转换的发生可能在有意识与无意识之间,但其结果却大大有利于挽救心理危机,它提供了一条心理出路。应当承认个体生命承受痛苦能力的限度,同时也必须宽容地对待以转换痛苦的方式对痛苦的承受,不妨把这叫做担当痛苦的策略。直面惨淡的人生,需要无尽的勇气,但人生惨淡至无力直面时,要么是转换痛苦,以一种可承受的方式承受下来,要么是生命的毁灭。史铁生选择了前者,他把内在的痛苦外化,把具体的遭遇抽象化,把不能忍受的一切都扔给命运,然后再设法调整自我与命运的关系,力求达到一种平衡。在这种选择中,给人印象至深的倒不是勇气的不足,不是逃避,反而有一种智慧在其中:可以设想,在此种境况中选择个体生命毁灭者,并不一定就是因为勇气太多,却很可能是缺少了这样一种智慧。

正是这种智慧,给史铁生的平常心打下了根基。智慧这类东西,说不太清楚,它既能在文化传统中找到源头、给养,又是个体生命一己的属性;它既是后天精神修炼的结果,却又须原先就有"慧根"。说史铁生的智慧,进而说史铁生的平常心,在这方方面面之间都要有所照顾,偏废了就恐怕与实际情形产生较大的差距。再说平常心本身,就不是"偏"、"废",不是"执"。

平常心于平常人眼入耳入一切感官之事物,能够体验到一种呼应与投射,其最高境界正是文化传统崇仰的古典理想:天人合一。由凡俗而超越,由渺小而伟大,由狭隘而恢弘,由小道切切而大音稀声,由条分缕析而混沌冥漠,至天人合一之境,平常心也许是途经的一站吧。至于具有平常心是否就能达到这种最高的古典理想境界,就很难说了。史铁生呢?也不好说,但不妨读《我之舞》(1986年),可以体会到一种自我超升的大气,一种平常心的丰厚蕴涵,一种在默默中发生的心灵震颤——

我独自在祭坛上坐着,看地移天行。

三

行文至此,我隐隐产生了一种不安:我是不是过分强调了史铁生的平常心?实际情形就是这样的吗?事实上,史铁生身上果真存在着另一种状态,我把它概括为非常心。说不准历史上确有这样的高人,他能够把平常心贯穿始终,一生不忧不惧,静观生命在和风细雨、花草虫鱼和日月光华中磨蚀而无异样感受。史铁生决不是此类的得道者,他靠智慧把痛苦外化、把遭遇抽象化,这种转换如果推向极端,就会把自我抽空。但显然转换无法彻底,自我无法完全抽空,无法把一切都推给命运。内在的痛苦、具体的遭遇、生而有之的欲望,自我无力排除得干干净净,除非是走向毁灭。于是,我们就时常从史铁生那里听到不堪的呻吟、尖利的呼叫和絮絮叨叨的抱怨,时常能够感觉到无休无止的生之欲望与死之诱惑之间的拉锯战以史铁生的心灵与大脑为战场在猛烈进行。这些当然不是平常心了。

我并不以为个体在展示生命的过程中,平常心是最值得崇仰与称道的;而非常心,在我一己的想法里,可以再分为两种状态,一种尚未及平常心,其表现如自我迷恋之"执",琐细处的计划,对不如意的牢骚、抱怨,对痛苦的反复咀嚼乃至发展为病态的创伤意识,等等。尽管说这一切可能够不上什么样的人生境界,但因其真实性,因其暴露出的人性弱点与局限具有普遍的意义,我们在面对此种境况时,如果不能表现出悲天悯人的宽厚胸怀,至少也该宽容对待。在史铁生的作品中,此种非常心的流露也不难觅见,由此我们容易看到一个更真实、更接近于具体生活、更直接表达具体感受的史铁生。平常心中有很重的文化意味,某种意义上是人对文化的体现,这里可见的却多是活生生的个体对特定命运的真切承担。

还有另外一种非常心,我以为其境界决不比平常心稍低一点点,甚至可以明确地这样说:平常心是一个处于中间的刻度,其上其下各有一种状态的非常心,而其上状态的非常心,就非常的难能可贵。它以最真实的人生境遇和最深入的内心痛苦为基础,将一己的生命放在天地宇宙之间而不觉其小,反而因背景的恢弘和深邃更显生命之大。史铁生特别感动我的,就是这样一种不时表现出来的非常心,此时的史铁生,不再从平常心发出韵味悠长、宁静致远的浅斟低唱,而代之以心灵的激情与精神的伟力,呈现出来的不再是一个漫步者的形象,不再是静观的柔顺与和谐,而是昂扬若狂的生命的舞蹈。

生命之舞本来是个比喻性或象征性的说法,但具体到史铁生身上,就必须从更深广的人生意义上来看。在史铁生的小说中,短篇《我之舞》和中篇《礼拜日》(1987年)是我特别看重的。《我之舞》多次写到幻觉幻象,而且重笔浓彩,产生出十分强大的震撼力。生命之舞不仅迷住了小说中的人物路、老孟和"我",而且也会迷住以心灵去读小说的一切人。路有些"痴",他曾到过一座神秘的灰房子,老孟说那可能是一个用宝石拼接成的空心球,里面漆黑一团。路"用自己的衣裳点了一把火在手里摇,轰的一声就再也看不见边儿了。无边无际无边无际无边无际……"

老孟自管说下去:"每一颗宝石里都映出一个人和一把火,每一颗宝石里都映出所有的宝石也就有无数个人和无数把火,天上地下轰轰隆隆的都是火声,天上地下都是人举着火。"

世启说:"老孟,你今天喝得太多了。"

老孟自管说下去:"我说路,你干吗不跳个舞试试看?你干吗不在里头举着火跳个舞?你那时应该举着火跳个舞试试看。"

本文开头曾问过这样一句:欲舞而形单影只,会是怎样的情景?不想答案却是出乎意料的——

"你要是跳起来你就知道了,路,你就会看见全世界都跟着你跳。"

路呆呆地梦想着跳舞。

答案不是想出来,而是跳起来后才看到的。个体存在的孤立无助,一直是困扰现代人的一个基本问题,这里设想出一种解救之道,不露自我迷恋和自我可怜的味道,却强调以自我的积极行动,带动起个体与全体的融会。

神秘的灰房子倏忽间不见,化为一座古祭坛,下肢残疾的老孟和"我"几次看到一对男女在古祭坛上舞蹈,受到感染的同时也产生了一种遗憾:他们本来跳得不坏,可是在还有力气去死的时候,这两个人却不想跳了。后来老孟自己是用完了所有力气的,他等待的女人带来一辆能够跳舞的轮椅,"他们从黄昏跳到半夜,从半夜跳到天明,从天明跳到晌午,从晌午跳到日落。谁也没有发现是什么时候,老孟用尽所有的力气了,那奇妙的轮椅仍然驮着他翩翩而舞。"

《礼拜日》的分量由我看来并不在于表达诸如渴求人与人之间彻底沟通而达到存在的彻底自由的理念,其分量在于宏大的时空架构,在于在这种时空架构中表现关于生命的一切。迁徙的鹿群,北极圈附近的冰河,狼与鹿不动声色的心智较量与肉体的殊死搏斗;一个男人为了寻找的长途跋涉,荒漠,魔笛,书,灿烂的星空和一种达观的领悟:自由是写在不自由之中的一颗心,彻底的理解是写在不可能彻底理解之上的一种智慧;少女,老头,花开花落,悠悠万古时光。在这样宏大的时空架构中,生命不是缩在一个小角落里庸庸碌碌、自生自灭的过程,生命无所不在,它能够以精神的超越性达到精骛八极、心游万仞的境界。并不是任何单独的存在方式都能够以如此宏大的时空为背景,也并不是任何单独的存在方式都能够将心气与激情充盈于如此宏大的时空,以时空之大显个体生命之大,以宇宙之辉煌显人生之辉煌,这实在是一般人难以企及的非常心之投射。"天上人间,男人和女人神游六合,似洪荒之婴孩绝无羞耻之念,说尽疯话傻话呆话蠢话;恰幽冥之灵魂,不识物界之规矩,为所欲为。"

这是一种人生境界、精神境界;落实为文,又是一种艺术境界、诗的境界。其间过程,由人生、精神直至艺术与文学,水到渠成,有一气贯穿之势,无矫揉造作之姿。根植充沛的底蕴,超升凡俗庸常,追求阔大深远,人生与艺术合二为一,皆可因尽非常之心而达非常之成就。我不禁想起梁朝钟嵘的真知灼见,以为与此契合,几近天衣无缝:所谓"气之动物,物之感人,故摇荡性情,形诸舞泳。照烛三才,晖丽万有,灵祇待之以致飨,幽微藉之以昭告。"所谓"动天地,感鬼神",所谓"凡斯种种,感荡心灵,非陈诗何以展其义?非长歌何以骋其情?"[①]"展其义"、"骋其情",所以有史铁生的作品。

四

在世界大都会的一个角落里,有一位深居简出的诗人,写过一首叫《六月的上午》的诗,缪斯拨弄和弦,让这首诗和前引的两句歌词貌合神亦合。因为一己的固执吧,想起史铁生,就想到那两句歌词;想到那两句歌

[①] 钟嵘:《诗品序》,1页,北京,人民文学出版社,1961。

词,就想到这首诗。其中写道:

> 两三个男人/在直角形街口谈　漫步/他们闭上眼睛/心里的眼睛就张开/张大成一个巨大无比的街口/他们于此狂舞若痴若醉/像有死亡在诱惑和牵引/像有一只所有鸟的鸟/像有一个所有的星宿和太阳的太阳

1992年7月2日复旦南区

(载《上海文学》1992年第10期)

乱语讲史　俗眼看世

——刘震云《故乡相处流传》的无意义世界

刘震云的长篇小说《故乡相处流传》又一次让我感觉到批评的多余。面对优秀的作品,批评能够说出些什么?它能够提供与作品的优秀程度相比肩的思想吗?事实上对于优秀作品的说三道四,除了显示出批评和作品之间的差距之外,其他的意义并不大,所以,聪明人不说话。我无意把这样一种一般的感受在理论上普泛化,只是想以此点明我将要说的一切和《故乡相处流传》这部作品之间的关系:它基本上是多余的,作品本身已经说得很清楚了;其实尴尬还不仅止于此:在一个巨大的话语规则之内,我所做的可能并不是真正的批评,毋宁说成言不及义的闲言碎语。

一

这部小说包含四个部分,分别涉及的历史和政治大事是:曹操、袁绍之争,朱元璋移民,慈禧下巡和太平天国的失败,以及1958年的大炼钢铁和1960年的自然灾害。因此,这部作品很容易被看成历史小说或政治寓言。但是这种类型化的看法很可能极大地局限了小说的价值,实质上它正是以打破类型化的方式来显示自身的,在这样一种意义上,可以称它为"非历史化"的历史小说或"非政治化"的政治寓言。历史与政治,在我们的现实和意识中,总是要人正襟危坐、一脸严肃去对待的,它"内含"了一种超越众生之上的威仪、神秘和禁忌,并通过一套奇特的意识形态话语作用于我们的无意识,使我们在不知不觉中被震慑、同化和催眠,认为它具有一种不为任何人的意志所动的铁律,我们只能屈服它、跟从它,对它顶礼膜拜,讨好谄媚。但刘震云从卑躬屈膝的行列中跳了出来,他像喊出皇帝没穿衣服的小孩、像大闹天宫的孙猴子,无所顾忌,不知深浅,随随便便讲出他眼中的历史和政治。讲话的方式和讲话的内容是紧密联系的,小说的意义也正在这一点上有所突破:以一种嘻嘻哈哈的方式来讲,历史和政治也就变得嘻嘻哈哈,非常好玩起来。因此,小说对于"历史化"和"政治化"的拒绝是彻底的,不仅拒绝它的"内容",而且拒绝了它所要求对待它的方式。它被"解冻"了,我们的脸色也可以放开一些。

事实上小说对待历史和政治的方式并非小说家的独创,它更多地来自民间,来自"地下",来自你我的嬉笑怒骂、异想天开。但异想天开、嬉笑怒骂没有成为"文章",是小说家让它成为"文章"——即浮出历史地表,以合法化的形式存在。它本来是"野史",但正/野之分本身便是历史偏见的产物,它对抗这种偏见,登堂入室,独立成体。曹操、袁绍闹翻,焉知就不是为了争夺对沈姓小寡妇的性特权?而朱元璋千里移民,从一开始就是一场政治骗局;慈禧太后下巡,说穿了不过是寻找旧情人,鸳梦重温。历史原来是几个特权人物为掩盖一己目的的幌子。

这幌子是怎样挂起来的呢?《故乡相处流传》演示了一套意识形态话语的奇特逻辑和巧妙操作,比如说几十万浑浑噩噩的庸众,什么也不懂,曹丞相来了,就"教"他们"明白"了两件事:一、谁是我们的敌人?刘表;二、谁是我们的朋友?袁绍。刘表赤眉绿眼,烧杀奸淫,罪大恶极,虽说谁也没见过刘表和他的军队,可是"每日这么讲,几个月下来,我们也真恨上了刘表。我们过去素不相识,无冤无仇,你来吃我们小孩奸我们妇女干什么?"有人从刘表所占的地面回来,说刘表的军队并非如此,激起众怒,"刘表是十恶不赦的罪人,他的军队怎么会不是红眉绿眼?怎么会不吃人奸人?"于是一致认为此人摇唇鼓舌,涣散军心,便乱棒打死。

等时过境迁,刘表成了朋友,袁绍变了敌人,自然也会有化敌为友和化友为敌的道理。所谓"教"人"明白"什么"道理",就是意识的作用,它是一个从"无"到"有"、从"外"到"里"的过程,所以先要"教",要不断地讲,等听众"明白"了,"内化"便是毫无困难的了,便是自然而然的了,最终就可能达成意识作用最初期待的效果,即一种所谓的"发乎于心"的"自觉"的实践性行为,像把异己分子乱棒打死、集体归顺某个政权等等。值得深思的是,意识形态话语逻辑之奇特、操作之巧妙,常常达到使万众皆迷的高超境界,仿佛集体吸毒一样,陶陶然不能自主。只要肯正视事实,被意识形态话语"催眠"后的历史情境就会纷至沓来,不仅中国,而且世界,或隐或显,时强时弱,显者如希特勒政权及其发动的世界性战争,灾难和残酷的结局谁都接受不了,所以容易回过头来反思;隐蔽性特别强的话语作用几乎就无从说起了,尤其是处于"催眠"的过程中时,谁敢保证自己是个特殊的清醒者?于是,意识形态话语的作用以一个悖论显示了它的不凡成就:等你以为你已经"明白"了什么的时候,其实正是它使你最迷糊的时候。

也正因此,历史的幌子在风雨中招摇,一招摇就是几千年,总也不见收起来。这是为什么?有句话道是:你方唱罢我登场。把历史比喻成一个舞台不免有些滥俗,但想想还真是那么一回事。刘震云想得更简单,历史舞台上唱戏的其实只是同一拨人,这个朝代死了,下个朝代活了,甚至连名连姓都不改,你就是古人,古人就是你。小说写千年历史,一幕幕大戏小戏,就是由这几个人从头唱到底,让人生出无限的悲哀:同一拨人借尸还魂,唱来唱去,能唱出什么新花样来?"无非过去大路旁粪堆上插的、迎风飘的是'曹'旗,现在换成了'袁'旗。"所以,人的进化、社会的进步、历史的前进,以及改朝换代、改造社会、创造历史等等,如果不是善意的神话,就是蓄意的欺骗。也就是说,历史不是历史,因为过去的都不会过去,太阳底下无新物到如此彻底的程度,后来者似乎不必再多啰嗦什么,且只听先辈的至理名言:

曹成语重心长、故作深沉地说：

"历史从来都是简单的，是我们自己把它闹复杂了！"

我一通百通：

"是呀，是呀，连胡适先生都说，历史是个任人涂抹的小姑娘。"

曹、袁都佩服胡的说法。袁说：

"什么涂抹，还不是想占人家小姑娘便宜。"

天下没有不散的筵席，只有历史的幌子——占历史的"便宜"——从古挂到今。

二

在历史舞台上折腾来折腾去的人又是什么东西呢？人不是一个抽象的概念，分三六九等，这不仅是高居最上等的大人物的思想，最下面的普通百姓也明白这个道理，比如曹丞相，日理万机，多个捏脚的，多玩几个妇女，大家都想得通：二十万大军一律不准强奸民女，延津几十万人，管一个丞相连吃带日，还管不起？这算不上"生活特殊化"。但是，如果仅仅看到大人物和小人物之间的区分，那就太肤浅。大、小人物之间其实难解难分，小人物"需要"大人物，"丞相，离开了你，我们变成了一堆毫无趣味的人。我们前进没有方向，我们生活没有目的。我们成了几十万浑浑噩噩的、没头没脑、多一个不嫌多、少一个不嫌少的苍蝇。"接下去讲，大人物之所以能够呼风唤雨，是因为芸芸众生就是风和雨，等待着呼唤，像小说中人物真切感受到的，"曹丞相把我们这些糊涂愚昧的人带进了一种大事业，使我们人人都成了英雄，变得只关心大事，一切大而化之，不计小节"，"记起我们是身负重任、天下皆在我身的人，不是稀里糊涂过日子、只惦着柴米油盐没有开化和觉悟的老百姓。"但是这一点也未尝不可往俗里看：

芸芸众生,是墙头草,随风倒,曹操与袁绍,大清王朝与太平天国,谁得势拥护谁,"毕竟都是见利忘义的小人",但也没有什么好惭愧的。

往深里说,大人物小人物其实都一样。一样到就是一个人,当初一国丞相沦落为猪狗,前朝柿饼脸姑娘脱生成慈禧太后,甚至说今天在朝为官,明天即为阶下囚,哪有一成不变的事?

不固执于大小人物之分,明白这二者其实相通、相同,通、同到"人"字上来,才好明白人是什么东西。人是什么东西?在《故乡相处流传》的世界里,答案倒也简单,平时人自己把它复杂化了,讲一下孬舅的故事,就该明白了:孬舅当村支书,大跃进办食堂时安排两个炊事员,后来撤掉一个,只剩下肯和自己睡觉的曹小娥,再后来,曹小娥也撤掉了,支书亲自做炊事员,因为粮食少到了连一个人也吃不饱的地步。"再支书也是间接,不如直接当炊事员。"关于撤掉曹小娥,孬舅说得很干脆:"当初让她当炊事员是为了睡觉;现在睡不动了,还让她当干什么?"曹小娥后来被乱棍打死,孬舅看着一堆肉酱,却更可惜一只风干的猪尾巴随风而散,化成尘埃。

就《故乡相处流传》的众生相来说,任何个人的故事都是普遍的人的故事,孬舅的故事同样具有类的意义、抽象的意义,同样是普遍的人的故事。那么,人是什么东西,还有什么好说?

三

《故乡相处流传》展示给我们看的,就是这样的历史、这样的人物,这个世界热热闹闹,嘈嘈杂杂,声色犬马,一应俱全。但是这个世界毫无意义。世界和生活的意义是什么?之所以没有人能够做出圆满可信的回答,是因为意义本身不可能被具体指实。意义的存在依靠抽象性、差别性做保障,需要超越性的精神能力来感知和体会,而且只有在贯注了相应的精神之魂的实践行为中才能逐渐靠近和获得实现。但是这一切与《故乡相处流传》的世界无缘,意义几乎是彻底从这里被放逐了。禁不住想,这个世界怎么了?这样一种惊怪化为一个实质性的提问,即是:意义是怎样放逐的呢?

刘震云的眼光太毒,看得太透,他所刻画的芸芸众生,一举一动,无不具体、实际,目标直接、干脆,不含糊,不玄虚,食色权欲,都是基本的人性人伦,精神、抽象、超越之类,比较起来全都矫揉造作,华而不实。更重要的是,一切的差别在这里都消失了,历史/现实,伟人/庸众,真实/虚假,庄严/嬉闹,大事业/小事情,表面文章/幕后新闻,国家战争/个人性欲,这一切全都搅和在一起,你中有我,我中有你,对立消解了,差别取消了。而没有对立和差别,对个人来说,即没有选择,干什么都一样,都天经地义,对社会来说,时代的变化也毫无意义,因为所谓的变化其实是假相,不过是时间的流逝而已。二元对立的瓦解和等级差别的消失据说是社会进化的标志,特别是在所谓的后现代神话中,它成了最基本的文化规则,一时间,好像只有在这种"超前"的社会形态中才能实现某些理论奢侈的欲望,不知道《故乡相处流传》的出现,是否可能成为新潮理论近在眼前的理想文本,庖丁之刀,或正可用。

但是,如果不只为寻求理论游戏的快乐,在比较不那么理论化的眼光看来,意义的丧失其实正源于《故乡相处流传》这个世界的创造者的观察眼光。站在特别高的高度,以大智大慧的眼光俯看尘界烟火,或许会觉得一切皆是徒劳,一切皆是空幻,一切皆无意义。但是刘震云显然不是这样的大智大慧者,与其说他居高临下看世界,倒不如说他是从比平常的高度更低并且尽可能低的层面看历史、看现实、看人生的,不料想从更低处看,却看出了更多的破绽和真相。说得更明确一点,从更低处看,即是把所入眼者皆"庸俗化"。曹成曾一针见血,说"我""把庄严的历史庸俗化","我惭愧地一笑"。

历史本来是庄严的还是庸俗的,这且不去说,我们应该关心的是,这种"庸俗化"的眼光与《故乡相处流传》的写作之间的关系。《故乡相处流传》显示出来的写作心态的自由在当代创作中是不多见的,作家从心所欲,随兴而至,意到笔到,往往令人忍俊不禁。《故乡相处流传》的特殊效果事实上正导源于对一切的"庸俗化",对历史、对世界、对伟人,太正经、太严肃、太当回事;历史、世界、伟人往往就可能太不把你当回事,甚至把你压垮或者把你玩弄于股掌之间。刘震云反其道而行之,即何不把历史、世界、伟人玩弄于股掌间?但区区一个写字的,能有这么大的本事?刘震云的做法就是先把这些庄严的东西"庸俗化","世界观"先确定了,剩下来的大多属于技术操作层面,是基本功,相对好办得多。

"庸俗化"观念的产生和强化,亵渎意识的涌动和释放,从根子上说是个现实问题,这样一种创作心态、创作方式说绝对一点,不是"无中生有"的"创作"。如果在"创造"和"虚构"的意义上理解小说(Fiction),强调小说世界与现实世界之间的隔绝,这未尝不可以说是文学理论和文学批评精致化、机械化的人为"神话"。许多创作上的问题,按照这种受宠的"神话"去解释,常常显得做作与不适,相反,倒是一些"古老"的观念来得自然、容易理解,而且能够获得一种现实的深度。就《故乡相处流传》的写作心态和写作方式与现实之间的关系而言,不妨把这样一段自我交代看做一种"象征","象征"了现实向写作的过渡:一个非同寻常的大人物,栽了一棵狗尾巴树,可没过三天就死了,村支书偷偷换了一棵新的。"我面对着新的狗尾巴,不禁'吃吃'乱笑一阵,觉得心中无名的解气。支书,你真是伟大。狗尾巴是假的,大槐树焉知一定会是真的?别人可以顺嘴乱说,我为什么不能顺嘴乱说?"世界的意义就在刘震云"解气"地亵渎一切冠冕堂皇的东西的时候流失了,也就是说,写作能够创造意义,也能够把意义杀死。中国人感受不到上帝之死的灾难性后果,我们也从未有过上帝,换一种说法,也许即是我们从未追求和献身意义。《故乡相处流传》的世界也许只是有点夸张地显示了某种真相,但这对我们不构成强烈的冲击和震撼:刘震云杀死的也许只是虚假的意义,真正的意义是什么,既然我们从未拥有过它,现在明白了自己没有,也就没有什么好在乎的,我们怎么过来,就再怎么过去,时间还在走,戏还在唱,人还在活,如此而已。

但是,"世界混沌纷繁,千古一泡血泪,谁又能说得清楚呢?"

1993年5月初上海沙地
(载《小说评论》1994年第4期)

《马桥词典》随笔

《马桥词典》让我想起帕斯捷尔纳克的话,出自他早年的论文《几个原理》:"任何真正的书,都是没有首页的,它像树叶的喧闹声一样,只有上帝知道她诞生于何处,她伸延开来,滚动过去,犹如在有宝藏的密林中,在最黑暗的、令人震惊和失措的瞬间,滚动着,一下子通过所有的顶端发出声来。"

《马桥词典》出自韩少功之手,但韩少功并没有自命为一个世界的创造者,这是使这部作品的内涵有可能趋向无限丰富的一个必要的保证,因为任何个人创造的世界都是极其有限的,那种曾经时髦的文学创造世界的狂妄说词不会一直时髦下去大概可以算是一个明证。词典这种形式,暗含了韩少功的态度:他放弃了那种以一己的观念去统摄一个世界的做法,他不想把这个世界修理得整整齐齐,在每一个地方都打上自己的烙印,以此来显示个人的存在和能力——不仅小说家习惯于此,日常生活中我们每个人又何尝不是如此呢——他选择了词典这种形式,也就是选择了一种对世界的谦恭态度。在这种态度下,世界才会尽可能地完整呈现出来,世界的枝枝蔓蔓才可能不遭受刀砍斧削之刑被保留下来,世界的暗角才有希望透进些微的光亮。

一个词语的捕捉者,一个词典的编撰者,在保持对历史文化必要的谦恭品质的同时,能够有什么样的作为呢?也许我们这样说不能算夸大:韩少功通过《马桥词典》,使一种处于普通视野之外的,安于黑暗、边缘、孤绝状态的,民间的、无声的词语,发出了声音。韩少功不能不借助于规范的、普通的语言进行诠释,这种无可奈何的做法也正是一条主动进取的途径:

如果我们不说是向规范和普通的语言的挑战,平静地说,也是交流吧。马桥的词语多少有些以屈就的方式向处于中心和主导的言语系统显示了自己的存在,但你必须同时注意到它的存在的独特性和不可全然化解的顽固。任何的诠释都有诠释不尽的地方,都会有诠释的"余数",平常我们把这些"余数"不经意地忽略掉了,但面对《马桥词典》,我们却必须注意这样的"余数",注意规范的语言无能为力的地方。即使词典的编撰者小心翼翼地保护着马桥的词语不被一种处于有利地位的强势语词所扭曲和损伤,我们也须留意二者之间的摩擦痕迹,否则便等于否认了马桥词语的存在。

有时候我们发现韩少功的思绪一下子飘离了马桥,中国环境的马桥一下子被置换成世界环境的中国。这使我们有理由把《马桥词典》首先看成《马桥词典》之外,也不妨把它看成一部隐喻性的作品:它探讨的是处于不利地位的语言和文化的问题,特别是这种语言和文化的表述和被表述的问题。在世界文化环境中,中国有时就是马桥。

一种处于边缘地位的语言和文化所遭受的不公正待遇,并非只是一味的排斥,在今天所谓的后现代文化环境中,它面临的往往是另外一种屈辱:脱离原先的语境,使它变质。在我们的电视综艺节目中,我们常常会看到方言土语变成了调笑的作料,同时,方言土语本身也就是可笑的了。当中国的苦难在一个西方同情者眼中变得"精彩"起来的时候,它就被当成了"审美对象",而不是具有表述功能的言语事件。文化研究提醒审美化的危险,强调作品、言语、文化不仅只有在其语境中才能被最好的理解,而且,也只有在与具体的、与地域群体相关的语境中,才能体现出其最独特的价值和在世界上应有的位置。这也就是反对使一个言语事件审美化和滥情化的理由。在对《马桥词典》的阅读中,不要使它成为猎奇的对象,不要使阅读变成一种文化消费行为才好。

韩少功说:"不是地域而是时代,不是空间而是时间,正在造就出各种新的语言群落。"但是《马桥词典》处理的主要是一定时间跨度内的地域语言现象,它的突出特征主要是由相对隔绝的空间造成的,虽然我们不能把时代性的因素排除,作者强调的却是隐身在规范的普通用语之外的一个言语暗角。是不是可以说,《马桥词典》记录的,主要还是一个相对静止的世界中、不是处在剧烈变化过程中的词语相对稳定的意义或相对缓慢的延迁？韩少功的话提示了我们,使我们感觉到,语言群落的形成,应该在时间和空间之间、在时代和地域之间,有一场搏斗,甚至是战争。比如说,地域在时代的压力下,它的语言怎样进行抵抗、怎样妥协、怎样接受和消化时代强力？它怎样在它的语言里记下了自己最终的失败和沮丧？它是怎样藏匿起来又时不时会闪现出自己的隐痛的？

  在这样一部基本上是平静叙述的词典中,我们仍然能够感觉到韩少功对马桥的感情。马桥和马桥的词语,是已逝青春岁月的模糊证据,韩少功以词典这种坚实的形式,使这份模糊的证据确定下来。它写的是马桥而不是"我"在马桥的生活,所以它不是知青小说,它藏起了那份情绪,却又会在不经意间流露出来。本来在"懒"等少数几个词条里,我们已经看到了当今时代对词语的改造,但韩少功显然对此难以接受,这些变化往往只会引发他的忧愤。"从他们多少有些夸张的自我介绍里,我发现了词义的蜕变,一场语言的重新定义运动早已开始而我还蒙在鼓里。我所憎恶的'懒'字,在他们那里早已成为一枚勋章,被他们抢夺,争着往自己胸前佩戴。"韩少功似乎失去了词典编撰者的耐心,情绪激动地一下子罗列了诸多词汇,"懒是如此,那么欺骗、剥削、强霸、凶恶、奸诈、无赖、偷盗、投机、媚俗、腐败、下流、拍马屁等等,都可能或者已经成为男人最新词典里的赞辞和奖辞——至少在相当一部分男人那里是这样。"这也正是时代和时间正在造就的新的语言群落,但韩少功在他这部"个人的"词典里不想多花力气。20世纪90年代重访马桥,所闻所见也多半不会唤起一种平静的好心情。

  不管怎样,马桥的词语仍然在变化,而且,像马桥之外的其他地方一样,以加速度趋变。韩少功没有人为地把马桥封闭起来,所以我们不可能考索马桥词语的最初源头，也就是说，我们找不到《马桥词典》的第一页；同样我们也找不到《马桥词典》的最后一页，在超出"个人的"意义上，《马桥词典》是一部无限的书，我们不知道词语的变化、增生、消亡的最终会到哪一步，这是不是一件令人忧虑的事呢？如果它朝向"懒"的方向发展，这部无限的书就会叫我们寝食难安。

博尔赫斯曾经设想，一本无限的书，如果烧起来，它的火也就是无限的。

1996 年 7 月 5 日

（载《当代作家评论》1996 年第 5 期）

读《碑》

一

几年来,我和师友编选《逼近世纪末小说选》,其间真有些当初预料不到的苦恼。其中之一,我们一直希望能多选一些短篇,可是从1990年编到现在,编了七个年度的作品选,还真没有遇到多少特别让人激赏的短篇。编选者的阅读量当然是个限制,可创作倾向于长中篇也确实是明显的事实。这中间的原因要说清楚多少得费点事,不说也罢;有一点却是可以讨论的:习以为短篇小说特别讲究"艺术性",精巧,精美,精悍,更接近纯粹,更追求完善,等等。在诸如此类的关于短篇小说的"正确"说法的背后,在一些习以为常的意识背后,是不是还有什么意思没有表露出来?例如,关于文学作品的容量,我们似乎不需要多加思考就可以理直气壮地向长篇要求一定的容量,却很少以这个标准要求短篇,对短篇的这种"宽容"是不是意味着:这种精巧的小玩意儿本来就与大容量无关?作家写短篇,练练或显显手艺罢了,要安身立命,要建造个大东西,靠它是不行的。

这种意识多少是有些问题的。目前短篇的相对薄弱和遭受冷落,与这种观念上的问题也多少有些关系。

以上是题外话,我本意是要谈一个短篇小说作品。

二

《碑》,七千字左右,作者许辉。收入《逼近世纪末小说选/卷四·1996》(上海文艺出版社,1997年第1版)。

生死大痛,以淡笔、亮笔、暖笔出之,区别于惯常的浓、暗、冷的笔法。但这个说法也成问题,因为一时找不到恰当的词语——这几个"笔"字,很容易造成一种"修辞化"、"技术化"的误解,以为不过是一种写作技巧而已。其实淡、亮、暖更是切实的人生经验,而不仅是小说的笔法。

罗永才想洗一块碑,从县城到乡下去了两趟,才见到洗碑的人。这时小说差不多写到一半篇幅了,我们才知道他是为谁立碑——爱妻和爱女。我们不知道他的妻、女是怎么死的,我们也说不出来这个丧妻丧女的男人是怎么个心绪。

小说多用笔写这个男人去洗碑时置身的自然环境和人的环境。他和环境之间有一种交互的感应。

自然环境主要是季节和天气。第一次到山王,"那会儿春气已盛,艳阳高照。人在这时候,满眼望出去,都觉舒坦。"第二日又来,"春阳更暖,鸟雀啾啾,身上的呢子衣都得解开扣子了。"第一次去,洗碑的王麻子不在,罗永才心想:

  今儿个白跑一趟了。却也不觉着损失什么。吸着烟,呆眼望那破院框子外头的野坡杂树,心间真是各样感觉都没有,只觉得春阳渐暖,寒气消散,万物都在顶撞、爬升。坐了一气,便起身回蒿沟县城了。

第三回去,还不到约定拉碑的时间,只是心里放不下,就来看看。没有什么事儿,就听了劝告,到山上走走。

山坡上也没有什么人,像是连半个人都没有,只剩下春阳、暖意、松树、枯草散落各处,叫人心定。

爬山时歇息了几次,先一次看见了两个小坑,"叫人疑是老早的火山坑,是火山喷发时形成的,后来火山死了,年长日久,火山坑又被碎石尘屑给填住,现今只剩下两个陷处,叫人去想。"再歇息时留意了——

歇息处也是枯草坡,这时才留意了。身下身左的枯草里,都已冒着绿青青的芽子了,那些芽子望去甚有张力,生命的趣味浓厚,又鲜活不尽。罗永才望得痴了,心间暗想:这都叫咋讲哩!坐了一时,一身的感念,起身再往前走。

再看人的环境。人的环境主要是他到山王碰到的几个人。第一个是快进庄时路边打石头的中年人,罗永才向他打听洗碑的价钱,他答:上这块儿来洗碑的,都是讲个心情,不讲究钱多钱少的,多了,是个心情,少了,也是个心情。罗永才听他讲得在理,又不知回他什么话好,半晌才讲:"那是的。"第二回见到中年人,没有什么恰当的话好讲,只是莫名其妙地道了声谢;第三回来,中年人建议他到山上望望奶奶庙,心里头多少会好受些。

爬山时碰到一个七十岁的老汉,挑着七八十斤柴草和他讲闲话。其实讲的也是生生死死的事,却也是闲话。罗永才听了,心情反倒平静。

主要的人是王麻子。王麻子洗碑,生死伤痛自然经多见惯。罗永才第一次见到他,是这样的情形:

那人坐在院里洗碑,碑形已经看出来了,下方上圆,他洗的时候,左手是錾子,右手是锤,也不急,也不躁,也不热,也不冷,也不快,也不慢，一锤一锤，如泣如诉，叫罗永才看得呆了，立在墙外进不去，心里只是有一种感觉：春阳日暖，万象更新，雀鸟苏醒、飞翔、游戏、鸣叫、盘绕，像是一刻都止不住，人在此时此刻能想些什么，该想些什么，各人都是不一样的，各人也都是按着自个儿的路子走的，惟这破院里的这一个麻脸匠人，像是不知，也像是不觉，木呆呆地坐在亘古的石头旁边，一锤一錾，洗了几十年，也还是不急不躁，不去赶那些过场，凑那些热闹，真叫人觉得不容易！

还有一个人，没出场，只是在奶奶庙留下一张求灵的纸条，罗永才看了——

  失意人张志忠
  我最喜欢陶娟，我恨不能把她搂在怀里十天十夜！
  奶奶显灵，叫我娶到她吧！！！

罗永才的内心图景，没有直接呈示，但我们可以感受到，他的内心图景和他所感应的身外图景和谐一致，自然季节的代序仿佛也同时在他内心发生，也是春阳渐暖，活气渐浓，生机渐起；而他所遇到的几个普通人，他们的生命情景和他们应对生活和命运的态度与方式，也在感应中转化为他自己应对命运的无形的参与性力量。

  罗永才的心，感应力极强，他常常看得痴了，望得呆了；感应力强，所以受到的启悟就大。他的心理，多不形诸笔墨，偶尔用语言文字表示出来，也简简单单。

  其实他所感应并从中受到启悟的自然和人也都是简简单单，极其平常的。真正有感应能力的人并不是只有从不平常的事物那里才能受到启悟。小说的叙述，也是简简单单，用一颗平常心，讲平常的事——说到底，生死大痛，在人生，本也是平常。

要说不平常,能从平常之中获得启悟就不平常,能从生死大痛转换为鲜活不尽的生命趣味就不平常。罗永才望着王麻子,有一会儿走了神,仿佛看到自己和一个人去野地里给他娘上坟——

火烧着时,他跪下磕了几个头,头碰在去年干枯的草叶上时,硬硬的,扎人,那人却不磕头,只去拾掇那火,叫那火不要灭,又不要烧得太旺、太快,诸事都完了,那火慢慢便糊了,慢慢地冒着烟,两人便呆坐着望着那烟,往野地里的野景,一地的野景,都叫坟头的那缕烟,弄得活泛了,弄成心间的一些活气,年年日日也不灭、不干、不尽……

三

小说是在这些事发生后一年,才开始叙述的。一年以后的一个春夜,罗永才惊醒了,"春夜里总是有一些惊动,惊乍乍的,"其实完全不成一回事的。叙述结束时说,春夜总会起一些小骚动、小摩擦、小动乱,但很快就消失了。

其实午夜梦回,哪里事小?生死大痛,平常是平常,却不小;生生不息的活气,平常也是平常,却也不小。

这个短篇,我是绝对不愿意看成是精巧的小玩意儿的,说到作品的容量,它担得起实实在在的人生境况,而且蕴藏得深远厚重,断不是轻骨薄相的那一类。

四

《庄子·至乐》讲了一个很有名的故事:庄子妻死,惠子吊之,庄子方箕踞鼓盆而歌。惠子当然奇怪,庄子就讲了一通大道理:"是其始死也,我独何能无慨然!察其始而本无生,非徒无生也而本无形,非徒无形也而本无气。杂乎芒芴之间,变而有气,气变而有形,形变而有生,今又变而之死,是相与为春秋冬夏四时行也。人且偃然寝于巨室,而我噭噭然随而哭之,自以为不通乎命,故止也。"

　　读《碑》,使我想起这个故事,相形之下,觉得庄子鼓盆而歌,实在有些做作;其二,觉得庄子讲的那一通大道理,与真实的人生境况比起来,既空洞又枯涩。这样的大道理比起春气里的阳光、枯草下的新绿,感受性是很差的。再说,既然知生死之不二,达哀乐之为一,何必又夸张地鼓盆而歌,敖然自乐?哭也好,歌也好,都算是剧烈性反应,至少是不够蕴藉。

　　《碑》讲的是平常人的故事,甚至连故事也说不上,只是平常人的哀死乐生,不是至人的思虑,所以平常人的生死大痛做了人生的底子和土壤,并且从这生死大痛中生长出来鲜活不尽的生趣,就像枯草下冒出绿青青的芽子。

1997 年 4 月 5 日

(载《当代作家评论》1997 年第 6 期)

十年前一个读者的反应

——为新版《九月寓言》拼合旧文①

时间是考验人的东西。从"文化大革命"结束到21世纪初的今天,这么一长段的时间里,文学不可避免地经历了种种波折。从事文学的人,来了一批,又走了一批,然后又有新的人来了。这么一长段的时间里,和文学发生过或深或浅的关系的人,我们数不清;可是从开始到现在一直伴随着这一长段流程走过来的人,我们却数得出有几个。说大浪淘沙,并非浮泛的滥调。不用说,张炜就是这数得出的人中突出的一个。

可以从多个方面和角度探讨张炜的文学成就。但在这里,我想应该特别注意到他在长篇小说创作上投入的巨大热情和精力,特别注意到他在长篇小说创作上的贡献。20世纪80年代《古船》的出现,启发和影响了其后不少叙写中国现当代历史的重要作品;90年代初的《九月寓言》,另辟天地,民间生活生生不息的亘古长流,被他转换成了一个生机盎然的文学世界。此后,张炜又接连出版了《柏慧》(1994年)、《家族》(1995年)、《外省书》(2000年)、《能不忆蜀葵》(2001年)、《你在高原·西郊》(2003年)等长篇小说。读这些长篇,你能够强烈感受到时代的压力、良知的催逼、一个知识者不能停止的挣扎和无休无止的忧思。对这些饱含着复杂时代信息和个人信息的作品,我想,我们也需要时间来帮助我们理解。

记得1993年,我读完《九月寓言》之后,在非常激动的状态下写了《大

---

① 《九月寓言》1993年由上海文艺出版社初版;这里所说的新版,指由春风文艺出版社(沈阳)出版的"新经典文库"中的一种,2003年版。"文库"主编者为新版本约请撰写研究性文字,我遂有拼合旧文之举。

地守夜人》；写完之后还觉得有话要说，就又写了《不绝长流》。现在已经是十年之后；十年之后，《九月寓言》已经是一部有自己"历史"的书了，它现在要出新的版本，我就把当年写的东西合在一起，放在下面。这样的做法也许有个好处，就是可以看看这部作品曾经激起了读者什么样的反应。这样的反应，也是这部作品的"历史"的一部分。

一

　　一连几个晚上，写下《大地守夜人》这样一个题目之后，就再也写不出一个字。本来是因为要说的话一遍遍在心里翻滚，要像作家本人那样"激切地理解和欣悦地相告"，可是真开始动笔，却感到有一种什么东西在阻塞着表达。这不免令人懊恼。后来我慢慢明白，我无力先清除掉这阻塞再作表达，我必须在对阻塞的克服过程中完成表达。这会是一个什么样的过程呢？我说不准，但我非常明确的是，推动我来做这件事的，是一种复活的欢乐，它得自于张炜的作品，特别是《九月寓言》。因此，我现在来谈张炜，从最初的情形看，并不出于某种深思熟虑的动机，而是不能自抑的欢乐使然。

　　还有什么样的欢乐比复活的快乐更大、更真实、更令人沉醉和冥思？然而叙述又必须对抗阻塞，痛苦要和欢乐相伴相随是无法避免的了。

二

　　从张炜开始发表小说到现在，当代文学的变化颇有些让人目不暇接，文坛热浪一潮连着一潮，趋变弄新作为对相当长一段历史时期内僵化文学的反弹，作为对压抑性的意识形态话语的叛离，为当代文学的发展进行多向探索，开启了多种可能性空间，因而受到批评时尚的鼓励，甚至赋予这种方式本身以肯定的文学价值，几乎无暇顾及和探讨这种方式的价值和可能性的限度。张炜给人的一般印象似乎是，既不开风气，也不凑热闹，不追随什么人，后面也没有一大帮追随者，一个人做一个人的事情，把写作当成劳动，一个字一个字往稿纸上刻，于是就有了《芦青河告诉我》(1983年)、《浪漫的秋夜》(1986年)、《秋天的愤怒》(1986年)、《秋夜》(1987年)、《童眸》(1988年)、《美妙雨夜》(1991年)等中短篇小说集。这期间长篇小说《古船》(1986年)的问世给文坛带来强烈的震撼，也让不少人心里暗暗为张炜捏了一把汗：在为新时期文学贡献了当时最优秀的一部长篇之后，在调动和使用了长期积累的思考、才识和气力之后，张炜还能再写出些什么？几年以后，长篇小说《我的田园》(1991年)几乎是悄悄地出版了；接下来的一年，长篇小说《九月寓言》发表——这好像是不可思议的事情，我们简直不敢期待会有这样一部如此令人激动的作品。

因为有了《九月寓言》，我对张炜在这之前的作品也获得了新的体认。比如说，以前零零碎碎地看那些中短篇小说，常常觉得不太够味，形式上缺乏"创新"，内容也说不上有多么"深刻"，现在把这些作品连贯起来重读，才反省自己也许是吃惯了放了太多味精的东西，口味变坏了也难说。张炜有篇小说叫《采树鳔》，看了这个题目没有什么特别的感觉，甚至没想起这个题目说的是什么，但读着读着，尘封的记忆就被冲开了，童年的情景像潮水般涌来。原来我已经把什么叫树鳔忘得一干二净，小时候喜欢做的事已经被所谓的知识、经历、眼花缭乱的新奇事物淹没了。小说还给我一段生活，让我心里重新装下那晶莹透亮的树鳔，它"是从树木的伤口、裂缝中流出来的"，"是大树干涸凝结的血液和精髓"。这些年张炜由着心性写，心性变创作也变，从少年感觉写到成人的悲悯与苦辩，写到浑然天成的大境界，变化不可谓不大，但心性在，则变化必有根有源，而心性之作在当前文学中的缺乏，更反衬出张炜之变的内在性和相对稳定性，对比于外在的随机应变，内在的自然变化毋宁说更像是一种"不变"。

三

在《关于〈九月寓言〉答记者问》中,张炜说:"我想把所处那个小房子四周的'地气'找准,要这样就会做得很完整。"这句话可供阐释的空间很大,至少有这么几个问题:"完整"显然是作为一种写作理想来追求的,它内含了价值肯定性,我们能不能把它解释得更具体一些?为什么要找准"地气"就会做得"完整"?"地气"又是什么?

《九月寓言》的绝大部分是藏在登州海角一个待迁的小房子里写出的,"小房子有说不出的简陋","隐蔽又安静","走出小房子往西,不远就是无边的田野、林子。在那里心也可以沉下来,感觉一些东西。""那个小房子不久就要拆了,我给它留下了照片。五年劳作借了它的空间、时间和它的精气,我怎么能不感激它。小房子破,它的精神比起现代建筑材料搞成的大楼来,完全不同。它的精神虽然并不更好,却更让人信赖和受用。"一般来看,这里说的只是一个写作环境,其实质却是探讨生存的根基的一种具体和朴素的表达。在这里张炜提出土地、野地的概念。人本身是不自足、不"完整"的,是土地的生物,也只有贴紧热土、融入野地,才能接通与根源的联系,才能生存得"完整"。"土地精神是具体的,它就在每个人的脚下",而且,它有其恒定性。但是,"难的是怎样感知它"。

对于当代人来说,土地的精神在很大程度上是被隔离开了。要感知它,必须穿过隔离层,必须有勇气敢于大拒绝,习惯大拒绝。被拒绝的不仅是吵声四起的街巷,到处充斥的宣传品、刊物、报纸,追求实利的愿望,蛮横聚起的浮华和粗鄙的财富,而且是包括所有这一切在内的整个的生存方式。这样的大拒绝无疑过于艰难,它仿佛是想以个体的力量与整个人类发展的方向相对抗,因为现今的生存本身即是人类社会历史运作的结果。最常见的情形可能是,这样的对抗因为力量相差悬殊而使对抗的个体沮丧绝望,失魂落魄。但张炜身上出现了相反的情形,拒绝的个体获得了无穷的支撑力量,个体因为融入根源而不再势单力孤,个体的拒绝也就是土地的拒绝,相对于土地,它所要拒绝的东西反倒是短暂的,容易消失的了。

然而简单的道理在当下越来越难以被理解和接受,朴素的东西在离朴素越来越远的现代人眼里竟成了最不易弄懂的东西了。这样的状况潜在地影响着张炜的创作。张炜不大叙述情节曲折复杂的故事,在许许多多中短篇里,他常常只是设计一个基本的场景,借小说里的人物,苦口婆心,把自己所思所想所感一一道出,像《远行之嘱》、《三想》、《梦中苦辩》等,在这一点上表现得尤为突出。在另外一些作品里,张炜更注重展现具体的生命形态,把大地上生存的欢乐与苦难真诚写出,把大地本身的欢乐和苦难真诚写出,《九月寓言》是这一类作品的典范之作。

张炜带着一身清纯的稚气踏上文坛,在一批充盈少年感觉的作品发表之后,当时的批评和张炜本人都产生出不满足的感觉,曾经有论者指出,"他的人物似乎都被自然淘洗了似的,作品的社会色彩也被自然冲淡了。这曾形成了他的作品的艺术特色,也形成了他的创作的局限。"[①]"所以摆在年轻的张炜面前的课题是,如何在坚持自己艺术个性的前提下,面向复杂激烈的社会矛盾,深化作品的主题。"[②]从我现在的眼光看来,这种被张炜自己在理性上认可的说法,却未必就特别合乎他本性的自然要求,但另一方面,试着去接受与一己的性情不是一触即合的东西也未必是坏事;再说,张炜本性中的正义感与善良在他阅历增加的同时,一定也在冲击着他的心灵。半是有意识地寻找自己创作上的突破,半是基于作为一个艺术家基本的责任感,逼得张炜没法在社会的不义和人间的苦难面前闭上眼睛,《秋天的思索》、《秋天的愤怒》等作品就反映了张炜此种情境中的心绪和想法,这当中包含了种种被压抑着的痛苦和愤怒。从这一类作

---

① 肖平:《〈秋天的愤怒〉序》,《秋天的愤怒》,北京,人民文学出版社,1986。
② 宋遂良:《〈芦青河告诉我〉序》,《芦青河告诉我》,济南,山东人民出版社,1983。

品很自然地过渡到了长篇《古船》。

按照常规来衡量,《古船》可能是张炜写得最具小说形式的一部小说,处理的题材选择了文学史上的基本话题,写人间世界,反思历史,关注现实,检讨人性,忏悔罪恶。在这一切之上,是作家布满血丝的眼睛,冥思苦想的神情和悲天悯人的胸怀。在洼狸镇数十年的苦难历史包围和纠缠之中,隋抱朴一个人孤单地守着磨房,不言不语,白天黑夜地琢磨苦难的根源和彻底清除苦难的途径。他一遍一遍地读《共产党宣言》,想从它与洼狸镇的关联中寻出真义,找到把生活过好的办法。在《古船》中,张炜对人性和苦难的反省触到了根底,具有惊心动魄的力量。赵多多贪婪无度,多行不义,惯于残杀和剥削,他掌握洼狸镇人的命根子粉丝厂,当然就只能滋生苦难;但把粉丝厂从赵多多手里夺过来,换一个人,比如隋见素,就会摆脱苦难和流血吗?隋抱朴并不相信共同承受了太多苦难的弟弟,苦难承受者对苦难的反抗很可能只是导致苦难的延续和扩大,而并不根除苦难。"你这样的人会自己抱紧金子,谁也不给——有人会用石头砸你,你会用牙去厮咬,就又流血了。见素!你听到了吧?你明白了没有?"罪恶不仅仅只存在于某几个人身上,人类本身即有孽根,孽根不除,苦难难免。而且,苦难一有机会就会被人"传染","他们的可恨不在于已经做了什么,在于他们会做什么,不看到这个步数,就不会真恨苦难,不会真恨丑恶,惨剧还会再到洼狸镇上。"

到《九月寓言》,苦难依然存在于小村人的生活中,但是我们读《九月寓言》最强烈的感受却是生存的欢乐和生命的飞扬,《古船》里那种透不过气来的紧张、压抑之感被一扫而空,而代之以自由流畅纵放狂歌的无限魅力。为什么会有如此迥然不同的艺术效果呢?

在某种意义上,张炜慢慢"接受"了苦难。苦难是生活最好的老师这一古老朴素的观念进入了张炜的意识,更重要的是,张炜对苦难的反省使他产生了一种转换和杜绝苦难的想法。那就是,苦难经历所激起的对于苦难的憎恨并不一定导致以恶抗恶,也有可能成为一种向善的力量,人在苦难中学会了真诚和善良,懂得了正义和互爱。苦难在《九月寓言》中的"可接受性"或许包含了这样的意思。但对上面问题的解答主要还不在于此,我们还需要另寻路径。

回到曾经提出要讨论的"完整"的概念,我们可以试着做出这样的推断:《古船》的世界是不"完整"的。这一点还可以说得更明确一些。《古船》写的是人间世界,而人间世界是不"完整"的。这一发现对于一向自居于万物中心的人类来说可是件令人吃惊的事。《古船》的世界拥挤不堪,浊气深重,隋抱朴最后虽然站了出来,但仍让人担心他是否真能肩起重负而不被再一次压垮。对比《九月寓言》,则大大不同。《九月寓言》造天地境界,它写的是一个与外界隔绝的小村,小村人的苦难像日子一样久远绵长,而且也不乏残暴与血腥,然而所有这一切因在天地境界之中而显现出更高层次的存在形态,人间的浊气被天地吸纳、消融,人不再局促于人间而存活于天地之间,得天地之精气与自然之清明,时空顿然开阔无边,万物生生不息,活力长存。在这个世界里,露筋和闪婆浪漫传奇、引人入胜的爱情与流浪,金祥历尽千难万险寻找烙煎饼的鏊子和被全村人当成宝贝的忆苦,乃至能够集体推动碾盘飞快旋转的鼹鼠,田野里火红的地瓜,几乎所有的一切,都因为融入了造化而获得源头活水,并散发出弥漫天地、又如精灵一般的"魅"力。

事实上《九月寓言》所写,既不神秘也不玄虚,那是最实在的生活。为数不少的当代人因为远离这种生活而不能理解、不能感受这种生活,我却在读这部长篇时获得了无与伦比的愉悦。不仅因为我童年的生活复现了,更重要的是因此而重新建立起与土地那种与生俱来的亲情,重新拥有一些真实的苦难和欢乐并生并存的日子。"谁知道夜幕后边藏下了这么多欢乐?一伙儿男男女女夜夜跑上街头,窜到野地里。他们打架、在土末里滚动,钻到庄稼深处唱歌,汗湿的头发贴在脑门上。这样闹到午夜,有时干脆迎着鸡鸣回家。""咚咚奔跑的脚步把滴水成冰的天气磨得滚烫,黑漆漆的夜色里搋了蜜糖。跑啊跑啊,庄稼娃舍得下金银财宝,舍不下这一个个长夜哩。"小说写基本的食、色,写真正的欢乐和苦难,这其中的情景应该是每个人记忆中的情景,像张炜说的那样,"实际上这本书更接近很多人的乡村生活回忆录——越是这样,他们当中有些人越要惊讶地拒绝。这真没有多少必要。"即使这样的情景不存在于个体的记忆中,它也应该而且一定存在于一个种族、一个民族甚至是整个人类的历史记忆中,道理简单到再也没法简单,我们人类就是从这里、从这样的情景中走过来的。也许,我们已经走得太远了。

走得太远就需要返回。历史发展、社会进步和人的进化的观念向来是只承认、只倡导向"前"的,一味地向"前",甚至顾不上、想不到应该不时回过头来校正一下方向,那么,走得越远就可能偏得越远。在张炜的小说中,有不少篇章是用一个基本定型的结构来展开叙述:一个城里人,在城里生活得烦躁不安、无聊乏味,或者是因为一个很偶然的原因来到农村,通常的情况是他到的地方就是他出生或成长的地方,于是,他在这里才恢复了对生活的真切感受,人生才似乎可能有所为。这里很容易出现一种不加仔细思索的"误读",似乎是张炜明显地提供了一个现代工业文明和农业文明对立的模式,在价值取向上表现出田园主义的历史反动。这一许多人都耳熟能详的说法套在张炜身上过于牵强,不仅仅不说明问题而且掩盖了张炜一己的思考和感受。张炜想表达人对于自我的根源的寻求,而自我的根源也就是万物的根源,即大地之母。张炜竭力想要人明白的是,大地不只是农业文明的范畴,它是一个元概念,超越对立的文化模式,而具有最普遍的意义。短篇小说《满地落叶》情节很简单,是说"1985年秋天我在胶东西北部小平原的一个果园里住了一个星期",遇到一个从城市跑到果园深处做乡村教师的姑娘肖潇,两人之间有这样一段对话:

  肖潇贴着一株梨树站下来。她问:"你刚踏入果园的时候,没有什么奇怪的感觉吗?"

  我回忆着刚来那天的印象。她自语似的说下去:"我第一次出差路过这儿,简直给惊呆了。这么大的一片,完全是另一个世界呀。在那座城市里我老有一种做客的感觉,原来是这个世界在等待我。我就要求调到了这里。"

"那座城市是我们的出生地,它变得生疏了,而这里倒好像是生活了几辈子的地方。"我说道。

她热切地看着我:"真是这样。"

在"我"告别果园和肖潇的时候,心里是这样想的:"此行以及关于此行的一切只是生活中的一瞬,但又似乎包含了人生的全部欢乐和全部悲怆。"

到长篇小说《我的田园》,《满地落叶》中对一片果园的精神感念强化成直接有力的行动,主人公来到乡下,承包了一片残败荒凉的葡萄园,用几年的时间使葡萄园变成了丰收的乐园和身心的栖居之地。"我的田园"是一个精神乌托邦,同时,寻找它和建造它又是人在现实中的急务。事实上,对于大地来说,这样的乌托邦却是最实在不过的,它保证每一个走向大地的人都不会两手空空,一无所获。

大地是什么?它默默无语,只有走向它、投入它,才能感知、领受它的恩泽和德性、它的柔情和力量。大地不是理智的对象,更不是等而下之的实利和技术的对象,人越来越会按照知识、权力、利益、效率、速度等等以及其他一切相关的现代法则来言说和评价,对于无法用这样的法则来言说的事物常常持强烈的拒斥态度,似乎是,不可言说的,就是无关紧要的,就是可以忽略不计的。大地的真义隐而不显。如果说当代社会还熟知这个词,那也只是熟知它被现行的言说法则所歪曲后的意义,而这个意义是可以图谋、可以计算、可以分割的,于是大地的厄运就自人间降临,人类这个大地的不肖之子就成为大地肆无忌惮的暴君。即使是反对对大地施暴、反省人类行为的人,也不免对于大地的真义茫然无知,保护环境的用意不就是"利用"环境吗?人类自我中心的顽症怕是到了无法医治的地步,自我中心主义的庸俗、肤浅大行其道,在贤明的君主和暴君之间将会有一场旷日持久的争斗。然而,大地就是"环境"吗?人与大地之间就是这样的关系吗?在当代文学绝少见到至性深思的散文,在《融入野地》中,张炜把他一直在感受着的一个想法明确地表达出来:"人实际上不过是一棵会移动的树",人只不过是大地的一个器官。"我跟紧了故地的精灵,随它游遍每一道沟坎。我的歌唱时而荡在心底,时而随风飘动。""我充任了故地的劣等秘书,耳听口念手书,痴迷恍惚,不敢稍离半步。""从此我的吟哦不是一己之事,也非我能左右。一个人消逝了,一株树诞生了。"

正是跟大地重新建立起根本性的联系,才能使自身不能"完整"的人间"完整"起来。而意识到人是大地的生物或器官,是大地之子,才能进而破除人类自我中心主义的迷障,放宽视野,看到大地的满堂子孙,再进而反省人类在整个宇宙结构中的恰当位置,反省人类对待自我之外的生命和事物的态度和方式。大地养育万物,而人类只是其中之一,丝毫也不意味着人类的渺小和微不足道,恰恰相反,对大地的亲情和尊重正引导出对自我生命的亲情和尊重,同时也特别强调出对大地之上其他生命的亲情和尊重。在我们这片土地上,大概到处都发生过的一件事对张炜刺激很大,它甚至曾经成为规模浩大的"活动"或者"运动",那就是打狗。张炜几次提起过它,还以此为因由写成了小说《梦中苦辩》。类似于打狗这样的行为会被一再重复,"因为它源于顽劣的天性,残酷愚昧、胆怯猥琐,在阴暗的角落里咬牙切齿。"进一步的事实是,"对其他生命的不宽容,对自己也是一样。"而任由仇恨蔓延,必然激起大自然的反击,梦中苦辩的老人泪水滚烫,"真的,我总觉得大自然与人类决战的时刻就要来到了!……"《问母亲》、《三想》都是张炜充满揪心之痛的醒世之作,他为被残暴对待的大地上的生命和残暴对待大地的人类泣血长歌,忧愤不已。特别是《三想》,并置了一个在大自然中流连忘返的"奇怪的城里人"、一只遭受人类伤害的母狼、一棵阅尽大山的荣辱兴衰的百年老树的所思所想,三种生命形式并举,共同反省历史和现实。在一个军事封锁区,"我"发现,"这个世界恰恰是因为拒绝了人、依靠着大自然的汤水慢慢调养,才滋润成今天这个样子。这真是令我无比震惊的又一个事实。"母狼对人类的至高无上质疑:"人如果真是至高无上的,就除非没有太阳和土地";老树则无比宽厚地呼吁:"我热爱的人们啊,你们美丽,你们神圣,你们就是我们。你们的交谈就是我们的交谈,你们的生育就是我们的生育,你们的奔跑就是我们的奔跑!"张炜在小说中又一次强调,人的一切毛病,"实在是与周围的世界割断了联系的缘故。"置身大山,面对那些可爱的生灵,"我在这儿替所有的人恳求了……"在《融入野地》里,张炜明确表示,"我所提醒人们注意的只是一些最普通的东西,因为它们之中蕴涵的因素使人惊讶,最终将被牢记。我关注的不仅仅是人,而是与人不可分剥的所有事物。""我的声音混同于草响虫鸣,与原野的喧声整齐划一。这儿不需要一位独立于世的歌手;事实上也做不到。我竭尽全力只能仿个真,以获取在它们身侧同唱的资格。"

  张炜从自己的切身感受出发,上升到对"完整"世界的思想上的探索和精神上的呼唤,其意义我们一时还很难做出充分的估计和评价。阿尔伯特·爱因斯坦称赞"敬畏生命"伦理学的倡导者史怀泽的事业,认为这种事业"是对我们在道德上麻木和无心灵的文化传统的摆脱",善良的心会"认识到史怀泽质朴的伟大"。阿尔贝特·史怀泽提出,"只涉及人对人关系的伦理学是不完整的,从而也不可能具有充分的伦理动能。""只有体验到对一切生命负有无限责任的伦理才有思想根据。人对人行为的伦理决不会独自产生,它产生于人对一切生命的普遍行为。"而"根本上完整的""敬畏生命"的伦理学,使"我们与宇宙建立了一种精神关系。我们由此而体验到的内心生活,给予我们创造一种精神的、伦理的文化的意志和能力,这种文化将使我们以一种比过去更高的方式生存和活动于世。由于敬畏生命的伦理学,我们成了另一种人"。[1] "成了另一种人",也就是张

---

[1] 阿尔贝特·史怀泽:《敬畏生命》,8～9页,上海社会科学院出版社,1992。

炜"融入野地"之后所感受到的"生命仍在,性质却得到了转换"。达到这样的境界,"自我而生的音响韵节就留在了另一个世界。我寻求同类因为我爱他们、爱纯美的一切,寻求的结果却使我化为了一棵树。……但我却没有了孤独。孤独是另一边的概念,洋溢着另一边的气味。从此净是树的阅历,也是它的经验和感受。"

四

  写作行为的发生一开始是出于作家个体的内在必然性,当然这里所指的是那种"真诚"的写作;但这种内在必然性究竟包含了哪些成分,颇费猜摸。而对于写作目的的自我设置和对作品意义的自我期待,在化为写作的内驱力推动写作的同时,也极大地影响着写作的方式和作品的构成。张炜显然不是那种"自赏"的作家。他不仅把写作当成自我表达的形式,更看重它作为一种影响和渗透周遭世界的存在方式。他反复强调自己的写作是一种回忆,亦即要从"沉淀"在心灵里的东西去升华和生发;他也常常说到创作就像写信,是跟自我之外的广大世界联结的途径,在这种联结中获得生命的色彩、生气、意义和欢乐。

  张炜说:"我觉得艺术家应该是尘世上的提醒者,是一个守夜者。"张炜还说道:"当你坐在一个角落时,你就可以跟整个世界对话。"(《芦青河四问》)这两句话放在一起,令人怦然心动。张炜所选择的参与世界的方式是一种与世俗的取向背道而驰的方式,它以对被弃的时间和空间的钟情和拥有来表现。俗世的中心,喧嚣的白昼,社会和现实淹没了自然和大地,功利和欲望遮蔽了隐秘和本质,纷繁多变的表象喧宾夺主,而千万年不曾更移的根基默然退避。只有当俗世休息的时候,夜深人静,大地才自由地敞开,永恒才自在地显露。而尘世的角落,正在大地的中央。人通过返回故地而走向大地,而"故地处于大地的中央",每一个人的"整个世界都是那一小片土地生长延伸出来的"。然而,要与大地和永恒交流和沟通,用世俗的语汇却没法进行,因为在自然万物听来那是"一门拙劣的外语",现代人的感知器官被各种各样的讯息媒介狂轰滥炸,怕是失去了基本的辨析和感受能力,所以我们必须重新寻找能够通向隐秘和本质的感知方式,在这一点上,大概也需要一个返回的过程,恢复人在还没有完全从自然的母体上剥离下来时具有的与大自然对话的能力。这种能力本来是人与生俱来的,但却在人的"发展"和"远行"中不经意失落了。

　　在安怡温和的长夜,野香薰人。追思和畅想赶走了孤单,一腔柔情也有了着落。我变得谦让和理解,试着原谅过去不曾原谅的东西,也追究着根性里的东西。夜的声息繁复无边,我在其间想象;在它的启示之下,我甚至又一次探寻起词语的奥秘。……还有田野的气声、回响,深夜里游动的光。这些又该如何模拟出一个成词并汇入现代人的通解?这不仅是饶有兴趣的实验,它同时也接近了某种意义和目的。我在默默夜色里找准了声义及它们的切口,等于是按住万物突突的脉搏。(《融入野地》)

　　大地的隐秘落实到语言作品中,其存在形式如同他在大地上的存在一样,"不是具体的故事、事例,而是沉淀到这一切之中的东西。它们才能构成奥秘,比如时代的、人性的、宿命的、风俗的、禁忌的……是这些说不清的方面。"张炜小说里的事件一般都很简单,甚至简单到每每让人以为不足以构成小说的程度,却又常常产生厚重和使人沉醉或欢乐、使人悲悯或苦思的效果,想来是大地的隐秘和本质源源不断的辐射透过张炜的叙述被我们真切地感受到了。

五

　　大地的隐秘和本质、人类生存的永恒根基通过张炜的叙述被感受,这是既让人欣慰又让人悲哀的事。欣慰的是我们还能感受,还没有完全麻木不仁,我们有幸还能成为张炜作品的受惠者;悲哀的是我在心里一直有这样的疑问,我不知道如果我们不通过张炜,我们会不会产生像张炜那样的感受和敏悟,哪怕只是产生那样一种冲动?我们自己有能力、有勇气直接融入大地,获得第一性的感受、思想和精神吗?在张炜的感受、思想和我们通过张炜来感受、来思想之间,是有不少差别的。我现在明白,正是这种差别,阻塞着我对张炜、对自我复活的欢乐的理解和叙述。但大地的力量引导我走到这里了,它透过张炜的作品依然强大无穷。追求"简单、真实和落定"的现代游子,我们能够找到一个去处吗?我们能够在张炜"融入野地"之后也踏上那迢迢长路吗?

　　这条长路犹如长夜。在漫漫夜色里,谁在长思不绝?谁在悲天悯人?谁在知心认命?心界之内,喧嚣也难以渗入,它只在耳畔化为了夜色。无光无色的域内,只需伸手触摸,而不以目视。在这儿,传统的知与见失去了原有的意义。神游的脚步磨得夜气发烫,心甘情愿一意追踪。

六

　　《九月寓言》在表达上的自由、流畅、丰厚、圆满,实在是个令人吃惊的事实。这些年文学上的新变使以往程式化的僵硬叙述不再占据话语形式的主导地位,其明显的意识形态内核更是遭到冷遇。使此一点显豁的文学原因,主要应该归功于反叛者各种各样的文学试验和探索。然而,仅仅靠反叛不足以撑起一片文学新天地。我们当然不能说当代中国的文学探索仅仅立足于反叛陈规,先锋文学自有一己的文学新空间,在文学史的进程上功不可没,这一点当毋庸置疑;但也正是在先锋文学劳苦功高的地方,埋下了自我难以超越的障碍,即一种对象性的制约和自我意识的制约。反叛者的文学在其逻辑起点上是先设定(或是实存的,或为虚拟的)了反叛的对象,在这之后的文学行为中,即使是在最肆无忌惮的文学表现中,自我意识中的对象性仍然是一个厚重的阴影,仍然是产生焦虑之源,先锋文学的极端化倾向或根于此。因此,先锋文学是争取自由而不自由的文学,同时,也是在争取自由的过程中不得不牺牲了许多正常权利的文学,而它本身,也是为了开路而牺牲的文学。一般来说,先锋文学是尖锐的,同时也就不具有包容性和"大气";先锋文学是时段性的、相对性的,那么强加在它身上的永远的期望也就未必是它负担得起的,也未尽合理。先锋文学的这些特征没有张炜作品的比照也能够被认识到,以张炜作品做参鉴,会看得更清楚一些。但我想弄明白的是,为什么会有这一种差别存在。

在先锋文学分化,不少当年的先锋掉头向俗的时候,一位未被通行的先锋概念"纳入"的作家张承志,却仍然在坚持他的孤独长旅,跋涉于艰难的朝圣之路。张承志和张炜这两位作家,从作品所表现出的面貌看,一阳刚,一阴柔,但两个人都拒绝了俗世和现时,都独立站在文学的潮流之外做自己的探索。对于这两位作家来说,他们所选择的地理位置也正是心灵和精神的位置。张炜在海边的农村守望着自己的精神家园,张承志更是跑到了汉文化的边缘地带,在内蒙古草原、新疆文化枢纽和伊斯兰黄土高原寻找立命的根基。但张承志的文学表述仍然让人感受到强烈的现实压迫,也就是说,他还是很在乎一直被他拒绝的现实,他的孤傲和愤怒正是在乎的表征。问题确实是两个方面的。一方面,孤傲和愤怒帮助成全了张承志的文学表达,舍此则张承志不再是张承志;另一方面,孤傲和愤怒使张承志没有办法很好地表达自己,在躁动不安的状态中他没法全心全意投身于他的立命根基,他几乎总是不忘发泄对现实的敌意,他的叙述在很多时候呈现一种向两端撕扯的紧张状态。具体到这两位作家之间的互相参照,我仍然是为了想弄明白张炜的《九月寓言》为什么会产生圆满的表述效果。

先锋作家想"创造"一种东西,张承志想"寻找"一种东西。张炜像他们一样不能在俗世里、在随波逐流中获得精神的安定,但他既不存"创造"的妄念,也用不着到自我之外去"寻找"。现代人盲无目的地寻找精神家园的努力很可能是无效的,而靠试图去"复活"某种已经死了的东西来医治现代的病症更是白费力气,真死了的东西再也活不了。张炜所做的工作是"发现"和"发扬"不死的东西,它是生命、是精神、是自然、是传统、是历史,不死的东西难以命名,只能排列很多的词语来捕捉它,而它就是《九月寓言》里所写的那种生生不息。《九月寓言》里的时间很模糊,但一定要确定它的时间跨度也不难,然而确定的时间跨度却并不一定比感受到的时间跨度更加真实、更有意义,这部书的时间挡板是不存在的,它好像就是一部亘古以来的故事,或者说它是一部活在我们身上的历史的故事,因为它是生生不息的,所以它是我们的祖先的故事,同时也是我们自己的故事。比如小说中写到长长的、动人的、流光溢彩淋漓尽致的忆苦,村民们把这种意识形态化的形式彻底改造成了一种最自然不过的生命活动和原始节庆,而对它的最基本的感受,就是我们的祖先从那漫长的苦难中一步一步走过来,在生生不息的苦难中生生不息地走过来,代代相传,绵延不绝。张炜想要表达的就是这样一种活的东西,而要发现活的东西,只能在活的东西身上发现,生生不息的东西在死物身上找不到。可叹的是,我们的文化和文学确实有许多时候和这个朴素的道理对着干。

这里还有一个很大的问题,那就是,张炜所发现的活的东西,是不是我们每个人都可以找得到?对于张炜来说,对生生不息的东西视而不见要比深切感受它更加困难,也许在一段时间里,世俗尘物遮蔽了张炜的深切感受,但生生不息的东西是不会被永远遮蔽的,它自己就会动起来,帮助张炜抖掉身上的遮蔽之物,牵引他返回他生长的大地,而只要融入这片亘古的土地,顺从自然和天性敞开心扉,历经千年而不衰的生生不息就会立刻在个体之我的身上强烈地涌动。这时他敏悟到,大地的本质或生生不息事物的最深、最基本的内里都不是一个硬核,而是一个绵长不绝的流程,并且要流到自我的身上,还要通过自我流传下去。生生不息肯定不是孤立的个体的特征,它归从于一个比我更大更长的流程。让生生不息之流从自我身上通过,也意味着自我的消融和归从,我不再彰显,因为我是在自己家里,我与最深的根基恢复了最亲密的联系。我不再彰显但我心安气定,我消融了但我更大更长。原来自我也像本质一样,也不应该是一个坚硬不化的核,个性和卓尔不群只能突出一个孤单的、势单力薄的局限之我,要获得大我、成就大我就不能硬要坚持个性之我,让生生不息通过我充实我,我才活了。

  如果不考虑可能性,只就现实而言,并不是每个人都能够找到从千古流传到自己身上的活的东西。事实是,历史所曾经拥有的许多东西确实已经死去,它们不再与我们相关相连,复活它们在本质上是不可能的。但历史本身不死,只在于每个时刻的现实中的人能否在当下即感受到活的历史的勃勃生机。我们在现实中的许多困窘是由于拒绝历史造成的,我们常常害怕被历史吞没,被历史压倒或禁锢,我们不把历史当成柔软之物,不把历史视为母性,我们往往由于胆怯而对历史扮出凶相,对它强硬,和它一刀两断。我们有意识地让历史在我们身上死掉,很难说我们不是蓄意谋杀。但这样一来,我们的生存就变得单薄、孤弱,丧失了生生不息的本源,丧失了生存的强大后盾。先锋文学当然不能简单地说成如此,但无可否认先锋文学非常明显地表露了这样的倾向。接下来再看作家张承志。张承志强烈地渴望复活他所钟情的历史,同时又强烈地渴望自我的皈依和融入,换句话未尝不可以说成是,孤傲的个性需要强大的精神支持。在《心灵史》的代前言里,他这样解释自己:"也许我追求的就是消失。""长久以来,我匹马单枪闯过了一阵又一阵。但我渐渐感到了一种奇特的感情,一种战士或男子汉的渴望皈依、渴望被征服、渴望巨大的收容的感情。"而基本的形式就是"做一枝哲合忍耶的笔"。这样的人生形式与张炜在《融入野地》里的表述是相通的,张炜是化为了故地上的一个器官,充任大地的"劣等秘书",一己的吟哦从此变成与大地万物的共同鸣唱。但比较张承志和张炜在个性之我的融化过程中的基本感受,却能够发现不少的差别。张承志所做的是人生的"选择",其情势犹如"站在人生的分水岭上",抉择时"肉躯和灵魂都被撕扯得疼痛";张炜则更自然和率性,他投入大地时神情痴迷,满溢着一种返回了阔别多年的家乡、扑到日思夜念的母亲怀里的欣喜和激情,又散发出一种重新接通了本源之后顷刻间充沛旺盛的生机。

事实上,当代社会中的人或多或少都存在一种表达上的文化障碍,这种障碍的普遍性使它很难被仅仅看成是某一些个人的问题,它应该算做一个时代的病症。然而张炜在写作《九月寓言》时获得了强大的免疫力,一些基本的思想、感情,表达得几乎是不可思议的流畅、圆润、充沛,而且从容、飞扬、率性,并富有特别的光彩和魅力。张炜在《九月寓言》里的表达,躲躲闪闪、扭扭捏捏、怪里怪气、声嘶力竭的时代流行病是见不到的,他就有这样的能力和勇气,把真诚直接平和地表达出来,同时也自然地表达出身在角落、心与世界对话的愿望和大气。张炜从哪里获得这样非凡的力量?与永恒的大地相依,身上涌动着千万年以来的清流活水,时代病症的障碍在张炜那里也就不是障碍了。这样的境界一点也不玄虚,它就在《九月寓言》这样的世界中,这个世界普通而不是个别,真实而不是(不需要)隐喻和象征,这里就是生生不息的自然、历史、传统、现实、生命和精神。

2003 年 3 月拼合旧文

坚硬的河岸流动的水

——《纪实和虚构》与王安忆写作的理想

一

长篇小说《纪实和虚构》让我去重温王安忆写作小说的理想,它是以否定的形式表达的:一、不要特殊环境特殊人物,二、不要材料太多,三、不要语言的风格化,四、不要独特性。① 这"四不要"没有各自的对应项,也就是说,与之相对应的不是四项,而是一个理想整体。这个理想整体被作家感觉到了,却没办法以正面肯定的形式直接表达出来,而且也没办法"一下子"表达出来,所以要分开来一项一项去说,像围绕着一个几乎是不可企及的中心打转。然而也正因为没有直接地、"整体性"地表达这个理想整体,而采取一种分割否定的方法,这种表述反而显得干脆、利落、明确。王安忆看重小说总体性的表达效果、自身即具有重大意义的情节、故事发展的内部动力,而对于偶然性、趣味性、个人标记、写作技巧等等的夸大使用持一种警惕和怀疑态度。从这里不难看出,王安忆有意识地要摒弃一些不少当代作家所孜孜以求的东西。

在探究当代长篇小说创作的困境时,王安忆试图从更根本处着眼,她说:"我们的了悟式的思维方式则是在一种思想诞生的同时已完成了一切

---

① 王安忆:《故事和讲故事·自序》,杭州,浙江文艺出版社,1991年12月版。

而抵达归宿,走了一个美妙的圆圈,然而就此完毕,再没了发展动机。因此,也可说我们的思维方式的本质就是短篇小说,而非长篇小说。"①与此相分立的是一种逻辑式的思维方式,在小说物质化的过程中,它被王安忆当做一件有力的武器抓在手里,意欲凭借它来解决创作中的顽症,特别是打破长篇小说的窘局。

由王安忆的这些想法肯定可以引发出有关小说创作和小说理论的非常有意思、有价值的讨论,但现在还是先来看看《纪实和虚构》这部作品,以作品作实证,回过头来再探讨一些理论问题。

二

《纪实和虚构》是一个城市人的自我"交代"和自我追溯,一部作品,回答两个问题:你是谁家的孩子?你怎么长大的?小说很清楚地分成两个部分,一部分是"我"的成长史,另一部分是"我"寻找自己生命的最初根源。两部分交叉叙述,最后接头,合二而一,有浑然成体的效果。成长和寻根,在这几年的小说创作中都算得上被集中开发的题材,特别是对于20世纪80年代在文坛上崛起的一批青年作家来说,自我经验的世界可能是他们最迷恋也最容易向文学转化的世界,其中成长与启悟的主题一再被各具特色的叙述展开,像苏童的香椿街少年系列,余华的《呼喊与细雨》,迟子建的《树下》,甚至王朔的《动物凶猛》等等;至于寻根以类似文学运动的形式成为文坛一时的中心现象和话题,就不必再说了。王安忆本人身处其中,在这两个向度上的探索都有不凡成就,也不必再说。但是《纪实和虚构》把成长和寻根结合起来、贯穿起来,不是把两种性质的内容简单拼凑,而是把两个分裂的世界弥合成一个世界,这样的本领就不太一

---

① 王安忆:《我看长篇小说》,《故事和讲故事》,43页。

般了。

　　从结构上讲，《纪实和虚构》好像是"谁家的孩子怎么长大"的逻辑展开，由此建立起作品的纵和横的关系，形成作品的基本框架。逻辑的起点是寻找答案的提问，然后就顺理成章，一路写将下来。但是，这并非创作的完整过程，我们或许有可能从逻辑起点往前追问，即：这样的问题是怎样提出来的？为什么会有这样的问题提出来？在密密麻麻的书页间，语词有时会指示、会释放，有时又会掩饰、会遮蔽一个仿佛幽灵般的影子，它的名字叫焦虑。按照一般的说法，焦虑总是喜欢和性格内倾、习惯冥想、懒于行动的人缠在一起，我们的叙述者似乎恰好正属于这类人。但这种一般的说法几乎不说明任何问题，对于作品的叙述者来说，她敏感地感觉到的自我困境才是最突出的：时间上，只有现在，没有过去；空间上，只有自己，没有别人。这样一种生存境况本身并不足以引发焦虑，不在乎的人完全可以反问，没有过去、没有别人又怎么样？但叙述者却很在乎，她要确立自我的位置，而位置的确立，在她看来，必须依靠一种有机的关系，这种关系既包括时间上的，又包括空间上的，即"她这个人是怎么来到世上，又与她周围的事物处于什么样的关系"。

　　这样看来，无根的焦虑好像是个人的，作品也是从此出发：在上海，她是个外乡人，是随着革命家庭一起进驻城市的，没有复杂的社会关系和历史渊源，没有亲戚串门和上坟祭祖之类的日常活动。也就是说，她丧失了自己的"起源"，而"起源对我们的重要性在于它可使我们至少看见一端的光亮，而不至陷入彻底的迷茫"。"没有家族神话，我们都成了孤儿，恓恓惶惶，我们生命的一头隐在伸手不见五指的黑暗里，另一头隐在迷雾中。"为缓解焦虑，改变孤儿的身份，她试着开始自己动手建立一个家族神话。王安忆从母亲的姓氏"茹"入手，追根溯源，确立自己是北魏的一个游牧民族柔然的后代，柔然族历尽沧桑世变，归并蒙古族，劫后余生者后来又从漠北草原迁至江南母亲的故乡。王安忆在浙江绍兴寻到"茹家溇"，家族神话最终完成。

另一方面,成长的焦虑好像也是个人的。在小说里,成长可以具体化为叙述者与周围世界的关系。这一叙述至少有两个方面的特征:一、与叙述者建立关系的任何人事都不具有自主性,他们只是因为与"我"发生关联才有意义,这种意义是"我"的,而不是他们自身的,因此他们中几乎每一个人都是"无名"的;二、叙述者成长的社会文化背景对成长本身来说完全是偶然的,不重要的,因此作品根本无心为某个时代留影,无心成为特定社会的反映,外在的现实世界只不过碰巧为成长提供了某种情境,只是因为与成长有关系才有意义,这种意义也是关系性的意义,至于其本身的独立性则完全超出了关心的范围。比如说写到"文化大革命"奇遇,"文化大革命"只是为奇遇提供了机会,其他一切俱无关大旨。叙述有意无意对关系性存在本身特质的忽略,正突出了一种"自我中心"的关注热情,换句话说,自我的焦虑几乎压倒了一切,成长过程中当下的迷茫与孤独、对将来的幻想和恐惧,乃至一丝一毫纤细无比的感受,只要对自己意义重大,哪怕在别人看来枯燥乏味、啰里啰嗦,都一一道来,使叙述者无暇他顾。

但是,上述两方面焦虑的个性又都是可以推倒的,也就是说,其本身并不多么独特,它可以抽象化,能够被普遍感受到。叙述者成长史未尝不可以看成是一部分城市人的心史,而且,王安忆叙述成长时把与外界的关系归纳分类,比如奇遇、爱情等等,这种类型化的关系不可避免地要消除其中部分的独特性,使之普泛化。从根本上说,类型化的成长焦虑每个人都无法回避,它是成长的必要条件。成长期间出现一些问题,包括自我追问,都该视为应有之义。城市里外乡人的漂泊感自然可能激发对自我根源的寻找,其实,每一个城市人都是外乡人,每一个城市人的根都不在城市,因为城市本身即是后来者,是自然地球的外乡。城市人/外乡人看来是空间上的分立,本质上可以视做时间上的差别。以历史的眼光来看,社会的每一步发展都使人类远离自己的根源,而现代社会更可能把每一个人的根铲除干净。因此,偶然的个人的寻根行为,实质正反映出社会普遍的无根焦虑。这样,分属时间和空间上的问题弥合了,成长与寻根的分裂消失了,所有的焦虑其实只是一个基本的现代性焦虑,"谁家的孩子怎么长大"其实也只是一个问题,换成一种普遍的表述方式,即是:我是谁?我从哪里来?我到哪里去?

写作既是面对焦虑,又是逃避焦虑的一种方式,借助于写作,将焦虑释放,把内在的东西外化,把无形的东西符号化、物质化,似乎是,文字具有某种特殊的"魔力",用它可以把遍布生命每一处的焦虑"写出来"。当王安忆完成了这部作品,那欢欣鼓舞、温柔激动的感受当然是因为"创造"了一个世界,但仔细分辨,那欢乐其实包含了很大一部分焦虑"写出来"之后的轻松。家族神话建造起来了,归"家"的路虽然漫长,但"家"终于找到了;成长史完成了,人生也告一段落。

然而,轻松和欢乐很快就会失去,因为写作的魔力其实是一种幻想,不可能把焦虑"写出来"后内心就不再存在焦虑,释放之后还会有新的焦虑来充满,重新爬遍生命的每一处。这种局面必然降临的原因是,以一种个体行为的写作去解决普遍的现代焦虑是一种妄想,这个问题本身即不可解决,虽然"我是谁?我从哪里来?我到哪里去?"是以个人之口去发问的,但却是问了一个涉及全体生命境况的基本问题。

三

《纪实和虚构》交叉写成长与寻根,客观上即形成两种生存的对照。"纪实和虚构"作为"创造"小说世界的方法,在作品中不可能截然分开,王安忆自己的本意是在纪实的材料基础上进行虚构。但是我总摆不脱一己的感受,即从基本的精神面貌上来确认,在祖先的历史与虚构、自我的历史与纪实之间,可以发现相对应的性质。对于历代祖先的叙述神采飞扬,纵横驰骋;对于自我的叙述则显然窒闷、琐碎、平常、实在。叙述风格的明显不同,正根源于两个世界本身的不同,而虚构一个世界与当下世界相对照,满足一下人生的各种梦想,尤其成为现代社会的一种文化病。我个人非常欣赏有关祖先世界的那一部分,而王安忆也把这一部分虚构得栩栩如生,令人神往,都可能是这种文化病的症候。王安忆虚构家族神话的时候,有意识地趋向于强盛的血统,选择英雄的形象和业绩作为叙述核心,"我必须要有一位英雄做祖先,我不信我几千年历史中竟没有出过一位英雄。没有英雄我也要创造一位出来,我要他战绩赫赫,众心所向。英雄的光芒穿行于时间的隧道,照亮我们平凡的人世。"这后一句话,正中一个普遍的现代人情结。于是,"那时的星星比现在的星星明亮一千倍,它们光芒四射,炫人眼目,在无云的夜空里,好像白太阳。""那时的日头比现在的大而且红,把天染成汪洋血海一片,白云如巨大的帆在血海中航行。"于是,大王旗下,铁马金戈。既有天地精灵之气的凝固与显现,又有生命本能的汹涌澎湃。相比之下,现代人犹犹豫豫,缺乏行动,"与人们的交往总是浅尝辄止,于是只能留几行意义浅薄小题大做的短句"。

不知道话是不是可以这么说,也许没有比做一个作家本身更能代表现代生活的巨大匮乏了,纪实和虚构,抒发和创造,无不是在虚幻、自得的世界里升潜沉浮、欢乐悲哀,王安忆用整整一章的篇幅叙述自己的写作生活,解释自己的作品,其实这是与爱情、奇遇等在同一个层次的生活,写作是一种职业,是一种生存方式,如同古人的跃马挥枪,搏战疆场。

王安忆的家族故事,到了后来,神采渐敛,英气渐弱,而寻根与成长能够合二而一,也正是由于家族的历史变化,从远祖那里,一代代下来,到了我们,就成了现在这副模样。整部作品的结构,到最后也就从两个世界的对照变成了头尾相接。

两个世界的衔接其实是一种不详的征兆,祖先的世界是无可挽回地消失了,自我成长的世界也正紧跟而去。从创作主体的心理着眼,除去我们刚才讲到的焦虑,还有一种藏匿在全篇每一个字背后的心情,这种心情面对世界的消失无可奈何,有的是绝望,是伤痛,是事后一遍遍的追忆、分析和喃喃自语。但是另外一方面,这个小说世界之所以能够诞生,恰恰是因为现实世界的不断消失。文字的起源本身即有与外在世界不断消失相抗衡的因素,它要把转瞬即逝的东西固定住,保存下来。在文学作品与现实的关系中,文学本身即是对曾经发生的现实再度现实化。两相比较,以物质的形式存在的作品确有可能显得比曾经发生然后又消失了的世界更真实,对于王安忆来说,那曾经发生然后又消失了的世界其实是一个假设、一种虚构,更可信的还是小说本身。

但是这样说,完全有可能陷入对文字物质性的过分崇拜。上面曾经提到作家生活的匮乏性质:作家倾向于认为文字现实比真实的现实更重要,但是对于一个以从事写作为存在方式的人来说,这两种现实的界线已经模糊了,写作活动本身是一种真实的现实活动,但结果却是产生一个纸上的现实。在《纪实和虚构》里,王安忆坚持让叙述人进进出出,贯穿始终,以一种后设的形式,不仅展示虚构的世界,而且清清楚楚地表明虚构世界是怎样诞生的,这其实不是一件轻松快乐的事,让活生生的血肉和情感、让自我的生命活动文字化、物质化,其中隐含了一种焦虑式的期待:期待它会长久于世。但是即使如此,它还能保持原初的鲜活性吗?

应该有另外一种清醒的认识:现代人的文字崇拜与较早时代的文字崇拜存在着很大的区别,在久远的时代,人们因为崇拜文字而珍惜文字,现代人却正相反,一切皆可入文,不仅文字的神圣性荡然无存,而且已有泛滥成灾之势。在这样一种文字环境下,真正的写作日益尴尬,要显示出某一部分有些不同,有点珍贵,诚然是件很难的事情。而且,文字的过度使用使它们的弹性、内涵、表现力减弱到了非常低的程度,且不论对文字的糟蹋,正常的使用已经把文字磨损得非常"旧"了。对于一个作家来说,要向"旧"的文字灌注多少生命的血,赋予多少生命的肉,才能使它们"活"起来,而且"活"下去?《纪实和虚构》读起来有些沉闷,尤其是个人成长史的那部分,也许文字本身该对此负很大的责任,每一个字都张着嘴吞噬作家的血肉、情感、想象,但是它们却并不承诺做同等程度的还报,它们从作家那儿吞噬的和向读者散发的并不等值,作家不免有些"冤枉"。

四

在对《纪实和虚构》做了上述理解之后，回头考虑本文开始提出的问题，一时觉得有些接不上话茬。为什么会这样呢？

没有可以量化的标准用来测定这部作品和王安忆的写作理想之间究竟有多大的距离，但不妨说作品基本接近"四不要"的要求，"谁家的孩子怎么长大"这样一个从自我出发引出的问题，被上升为一个基本的现代性问题，特殊环境、特殊人物、独特性和语言的风格化等都被普遍性大大减弱了，而这个问题按照逻辑原则向两个方向不断滚动、铺展，使作品成为一部气势恢弘、容量丰富的长篇，在形式上也具备了长篇小说的结构形式和规模，这一点不在话下。

如果这样问一句，即便如此又如何？该怎么回答呢？

本质上王安忆对逻辑力量的强调与"四不要"的说法是相通的，甚至是在表达一个东西，逻辑即是不要特殊性、不要风格化的硬性力量；从另一方面来讲，这种力量也正可以用来补充个人经验的积累和认识，突破个人性的限制。在现代写作中，小说物质化的过程是不可避免的，"并且，由于越来越多的作者成为职业性的，而失去最初时期'有感而发'的环境，强迫性地生起创造的意识，因此，长篇小说的繁荣大约也不会太远了。"同时，王安忆指出，"然而，创造，却是一个包含了科学意义的劳动。这种劳动，带有一些机械性质的意义，因此便具有了无尽的推动力和构造力。从西方文学批评的方式与我们的批评方式的比较中，也可以很清晰地看到，他们对待作品，有如对待一件物质性的工作对象，而批评家本身，也颇似一位操作者与解剖者，他们机械地分解对象的构造，检验每一个零件。而我们的批评家则更像一位诗人在谈对另一位诗人的感想，一位散文家在谈对一位散文家的感想。"①

　　这些想法出语不凡,确实可能击中了当代长篇创作和文学批评的某些症结,但是理性化的表述是一回事,创作本身可能又是另外一回事。虽说职业写作中有感而发的冲动越来越少,对小说物质化的认识也越来越必要,但是物质化本身不足以构成小说,"四不要"和逻辑力量本身不足以成就文学。以否定形式表达的干脆、利落、明确的写作理想,决不拖泥带水的逻辑力量,以及所有关于文学的理性化认识,如果把文学作品看成流动的、波澜万状的水,它们就可以比做坚硬的河岸。坚硬的河岸本身即可以成为独立的风景,而且别有情致;但是当流动的水和河岸组合在一起的时候,人们往往观水忘岸。事实上文学河岸自觉地从人的视野中退隐并不意味着它的屈辱,它该做的就是规范水流的方向,不让水流盲无目的或者泛滥成灾。再说,无论如何优秀的河岸本身都不能产生流水,《纪实和虚构》从"谁家的孩子怎么长大"这一问题进行逻辑展开,但这个问题的提出,如上面作品的分析,本身不是逻辑的结果。比喻的表达方式不免有些隔靴搔痒,但《纪实和虚构》确实让我感觉到了小说物质化的认识对于小说本身的侵害,在这部作品中,确实有一部分过于坚硬,未能为作品本身溶化。话又说回来,也许整部作品从中获益颇多,利弊相依,哪里就容易取此舍彼?

　　从王安忆的整个创作历程来看,对于小说物质化的清醒认识是她的创作历久不衰、笔锋愈健、气魄愈大、内涵愈厚的重要原因,像《叔叔的故事》这样的大作品,也有赖于此。而且王安忆的创作生命要坚持下去,此种清醒的认识不可或缺。事实上这一点对整个当代创作都有启发意义。但是在具体作品中,物质化不应该成为铁律,不能用它过分压抑特殊性和个人性。王安忆写作理想的否定式表述形式本身可能隐含了某种危险,表述上的干脆、利落、明确的特征如果不自觉地过渡成为表述内容的特

---

① 王安忆:《我看长篇小说》,《故事和讲故事》,42页。

征,就可能是不恰当的,写作理想本身不该是干脆、利落、明确的。泛泛地说,理想应该"软"一点,向写作的多种可能性敞开而不是压抑可能性;但另一方面,不切实际地强调可能性又或许会使理想显得过于虚幻,不着边际。这两方面的恰当平衡需要从写作实践的不断调整中获得。

五

文章写到这里,本打算就糊里糊涂地结束了。不想,翻出一本1993年第4期的《读书》杂志,看到费孝通先生的一篇《寻根絮语》,考证自己费姓的来龙去脉,与王安忆的个人寻根颇有不谋而合、异曲同工的意味。文章最后说:

> 寻根絮语不是一篇学术论文,耄耋之年不可能有此壮志了。写此絮语只能说是和下围棋、打桥牌一般的日常脑力操练,希望智力衰退得慢一点而已。当然,如果一定要提高一个层次来说,寻根就是不忘本。不忘本倒是件有关做人之道的大事。在此不多唠叨了。

"歪读"此文,颇觉"日常脑力操练"之说与小说的物质化认识相通;至于寻根有关"不忘本"和"做人之道",此话可以看成泛泛而谈,也不妨严肃一点、形而上一点来理解。不管是"本"还是"道",都是需要不断去说却总也说不清的。《纪实和虚构》就在说这总也说不清的问题,寻根是"不忘本",成长史是"做人之道","道",既是冥冥中的"大道",也是无限展开的"道路"。由此,似乎也找到了为自己的文章写得糊里糊涂开脱的理由。

1993年5月上海沙地

(载《当代作家评论》1993年第5期)

"我们"的叙事

——王安忆在 90 年代后半期的写作

不像小说的小说

1996 年,王安忆发表了头年完成的《姊妹们》,接下来,1998 年发表《蚌埠》、《文工团》,1998 年发表《隐居的时代》,到 1999 年,在与《喜宴》、《开会》两个短篇一块儿发表的短文里,她明确地说:"我写农村,并不是出于怀旧,也不是为祭奠插队的日子,而是因为,农村生活的方式,在我眼里日渐呈现出审美的性质,上升为形式。这取决于它是一种缓慢的、曲折的、委婉的生活,边缘比较模糊,伸着一些触角,有着漫流的自由的形态。"(《生活的形式》,《上海文学》1999 年第 5 期)

这期间王安忆还在写着另外不同类型的作品,像短篇《天仙配》、中篇《忧伤的年代》和断断续续进行着的长篇《屋顶上的童话》,还有事先没有一点声张,等到出来时不禁让人惊异的《富萍》:又是一个长篇。这些作品不仅与上述一组作品不大一样,而且各自之间也差异明显。这里我们暂不讨论。且让我们只看看那一组不少人觉得不像小说的小说。

为什么会觉得不像小说呢?早在 90 年代初,王安忆就清楚地表达了她小说写作的理想:一、不要特殊环境特殊人物,二、不要材料太多,三、不要语言的风格化,四、不要独特性。这"四不要"其实是有点惊世骇俗的,因为她不要的东西正是许多作家竭力追求的东西,是文学持续发展、花样翻新的驱动力。我们设想着却设想不出抱着这一理想的王安忆会走多远。现在读王安忆这些年的作品，发觉我们这一设想的方向错了。小说这一形式，在漫长的岁月里，特别是在20世纪，本身已经走得够远了，甚至远得过度了，它脚下的路恐怕不单单是小路、奇径，而且说不定已经是迷途和险境。所以王安忆不是要在已经走得够远的路上再走多远，而是从狭窄的独特性和个人化的、创新强迫症（"创新这条狗"在多少创作者心中吠叫）愈演愈烈的歧路上后退，返回小说艺术的大道。

于是在王安忆的这一系列小说中，我们读到了内在的舒缓和从容。叙述者不是强迫叙述行为去经历一次虚拟的冒险，或者硬要叙述行为无中生有地创造出某种新的可能性。不，不是这样，叙述回归到平常的状态，它不需要刻意表现自己，突出自己的存在。当"写什么"和"怎么写"孰轻孰重成为问题的时候，"偏至"就难免要发生了。而在王安忆这里，叙述与叙述对象是合一的，因为在根本上，王安忆秉承一种朴素的小说观念："小说这东西，难就难在它是现实生活的艺术，所以必须在现实中找寻它的审美性质，也就是寻找生活的形式。现在，我就找到了我们的村庄。"（《生活的形式》）

好了，接下来我们要问，"我"从"我们的村庄"，还有"我们团"、"我们"暂时安顿身心的城市、"我们"经历的那个时代，找到了什么？

理性化的"乡土文明志"

作为新文化运动重要组成部分的中国新文学，从它初生之时起就表明了它是追求现代文明的文学，它的发起者和承继者是转型过来的或新生的现代知识分子，文学是促进国家和民族向现代社会形态转化并表达个人的现代性意识和意愿的方式。今天回过头去看，在这样一种主导特征下，新文学作品的叙述者于诸多方面就显示出了相当的一致性，就是这种一致性,构成了今天被称之为"宏大叙事"的传统。举乡土文学的例子来说,我们发现,诸多作家在描述乡土中国的时候,自觉采取的都是现代知识分子的标准和态度,他们的眼光都有些像医生打量病人要找出病根的眼光,他们看到了蒙昧、愚陋、劣根性,他们哀其不幸怒其不争。他们站在现代文明的立场上,看到这一片乡土在文明之外。其实他们之中大多出身于这一片乡土,可是由此走出,经受了文明的洗礼之后,再回头看本乡本土,他们的眼光就变得厉害了。不过,在这一叙事传统之内的乡土文学,与其说描述了本乡本土的形态和情境,倒不如说揭示了现代文明这一镜头的取景和聚焦。这些作家本身可能非常熟悉乡土生活,对本乡本土怀抱着深厚的感情和眷念,可是,当他们仅仅是以一个现代知识分子的眼光审视这一片乡土的时候,他就变得不能理解自己的乡土了——如果不能从乡土的立场上来理解乡土,就不能理解乡土。

所以并不奇怪,我们的乡土文学常常给人以单调、沉闷、压抑的印象。民间的丰富活力和乡土文明的复杂形态被叙述者先入为主的观念遮蔽了,被单纯追求现代性的取景框舍弃了。不过仍然值得庆幸,所谓"宏大叙事"从来就不可能涵盖全部的叙述,我们毕竟还可以看到沈从文的湘西、萧红的呼兰河,乃至赵树理的北方农村,这些作品毕竟呈现出主导特征和传统控制之外的多种有意味的情形。

说了这么多,本意只是为了以一种叙事传统与王安忆的小说相对照,这一对照就显出王安忆平平常常叙述的作品不那么平常的意义来:从中我们能够看到,她发现了或试图去发现乡土中国的文明;而若以上述叙事传统的眼光看来,这样的乡土是在文明之外的。在 20 世纪的中国,我们显然更容易理解后一种文明:西方式的、现代的、追求进步和发展的外来文明,而对于乡土文明,却真的说不上知悉和理解了。

正是在这种一般性的认知情形中,王安忆的小说成为一种不被视为文明的文明的知音和载体,成为一种探究和理解、一种述说和揭示、一种乡土文明志。你知道《姊妹们》是怎样开篇的吗?"我们庄以富裕著称。

不少遥远的村庄向往着来看上一眼,这'青砖到顶'的村庄。从文明史的角度来说,我们庄处处体现出一个成熟的农业社会的特征。"——这就是了。

和 90 年代初《九月寓言》这样的作品相比较,张炜的胶东乡村生活回忆录把一种自然的、野性的民间生命力张扬得淋漓尽致,它的背后是一种抒情的态度,那野歌野调的唱者不仅投入而且要和歌咏的对象融合为一;王安忆的淮北乡土文明志则是守分寸的、理性化的,它的背后是分析和理解的态度,因而也是隔开一点感情距离的。这样一种经过漫长岁月淘洗和教化的乡土文明,远离都市,又远非自然,有着一种世故的表情,不那么让人喜欢的,可是必须细心去了解,才可了解世故、古板、守规矩等等之下的深刻的人性:"这人性为了合理的生存,不断地进行着修正,付出了自由的代价,却是真心向善。它不是富有诗情的,可在它的沉闷之中包含着理性。"立基于这样宽厚、通达、有情的认识,《姊妹们》才把那一群出嫁之前的乡村少女写得那么美丽活现,又令人黯然神伤。

"两种文明"的奇遇

王安忆甚至发现,在被普遍视为保守的、自足性极强的乡土文明中,其实潜藏着许多可能性和强大的涵染力,譬如对并非出自这种文明的人与事的理解和融会。《隐居的时代》写到一群"六二六"下放到农村的医生。王安忆在文中说,"当我从青春荒凉的命运里走出来,放下了个人的恩怨,能够冷静地回想我所插队的那个乡村,以及那里的农民们,我发现农民们其实天生有着艺术的气质。他们有才能欣赏那种和他们不一样的人,他们对他们所生活在其中的环境和人群是有批判力的,他们也有才能从纷纭的现象中分辨出什么是真正的独特。"你看接下来描述的"两种文明"的奇遇:"现在,又有了黄医师,他给我们庄增添了一种新颖的格调,这是由知识、学问、文雅的性情、孩童的纯净心底,还有人生的忧愁合成的。它其实暗合着我们庄的心意。像我们庄这样一个古老的乡村,它是带有些返璞归真的意思,许多见识是压在很低的底处,深藏不露。它和黄医师,彼此都是不自知的,但却达成了协调。这种协调很深刻,不是表面上的融洽、亲热、往来和交道,它表面上甚至是有些不合适的,有些滑稽,就像黄医师,走着那种城里人的步子,手里却拿着那块香喷喷的麦面饼。这情景真是天真极了,就是在这天真里,产生了协调。有些像音乐里的调性关系,最远的往往是最近的,最近的同时又是最远的。"

《隐居的时代》还写了插队知青的文学生活,写了一个县城中学来历特殊的老师,这些都清楚不过地表明,在大一统的意志下和荒漠时期,精神需求,对美的敏感,知识和文化,潜藏和隐居到了地理的夹缝和历史的角落里,这样的夹缝和角落不仅使得它们避免流失散尽,保留下相传承继的文明火种,而且,它们也多多少少改变了他们栖身的所在———一种新的、外来的因素,"很不起眼地嵌在这些偏僻的历史的墙缝里,慢慢地长了进去,成为它的一部分。"———就像下乡的医疗队和黄医师,"它微妙地影响了一个村庄的气质。"

《文工团》也写到了不同文明的相遇,只是其中所包含的挣扎求存的能量左冲右突,却总是不得其所。"文工团"是革命新文艺的产物,可是"我们这个地区级文工团的前身,是一个柳子戏剧团"。新文明的团体脱胎于旧文明的戏班子,譬如说其中的老艺人,他们与生俱来的土根性,他们代代承传的老做派,将怎样委曲求全地适应新文艺的要求,而在历经改造之后却又脱胎不换骨?这个由老艺人、大学生、学员,以及自费跟团学习的带着各自特征的人员杂糅组成的文工团,在时代的变幻莫测中风雨飘摇,颠沛流离,终于撑持到尽头。

"我"隐退到"我们"

现在,让我们回到与王安忆这些小说初逢时的印象。这些作品,起意就好像置小说的传统规范和通常的构成要素、构成方式于不顾,作者就好像日常谈话似的,把过往生活存留在记忆里的琐屑、平淡、零散的人事细节,絮絮叨叨地讲出来。起初你好像是有些不在意的,可是慢慢的,你越来越惊异,那么多不起眼儿的东西逐渐"累积"(而不是传统小说的"发展"过程)起来,最终就成了"我们庄"和自由、美丽地表达着"我们庄"人性的姊妹们,就成了一个萍水相逢的城市蚌埠和"我们"初涉艰难世事的少年岁月,就成了文工团和文工团执著而可怜的惊心动魄的故事。"发展"使小说的形态时间化,而"累积"使小说的形态空间化了,开始我们还认为叙述只是在不断填充着这些空间:"我们庄"、文工团、隐居者的藏身之处,后来才惊异地看到这些空间本身在为叙述所建造的主体,那些人事细节就好像这个主体的鼻子、眼睛、心灵和一举一动的历史。能够走到这一步,不能不说是大大得益于一个亲切的名之曰"我们"的复数叙述者。"我们"是扬弃了"我"——它往往会演变成恶性膨胀的叙述主体,严锋在《文工团》的简评中说,在新时期的文学中到处可见一个矫揉造作的叙事者,或洋洋得意,或顾影自怜,或故作冷漠,怎一个"我"字了得——而得到的。

"我"并非消失了,而是隐退到"我们"之中。

1999 年 9 月

(载《文学报》1999 年 9 月 16 日)

知道我是谁

——漫谈魏微的小说

一

有那么几年,说起来是上个世纪90年代的事了,和几位师友编小说年选,整天让小说搞得昏头涨脑。忽然有那么一会儿,读到《一个年龄的性意识》,那么短,那么尖利又那么平实,还那么不像小说,就感觉,哎,真不错,应该编进当年的选本里。好长时间我一直以为选了这篇小说,直到不久前想再看看,一本一本翻《逼近世纪末小说选》,没找到,还惊讶了好半天。现在已经回想不起来为什么最终没有编进去了。

这是我第一次读魏微的小说,而且,往后好几年,就没读过她的作品。这往后的几年,正是20世纪70年代出生的女作家成了关注的热点,有些热闹的时候,我却兴致盎然又苦不堪言地做另外的事情去了。今年夏天读魏微的长篇《流年》,一下子就读了进去,久违了的愉快阅读经验好像又回来了。

其实这几年我也常常逼自己读小说来着,但通常的情形是,读了个开头,就坚持不下去了。例外的情况不是没有,但不多。我就想,是我的问题吧?又想,是小说的问题吧?到底问题在哪儿呢?理不出个头绪来。可是魏微的小说怎么就读得那么有味呢?好,大问题想不清楚,就从这个具体的问题想想,想到哪儿说到哪儿。

二

《一个年龄的性意识》发表在 1997 年第 4 期的《小说界》上，这个杂志正在推出一个命名为"70 年代以后"的专栏，刊出出生在 70 年代的新人作品。《一个年龄的性意识》好像有些低调"宣言"的性质；低调是低调，骨子里却是强硬的，不肯妥协和苟同，突出区分和差异——"代"的区分和差异。里面有这样的段落——

我和小容是同龄人，我们站在我们文字的废墟上，一点点地长高了。我又想起了我们看录像的那天下午。

我能够想象着在她家的阳台上，倚着栏杆，和她说话的情景。

我们说起了林白、陈染等女性小说。她们是上一辈人，长我们约十岁。她们至今仍在乐此不疲地写同性恋，写自恋，带有强烈的女权主义倾向。

小容懊恼地说："不是不能那样写，然而总有地方让人觉得不对劲的。"我说："她们是激情的一辈人，虽疲惫、绝望，仍在抗争。我们的文字不好，甚至也是心甘情愿地待在那儿等死，不愿意尝试耍花招。先锋死了，我们不得不回过头来，老实地走路。"小容说："她们是女孩子，有着少女不纯洁的心理。表现在性上，仍是激烈的、拼命的。我们反而是女人，死了，老实了。"那是吉庆路一带的房子，有小街，隐隐约约能看见灰尘。小贩刚挑了两箩筐青菜过来，上面泼了水，哩哩啦啦撒了一路。

这里面虽然不是没有情绪化的东西，但总体的特征是反省式的。反省"她们"与性，同时也反省"我们"与性。其实是为了弄明白"我们"与性，才去想"上一辈人"的"她们"与性的。更准确地说,这个反省是文学性的反省,也就是,"她们"怎么"写"性,"我们"怎么"写"性。

这有什么意义呢?

说这个话的时候,"我们"还刚刚处在写作的起点上。这个起点是,"我们"得写出"我们"自己的东西来。不是说"我们"自己的东西就是性,这个"她们"早在"我们"之前就写了,而且以此确立了文坛上的位置;同样写性,别人的路不是"我们"的路,"我们"不能"耍花招","得老实地走"自己的路。

这个起点可不是自动就到了脚下的。在到达这个起点之前,已经走了一段路,而且并不容易走,"大约也是一路上厮杀呐喊过来的,带有点无端报复的性质。""对于我们不熟悉的性,真是有太多的话要说……性成了一种支柱,甚至不能不写。""激情以另一种方式恣意地表达出来——虽病态,也有它不得已的道理。为了免受伤害,我们也只能这样。"只能哪样?"我们终于在文字里找到了一种解决方式。我们在自己的笔下和异性谈恋爱,窃窃私语。我们在自己的笔尖下跳摇摆舞,尖叫,做各种怪异动作,活蹦乱跳又快乐不已。"

这个描述,本来是小说里的人说自己最初的那些文学"习作"的,不过你却可以在多个70年代出生的女作家的作品里得到验证,而且,在魏微的这篇小说发表之后,一些引起广泛争议的同龄作家的作品,也在不断地一次一次地验证这个描述。这多少可以从一个方面解释她们为什么动不动就要写到性。这里面有动人的东西,从类似于"厮杀呐喊"的反抗报复冲动里流露出来;但这文字的性爱,终究是虚幻和本末倒置的,她们也许并不真的像文字表现的那样热衷于性,这甚至是她们并不怎么熟悉的东西。有一次听人闲聊,说,别看那个小说老是写性,其实作者不懂,光看写的总是那么些胡乱的动作就知道。我顿时有悟,觉得这人目光如炬。

也许她们自己并不知道,她们的那些成为关注热点的写作,是处在一个自觉的文学反省起点之前的东西。我这么说不是有意要抬高魏微在同龄作家中的位置,她也经历过同样的阶段,只是,这样的阶段和经验只构成她写作的"前史",我们也只能从她对这一阶段的自我叙述中略有所窥,而在不少作家那里,我们却可以直接面对这类性质的作品;魏微之所以能够对这样的阶段和经验进行自我叙述,我想是因为她多少有些脱离和克服了这一阶段和这种经验的制约,她多少可以分身来打量自己,也就是说,她逐渐地却是较早地获得了反省的能力,从而确立一个自觉的起点。

有了这样一个自觉的起点,写性或者不写性,就不是问题了。就魏微来讲,非常有意思的是,她以这样一个篇名如此醒目的作品开始为很多人注意,还以为她要就此纵放突击,没料到她却不怎么写这个年龄的性了。因为这已经不是问题了。她通过对"我们"怎么写性这一文学写作"前史"的反省,脱离和克服了以性为"支柱"、"甚至不能不写"的被强制状态,到达一个起点:这个起点不是接下去"我们"怎样写性的起点,而是"我们"怎样表达"我们"、"我们"怎样从事文学写作的起点。

三

人往往容易产生一种错觉,以为当一个新作家或一代新作家出现的时候,会自然而然地带来一些新的因素。特别是那些自我标榜为"另类"或被别人贴上"另类"标签的作家,常常能够造成新奇异样的震惊和迷惑,人们不假思索地认为他们很"特别"。不过,他们是不是写出了只有他们自己才有的感受和经验?他们是在写别人没有写过的东西吗?假如这是过于严格的提问的话,那就退一步问,他们追求写他们自己、追求写别人没写过的东西吗?他们愿意建立这样的意识吗?

20世纪90年代中后期以来的青年文学,好像有一大批的作品写一代(或者已经不止一代了)新人的新生活。他们在一个新的时代,进出穿梭于新的空间场景,以新的姿态和方式进行新生命的活动。写这些,难道还不是写他们自己的感受和经验？这不是中国文学里以前未曾有过的东西吗？

这当然不好做一个整体的肯定或否定，但其中一个很明显的倾向，"新"和"特别"的"另类"追求，其实是：和一些人不一样，但要和另一些人一样；和一种生活不一样，但要和另一种生活一样；和一种文化不一样，但要和另一种文化一样；和一种文学不一样，但要和另一种文学一样。这另一些人，就是目前他们还不是但渴望是的人；这另一种生活、文化、文学，就是他们目前还没有置身其中但渴望置身其中的生活、文化、文学。有些时候他们会产生一些幻觉，以为自己已经是渴望成为的那群人中的一员了，以为已经置身于他们倾心的那种生活、文化、文学中了。他们以趋赴奔跑的姿态来表达他们的向往，同时表达对他们脚下现实的否定。他们激烈地不认同他们其实真正置身其中的人群、生活、文化、文学，他们反抗，挣扎，惊世骇俗，你还以为他们要成为他们自己，要成为他们个人，其实他们只是要成为另一类人而已。

他们决不想成为他们自己，决不想成为他们个人，他们极力抹去和掩饰自己的历史和现实特征而以一个全新的面貌出现。你不知道这些另类生活的人是从哪儿冒出来的，关于他们的文学回避这一点是一点也不奇怪的（陈思和老师曾经在一篇文章里探查追索他们的成长史，但这样的内容只是他们当中的一两个偶尔不小心泄露的[①]）。这样的文学写酒吧、咖啡馆、俱乐部，写性乱、吸毒，在很大程度上并不是因为这就是他们自己的生活，而是因为这是另一类的生活，而且另一类的文学已经写过这样的生活。他们没有勇气去写别人没有写过的，他们写的，一定是他们所倾心的那种生活、文化、文学中已经有的。

我们在上面提出了文学起点这个说法。如果说，对于一个写作者而言，一个自觉的起点应该是写出自己的东西来，那么，这个我们总是挂在

[①] 这篇文章题为《现代都市社会的"欲望"文本》，收入陈思和的文集《谈虎谈兔》，桂林，广西师范大学出版社，2001。

嘴边的"自己的东西",到底是什么呢?差不多每个作家都声称他写的是"自己的东西",在这一点上,"另类"的文学也不例外。可是,我们还是应该继续追问一下,到底"自己的东西"是什么呢?

维·苏·奈保尔,2001年获诺贝尔文学奖得主。在很多年前的某一天,他正在为英国广播公司编辑一个文学节目,一个来自特立尼达的男子来见他,说:"我叫史密斯。我写性。我也是一个民族主义者。"他的性是微温、毛姆式和椰子汁式的,但民族主义却十分进取。女人摇晃如椰子树;她们的皮肤是人心果色,她们的嘴巴内侧是切开的星苹果色;她们的牙齿白如椰子仁;当她们做爱,她们的呻吟声就像劲风中的竹林。这位作家抗议英语强加在他们身上的东西。这使奈保尔回想自己的写作历程。奈保尔十八岁之前生活在特立尼达,读英语文学长大。当他想自己写东西时,他绝望地意识到他自己的那个社会,那个不重要的小地方,遥远,杂乱,"没有形状"。"要我把在特立尼达熟悉的生活写进书中,似乎是不可能的。就像风景要等到艺术家把它画出来才开始显得真实一样,没有被写过的社会也显得没有形状和令人难堪。"英语文学给了他视野,可"那视野是外来的;它削弱我自己的视野,不能给我勇气去做一件简单的事,例如提到西班牙港一条街道的名字"。[①]

其实就是这么简单的事。你装做很自然,自然到没有意识地写出了棉花俱乐部或三里屯某些酒吧的名字,可是你不敢写出你成长的家乡小镇或某条城市弄堂的名字。当然,如果这条弄堂是在上海的淮海路,那就是另一回事了。

20世纪90年代以来的某些"另类"写作,其实是社会总体想象的一个组成部分。这个总体想象指向域外、接轨、全球化,指向俗话所说的"现代",对于自身的现实,已经不是不满因而要改变它,而是,根本就不想认识自身的现实而渴望用另外一种全新的现实来整个地替代它。这个总体

---

① 见维·苏·奈保尔的散文《素馨》,黄灿然译,载《书城》,2001(12)。

想象不仅影响政治、经济、文化等各个领域,而且日益深刻地渗透进人们日常生活的方方面面,甚至于欲望的方式。在文学上,出现了一种所谓国际化写作的渴望和实践。这其实是非常虚幻的,但问题是,真实已经沦落为一个不再有效的概念,如果说它还没有完全作废,那恐怕也只是在沉浸于虚幻中的人宣称虚幻就是真实的时候。

魏微写过一篇叫《乔治和一本书》(《小说界》1998年第5期)的小说,里面起到很重要作用的这一本书,是风行一时的《生命中不能承受之轻》。在同龄作家的作品中,你会发现,对于外国作品,主要是欧美作品(不仅是文学,还包括音乐、电影等)的穿插引用,非常普遍频繁,而且,恐怕也是时髦的。这种"互文性",是一种特别表面化但同时也特别醒目的国际化写作的标志。可是魏微在这里开了一个玩笑,一个善意的调皮的玩笑,但也不妨看成一个严肃的反讽,或者是一个多层含义的寓言。名字叫乔治的香港人,生活在北京,是个花花公子。他引诱女生的方式是拿英文版的《生命中不能承受之轻》来念。当他念到托马斯式的性爱指令"脱!"的时候,他好像由此获得了在现实中发出"脱!"的命令的能力,而且,这时候,每一个被他成功引诱的女人眼睛里都会流露出崇拜的神情。可是终于有一次他失手了,原因是那本英文小说找不到了,整个过程他惊慌失措,甚至整个人都垮了下来。

什么是自己的东西什么不是呢?什么是自己的现实、自己的能力而什么不是呢?什么是虚幻的什么是真实的呢?什么时候虚幻不是真实呢?什么是外来的视野削弱了自己的视野以致没有勇气去做一件简单的事呢?瞧瞧这个家伙。

四

说了那么多纠缠不清的话之后,现在,终于可以谈谈《流年》这部长篇了。想到这部作品,我自己的心情一下子好起来。

《流年》写的是一个女孩的童年记忆,她在江淮之间的一个小地方,名叫微湖闸的水利管理所,和爷爷奶奶度过了人生的最初时光。那是在70年代,小女孩从出生到五六岁之间的光景;80年代当她变成一个少女时,也曾在暑假回去过两次。当她回头述说过去的人和事,已经是三十岁的人了。从这个意义上说它是一个"光阴的故事",名字叫做《流年》,也好;不过我读的时候,强烈地感觉到它应该就叫《微湖闸》,这个具体的、清晰的、实实在在的地方和它所包容的人、事、物,要比那个抽象的、模糊的、有那么点文人气的时间感慨,更好些,更让人踏实和放心。后来我才知道,小说最初在2001年的《收获》长篇增刊发表时,名字就叫《一个人的微湖闸》。花山文艺出版社2002年出版单行本,从销路考虑,改题《流年》——这当然是个一相情愿的想法。

魏微是个用字俭省、简洁的人,可是这一回,她以第一人称叙述一个四五六岁小女孩的经验,竟然写成了一部长篇。对有的作家来说这未必是多么值得特别注意的事,可对魏微,这个"写很少的字"的人(几年以前,她在一篇《看得见风景的阳台》的短文里,曾这样说到自己),就不一样了。她写得伤怀、感恩,显见是动了深厚感情的,可这感情,又是平静、通达的、自然节制的,就像一个人细说家常,那感情就在家常里藏着露着,不必单挑出来明说,也不必刻意掩饰压抑。什么是家常啊,那里面真是什么都有了的。

家常,或者用魏微用的词,日常生活,就不同于故事。这个小说写的不是故事,也就是说,它不是线性展开的,不是时间性发展的。一般我们说一部小说的发展如何如何,这部小说的构成不是发展的,而是累积的,一点一点的累积,逐步建构成小说的空间。一些平行的、互不相干的人物,事件,场景,一些声音,某种气味,阳光,阳光里的灰尘,诸如此类,琐屑,断续,没有逻辑,可就是这些,点点滴滴,呈现出微湖闸的世界。也许我们可以想象,微湖闸的世界是小的,日复一日的生活是枯燥的;可是,在魏微的叙述下,就像那样的生活在那里的人——譬如杨婶——的安排调理之下,"竟变得如此辽阔,生动,细微。"

一个孩子的眼光看到的世界,是表面的,局部的;而我们成年人,总是在探求深入的东西,总是要把握完整的世界。可事实怎么样呢?不知道是不是可以这样说,我们每个人,甚至没有例外,当我们越来越远离孩童时代的时候,我们就过着越来越表面化、越来越分裂破碎的生活。关于这一点,还有什么疑问吗?我们今天的生活,不就是破碎、分裂、表面化的例证?为什么我们总是要探求表面的背后、渴望完整地把握世界,还不就是因为我们总是在表面上,总是在破碎分裂中?

说到这里,我多少有点明白了,我为什么喜欢这部小说。它呈现了一个完整的世界。完整,是什么意思?让世界完整起来,这是一个多么不可能的恒久的内心冲动。怎么可能呢?可是这部作品,借助一个孩子的眼睛和心灵,一种看上去似乎是表面和局部的感知,呈现了一个完整的生活世界。这样说也许不太容易让人明白,可是,咳,就是这样了。

我喜欢这部作品还因为它明白人情物理。明白了,就能接受,能容得下世界,能产生感情,能爱,甚至能怜悯。明白人情物理还可以说成是明白日常生活,更恰切地,与其说是我们明白了日常生活,还不如说是日常生活使我们明白了。

当然,这是一个成年人的作品,你可以说一个人经历世事沧桑,之后她回头看去,明白了她的童年经验;可是我更愿意反过来说,是她童年感知和认识的人和事和所有的一切,是她童年的完整的世界,帮助成年的她明白了,明白了记忆中的世界和现实里的世界。

五

按照"成长史"的顺序,《一个人的微湖闸》之后,是短篇《姐姐和弟弟》

(《作家》1999年第7期),再接下来也是一个短篇《乡村、穷亲戚和爱情》(《花城》2001年第5期)。

《姐姐和弟弟》写的是少女阴郁的青春期,在这一时期,她和家人互相折磨,特别是,她对深爱的弟弟常常没有缘由地施之以暴力。这一完全无法自我控制的对弟弟的折磨,同时也伤害和折磨着她自己。小说题记说,"在我们每个人心中,都有一条蛇。"作品就写了这条蛰伏在我们内心不知什么时候会醒来的"蛇"。

虽然可以按照"成长史"的顺序把这几个作品勾连起来,但它们不是成长小说,《一个人的微湖闸》不是,《乡村、穷亲戚和爱情》也不是。可是它们之所以能够联系到一起来看,是因为它们共同构成了一个人从哪里来到哪里去的基本历史因素。这是比个人的成长更广泛和深厚的东西。从这个意义上讲,《乡村、穷亲戚和爱情》这个不长的短篇,分量其实是重的。

个人与家族、家族与土地之间的联系,并不是个令人愉快的话题。城里的孩子像冷淡、生疏乡下的穷亲戚一样本能地拒绝这种血脉因缘,时间久了,你以为这血脉就冷却了,睡着了,甚至没有了;可是有一天,或者就是某个瞬间,它一触即发,它在你身上复活了。这时候,你就有了感情,甚至,你产生了爱情。这篇小说发掘了个人身上累积沉淀的历史因素,并且复活了对它的复杂感情。但这却并不是现代人廉价的感伤浪漫和田园怀想,不,不是,这爱情在心里不为人知地擦出火花,又令人疼惜地熄灭了。因为,个人是无力的。写出这种无力来,有些冷酷,但是诚实。因而那爱情,虽然短暂,也是诚实。

上面曾经说到90年代以来社会总体想象的指向,这个指向是只向前不向后的,而且,它随时不断地抹去身后的痕迹。它也会制造怀旧的潮流,但那抽空了历史真实的怀旧不过是又一个虚幻的新景象。它愿意你看到的社会,总是最新的社会;你看到的生活,总是最新的生活;你看到的人,总是最新的人——你看到的你自己,当然也是最新的你。可是,社会、生活、个人、感情,实际上都是累积的、沉淀的,都有历史的痕迹和层次。魏微的小说,包括这里很遗憾没有谈到的其他一些作品,能够让人看到社会、生活、个人、情感中累积、沉淀的痕迹和层次。我想起她江苏的同乡诗人卞之琳将近七十年前的诗,《水成岩》,水都沉积成岩石了——"'水哉,水哉!'沉思人叹息/古代人的感情像流水,/积下了层叠的悲哀。"现代人呢?很现代很现代的现代人呢?

六

文章就要结束了,发现谈的魏微的几个作品,都是第一人称的,这个第一人称的我,有时候是我们,带来一种自然的亲切感。当然,这个我其实是几个不同的我,处在几个不同的层次上,作者的我,小说的叙述者我,小说里的人物我,有区别有差异,但也常常重叠着、混合着、交叉着,真要分得清清楚楚,恐怕很难,而且没有必要。这样的作品,探究和叙述自己的东西,想告诉自己也告诉你我是谁,虽然不可能全弄个明明白白,但有心读,差不多就能知道、了解个大体,心里也就踏实了。

这个我到底是谁呢?在上面曾经提到的那篇《看得见风景的阳台》的短文里,魏微说,她也许会写上十年、十五年,她会走过许多城市,会在一些城市生活下来,生活于市井中,结交不多的市民朋友,亲热地打着招呼,然而他们"不知道我是谁"。[①] 这话有那么点孩子气,可它的确也是一个成年人的内心语言。读到这里我心里笑了一下,我想到了崔健的歌,至少字面上它们相像:"我要从南走到北/我还要从白走到黑/我要人们都看到我/但不知道我是谁……"但崔健是 80 年代的个人英雄。魏微呢,是人群中的人,是我自己却并不孤立于现实、人群、日常生活之外,她自己知道我

---

① 魏微:《看得见风景的阳台》,《"七十年代以后"小说选》,478 页,上海文艺出版社,2000。

是谁,这个我有时候会隔着一点距离看人们的生活,看自己的生活,发觉自己是热爱生活的,发觉生活的蛊惑力,发觉泪水汪在眼里。

2002年9月27日客居釜山大学

(载《当代作家评论》2003年第1期)

小说精神的源头、生活世界、现代汉语创作传统
——林建法编《2003 中国最佳短篇小说》[①]序

一

小时候,小到还不知道世界上有小说这种东西,甚至连字也不识的时候,就听了许许多多故事。讲故事的人,是宠爱我们的祖父,是走南闯北的银匠,是左邻右舍没上过一天学的老太婆。现在回想起来,好像周围每个大人都会讲故事,只不过有的讲得多,讲得好,有的讲得少,讲得不太好而已。当然了,这些故事不是《海的女儿》、《白雪公主》和《快乐王子》,它们是属于中国自己的、民间的、口口相传的。假设有一天,那些听故事的孩子中有谁读了点书,譬如说他读《聊斋》,发现某个故事和他小时候听到的差不多,他会有点疑惑,他不能肯定是蒲松龄写的故事在民间流传,还是在民间流传的故事被蒲松龄写进了书中。

有这样的疑惑可真是好。这至少说明,让人产生出疑惑的故事有那么活泼绵长的生命力。

不过,即使那孩子以后再饱读书卷,最终也不得不承认,他听到的更多的故事却从未被写成文字,没有变成小说,没有成为文学。

为什么一开口就说小时候、说这些陈年老话呢?不是"怀旧",而是想从这里寻找——小说的精神。

[①] 林建法编选:《2003 中国最佳短篇小说》,沈阳,辽宁人民出版社,2004。

我的想法是，我们的文学教育从那个时候就开始了，自由，活泼，不知不觉地开始了；等到有一天我们知道世界上有小说、有文学这样的东西，而且开始有意识地去了解、去学习什么是小说、什么是文学的时候，最初的文学教育中的自由活泼的精神就开始一步一步地受到拘束和挤压，最坏的结果就是这样的精神丧失殆尽。

这个想法需要解释。

首先就会有很多人不同意，那种民间讲述的故事怎么可能和小说、文学相提并论？那样的故事怎么够"资格"成为小说、文学呢？这岂不是"高攀"？

20世纪80年代的文学新潮，大力破除的一个观念就是把小说等同于故事；到90年代，反过来，又有人说小说不好看，小说家连个故事都讲不好，提倡"好看"的小说，主要强调要有好故事。

这里面有多重的误解。不论反对故事还是提倡故事，都把故事当成了情节性强的东西。其实是把故事简单化、狭隘化了。这种对故事的认识和民间讲述故事的丰富的实际情形比较起来，其简单和狭隘尤其明显。一个农民闲来讲个故事，哪里就一定把情节看得那么重。他完全可能随心所欲，不切题地东拉西扯，说到哪儿是哪儿。会说话的人还往往有意识地不切题，东兜西转，正不知所至的当口，他又转回来了。那些故事，刺激，传奇，道听途说，真假难辨，奇思异想；但也并非全都无稽，其中也有相当切近的、周围的，甚至是亲历的，因而再怎么离奇也是平易的、现实的，就譬如那东家长西家短的闲言碎语。

但这样的方式和状态，一碰到"正规"的小说和文学就完了。什么是小说、什么是文学的观念的建立，是和不断把不是小说、不是文学的因素排斥出去的过程合而为一的。小说，总得讲究个写了些什么、写这些有什么意义吧，总得讲究叙述的语言、结构什么的吧，这样一来，很多东西就不够格了。譬如一个离奇的故事，就是离奇，可有什么意义呢？譬如那种枝枝蔓蔓地进行讲述的方式，结构怎么样呢？这么搞将起来，越来越复杂，小说就变成了"大说",本来这东西是"小道",现在可是和"大道"联系紧密了。

语言啊,结构啊,意义啊,"大道"存焉。这个"道",是政治立场也好,是人性深度也好,或者是其他的什么什么也好,有了它,小说可就不能"胡说"了。自由活泼还有吗?有,也是在"大道"划定的范围内,偶尔冒险到了圈子外面,还是要赶紧回来。

我是觉得中国人应该特别反省关于文学、关于小说的观念,我们的这些观念是20世纪建立起来的,它的基础是移植过来的西方文学和小说的观念,中国传统的小说观念遭到完全的排斥。这种排斥不仅抹掉了我们自己的传统的文学资源,而且抹掉了大多数中国人在自己的生活世界中最初所受到的自由活泼的小说教育、文学教育,这样的教育将在后来的成长过程中被纠正、被压抑,被认为根本就不是小说的和文学的教育,最终被抹掉。

这个过程的性质是什么呢?如果我们承认了这个过程,就等于承认文学教育和小说教育是与我们自己的生活世界无关的,是不可能在我们自己的生活世界中发生的,即使发生了,也是错误的;我们得到另外的地方去学来什么是小说、什么是文学。推到极端便是,小说、文学,与我们自己的生活世界无关。

不幸的是,在我们今天的文学中,能够看到的,多是对这个过程的承认、屈服、接受,甚至,早就忘了或者压根儿就不知道曾经有过这样一个过程。

这也就是我为什么要从小时候听故事说起,要从那里开始寻找小说的精神的一个原因。

另一个原因是,我要对自己解释为什么读莫言的小说有一种不知道从哪里来的亲近感。现在我有点明白了。很多年前,我还是个学文学的学生,在阅览室读完刚发表的《红高粱》,最强烈的感觉竟然是,这个故事我小时候听过,即使不一样,也非常相似。但那时我还完全不明白这个感觉的意义。读了那么多莫言的作品之后,今天,又读2003年发表的《木匠和狗》,我好像抓住这种感觉了:它是莫言作品所唤醒的小时候听故事的感觉。《木匠和狗》的故事我是第一次读到,但这一点儿也不妨碍它唤起我童年时代最初的文学感受。也就是说,莫言的作品能够让我与最初的文学感受重逢。再进一步说,就是莫言的作品里有这种东西,有这种被"正规"的小说观念排斥掉的、与自己的生活世界相连的、与民间讲述方式相连的东西。

这篇小说写故事,也是写讲故事。管大爷对小孩钻圈说:"贤侄,我给你讲个木匠与狗的故事吧。"这一开口,可真有离题万里之妙,讲的是他爹管小六和鸟的故事,占了小说的五分之三;木匠与狗的故事钻圈当然也听过,不然他老了不会有孩子缠着他翻来覆去地讲;再后来,听钻圈讲故事的小孩能写作了,他写出了个木匠与狗的故事:狗吃了木匠的肉,被木匠痛打,就结了仇;狗偷偷用高粱秸量了木匠的身体,在木匠的必经之路上给他挖好了葬身之地;然后就有一场人与狗的搏斗,结果木匠打死了狗。木匠跟刚刚亲眼看了搏斗的管小六说这个事,说你不知道狗的智慧。他躺到坑里,仰面朝天,对管小六说:你现在相信了吧?管小六一脚把死狗踢到坑里,连人带狗一起埋了。木匠最后的话是:小六,也好,也好,我现在想起来了,知道你为什么恨我了。

莫言经常采用的童年视角(这篇《木匠和狗》不是特别典型),其实不仅仅是叙述角度的问题,而是由此获得了整体的解放,从关于小说、文学的各种"正规"观念中解放出来,恢复到小说最初的不受拘束的状态。这个状态的精神,也就是我上面说的童年最初的文学教育的状态的精神。

小说是应该有"精"有"神"的,应该有点"精神头";可是在长久的拘束状态中,小说难免无精打采,无神少气。

二

　　小时候再值得留恋，也很快就过去了，听来的木匠与狗的传奇，或者亲眼目睹的一条毛巾打败一把刀子的事件（余华《朋友》），诸如此类，都有可能成为文学精神的种子，埋下了，以后或者发芽、成长、结实，或者埋在那里就烂掉了，死了。成长中的人还没有意识、没有能力、没有闲暇来理会这些，他要长大，涉世，面对生活，认识别人和自己，认识历史和现实，曲曲折折，历经沧桑。这个漫长的人生时期，问题是那么多，一个一个接踵而来。

　　相对应、呼应的文学也就来了。这样的文学，是现今文学的主要构成部分，是现今文学的主要成绩所在。

　　从尤凤伟的《冬日》、铁凝的《逃跑》、格非的《戒指花》、孙春平的《包工头要像鸟一样飞翔》等作品里，我们能感受到怎样冷峻的现实，以及这种现实对人的生活的极度挤压和剥夺，对人性的强力扭曲；而一个普通的人，不管他一直生活在社会的最底层还是终于变成了一个"体面人"，他的人生和命运，会凝结汇聚起多么沉重的社会变迁内涵和"文明化"的代价，读读张学东的《送一个人上路》和须一瓜的《雨把烟打湿了》，就不能不有些震动。再读张炜的《父亲的海》、陈昌平的《特务》、严歌苓的《拖鞋大队》、张抗抗的《何以解忧》，有些人会不耐烦吧，怎么老是纠缠于历史呢？这样问，好像谁有受虐狂倾向似的。这习惯上被我们称为"历史"的东西，真的就成了过去的历史吗？我们的现实真的已经从这历史中逃了出来，从此没有瓜葛了？还有，那被我们用两个字——"历史"——打发了的东西（同样我们也用"现实"这两个字打发一些东西），到底有怎么纷繁的样相、怎样具体而微的形态呢？到底又有怎样的感情温度和人性的展开形式呢？也许正因为有了坚实的文学的纠缠不休，我们的历史和现实才没有沦为空洞的历史和现实吧。

不过,短篇小说和生活世界的纠缠,虽然有可能隐喻、暗示、指向头绪繁多、潜隐深藏的巨大的复杂性,却因其篇幅的短小,它的特长倒并不在于细致展示和充分呈现复杂性。也许简单和朴素更见它的本色。当然也有不简单不朴素的短篇,而且也好,正如不本色也有不本色的好。可是在这里,我更愿意谈几篇简单和朴素的小说。

一篇说,一个男人,离了婚,又谈了个女朋友,两个人和谐甜蜜;这个男人每天上下班,不坐公交车,步行穿小巷。男人的前妻是个需要别人照顾的娇弱的人,以前都是他做家务,离婚以后不知道她是怎么对付做饭提水之类的事的。男人走小巷,有意无意都要朝以前那扇窗户看几眼。这天,他又不经意看了一眼,站住了。好长时间没看到油烟从那个窗口冒出来,现在却有了。他看到一个男人的身影,低着头,好像在切菜。以前都是他每天这个时候在窗口切菜。一瞬间,心里有块东西呼啦一下,开始松散了。有些喜悦的东西来得突然,他想笑一下,却没笑出来。他想,终于有人来照顾她了。他再次笑了笑,心里那块松散开来的东西就在他笑的时候消失得没了踪迹。回到自己的住处,打电话把女友约来,喝了点酒,说我们结婚吧。彼此都能感到对方的心动。他还想,明天下班要坐公交车回家了。柳营的这篇《窗口的男人》,读了让人温暖。这种温暖不廉价,不夸张,因为它并不回避生活中的问题,但它也没有被问题冲散,它还能在生活的问题中保持着朴素的心,并且生出温暖来。

还有一篇,说一个农村的女孩子,为了买一条红围巾,去地里扒红薯。生产队已经把红薯出过一遍又抄过一遍了,地里已经没有什么红薯了;但万一哪块土里还包着一块呢?这第三遍,就叫扒红薯。这篇叫《红围巾》的小说是刘庆邦写的,我设想,要是换一个对乡土生活和劳动没有很深感情和体会的人来写,会怎样呢?也许就把这个事处理成一个穷困的女孩子为了一个卑微的愿望去付出不成比例的艰苦劳作。这样就糟蹋了。可是刘庆邦不,他写土地踩上去的感觉,写土地分两层——熟土层和生土层,写女孩映在夜幕上的动作重复单调,写女孩扒着扒着忘了自己在干什么,就那么机械地扒,似乎只要扒,就过得去,不扒,就过不去;写朝霞出来了,写喜鹊飞来飞去,写她终于扒出一块,写那块红薯的大小、体型、表面、颜色,红薯的颜色是嫩红的,嫩得像新生婴儿的皮肤一样;女孩对着红薯又看又闻,差点把红薯亲一口。刘庆邦写出了人和土地、作物、劳动之间的亲密关系,这种关系并不只是人通过劳动解决物质上的问题,而且还是人通过劳动去获得精神上的成长、喜悦和依托。

在这样的小说中,我们能够看到生活世界的底色,能够接收到日常人生的实在信息。这样的小说,当然也风貌各不相同,厚重蕴藉如迟子建的《一匹马两个人》、强悍激烈如红柯的《野啤酒花》、不动声色如苏童的《垂杨柳》、大动声色且语词健旺锐利如张洁的《听彗星无声地滑行》、叙社会风习如魏微的《大老郑的女人》、记个人经验如吴晨骏的《红村》、讲不远的过去如薛荣的《1979年的洗澡》和顾前的《有关往事》、说新鲜的当下如潘向黎的《奇迹乘着雪橇来》和金仁顺的《拉德茨基进行曲》、坚硬如温亚军的《硬雪》、迷离如陈染的《离异的人》、惶惑或可解决如朱文颖的《变形》、折磨永无尽头如盛可以的《鱼刺》。一篇篇数过来,就数到王安忆的《姊妹行》了。

《姊妹行》写分田和水做伴去徐州看分田在部队里的对象,两个女孩子第一次出远门,新鲜兴奋自不待言,却也小心不出差错,没想到就要到目的地之时,在徐州西站被拐走了。分田后来趁机从要她做媳妇的地方逃了出来,回到村里,却什么都变了,村里人很生分,连水家的大人也不愿意分田说她们出事那一节,分明流露的是难堪、羞惭,部队里的那个对象也退婚了。如果小说就写到这里,可以说是"问题小说",触及了近些年来中国屡打屡犯的拐卖妇女的严酷现实;再深一步,借描述分田回乡后的遭遇,可以检讨反省中国乡土文化,做成凝重的"文化小说"。但王安忆志不在此,她继续写下去:她写分田一次又一次往县妇联跑,试图通过她们来劝说部队的对象,跑到一点希望也没有了,跑到最初热情的妇联干部最后见了她都要躲为止。写到这里,就有点儿意思出来了;再写下去,分田一个人又返回她们被拐的地方,找到和人贩子一块儿吃饭的一个路边饭店,住了下来。她要找回水,可她怎么找得到呢?她就赖上了开饭店的霞姐,霞姐不告诉,她就住着不走了。到这里,整个意思全都出来了。这个意思就是一个普通人不屈不挠的求生意志。真是不屈不挠,毫不含糊。霞姐没办法,只好说出了水的下落。

王安忆的叙述细致绵密,她那样有耐心地写点点滴滴、细枝末节、来龙去脉,一字一句,不厌其详,不嫌其烦,不少读者甚至说她啰嗦了。可是,写到最后,简洁来了,而且简洁得令人震动:分田找到水住的地方,见"院子里坐了个小媳妇,怀里抱个未出月的毛孩,正喂奶,听有人来,小媳妇便抬头。太阳旺旺照着,遍地是光和影,她就像坐在花影里,脸显得很白,很小。两人对着呆一会儿,分田叫了声:水,水就哭了。分田到她跟前,蹲下身子,问:水,过得好不好?水说,不好。跟不跟姐走?分田问。走!水将奶头从毛孩嘴里拔出来,毛孩力气却很足,将水的奶头拉得老长。水掩好衣服,将小孩往地上一张小棉被上一放,站起来就跟分田走。"要说惊心动魄,也不过分。两人赶到徐州火车站,水才想起问:咱们去哪里呢?分田说:去上海。"进候车室,水才又'哇'一声哭了,哭她的小毛孩。分田说了声:莫哭!水应声就止住了。""两个姊妹淹进人海,看不见了。"

有了前面的细密坚实做铺垫,简洁干脆的文笔的力量就一下子出来了;那种不屈不挠的求生意志的力量也就出来了。鲁迅在萧红的《生死场》里所感受到的人民"对于生的坚强,对于死的挣扎,却往往力透纸背"①,差不多也正是这种情形吧。

这种不屈不挠的求生意志,平时淹在人海里看不出来,可正是这样的看不出来却蕴涵着不可思议力量的东西,做成了广阔的生活世界的底子。

---

① 鲁迅:《萧红作〈生死场〉序》,《鲁迅全集》,6卷,408页,北京,人民文学出版社,1981。

三

开始我们讲小说在起源上具有活泼自由的精神；但它不可能一直待在起源那儿，它要出发，不能不跟生活世界发生各种各样的关系，所以就又在这种关系中讲小说。这是有些矛盾的，但矛盾的解决不是彼此互相取代，最好是同舟共济，一块儿成就小说；倘若不能和谐，那就让那矛盾在那儿好了。

现在，我又想说另外的问题，当前创作的文学资源问题。大问题，在这里却只能简单说几句。20世纪80年代以来到今天的中国作家，在谈到他们的文学阅读、文学影响的时候，绝大多数人报出来的是外国作家作品。这是符合实际情况的。但这个实际情况却让人有些悲哀。对于自己的最近的文学传统，百年来的现代汉语创作，反而离得最远，整体上来说所知有限。

这有什么关系吗？为什么一定要知道这个传统呢？这里面有多少值得知道的东西呢？

我们好像忘了我们是用现代汉语来写作这个基本的事实。承认这个事实就得承认现代汉语创作的很短的传统是当前创作的家，你就是这个家里的；虽然你认了一些阔亲戚，他们还可能给了你莫大的帮助，但没办法，你就是属于这个传统的。贫瘠也好，富裕也好，你总得去摸摸这个家底吧。用阔亲戚来傲视自己的家，像什么呢？

这不是文学的民族主义，不过是关于自己的基本认识。

也就是从这样的角度，我愿意把魏微的《大老郑的女人》看成是向现代汉语的小说传统虚心致敬的作品。小说写一个小城80年代以来的风习演变，写时代的讯息一点儿一点儿具体落实到这个古城的日常生活中，写这个过程中的人情世故、人心冷暖，人事和背景是不分前后主次的，你可以说小说的主角是大老郑和他的女人,也可以说是"我们",更可以说是这个小城。从这个小城,你会想到沈从文笔下的湘西、萧红笔下的呼兰河,在另外的场合,魏微也明确表示受惠于这两位中国作家;从那种叙事的细致、耐心、不惊不乍,你也许还可以说她受惠于王安忆。不是说受前辈作家影响就好,而是,从自己所属的创作传统里发现能够成为自己的文学资源的东西,这是重要的,重要在于它是一个基本的出发点,而不是目的地。

这就说到叶弥的《明月寺》了。小说写的是,一个年轻的女孩子,在阳光灿烂的春天去看花。本来就是没有心事轻松看花的,却到了明月寺,看的是月,和月下不明不白的人与事。人事不论,这里只说月亮这个核心意象。我们所熟悉的文学月亮,是家喻户晓的古典诗词里的月亮,传达的多是宁静安详的气氛和亲切的感受;可是这篇小说特意提起,说,"月光这样东西其实是最不安静的。所以,明张岱说,杭州人避月如避仇。"我们可以接着说,张岱之后,绍兴人鲁迅把月光与人的"发狂"直接相连,那就是现代文学开篇石破天惊的《狂人日记》,劈头第一句就说:"今天晚上,很好的月光。"三十年不见月光,全是发昏;今天见了,精神分外爽快——然而须十分小心。由此开始,现代文学创作传统的月亮就变得难以琢磨起来。别的不说,就说似乎谁都读过的张爱玲,她小说中的月亮,早就有专家长篇大论的诠释;自传文《私语》说她被父亲监禁,后来读到一句诗关于狂人的半明半昧:"在你的心中睡着月亮光","就想到我们家楼板上的蓝色的月光,那静静地杀机。"我们在《明月寺》里看到的月亮,与人事的不可测度的大秘密相关,是一个"浸了水,形状和质地就有点怪异起来的"月亮。

最后,说残雪。今天依然可以把残雪称为先锋小说家吧,也可以说她的作品依然是"黑暗灵魂的舞蹈";但说她的先锋性和她对黑暗的心理风景的探索,在文学资源上,不可以仅仅与西方作家作品挂钩,这里有鲁迅。看起来谈鲁迅的当代作家不在少数,但认真对待鲁迅的文学的有多少呢?离开鲁迅的文学谈鲁迅的思想或其他的什么,都不免让人怀疑。而所以不谈鲁迅的文学而谈鲁迅的思想或其他的什么,一个没有明说出的想法大概是鲁迅的文学没有多少好谈吧。残雪也谈鲁迅,她谈的是文学家鲁迅和鲁迅的文学,谈"艺术复仇"的《铸剑》,谈不朽的《野草》。不仅仅是谈,而且是长期当成心灵和文学的滋养地来汲取力量的,她从十四五岁开始读《野草》,一直到今天;她说,"有了它,中国现代文学便在世界一流纯文学行列之中有了自己的代表。"我以为更重要的是接下来的话:"可惜的是,我们自己的人民并不能完全认识我们的艺术,这种常规性的误解在这个国度比在任何其他地方都严重。"①

至于我们怎样阅读残雪的小说,这篇《家庭秘密》,或其他的作品也一样,至今仍然是个问题。怎样克服阅读的问题,残雪提供了她自己的经验:"我本人的经验,是放弃表面的理性判断,让作品中那些触动自己的迷惑点引领着感觉不断深入,反反复复地停下来,然后借助自己的人生体验起飞,向陌生的领域突进,将判断、辨认留在以后,让其自然而然地从感觉中升华,凝聚成新的理性。在这个过程中,作品中的语感是首要的,一定要紧紧跟上作者心灵的暗示,才不会被那激情的、不知要冲向何方的浪涛甩下。这是意志力的较量,也是生命力的测试。"②

2003 年 11 月 26 日

(载《当代作家评论》2004 年第 2 期)

---

① 残雪:《不朽的〈野草〉》,《艺术复仇》,234 页,桂林,广西师范大学出版社,2003。
② 残雪:《精神的层次》,《艺术复仇》,274~275 页。

第五辑
诗、歌、散文与当代文化

"无名"的一代人的问题,主要倒并不是其他代造成的,而是自身的问题。这一代经历平淡,不太可能从经历或者与社会的关系中寻找出"命名"的依据,更根本的是,这一代从精神本质上拒绝被"命名",拒绝被统一到一个称号之下,在内部的个体之间,也没有像上几代人那样,你我他之间有那么多的共同或共通之处。"无名"的一代没有旗帜,不能为某一目标聚集成一种力量。这本身没有什么不好,但因为很难形成一种自己的话语系统,在文化上的自我认同、自我表达就极其困难。

中国当代文化反抗的流变

——从北岛到崔健到王朔

一

从20世纪70年代中后期到90年代的今天,近二十年当代中国文化的变迁亦显亦隐,巨大而又繁复。人们明显感受到它的内涵和影响,却又无暇无力彻底条分缕析、追根探源,往往只是在惊奇、震荡、迷惑和错愕中,来不及作出更充分、更有力的反应,就被一潮又一潮的时代洪流挟裹着向前奔去,奔向意义可能愈发暧昧的世纪末和新世纪。

时间之流无法人为地斩断,但我们站在今天回头望,不妨就把我们所站之处暂时定为一个大的文化时期的终点。按照通常的叫法,这一文化时期被称做"新时期",也有人把它命名为"后'文化大革命'时期"。对这一文化时期细分,可以划为几个文化阶段,每一阶段都有自己的文化代言人。文化代言人的出现和确立,有赖于他的文化行为和时代精神的契合。在这里用"时代精神"一词,必须加以强调性说明:它不是冠冕堂皇的官样文章,不是意识形态的虚构和硬性规定,它甚至还不是席卷社会的潮流——它正好是这一切的对立面。真正的时代精神具有生成性,最初往往是隐而不显的,所以文化代言人的角色最初是一个类似于"先觉者"的形象,他把时代精神"发现"和"发挥"出来,继而在一定的社会范围内被接受并引起矛盾和冲突。由此,我们可以确立文化代言人所代"文化"之性质：这种文化伴随新生的时代精神而生，对于先它而在的社会来说，它是陌生的、异质的，它向已定的社会文化形态、结构、意识挑战，以便争取自己的合法存在和权利。那么，我们在这里所说的文化代言人，换成一个更清楚的说法，即是文化反抗的代言人。

具体说来，70年代中后期到80年代初，取得文化代言人资格的，非那些最优秀的朦胧诗人莫属，在本文中我选北岛为例；80年代末到90年代初，风行中国的流行文化表述则当推王朔的小说。对比一下，其间的差别可能会给人以出乎意料的感觉——

一、(1)"在没有英雄的年代里/我只想做一个人"

(2)"千万别把我当人"

二、(1)"卑鄙是卑鄙者的通行证，/高尚是高尚者的墓志铭。"

(2)"玩的就是心跳"

从为了重新确立人类的基本价值而不惜牺牲一切的庄严宣告，到价值中心被有意识地消除之后的游戏与颓废，这一文化变迁过程的中间跨度是非常巨大的，但其间的发展仍有迹可寻，而且，仍能非常自然地找出横跨这一中间地带的文化代言人：摇滚歌手崔健。

从北岛到崔健到王朔，接受的范围从小到大，接受者的层次却从高到低，从先觉者、文化精英到具有反叛意识的青年学生再到社会大众，基本上都有各自的对应项；从诗歌到摇滚乐到小说，其形式越来越趋向通俗，其精神内涵呈现日益"向下"的变化。当三种具有内在关系又分明不同的文化表述在不同时期出现时，它们所遭遇的阻力由大到小，对社会的日常形态和一般意识所形成的挑战也由强到弱。大致说来如此，但具体的情形则要复杂得多。

二

奥斯维辛之后，再有诗，就是野蛮的。骇人听闻的并不是T.W.阿多诺的断言,甚至也不是那种刚刚经历的巨大创痛,而是"诗"对于创痛和灾难的视而不见、拒不承认和掩盖、化解。非常奇妙的是,"文化大革命"的结束,并没有同时铲除作用于全民集体无意识的这种"诗情",反而强化了它,使它愈加弥漫,愈加具有笼罩力。所谓"噩梦醒来是早晨"之类的普遍想法即是明证。时至20世纪90年代,对于"文化大革命"的心灵禁忌也许越来越少,但仍然很难保证从野蛮的"诗情"对无意识的"催眠"中普遍清醒过来,仍然很难保证逃脱了意识形态那只神秘的手。① 事实上确实有些变化令人啼笑皆非,而且不免要染上些绝望情绪:人们终于敢说那些灾难和创痛,但灾难和创痛无形中却变了质——它不再是人类的耻辱,而是个人的荣耀。"诗情"所散发的幸福意识不仅让人以为从此天下太平,而且掏去了以往创痛中的痛感,把灾难变成勋章别在迷醉和昏睡者的胸前。

　　回顾当年关于朦胧诗的争论应该是非常有意义的。这场争论从一开始到最后结束,都不是一场文学观念之争,局限于文学这个狭隘的概念中,永远也看不清争论的实质。当时指斥朦胧诗不是诗的人无意中点到了要害:朦胧诗人中最优秀的分子所写的确实不是那种"催眠"的诗,它拒绝同声合唱,拒绝借许诺未来以达到遗忘过去的目的的幸福意识,它要穿透普遍"诗情"的笼罩,发出不和谐甚至是刺耳的声音。从主流意识形态的立场上看,它当然是"非诗"。意味深长的是,当时朦胧诗的支持者和反对者中都有相当一部分人有意识地在文学范围内争论是非,单就"看不懂"的普遍论调来讲,一是暴露出文学基本感受能力的退化;另一方面,未尝不是一种巧妙的托词:不是看不懂所写的是什么,而是经过"文化大革

---

① 巴金在最近的一篇短文中,对自"文化大革命"结束至今一直在用的以"文化大革命"为"梦"的隐喻性说法提出严厉的质疑。这是一位年近九十的老人在病中写下的,题为《没有神》,载《新民晚报》1993年7月15日"文学角"专刊。全文如下:
　　我明明记得我曾经由人变兽,有人告诉我这不过是十年一梦。还会再做梦吗?为什么不会呢?我的心还在发痛,它还在出血。但是我不要再做梦了。我不会忘记自己是一个人,也下定决心不再变为兽,无论谁拿着鞭子在我背上鞭打,我也不再进入梦乡。当然我也不再相信梦话!
　　没有神,也就没有兽。大家都是人。
　　　　　　　　　　　　　　　　　　　　　　　　　　　　　　7月6日

命"摧残和"文化大革命"后幸福意识的作用,彻底丧失了历史感和现实感,丧失了正视真实生存情境的能力。

从朦胧诗本身来看,晦涩的情况也确实存在。但同样需要强调的是,晦涩仍然不是一个在审美范畴内可以解释的问题,本质上它是一种受压抑、受排斥的话语不得不采取的表达策略,顺从主流意识形态的话语表达是不需要而且也不可能晦涩的,晦涩本身即包含了对主流意识形态的反抗。

在新时期伊始,一切向前看的主流导向下,北岛绝决地发表了一首首"向后看"的诗,诗成为抗拒个人或民族自发或被迫失忆的"法门",成为自觉地承担历史和现实的阴暗重量的心灵形式。

> 我,站在这里
> 代替另一个被杀害的人
> 为了每当太阳升起
> 让沉重的影子像道路
> 穿过整个国土
> ——《结局或开始》

作为历史的见证者和受难者,当一种新的现实开始的时候,"我"都要出场,都要在场,不仅是为了提醒,更是为了使现实真实起来。这几行诗,可以概括北岛几乎全部作品的内涵,可以揭示北岛的写作和写作时代之间的一种紧张关系,正是与现实和历史之间的紧张关系,使北岛的诗获得一种既尖锐又厚重的文化冲力和审美效果。

"文化大革命"结束以后,文学上"向后看"的视线引发出几乎是全民参与的轰动效应,一时间,先"伤痕"、继"反思",皆蔚为大观。但是,即使如此,北岛"向后看"的诗仍然是特立独行的,有一种核心质的东西使之和一般同类的文学作品相区别,傲然自成于潮流之外。这种核心质的东西即是关于时代连续一体的思想,它否认历史与现实是分裂的,所谓的分裂不过是意识形态的假象,而一般"向后看"的文学就接受了这种假象作为自己意识的基础,"向后看"成为一种现实所需要的姿态,历史成为新生现实的反衬,文学成为幸存者的文学———一句话,幸存者存活于新生的现实里,展示苦难,鞭挞历史。但是北岛拒绝承认自己是幸存者,拒绝承认全部现实的新生性,历史和现实之间不是一种对照关系,它们并非各自孤立,而能够互相通达。正因为历史通向现实,所以为了保持现实感,必须回眸历史;也因为看取历史的行为能够获得真实的现实意义,所以才能够与现实之间形成紧张、矛盾和冲突的关系,而不是把本身即具有重大意义的文化行为降格为只有在为现实服务的大前提下才被允许,才去实行。

> 而我们追随的是
> 思想的流弹中
> 那逃窜着的自由的兽皮
>
> 昔日阵亡者的头颅
> 如残月升起
> 越过沙沙作响的灌木丛
> 以预言家的口吻说
> 你们并非幸存者
> 你们永无归宿
>
> 新的思想呼啸而过
> 击中时代的背影
> 一滴苍蝇的血让我震惊
> ——《白日梦》

北岛出生于 1949 年，1970 年开始写诗，起初只是在一个很小的圈子里传看；1978 年底他和几位朋友创办文学刊物《今天》，共出九期。1986 年 5 月新世纪出版社出版《北岛诗选》，同年 12 月作家出版社出版《五人诗选》，汇集了朦胧诗最具代表性的诗人北岛、江河、舒婷、杨炼、顾城的重要作品。两本诗选的出版，表示北岛所获得的社会认可基本上达到了它所能达到的最高刻度。自此以后，国内再也没见过北岛重要的作品集出版。事实上，到 1986 年，文化和文学的形势都发生了巨大的变化，视线的转移就在自然而然中发生了。

这一年的 5 月 9 日，以纪念"国际和平年"为宗旨的中国百名歌星演唱会在北京工人体育馆举行，名不见经传的崔健跑到舞台上发出了"一无所有"的呐喊，像喊出了一个时代的感受，触动了时代最敏感的一根神经。

三

我还没来得及详细讨论北岛，就匆匆滑到了崔健。我设想，把叙述放在两人的"关系"中进行，可能会更容易说明他们自身，揭示一些问题。

崔健出生在 1961 年，比北岛可以说差了几乎一代，他开始产生影响时北岛的地位早已确立，但文化反抗的共通性却消融了一般情况下后来者有意无意的对立倾向，而且强化了一种自然的继承关系，使当代文化反抗的发展呈现出顺理成章的精神脉络。

一般来说，流行音乐免不掉媚俗的品格，它要投大众所好，大众才会使它流行。它迁就大众的思想惰性和审美习惯，又在保证被广泛接受的前提下，不断地小打小闹，花样翻新。它几乎从不提出重大的历史、现实和个人的问题，即使偶尔有这样的问题，它也会用一种格式化的方式轻易地把它们解决或者化解掉，使问题获得廉价的答案或者变成一种无意义、不必要的提问从而使之退场。从某种意义上说，流行音乐是现代社会所需要的一种精美的包装形式,要揭示生命与存在的本真样态和情景,揭示隐而不显的时代精神,就必须经过一个艰难的还原过程,穿透层层包装。如果流行音乐试图还原和揭示真实,那它就具有了反对它自身的性质。正像任何一种领域和过程都会出现叛逆者一样,流行音乐的叛逆歌手也并非绝无仅有。从这种特殊的文化形式本身的情况来讲,流行歌手之所以能够成为某一阶段的文化代言人,具有尖锐的批判向度,预示新的文化意识的产生和推广,重要原因在于它的创作主体和接受主体是青年一代,他们作为一个社会的后来者,在被主流文化形态驯化的过程中,从受压抑、受排斥的现实感受中产生出反抗的情绪、思想和行为是非常正常的事。

摇滚乐从它诞生之初,就具有两方面的叛逆意义:其一是对流行音乐本身的反叛,其二是广泛的社会文化抗议。因此,当崔健第一次以摇滚的形式表达自己的时候,一代青年人,特别是年轻的知识者和受教育者,似乎一下子发现了恰切表达自我的形式,同时发现了自我表达的替代者。

崔健基本上继承了朦胧诗的精英式文化心态,在思想的深度、感受性和批判的向度上,二者常有极其相似的地方,特别是北岛和崔健,甚至表达时所用的意象,都可能产生异曲同工的效果。比如关于自由,北岛说,"自由不过是/猎人与猎物之间的距离"(《同谋》);崔健来得更直接,"自由不过不是监狱","你我不过不是奴隶"(《这儿的空间》),如此而已。

使崔健和北岛容易沟通的基点,是他们都持有一种否定的态度,但北岛与他所否定的东西常处在势不两立的绝决情景中,"告诉你吧,世界/我——不——相——信!"(《回答》)崔健的否定通常没有如此的冷峻、剑拔弩张,面对同样被冠以"世界"之称的外物,他流露出些许的迷惘:"不是我不明白,这世界变化快","过去我幻想的未来可不是现在","我曾经认为简单的事情现在全不明白/我突然感到眼前的世界并非我所在"。《不是我不明白》是崔健的第一首摇滚作品,从这里开始的《新长征路上的摇滚》,一直是激情与困惑俱在,反叛与自省同生。

在北岛那里,自我是一个明确的概念,它在与它所否定的东西的对立中确立了文化立场和坚定的形象,它可以用一个类的概念来替换,比如,"在没有英雄的年代里/我只想做一个人"(《宣告》),"我"和"人"是同一的。而在崔健那里,自我则是一个等待明确又不可能明确的概念,它是一个正在展开的动态过程,无法定论。反叛确立了北岛的自我,崔健用它展开了自我。《新长征路上的摇滚》就显示了这样一个文化过程:

听说过　没见过　两万五千里
有的说　没的做　怎知不容易
埋着头　向前走　寻找我自己
走过来　走过去　没有根据地

这里出现了一种奇特的"含混",不仅社会的历史和个体的现实交结纠缠在一起,而且个体表达的方式似乎都在重复历史。其实,重复是假象,历史一开始就被表面温婉实则坚定地拒绝了——"听说过　没见过",我所做的只是我自己的事。而"走过来　走过去"寻找自我的"根据地"的形象,内含了深重的迷茫和焦灼。崔健特殊的魅力或许在于,迷茫和焦灼的结合产生出来的不是低调的怨艾,却是愤怒的呐喊。

北岛和崔健的差别根源于他们各自所面对的社会文化背景,进一步说,即是:社会文化压抑了什么,文化反抗才会要求什么,而且,一时一地文化反抗的要求首先总是指向最迫切的内容。北岛是站在一片文化废墟之上的,在最基本的价值规范被践踏、被摧毁之后,他所要求的,就只能是最基本的内容,合理的社会和人生必须先要有一个前提。这样的文化反抗的悲剧性,正如北岛自己所表达的那样,"这普普通通的愿望/如今成了做人的全部代价"。到80年代中后期,社会文化的重心已有所变化,崔健追求的,已不是作为一个类的概念的人的价值的恢复和确立,而变成为个体自我价值的寻找和选择。这一变化同时表明,北岛和崔健的不同,是文化反抗的过程和次序决定的,这个过程和次序无法逆转,不能颠倒,有了北岛那样的文化反抗,才会有崔健这样的文化反抗,二者之间隐含了非常紧密的联系。

崔健从1983年开始写歌,1985年录制了第一盒音带《梦中的倾诉》,1986年又录制了一盒《新潮》,但崔健不愿意承认他接触和创作摇滚之前的作品。他所认可的是真正产生了广泛深刻影响的作品,第一盒专辑是《新长征路上的摇滚》,收录了从1986年至1987年之间创作的九首歌,1989年才由中国旅游声像公司出版,这是中国第一盒摇滚乐音带。1991年,崔健第二盒摇滚专辑《解决》由中国北光声像艺术公司出版发行。

在"新长征"时期,几乎所有的歌都展示了个体的"我""走"在"路"上或正要"上路"的情景,一个背叛者的自我寻找和自由追求过程艰难而又漫长,"一无所有"否定和拒绝了历史、现实以及其他的一切,"我闭上眼没有过去/我睁开眼只有我自己"(《出走》),自我在一己之外失去了丝毫的依靠和凭借,但既然上路,就没有回头的道理,"我要从南走到北/我还要从白走到黑/我要人们都看到我/但不知道我是谁/要爱上我你就别怕后悔/总有一天我要远走高飞/我不想留在一个地方/也不愿有人跟随"(《假行僧》)。踽踽独行的困难还在于,自我的内部常处于矛盾和纷争之中,不像北岛那样,所有的对立只存在于自我和外部世界之间,这里有一种撕裂的痛感正基于内心的复杂性,比如《从头再来》这首歌,"我不愿离开　我不愿存在/我不愿活得过分实实在在"和"我想要离开　我想要存在/我想要活得过分实实在在",以及"我难以离开　我难以存在/我难以活得过分实实在在",不同的思想和感受反复交替,互相撞击,个体心灵必须以非凡的能力来承受。

《解决》专辑显示出崔健引人注目的变化。如果说在"新长征"时期,精英式的文化心态使崔健必须注意感受性所包含的思想深度,保持一种自省和自律的精神,那么,《解决》则充分敞开了个体自我的感受性,去掉了精英式心态必然内含的拘谨,淋漓尽致,纵放悲歌,像《解决》,像《这儿的空间》,像《投机分子》,在最基本的意义上,都是力量和欲望以直接、痛快、放肆的方式在绝望中宣泄。就这一点而论,颇接近王朔最早引起文坛不安的那些小说。

但从骨子里,崔健仍然保持了他自己的精神内核和表达方式,一以贯之,力避浅俗,更趋深广。《解决》专辑里的《一块红布》,即从个人的感受,上升为一代人的精神履历,一首历史的悲歌:

> 那天是你用一块红布
> 蒙住我双眼也蒙住了天
> 你问我看见了什么
> 我说我看到了幸福
>
> 这个感觉真让我舒服
> 它让我忘掉我没地儿住
> 你问我还要去何方
> 我说我要上你的路
>
> 看不见你也看不见路
> 我的手也被你攥住
> 你问我在想什么
> 我说我要你做主
>
> 我感觉你不是铁
> 却像铁一样强和烈
> 我感觉你身上有血
> 因为你的手是热乎乎

我感觉这不是荒野
却看不见这土地已经干裂
我感觉我要喝点水
可你用吻将我的嘴堵住

我不能走我也不能哭
因为我的身体已经干枯
我要永远这样陪伴着你
因为我最知道你的痛苦

北岛在《履历》一诗中,曾写到同样的被愚弄的经验:

我弓起了脊背
自以为找到表达真理的
唯一方式,如同
烘烤着的鱼梦见海洋
万岁!我只他妈喊了一声
胡子就长出来
纠缠着,像无数个世纪

崔健没有北岛这样冷峻,其间有这样一个差别:北岛写当时的经验,却加进了醒悟后的意识,以后来的清醒的眼光审视过去,显得愤怒而又有理性;崔健更注意直接袒露当时的经验,那是一种毫无理性可言的经验,是一种被"幸福"的虚假许诺迷醉了的经验,它真切地再现了在红色海洋的历史氛围中,人的自我意识彻底泯灭的悲剧情景。崔健这首歌的独特之处在于,它表达出了历史和人之间的难言的角色关系:明明是一出大悲剧,却在喜气洋洋的气氛和对未来的美好憧憬中上演。整首歌隐喻性地道出了一个难以接受的事实，即，人以被动和服从的态度，以和历史婚媾的方式，而成为荒唐和苦难历史的同谋。

说到同谋，想起北岛有一首诗题目就叫《同谋》。两个人从不同的角度达成基本一致的认识，从这里我们也许隐约可以理解，为什么两个人对这一块上演悲剧的土地都有一种复杂情怀，而决不因为被欺骗、受压抑就弃之不顾，或者只抱一种单纯、浅薄的仇恨。崔健唱"我要永远这样陪伴着你/因为我最知道你的痛苦"时，该是一种包含了多少辛酸无悔的心情呢？

四

王朔曾经这样谈到过崔健："我非常喜欢崔健的歌，我第一次听《一块红布》都快哭了。写得透！当时我感觉我们千言万语都不如他这三言两语的词儿。它写出了我们与环境之间难以割舍的、血肉相连的关系，可是现在又有了矛盾。这种矛盾的复杂的情感。那种环境毕竟给了你很多东西。所以看苏联这种情况，我特矛盾。我们青年时代的理想和激情都和那种环境息息相关，它一直伴随着你的生命。"王朔是 1958 年生人，与崔健年龄相当，他对崔健的认同根源于历史对于一代人命运和情感的共同塑造。对于当下的社会现实，他们在感受、认识和行为等方面出现交叉点和重叠的部分，有着历史的根据和情理。王朔还特别评价崔健，"我看他是我们国家最伟大的行吟诗人。他的反映当代的东西是最准的，比大而无当的、泛泛的文化的那种，我更能理解。"[①]

文化反抗者一定不是社会生活中随波逐流之辈，但却必能敏感到社会生活的变化，抓住文化潮流和时代风尚的病症，一语击中，不待后发。

---

① 《我是王朔》，75～77 页，国际文化出版公司，1992 年 6 月版。

《一无所有》可作如是观,崔健后来的作品《快让我在雪地上撒点儿野》亦复如是:

> 给我点儿刺激　大夫老爷
> 给我点儿爱情　我的护士姐姐
> 快让我哭要么快让我笑
> 快让我在雪地上撒点儿野
>
> Yi Ye——Yi Ye——
> 因为我的病就是没有感觉

当代人在熙熙攘攘声色犬马中追逐奔波、放情纵欲,根子上源于一种文化通病:"我的病就是没有感觉。"

可以试着提出一个问题:称自己更能理解崔健的王朔,是否也会以之为病呢?

王朔是在1985—1986年之间开始引人注目的,1988年走红运,几部小说被改编成电影,一时该年有"王朔年"之称。从此王朔愈发不可收,小说与影视俱热,热遍中国。

从文化反抗的意义上来比较、衡量,王朔在1985—1988年间的作品显然更有价值,其中主要包括中篇小说《一半是海水　一半是火焰》、《橡皮人》、《顽主》和长篇小说《玩的就是心跳》等。当王朔初闯文坛,引起骚动不安乃至于愤怒和指斥的时候,批评界的有识之士却给以极高的评价,认为这些作品改变着文学的传统规范,是"当代文学中的颓废文化心理"的表现,并对这种颓废文化的意义予以辩证的论述:"它的反社会反规范反偶像精神不是体现在积极的反叛上,而是一种消极的自我享乐主义。在这种文化心理里,国家、民族、信仰、道德等在传统文化中被视为神圣的东西无不贬值,根本不占任何地位,唯一有意义的就是及时行乐,不需要明天也没有明天。'颓废文化心理'绝对是反社会反规范的,但它没有任何高尚的内容和悲剧的精神,只是用极其庸俗的方式去吞噬、消耗,甚而腐化社会机能,促使社会的传统规范在嘻嘻哈哈的闹剧中瓦解消失。因而,它是消极的反社会的文化现象——研究王朔笔下出现的颓废文化现象,我想应该认识这种消极的革命因素。"①

照崔健的说法,文化颓废主义是一种无感觉的病,从正面去看这种病的意义,即是吞噬、消耗、腐化社会机体。精英批评的洞见和摇滚歌手的感受在这里是暗合的。但是王朔本人基本上没有这种精英式的清醒意识,可能恰恰相反,他正是以平民化粗鄙化来亵渎任何高于一般层次的事物的,不管它是实体的阶层,还是思想意识,不管是政治上的,还是文化上的。这就决定了他和崔健之间的差异。即使他们有的时候看上去特别相像,但这种差异仍然存在。比如《解决》专辑里的《投机分子》,很容易看成是王朔小说的摇滚化,或者倒过来说,王朔小说是《投机分子》的文学化。这首歌赤裸裸地唱道:

> 朋友请你过来帮帮忙　不过不要你有太多知识
> 因为这儿的工作只需要　感觉和胆量
> 朋友给你一个机会　试一试第一次办事
> 就像你十八岁的时候　给你一个姑娘

这里需要特别强调的是,在社会禁忌严重、道德僵化陈腐的时代,人的力量和欲望的直接、自由的表达,往往与颓废主义的行为表现被混为一团。这二者的区别正是崔健与王朔的区别。

现在必须来正面回答从一开始到这里的所有的叙述都一直关涉的问题了:文化反抗是靠什么来支持的?换句话问,即是,文化反抗者承担了

---

① 陈思和:《笔走龙蛇》,191~192页,台北,业强出版社,1991年1月版。

什么？

北岛把自己看成是人类的一员，他以个体的自我来承担属于全部人的一切，特别是人的苦难："如果海洋注定要决堤，/就让所有的苦水都注入我心中。/如果陆地注定要上升，/就让人类重新选择生存的峰顶。"（《回答》）到了崔健，个体自我的存在不强调人类的属性，而突出其独立自由的意义，承担变成了自己对自己的事，同时指涉当下的社会现实，沉重仍然是必然的，自我的矛盾和困惑、焦灼和愤怒，一切难以承担的东西都必须承担。那么王朔呢？他拒绝承担一切，拒绝超越性的关怀，他的个人主义也是虚假的，因为他缺乏自我审视的意识，回避个体内部的分裂性，他的文化反抗的形式就是他是时代的一种病，而这种病有可能产生反社会的意义。王朔不承担重量，因为这会很"累"，而怕累正是一种时尚。他曾比较崔健和艾敬的歌，说听了艾敬"一首所谓后现代的民歌"《我的一九九七》，"再听崔健的，咣咣咣，你会觉得有点夸张。哪儿有那么多有意义的痛苦？"和艾敬的笑嘻嘻的具体的小苦恼相比，"你会觉得那种大的泛泛的痛苦很累，她这小问题反而很真实。"[①]

一无承担的文化反抗能持续多久？文化反抗实质上正是靠所承担的文化重量来支持的，拒绝重量，等于拒绝自我创生的根源。进入90年代，最初颇让一批人恼怒的王朔不但让大众习惯了，而且热得发烫红得发紫。本来，文化反抗的社会化适应过程是个规律，一种后起的与主体文化相对立的文化意识逐渐为社会大众所适应和接受，进而取代主体文化的位置，形成新的中心。然而王朔的情况显然不是如此。他的"病"似乎好得很快，"病"好了就主动地从文化反抗的边缘位置上逃走，颇为自得地向中心地带挤靠，以媚俗代替了反叛，屈从和投好于商业潮流、主体文化、大众媒介、市民意识，其间虽然还保留了具有王朔式特征的反讽、调侃、弦外之音、插科打诨，但是其性质发生了根本的变化，成了为博得广泛赞赏而布

---

① 《我是王朔》，75～77页。

置的精致的小摆设。王朔的"成功"正是从逃走开始的,他失掉了最先为他叫好的几个稀稀拉拉的具有自觉文化意识的敏感者,却赢得了整个民众的欢呼。

文化反抗在王朔身上的夭折,提醒我们注意消极的反社会行为进步意义的限度。文化反抗的实质存在于对立双方的紧张关系中,这决定了被反抗者对反抗者的"牵制",文化反抗必须在这种不自由的关系中进行。但是,反抗者只是采取一切对立的态度和行为方式,而不能另外创生新的东西,那么也只能是被反抗者的"牺牲品",因为消极反抗的方式其实是对被反抗者"牵制"的认同和无能为力,只不过是以完全走向其对立面的形式来表现这种认同和无能为力的。文化反抗必须不甘于被"牵制",必须具有自我创生的意识、能力和文化实践,在不自由的关系中争取自由,确立新的超越性的文化价值,实现文化反抗的意义。文化反抗不止于为反抗而反抗,它在开辟一条无限展开的道路,从那上面不断地有新的意识、思想和精神通向现在和将来的现实。

五

本文自始至终避免使用一个已经在中国被部分接受的西方术语——"反主流文化"或"反文化",而取"文化反抗"这样一个质朴的说法,当然是因为中国特殊的历史和现实赋予了这一个大的文化时期的此种文化现象以不同于西方的内涵和形式。北岛是从废墟和苦难之上站起来呼唤和捍卫人的基本价值与尊严的英雄,起点和性质俱迥异于西方的"反文化"。当然也不必否认中国当代的文化反抗过程中有西方文化(不仅是西方的"反文化")的影响,而且确有与西方"反文化"相沟通的地方,但它毕竟是"后'文化大革命'时期"的文化自觉意识的产物。不论是北岛、崔健,还是摇身一变而为所谓的后现代社会的明星王朔,他们都是在新中国的政治、经济和文化环境中成长起来的,用崔健一首新歌里的叫法,就是"红旗下的蛋"。这样一种基本的身份和由这种身份带来的自我意识,决定了他们文化行为的独特性。随着世纪末的来临,中国社会的世界性因素越来越强大,后现代的特征越来越明显,特殊的身份意识也就越来越模糊,特殊的历史也将成为遥远得有些虚幻的背景,"后'文化大革命'"之类的术语将失去现实的指涉意义,文化反抗之路也就出现了新的困难,也会有新的方式和内容吧。

也许真如有人所说,这一个大的文化时期终结了。

1993年7月底上海沙地

(载《文艺争鸣》1995年第3期)

张楚与一代人的精神画像

崔健1994年的专辑《红旗下的蛋》最后一首歌《彼岸》,像是要讨好听众一样,"友好"地唱道:"今天是某年某月某日/我们面对共同的现实/这里是世界中国的某地/我们共同高唱着一首歌曲/啦啦啦……"突然间就可能感到,在大家一起高声合唱含义不明的"啦啦啦"的时候,以往的崔健正离我们而去。

我们越来越不满足了,我们越来越失去了那种被替代表达着的痛快淋漓的感觉;而就在几年前,在《新长征路上的摇滚》时期,甚至在《解决》时期,我们还一次又一次地被唤起这种感觉,并且在心灵深处为这种感觉激动不已。《红旗下的蛋》并非不表达我们,比起那些无关痛痒却唱遍了全中国每个角落的"热门歌曲"来——其实压根儿就不应该产生这样的比较——它与我们的关系才称得上是一种关系,它的表达才触及精神,才是精神的表达。但是现在,我们不再觉得它表达了我们精神中最强烈、最敏感、最需要表达的部分,现在我们和崔健之间有了一种距离。

把这种距离的造成归因于崔健,如我上面所说,他正离我们而去,可能是一种非常不公正的情绪化的说法。相反,真正的原因在我们自身。相对而言,变的不是崔健,变的是我们,我们正离崔健而去。我们不能要求崔健随我们变化而同样、同步发生变化。在我们身上,生长出了一些新的东西。我们还在生长。这就是我们与崔健的不同。

也许清楚了,这里说的我们与崔健歌中的"我们"不可等同。比较起来,这里的我们倒颇能认同于张楚所唱的"没人知道我们去哪儿"的"我们"。张楚的"我们"是比崔健更年轻的一代。

"中国火音乐制作"1994年春天同时推出三张专辑，有窦唯的《黑梦》、何勇的《垃圾场》和张楚的《孤独的人是可耻的》。《垃圾场》主要是何勇80年代作品的总结，在今天听来，已经能够比较冷静地"吹毛求疵"了。比如说著名的《垃圾场》这一首，很明显地让人感觉到崔健的影响；不是说受了影响就不好，从"个人"和"代"的意义上看，仅有受影响左右的表达而没有化影响于无形的表达，就不是完整的、自然的、由内而外的表达，则无可置疑。何勇声嘶力竭地唱道："我们生活的世界／就像一个垃圾场／人们就像虫子一样／在这里你争我抢／吃的都是良心／拉的全是思想"——我们在受到震动的同时，会不自觉地涌起这样的疑问：真的已经绝望到了非声嘶力竭不足以表达的地步吗？我想，何勇经不起这样的疑问。不是说他表达的内容经不起疑问，而是那种声嘶力竭的方式给人刻意求之的感觉。换句话说，何勇的歌曲，在音乐上（就这首歌而论，更准确地说，是在对音乐的废弃和破坏上）有不自然的矫饰成分。

　　相反，窦唯音乐上的表现非常出色和个人化，我们大致可以认同《黑梦》制作者如下的描述："就像许多生活在这个时代的年轻人一样，生命中充斥的迷惑与难题，都借由'梦'的形式释放出来。他以比较具实验性的技法，把所有的歌曲以音效连接在一起，像是重新组合了生活中的片段梦境，强化了听觉上的幻境感受。每一首歌都像是从梦中传来，让你看不太清楚，却知道有许多光线颜色在变化；每一记鼓声都像来自于心脏的正后方，你不只听到了心跳，也听得见它的残响。这种强烈的'非现实'特性，就是他这张专辑的创作基调，以一种年轻生命特有的敏锐感受，把自己体会的世界，直接呈现出来，有许多与当时代既存的音乐类型极为不同的新异色彩。"但是窦唯的薄弱之处在于，他用语词表达自己的感受时相当欠缺，与音乐上的天才造成强烈的反差，像"明天"、"昨天"、"希望"、"悲伤"之类滥俗的词汇，根本就不足以负载他那特别的感受。我个人有这样的看法，以为听窦唯的歌，与其词曲一起听，倒不如只听音乐。

　　张楚的音乐和语词是作为一体而产生的，是一同从心里流出来并且任其自然地流下去的。这种表达上的纯熟在根本上不是技巧问题,而是顺从天性、认同自我的结果。对于出生于 20 世纪 60 年代中后期至 70 年代初的一代人来说,认同自我在当下的文化情境中是一件非常困难的事。提出这个问题,可能会让不是这一代的人觉得摸不着头脑,不明所以。事实上这一代正处于非常尴尬的情形中。到目前为止,我们还是"无名"的一代,与上几代相比,这一问题就显得特别突出:他们往往与社会结合得十分紧密,紧密到个人身份由社会共同赋予、由大家共同承担的程度,比如"知青",有千百万人把它当成自己的标记和经历,同时它也就形成一种强大的社会力量、一种话语系统、一套观念谱系、一种文化权势,它在充分表达自己甚至过度膨胀的时候,就自觉不自觉地产生出一套社会压抑机制。当然,"无名"的一代人的问题,主要倒并不是其他代造成的,而是自身的问题。这一代经历平淡,不太可能从经历或者与社会的关系中寻找出"命名"的依据,更根本的是,这一代从精神本质上拒绝被"命名",拒绝被统一到一个称号之下,在内部的个体之间,也没有像上几代人那样,你我他之间有那么多的共同或共通之处。"无名"的一代没有旗帜,不能为某一目标聚集成一种力量。这本身没有什么不好,但因为很难形成一种自己的话语系统,在文化上的自我认同、自我表达就极其困难,往往需要"借用"属于其他几代人的方式来勉强凑合,常常言不及义。

对于"无名"的一代中的任何个体来说,个人在精神上的困境都可能与一代人的精神困境密切相关。张楚一个人当然不可能解决一代人的表达问题,但他在表达上的质朴、自如、流畅,确实并非我们这一代中的一般人可及。从张楚的歌中,我们可以听到一代人心灵的声音,看到一代人精神的画像。

非常有意思的是,这种声音、这种画像常常不是以直接呈现的方式、不是以强烈震撼的力量来使人注目的,张楚不是一个激动的抒情者,不是一个急不可耐的宣泄者,不是一个过于看重自己的宣告者和表白者,对比一下上一代的崔健,这样的特征会更加明显。与众多的歌手相区别,张楚显示出一个从容不迫的叙述者的良好素质和介入世界的特征。除了个别（如《赵小姐》）例外，他一般都是一个第一人称的叙述者，混迹于他所叙述的内容之中，不做高高在上的样子；他是一个当下现实的敏锐观察者，同时也更是一个自我感受、自我经验的叙述者，在观察与叙述中，以内在的力量透显出一己的声音和画像。

《和大伙儿去乘凉》叙述了这样一个颇有意味的世俗情景："就在街上/碰到一个富人朋友阴沉着脸/让我很惭愧/还是在这条街上/碰到一个穷人朋友他也阴沉着脸/喔让我抬不起头。"尽管如此，尽管在世俗的街上待得太久手和头脑都会变脏，但是，"这个夏天我被天上的太阳晒成漆黑/睁不开眼只能回到内心左右看看已经枯干/街上仍然是那么明亮那么富丽堂皇/最后我决定穿上我最干净的衣服回到街上/和大伙儿去乘凉。"叙述者和世俗世界的关系不是简单明了的排斥或者融入，他这样安置自己的位置：身处世俗之中，甚至是认同和肯定一些世俗的价值，但自己并不心安理得，精神上的距离和困惑依然非常突出。手脏了可以用肥皂洗干净，"可我不能去找个姑娘来洗干净头脑/姑娘不该是肥皂。"

《上苍保佑吃完了饭的人民》更明了地展示出叙述者和世俗世界的复杂关系。这首歌一开始就描绘出这样的市民形象："吃完了饭有些兴奋/在家转转或者上街干干/为了能有下一顿饱饭"，对这样的人民，歌手的态度一点也不暧昧，"不请求上苍公正仁慈/只求保佑活着的人别的就不再问/不保佑太阳按时升起地上有没有什么战争/保佑工人还有农民小资产阶级姑娘和民警/升官的升官离婚的离婚无所事事的人"；同样不暧昧的是歌手对这些被保佑者的认识："请上苍来保佑这些随时可以出卖自己/随时准备感动绝不想死也不知所终/开始感到撑的人民吧。"

似乎可以感受到张楚性格中柔和、从众的一面，从外在的表现上，他一般不把自己置于一种强大力量的对立面上，像《孤独的人是可耻的》所写，"这是一个恋爱的季节/大家应该相互交好/孤独的人是可耻的/生命像鲜花一样绽开/我们不能让自己枯萎/没有选择我们必须恋爱"；但是，另一方面，歌曲在对那些拒绝从众的人身上，才倾注了真正的激情——

孤独的人他们想象鲜花一样美丽
一朵骄傲的心风中飞舞跌落人们脚下
可耻的人他们反对生命反对无聊
为了美丽在风中在人们眼中变得枯萎

不管是这样的一面，还是那样的一面，这一代人"冷暖自知"，叙说自己的故事，平平淡淡，散散漫漫，却也兀自惊心动魄。比如这样的《爱情》，自有别样的爱情所未曾触及之处——

你坐在我对面/看起来那么端庄/我想我应该也很善良/我打了个呵欠/也就没能压抑住我的欲望/这时候我看见街上的阳光很明亮

刚好这时候你没有什么主张/刚好这时候你正还喜欢幻想/刚好这时候我还有一点主张/我想找个人一起幻想

我说我爱你你就满足了/你搂着我我就很安详/你说这城市很脏/我觉得你挺有思想/你说我们的爱情不朽/我看着你就信了

但是忽然间就起了令人不堪的惊惧——

我躺在我们的床上
床单很白
我看见我们的城市
城市很脏
我想着我们的爱情它不朽
它上面的灰尘一定会很厚
我明天早晨打算离开

即使你已经扒光了我的衣裳

　　你早晨起来会死在这床上

　　即使街上的人还很坚强

张楚讲述的这样的故事（这首歌从头至尾是念白），虽然在事实层面上不一定能与这一代建立起一一对应的关系，但它所勾勒的精神画像显然不可能仅仅局限于哪一个人的经历和感受。

即使通过张楚，我们也无法讲清这一代的心事；如果我们能够的话，这一代也就可以变得"有名"了。我们所能确定的是，这一代已经开始寻求独立地表达自己了，这种表达同样拒绝被归纳、被限定、被命名，它当然可能有自己的界限，但它不承认任何外在的强加的界限，也许我们可以用张楚歌中唱到的行为来象征这"无名"的一代的表达："在没有方向的风中开始跳舞。"

1994 年 11 月 5 日

（载《歧路荒草》，上海人民出版社，1996 年）

困难的写作

——述论 90 年代的诗人散文

一

 20 世纪 90 年代诗人散文的"出场",是在散文已经相当繁盛的情形下发生的。而散文的繁盛,也只是在如下的意义上才可以如此描述:随着 90 年代整个社会的转型和社会轴心的变化,文化的消费性日益强化和突出,"文化产品"进入公众视野——"文化市场"——转瞬即成为"文化消费品",被大量地、即时性地消费掉;散文的繁盛,整体上说,也正是被大量、即时消费和大量、即时生产的结果,而且我们从中可以观察到相当直接、简明的生产与消费之间的互动关系。在这样的"运作"过程中,我们还可以感觉到一种明显的变化:伴随着数量的膨胀和读、写的即时性,以往被有意识地避免和排斥的日常性不断出现和加强,而且愈演愈烈,发展至以此做招徕和标志的地步。日常性包裹了完整的"运作"程序:写作行为的日常性、写作内容和精神的日常性、阅读行为的日常性。这样的情境使以往不成为问题的问题成为了问题,仅从写作这一"运作"过程的一端来说,谁是今天的作家?已经不是一个很容易对付的提问,谁是今天的散文作家?就更让人头疼了。不过,站在当今变化的社会文化环境提供的立场上来看,此类的提问几近于庸人自扰,"作家"的传统含义可能已经被击碎,其内部可能已经四分五裂了。

正好和散文繁盛的情形相反，诗的冷落依然如故。从某种意义上说，这正是诗的幸运：它还没有被统摄进"文化市场"的"运作"过程中去。公众拒绝消费它，诗人拒绝他的作品被大量、即时地消费。诗本来不是日常性的东西，它今天也还不是，它的意义或者也正在于此。

　　那么90年代诗人散文的"出场"又该如何看待呢？它是犹抱琵琶半遮面的妥协吗？它是诗的自然延续或者是与诗对等的另一种言说方式吗？它在铺天盖地的散文中有多少独特的品性？它的独特品性能够凸现出来而不被同化、淹没掉吗？这对于散文、对于文学、对于时代和社会又有多大的意义和价值呢？

　　在我将要谈到的几位诗人中，大多读过布罗茨基论述茨维塔耶娃的《诗人与散文》一文，因而我想他们不会不注意到布罗茨基的这种说法："如果这里谈的不是茨维塔耶娃，那么，一个诗人的转向散文，就可以被视为一种文学上的 nostalgie de la boue（"对卑俗的眷念"），一种与（写作的）群体融为一体、最终'与众人相同'的愿望。但是，我们这里谈论的是一位从一开始就明白该往何处走，或者将被语言引领向何处的诗人。我们谈论的是'诗人从远方带来语言/诗人又被语言带向远方……'这两句诗的作者，这里谈的是《捕鼠者》的作者。散文绝不是茨维塔耶娃的避难所，不是一种解脱——心理上的或风格上的解脱——方式。对于她来说，散文是对孤立的环境即语言的可能性的明显拓展。"[①]我并非要把即将谈论的几位当代中国诗人和他们的散文作品与茨维塔耶娃及其散文相提并论，但布罗茨基在这里无疑为我们树立了一个参照的标尺。靠着这杆标尺，我们选择将要讨论的诗人的散文作品，而同时可以对另外一些诗人的散文作品不予以讨论。

---

　　① 布罗茨基：《诗人与散文》，刘文飞译，编入《复活的圣火》，1版，广州出版社，1996年11月。

二

陈东东谈到"诗人受到散文的诱惑",在随笔集《词的变奏》[①]的自序中,他似乎有些激动和极端地说道:"说具体点,散文对诗人的诱惑来自散文有待被诗人重新发明,以更为严格的写法去剔除散文文体中的散文渣滓。——诗人真的企图是把散文也处理成一件作品。"尽管陈东东认为,如果把诗人散文仅仅看做其诗歌的延展或弥补,"散文对诗人的诱惑就没有散文写作和诗学的意义",但可以看出他的出发点和落脚点仍然是诗而不是散文,所以他才会说,只有诗人才有能力赋予散文作品那些属于诗歌的特质,"只有诗人才会通过其散文写作重新发明散文,并把这种被重新发明的散文赋予诗歌。"显然,这样的思想是有感于散文本身的性质和实际现状而发的,然而这种思想似乎是转了一个圈子又回到了起点,从诗出发又回到了诗,那么这个封闭的圆圈对于散文又有什么意义呢?被诗人重造的散文如果就此变成了诗人的专利(因为只有诗人才能重造它,甚至只有诗人才能懂得它),那么这种散文被赋予的强烈的隔绝性究竟对于散文本身和散文的现状有什么益处呢?——我们是不是可以说,在陈东东的设想中,这其实是发明了另一种诗的写作和形式,而不是重新发明了散文。

这样的质疑对于陈东东来说或许是不够公正的,因为这多少有点像站在散文的立场上对诗或诗的想象进行质疑;如果撇开这个问题不谈,就我个人而言,我非常喜欢陈东东那些独具一格的随笔,这些随笔集成了一册《词语的变奏》。也许要公正地谈论陈东东的想法,只能在诗学的范畴内展开。而诗人散文,毕竟是散文。散文不是一种孤绝的文体,它似乎先

[①] 陈东东:《词的变奏》,"诗人随想文丛"之一种,1版,上海,东方出版中心,1997年6月。

天地就愿意向读者敞开,我们不能因为追求散文写作的精神高度就傲然地把它关闭和孤绝起来。在这里我们又一次遇上了布罗茨基,他骄傲却又不失温和地向我们说道:"在诗人转向散文、向这一先验地被视为是与读者交流的'正常'方式的转向中,总有某种减速、换挡的动机,试图阐释事物、阐释自我的动机。因为没有创作中的共谋就没有理解:这理解不是共谋又是什么?惠特曼说过:'只有凭借伟大的读者,才可能有伟大的诗歌。'在转向散文时,茨维塔耶娃几乎把散文中的每个词都拆卸成配件,以便向读者表明,词—思想—句子是由什么构成的;她尝试着(常常是违背自己的意志)让读者接近自己:让读者变得同样伟大。"①

三

如果不能把读者变得伟大——因为作者并不能肯定自身就是伟大的——那也应该把读者带进有意义的精神氛围中,把读者提升到力所能及的精神高度上。也就是说,我们在这里所注重的散文,既不是孤高地向读者封闭的散文,也不是趋向朝下、将就、讨好读者的散文,而是能够超出生活的日常性,具有提升力量的散文。超出生活的日常性,并非与日常的生活脱离,反倒恰恰是置身其中,从中产生出脱俗的勇气和写作的力量,最终又能出乎其外。

王家新的散文和他关于写作的一些思想,把许多问题和其中包含的意义推到了我们面前。像一切不回避严正问题的文学从业者一样,王家新也深深为时代与个人、时代与写作这个根本的难题所困扰。但王家新不是一个愤世者,他没有采取一种简单的犬儒式态度:"当别人从道德的角度把今天看做一个混乱、败落的时代时,我却宁愿从文学角度把它视为

---

① 《诗人与散文》。

一个蜕变、重构的时代,一个痛苦的但却富于激发性的时代。我想我已经听到了某种召唤。"(《夜莺在它自己的时代》)①写作要对时代发言,就必须自觉地置身于时代之中,却又必须不混同于时代。王家新由此而强调写作是做一种双向运动:把个人、写作与时代联系起来的同时,又从根本上区别开来。这样就形成了写作和时代之间的张力,而这种张力,在只认同双向运动的任何一端的写作那里,是不可能存在的。

保持这种张力毫无疑问地意味着巨大的困难。一方面,它拒绝了精神的蹈空,思想的轮子与其在高高的空中漂亮地空转,毋宁降落下来,与粗糙、坚硬的地面吃力地摩擦;另一方面,在对时代的关注中反及自身,即使今天文学面对世界似乎什么也不能做,它也应该有能做的:"在世俗的欢乐中继续它自身的痛苦,在时代的喧嚣中进入它自身的宁静——其软弱与力量、不屈与高贵,都在于此。"由此而诞生了一种"生活与写作的艺术":它"就体现在这种对自身的限制与敞开,对时代的投入与游离之中"。(《对隐秘的热情》)

说到底,在时代中坚持精神的想象力和可能性,追求文学写作的张力与高度,最终只能是个人的事情。在这个意义上,"个人写作"意味着从众人中抽身而出,与普遍性话语规范偏离、背驰,以个人的方式、个人的历险来承担人类的命运和文学自身的要求(《对隐秘的热情》)。这里突出出来的个人,并非抽象的个人,也并非限于个人的个人,而是个人的存在勇气和个人的承担意愿与能力。个人的存在勇气,也就是"独自去成为"的勇气;而对于个人的承担,王家新有着相当透彻的意识,他说道:"在我们的这种历史境遇中,承担本身即是自由。我们不可能再有别的自由。这是我们的命运,同时这也提示着中国现代诗多少年来最为缺乏的能力和品格。这种'承担'当然属一种难以简单界定的诗学行为,但我想它首先意味着的是把我们自己置于历史与时代生活的全部压力下来从事写作;同

---

① 《夜莺在它自己的时代》一文,收入作者同名的散文集中,该集为"诗人随想文丛"之一种,1 版,上海,东方出版中心,1997 年 6 月。本文所论、所引王家新散文,皆根据这本书。

样,这种承担也不限于某种道德姿态,它在今天还会要求我们从一个更为开阔的视野来反观我们自身的文化构成……正是通过这种承担,我们的写作才有可能积极介入到目前中国的话语实践中并成为其中富于变革、批判精神和诗性想象力的一部分。"(《阐释之外》)

正是通过承担,写作才获得了超出个人、见证时代的阔大意义。而且,写作的见证本身就构成了它自身的现实,"或者说见证到什么程度,时代便呈现出什么样子。我相信时代就是这样来期望于一个诗人的。"基于话语创造意识和写作与历史关系的重新确认,"一个时代不是从别处而是从自己的写作中开始。"(《重读奥登》)

个人承担的展开与实施依靠的是具体的劳作,王家新强调写作的"工作"和"劳动"性质,是因为他清楚个人自主选择的精神空间"并非乌托邦,它首先是地狱"。写作,就是"把终生的孤独化为劳动","深入黑暗、再深入,直到你能够在那里忍受无名"(《谁在我们中间》)。从那些文学先辈,特别是从卡夫卡身上,王家新产生出在黑暗中、在文学的核心地带、在文学的"秘密心脏"中工作的自觉意识,因为只有在文学的中心工作的人,才能对文学说话;同时,从"饥饿艺术家"的坚持中,他看到,"依然有人拒绝把文学降为一种改变命运或曰'改善生活'的手段。而把写作保持在一种难度里,也就是把文学保持在它自身的高度里,把人类运转不息的精神保持在一种不灭的光辉里。"(《饥饿艺术家》)

在《卡夫卡的工作》一文里,王家新由文学分类对卡夫卡的失效提出一种混合的写作,"是一种能够将自己置身于一个更大的文化语境中,不断地吸收、转化,将各种话语引向自身、转化为自身的写作;是一种将对人类各种知识的洞察与对文学自身的意识相互作用,最终在文本中达到一种奇妙的混合的写作。"这是一个非常富有挑战性的问题。对此,我曾经有过这样的思考:文学分类的失效是必然的,即使不遇到卡夫卡,这种必然性也会日益突出地显现出来。追溯写作的历史,回到写作发生的最初源头,一定是先有了表达的冲动和写作行为,之后才出现分类的,后来才又慢慢形成各个体裁类型的规范;而后来的写作与源头之初的写作,其最大的不同在于,它发生之前就面对着已成陈规的分类范式,它一经产生就会被划归到所属的类型规范里。但是,已有的分类并不能够涵盖文学写作的全部,比如,在两种类型的缝隙之间,是不是就不存在写作呢?如果我们承认文学写作的多种可能性的话,分类的局限就会显得更加突出。而且,即使是与最初的写作遥遥相隔的今天,表达的原初冲动仍然没有泯灭,并不是所有的人在用文字表达自己的时候,都像循规蹈矩的作家那样,首先考虑他所表达出来的是小说、是诗,还是散文。

四

文学分类的问题不仅仅在于对自由表达和写作的束缚,而且它还内含着世俗的等级观念;这种文学的等级观念,从杰出的大诗人布罗茨基到平庸的文学写作者,基本上都是接受的。我们不能说这种等级观念完全没有道理,况且当下的写作现状似乎更强化了这种积久的观念。然而,我们必须要问,这种等级观念给散文带来了什么?在我看来,散文正是这种观念的受害者。我曾经在一篇文章里说过:"我们平常想到散文时好像想到的不是文学,而是文学的次品,散文家好像也只是个勉强的文学家。我们的文学意识对待散文,彬彬有礼却又冷淡之至。……在这种意识下,散文好像是在做小说、诗、戏剧、批评、学问等等不想做的事,做它们不屑于做的事,它们剩下的边角料,有时就做成了散文。"现在散文热闹,气势可观,"但文章作者们的理直气壮是以低调打底的:散文又不是什么了不得的东西,怎么写不得!热闹归热闹,还是脱不了那意识,而且又增添了这个时代流行的习气。"我的想法是,要根本改变散文的现状,首先要改变这种观念和意识,散文要去做其他文类做不了的事情。①

从诗人于坚那里,我看到了基本一致的想法。他在随笔集《棕皮手记》②的后记中写道:"这本书记录的是我近十年间写作的片言只语。但不是什么写作之余的副产品。我以为作品就是作品,不存在主副之分。如果有意识地这么做,那么对一个作家来说,是非常糟糕的事。读者为什么要读一位作家的副产品呢?"

前面我们曾经提出过散文写作的一种理想状态:置身于日常生活之中却又能够超出生活的日常性。这个问题在于坚的写作中呈现为一种复杂的样态,但于坚是以一种简单、淳朴的方式去对付这种复杂性的。日常生活和事物,并不就是我们置身其中的生活和事物,相反,常常是我们置身其中的生活和事物遮蔽了本来应该自然敞开的日常生活和事物。举一个浅显的例子,比如说人与词——我们就挑"道路"这个词吧——的关系,本来"道路"指的就是通行之地,具体有形,有用途,可是当这个词走过一条逐渐脱离形而下的具体样态的道路,越来越是"道"却越来越不是"路"与我们相遇的时候,我们真的知道它吗?"一个词总是来自历史的形而上中,而我们永远只能在生活的现场,在形而下中与它遭遇。"通常的情形是,每个人都守着他自己的一份"道理",而对就在眼前脚下的"道路"视而不见,因而不能与真正的道路和这个词建立真正的关系,如同于坚记叙的那件真实发生过的事情一样(《三个词》)。于坚的立场就是站在生活现场的立场,用生活现场来反抗和戳穿诸如历史、文化所形成的所谓形而上的意义、价值等等,从而建立起个人的真正鲜活的意义与价值。

问题的复杂性在于,历史、文化经过漫长的道路所形成的意义、价值已经融入了日常生活和日常事物之中,成为日常生活和事物不可离析和分割的部分。如果说写作"是从既成的意义、隐喻系统的自觉地后退"

---

① 《对散文的偏见》,收入随笔集《歧路荒草》,1版,上海人民出版社,1996年3月。
② 于坚:《棕皮手记》,"诗人随笔文丛"之一种,1版,上海,东方出版中心,1997年6月。本文所论、所引于坚散文,皆根据这本书。

(《棕皮手记·从隐喻后退》),那么,能够后退到哪里呢?显然我们不可能退回到原初,不可能退回到自己创造词语、生成意义的时代。这也就意味着,这样一种焦虑不可能一劳永逸地解决,而只能是永远怀着这种焦虑,同时也永远怀着克服这种焦虑的冲动、希望和绝望。因为语言、意义系统总是先你而在的,对日常生活的遮蔽和破坏也必然是先你而在的,如果把写作作为一个去蔽和疗救的过程,这个过程就不能不是永远的,不能不是时刻警惕的。正是从这个意义上说,"写作是对词的伤害和治疗。你不可能消灭一个词,但是你可以治疗它、伤害它。伤害读者对它的知道。"在此之前,首先要"伤害"写作者自己对它的"知道"。至此也就可以明了,"写作之所以是一件困难的事,就是因为它必须从一个被想象力所歪曲的世界出发。"(《棕皮手记·1996》)

我们来看一下《回忆》这篇短文,也许有助于理解于坚所力图揭示的问题的严重性。他说,《追忆逝水年华》不如《寻找失去的时间》译得好,因为年华暗指追忆的是某种有意义的、闪光的生活,然而,"正是隐匿在年华后面的灰暗的无意义的生活组成了我们几乎一辈子的生活。"不明白这一点,就不明白普鲁斯特。"我发现,很少有人能像曹雪芹或普鲁斯特那样,保持着对日常的无意义生活的记忆能力。20世纪的中国人,离开历史的特殊时刻,或生活的不寻常事件,可能就无法回忆起自己的任何过去的日子。"这个世纪的文学写作也充分地依赖于这个世纪的集体的、时代的记忆。正是对生活意义的集体焦虑式寻求,排斥了个人生活——特别是被视为无意义的个人生活——进入记忆。这也就是说,失忆并不是后来才发生,而是伴随着个人生活的整个过程,发生在每一个当下的时刻。问题由记忆转为现在——这也就是为什么我们要寻找失去的现在。这里用得上维特根斯坦的洞察和感慨:要看见正在眼前的事物是多么难啊!而失去了个人生活的现在,失去了充满私人细节的记忆,我们就只能是"一群丧失了存在的、飘荡在时代荒原上的孤魂野鬼"。

当于坚说"我们没有理解无意义生活之意义的能力"的时候,他的意思并不是人应该彻底沉浸或淹没于无意义的琐碎、芜杂、晦暗之中,而是强调对现成的、先在的意义系统的反抗和拒绝,反抗和拒绝之后的个体退回到无意义的现场,依靠自身的参与和创造,生成和呈现出与自我紧密联系的意义来。也就是说,意义并不在个体的存在过程之外,而正是在存在过程的展开之中。篇幅较长的散文《戏剧作为动词,与艾滋有关》记录的正是生成和呈现"无意义生活之意义"的过程。《与艾滋有关》是北京独立的戏剧导演牟森的一个意念,于坚应邀参加演出,这给他提供了一个类似于退回到原初、从自我开始创造意义的机会和强烈体验。牟森的戏剧不是现成的,没有剧本,"戏剧"是个动词,是开始时只有一个方向("与艾滋有关")的滚动过程,不是演"戏剧",而是通过"演"呈现剧本,"将要滚动出来的,一切都不能事先预见,充满着可能性。"上台的人不是职业演员,所有的人都作为他自己、本人出现,他们之间的关系也就是他们之间能够建立的关系。实际演出的时候,他们自由交流,甚至都极少谈到艾滋。三场演出,每一场都不同。在这种充分现场化的活动中,导演、演员、剧场、台词被创造出来,剧本最后出现,成为戏剧的历史记录,而且没有定本。"它像古代的戏剧那样,首先是人的活动,然后才是文字的记录。"我们不难发现,这部戏剧其实是一部现代人的"创世记","在对'无意义'的呈现中,意义无所不在地呈现了。"

作为记录《与艾滋有关》演出过程的散文《戏剧作为动词,与艾滋有关》,它本身也是在对"无意义"的呈现中呈现出意义来,也就是说,它和它叙述的对象是同构的,甚至我们可以极端一点,认为它们是一体的:戏剧的过程也就是散文的过程,对于没有以其他方式(演出、观看等等)参与戏剧过程的散文读者而言,这篇散文的过程就是这个戏剧的唯一过程。套用作者本人的话说,散文在这里也是作为动词的。

尽管于坚在这个戏剧的演出过程中、在这篇散文的写作过程中,面对先在的意义系统的焦虑有所缓解或克服,从而体验到生成或创造新意义的生命愉悦,我们却很难把这种经验推广和普泛化,因为,无论这个戏剧的反传统性是如何彻底，它毕竟提供了一个假定的空间、一段特定的时间，毕竟还须依赖于戏剧的基本情境和构成，它还需要剧场、演员和演出。可是"无边"的现实生活却不能提供回到原初的假定，历史、文化已经产生出来的东西不管你如何对待它，它也已经产生了。写作，无论如何面对的不是一张白纸，好写最新最美的词句，而是面对与文化的历史一样悠久的羊皮卷，那上面不仅已经写得满满当当，而且已经重叠、复写了许多遍，过去的痕迹没有办法擦得干干净净，后写的文字也不可能把先写的文字完全覆盖住，先前写下的仍然能够或清晰或模糊地透显出来。说一句丧气然而却无比真实的话，就是：你如果不想在羊皮卷上写，那就没有别的地方可写了。

由此我们多少可以理解于坚那几乎无望的努力："但到今天，我的舌头仍然没有获救，我仍然尚未说出我想说出的那些。"(《关于我自己的一些事情》)

五

历史、文化及其所形成的意义系统，还有积淀着以往全部生活的今天的生活，除了于坚所感受到的一面，当然还有别的方面。处在不同的角度，就会目睹和体会到不同的东西。我们应该遵守一个基本原则：尊重复杂性。

翟永明少有像于坚那样强烈的历史负重感，因而她的表述一般也就相当平静，平静的表述中常常透出对于历史、文化的亲近的感怀，对于平常生活的质朴的慧心，如果我们还不能赞叹说是"铅华洗尽"，至少也可以看到作者已然趋向于此了。在散文集《纸上建筑》[①]卷首的《作者自白》中，

[①] 翟永明：《纸上建筑》，"诗人随想文丛"之一种，1版，上海，东方出版中心，1997年6月。本文所论、所引翟永明散文，皆根据这本书。

翟永明这样说道:"真正划时代的声音,并不一定在浪尖上。在寂静中磨洗内心的激情,磨洗写作的基本精神和本质,也才可能磨洗出光可鉴人的文章和诗歌。"

从这几句话里不仅可见作者的见地,也可见一种难能的写作心态和理想。不在浪尖上,用作者另外一处谈自己创作的话来解说,就是,"我写作,并不与时下的倾向有关,也不与当前迫切的哲学思潮有关,它们只是个人在词语和纸背中向外注视着一个变化的时代,实在无足轻重,不被人所体味与认同,其妙处只被自己和少数喜欢和理解'毫无意义'的事物的人所领略。"(《献给无限的少数人》)而自认所写的"无足轻重"和"毫无意义",有点类似于作者所欣赏的弗吉尼亚·沃尔夫,"她能够平静而客观地思考、探索、观察和创造,孜孜不倦地写出'像蜘蛛网一样轻的附着在人生上的生活'。"(《生活的诀窍》)

在迄今唯一的散文集《纸上建筑》里,翟永明真没有写什么举足轻重的东西,这不仅是指所写内容的性质,更主要是指写作者的自我意识。我们习惯于从生活中生发出高于生活和大于生活的东西,翟永明却并不,她的方向是相反的,她要沉入生活之中,而且她似乎总觉得自己对于生活的认识和发现是少于生活本身的。她意识到,写作的"困难在于将人类生活的内部感受和一刹那的生命在想象的空间里融为一体,并从中传达出生活那秘而不宣的部分";另一方面,她又能出于生活的可感、可怀、可思、可叹、可亲、可近之中,却并不被"生活掉"。也许正用得上茨维塔耶娃的诗句描述这种写作和生活之间的触及过程:"诗人从远方带来语言/诗人又被语言带向远方……"能够如此,一定不仅需要相应的精神资质,而且同时一定还需要"生活的诀窍"。翟永明发现的"生活的诀窍"就是:"把自己变成一个罐子,既可以占据黑暗中的一个角落,又可以接纳生活的一掬活水以映照内心的寂静和灵魂的本性。"(《生活的诀窍》)

也许我们可以觉察到,当翟永明说"把自己变成一个罐子"或"在寂静中磨洗内心的激情"的时候,我们并不能分得清她是在谈论写作还是谈论人生的修炼。这根本上是因为,她把写作就当成人生修炼的一种形式,而且可能是相当重要的、无法替代和取消的形式。在此种情形中,写作与个人生命之间非常自然地建立起一种亲密关系,对写作的个人化体认也就是非常自然地产生的。关于散文,翟永明说了这么一段颇堪玩味的话:"而散文的空间,是小说和诗歌连接的地点,是两者之间那一片空旷、寂静、永恒的空地,是时间和历史、想象和现实共同围合的幻想庭院。无意义而又绝对优雅,无目的而又接近真理,是带有自恋自弃风格的书写文法。"作者把自己的散文写作视为"纸上建筑",这段话和这个意象都指向一种幻美;不过要捕捉和达到这种状态,却需要相当艰难的过程,"因为,我所谈到的文章,与我所写的纸上建筑是一样的,它有着同样的规律和形式。我把它们视为一种圣杯式的东西,是需要人们付出代价、付出艰辛的寻找和渴求才能成比例的到手的东西。"(《作者自白》)

六

不论是王家新所说的把写作保持在一种难度里,还是于坚的把写作当做一件去蔽的工作,还是翟永明的对于圣杯式东西的艰辛寻找和渴求,这些思想和写作实践在他们显现的相当不同的散文观和散文写作风格的背后,却表达出一个共通的意识:写作——当然包括散文写作——是一件困难的事。在 90 年代散文写作日益"容易"因而也日益"繁荣"的文化景观中,诗人散文"出场"的意义,最简单、最质朴地说,就是他们和他们的作品仍然坚持和维护写作的困难,坚持和维护散文写作的困难。我们甚至可以看到这样一个逐渐清晰起来、逐渐被意识到的事实:散文写作愈发困难了,这也是因为日常景观中的散文写作愈发容易了。

我并非有意在诗人散文和非诗人的散文之间制造隔阂和夸大区别,我也并非要抹杀诗人之外的人散文写作的成就,也就是说,我并非要划一道简单明了的线；然而我也并不想背叛自己的感受，我所认为的90年代优秀的散文作品当然并非都出自诗人之手，但无疑都具有诗性的品格和光辉，比如说90年代最动人的散文作品——史铁生的《我与地坛》和张炜的《融入野地》，范围再扩大一点，有一个很好的选本——《王安忆选今人散文》①，除了其中的作品值得特别注意之外，我认为王安忆为这个选本作的长篇序言，也是90年代论述散文写作的最好的文章，尽管我并不百分之百地赞同其中所有的观点。你也许会同意，诗性的品格和光辉，本身就是一种困难。

1997年10月16日
（载《文学世界》1998年第2期）

---

① 《王安忆选今人散文》，1版，上海文艺出版社，1997。

带着偏见、麻木和心动

——《21世纪中国文学大系·2001年中国最佳散文》[①]序言

6月的一天,打开电脑,看到信箱里陈村传来的一篇文章。文章的前面,陈村写了这样几句话:"梅雨天的早上醒来,百无聊赖地走到沙发前又躺下了,撕开新到的一本杂志包装。翻过种种音乐的技术和历史,看到一篇文章。我起来把它一字字地输入电脑,校对了一遍。我把它推荐给你。"

陈村推荐的是《北方人的巴赫》,作者马慧元,我一点也不了解。要不是陈村,我大概就不会读这篇文章。同样受惠的不只我一个,陈村一定是用电子邮件把这篇文章传给了很多人。

我来编年度散文选,抱着和陈村抄、传文章差不多的心情,简单地说,就是把自己看到的好文章推荐给别人看,与更多的人分享和交流。

这里所说的散文,取一个对宽泛的概念,除了狭义的叙事抒情之作外,一般所说的随笔和杂感,并不刻意当做文章来写的手札、日记和书简,甚至是访谈和对话,都包括在内的。在意的是写得好,无论写成什么样式。

很遗憾没有看到很好的书简编进眼前的这本散文选,毫不讳言,书简是编选者偏爱的形式;可是编选者一点也不偏爱的对谈式的文章,竟然选了三篇,这是事先没有想到的。形式偏爱与否不论,更在意的还是谈出来的东西。这种对谈样式的东西,归不到通常所说的那些文类里面,谁都不

[①] 《21世纪中国文学大系·2001年中国最佳散文》,沈阳,春风文艺出版社,2002。

要,什么都不是,有些好东西就被人为地"淘汰"了。散文应该是一个最自由、最开放的概念,我想,就让这些好东西搜罗到这里面来吧。

说到好,问题就来了。什么是好？你说好就好吗？这很容易提出来的问题,却很不容易回答。

手里没有标尺,心中没有秤。但要说没有个大致的标准,显然也是不可能的。我也算是个职业阅读者吧,自然也免不了犯点儿职业病。职业病也不都一样,譬如有的人,"专业意识"和"专业标准"特别强,横挑鼻子竖挑眼,排斥性强,看得上的少。我呢,不觉得好文章就应该怎么写或者就是哪些人哪个圈子里的人才写得出,所以东看看西看看,眼贪,都成习惯了,也就生出了毛病:麻木。很多文章从头看到尾,没什么感觉,等于白看了。这叫眼贪心不动。这毛病是很难治的,看得越多越严重,又不能不看,谁叫你以阅读为业呢。幸亏并不总是心不动,还总有好文章能触碰着神经,麻木的中间也有心动的时候。我自己暗地里感谢这些令我心动的文章。要说我有什么编选标准,没法说得那么理性和规范,让我心动,不论是大处还是小处,总该是基本的吧。

选出的文章编排在一起,为了看上去有个眉目,大致分成了几个部分。只是要强调一下,分类是文章选出后才有的,并不是先抱着需要某类文章的观念去挑拣的。

黄裳的《琐记——和巴金在一起的日子》,钱文忠的《智慧与学术的相生相克》,史铁生的《孙姨和梅娘》,李辉、杜高的《关于〈杜高档案〉的问答》,写不同情境中人(不同类型的几个知识分子)的生活和命运,有谈亲切的日常生活琐事与述严酷无情的苦难经验之分,落笔、开口有轻淡、浓重之别,读者获得的感受自然也会迥异。对于历史的记忆、生命的形态及其叙述,本就该有多种视角、形式和内容。

张承志的《与草枯荣》、费振钟的《失踪的乡间手艺人》、杨延康的《陕西乡村天主教摄影手记》、刘亮程的《荒野上的路》、老威的《赌徒周忠陵》,这长长短短的篇章,呈现出来的是一个广阔的民间世界,它的人事,它的变迁，它的伤痛，它的挣扎和沉默，它的快乐、活泼和绵延的生命。

　　冯秋子、张黎、严锋、马慧元、王安忆、黄灿然、叶兆言和余斌诸位，谈舞蹈，谈文学，谈电影配音，谈音乐，谈词典，谈阅读生活，一篇接一篇读来，颇给人美不胜收的感觉。这一类的文章现在是越来越多了，我选这几篇的一个重要理由，也是这些文章和许多同类文章区别开来的一个重要因素，就是，这些作者并不只是把他们所谈的东西当做对象来谈的，其中有自我生命的深刻投入，交织着一己宝贵的经验、记忆、情感和思想。

　　我们讲散文，马上想到的就是叙事和抒情的功能，可是多少年来，大批散文——包括曾经产生过很大影响、流传很广的名篇——的叙事抒情是倒胃口的，叙事不踏实，抒情就滥情、就矫情，这种现象到现在仍然触目皆是。这在根子上不是一个写作的问题，不可能只限于写作的范围就得到解决；但我们却可能在写作中发现好的范例，我个人觉得这里选的史铁生的《记忆与印象》、周晓枫的《写给匹诺曹》、朱鸿的《一次没有表白的爱》、徐津的《丁香树笔记》、阎连科的《想念》，就是好的范例。

　　欧阳江河的《纸手铐：一部没有拍摄的影片和它的43个变奏》，展现出思想的想象力、思想击穿现实的尖锐和思想本身迷人的丰富性。

　　很多年以前，我还不知道天高地厚，写过两篇谈散文的短文，一篇叫《"说了四十多年的散文"》，一篇叫《对散文的偏见》，少年气盛地发泄对当时散文状况的不满。这么多年过去了，不知不觉间当年说话的劲头和激情丧失得所剩无几，现在已经不会那么痛快淋漓地指手画脚了。可是我那时候的偏见至今仍在，我就是带着我个人的偏见、我的麻木和我的心动，来编这册散文卷的。

2001年11月12日

界外消息

——《21世纪中国文学大系·2002年散文》①序言

去年差不多也是这个时候,编完2001年度散文选,重新检点出处,我发现,竟然没有从专门的散文刊物上选一篇文章。虽然事先也没有对这些杂志抱多大的期望,可一篇不选,还是有些出乎意料了。但我并不愿意把这个现象说明,以免引起无谓的争论,甚至连争论也说不上,只是一些闲话而已。所以我在序言里,只是说,选取的标准只要是好文章,不论什么形式,对话也好,日记也好,或者其他的什么也好,只要好,就可以选。形式的宽泛和多样,是散文的题中应有之义,本无须多说;但特意强调一下,是希望借此"撑破"狭隘的文学散文的规范,打碎愚顽的观念,拓宽视野。话说得明白点,就是对狭隘的文学散文的现状表示不满。但一本散文年选,能起到多大作用呢?这我是很清楚的,所以不取高调,话也说得含糊;而且坦言,什么是好文章呢?我没选的好文章也许多的是,我所选的与我个人的"偏见"紧密相关。

现在,2002年的选本也编好了,看看出处,除了贾平凹的一篇演讲是从他主编的《美文》上选的,还是没有从专门的散文杂志上选文章;而贾平凹的这一篇《对当今散文的一些看法》,又是对现状很强烈很痛切的批评。去年选本序言有意写得不够清楚明白,不料这一点点苦心却不怎么被理解,让我觉得很是多余;编辑特意嘱咐今年的序言要写得明确一点,那就明确一点吧,想一直含混下去,恐怕也是不可能的。而令我兴奋的是,一

---

① 《21世纪中国文学大系·2002年散文》,沈阳,春风文艺出版社,2003。

些尖锐的言辞,一种根本性的反省态度,已经出现在纸面上。贾平凹5月的一篇北大演讲以外,今年8月《南方周末》上还发表了李敬泽的一篇文学观察随笔,它的题目就毫不含糊:《"散文"的侏罗纪末期》。为什么从专门的散文杂志选不出文章呢?在这里我愿意借用李敬泽的观察和论说,因为如果是我自己来说,恐怕就不会像他那么勇敢和果断。他说,"正统的文学散文杂志更像是前工业时代的文化遗址。读了《散文》、《美文》、《散文选刊》、《散文海外版》,我觉得对此时的文学散文最恰当的批评方式是进行一次主题调查。"调查的结果,最多的是乡村童年回忆,"你要在散文家笔下看到今日乡村之真相,那是缘木求鱼,中国乡村已经成了文人们的案头清供,它被冻结在时间深处。"还有诸多的症候,这里也不多引述了,总之,这些症候"可以使我毫无困难地对那个'文学散文'作出判断:它不过是新旧文人的一处主题公园,它把广阔的生活排除在外,它甚至与写作者自身都无甚关联,在这里你看不到这个时代人的经验的复杂和丰富,看不到人的感性的深微变化,看不到人的境遇中随处即是的疑难"。

如果真是这样不堪,那这散文年选,还有什么好编的?

还真有好编的。不过不一定非得从散文杂志和散文界里去找。案头清供、人生道理,或者满纸"诗意"、处处"文化",你不需要,我不需要,但有人需要,它有它的"价值"和"意义",所以,我这没性格的人,就觉得,也不必对它动肝火。再说了,它就那样了,你动肝火有什么用?你叫它革命它就革命了?

如果你我有别的需要,这里找不到,我们就到别的地方去找。跨出某个界、某个域,你会真切地感到,有那么多与现实、境遇、历史、心灵紧密缠绕、息息相关的东西,扑面而来。

最初动议这套21世纪文学大系的时候,编委会和出版者本想让我去选小说,我自己提出选散文。我不是从否定散文而是从肯定散文的基本认识出发,想做一点尝试。从我自己的平常阅读经验中,我不断感受着一些文章带给我的冲击;同时我也发现,这些好文章通常并不被认为是散文,通常人们在谈论散文的好和坏的时候,并不把这些文章考虑在内。这是奇怪的事情。我想试试把这些好文章集结在一起,让有心的人看看,其实散文还可以是这样的,其实这些就是散文,其实我们有好的散文。

贾平凹呼吁散文界的变革,以为这个"相对保守的传统的领域","发动的革命在整个文学界是最弱也是最晚"。诚然如此。不过,如果你不是站在散文界之内看问题,如果你的视野更为开阔,你所获得的经验和看法也许就会大大不同。其实,在我看来,散文的变革早就发生了,只是大多不在通常所说的散文界内;我甚至想说,许多值得注意的变化甚至不是发生在通常所说的文学界之内。通常我们以为,文学界内分小说界、诗歌界、散文界、诸如此类;而散文又在散文界内。这样的划分和概念,一层一层,每下一层,领地就萎缩一块。这哪里是在谈论人的精神领域的自由写作活动,分明是在描述文学的行政管理结构。这样的结构,和农业、工业的行政管理,本质上并没有什么不同。在这样一个限制性的结构和框架内,散文能有什么作为,大致是可以想见的。但是,写作之为追求自由的精神活动,其重要的特征之一,就是不断地挑战和突破各种各样的限制和管理,冲撞和动摇大大小小的结构和框架。而近些年来,令人兴奋的变化在不断地发生着,积聚着,它不是革命,不是造反,这不仅是因为没有革命和造反的旗号,更为根本的,是它一开始就不以散文和散文界甚至不以文学和文学界自限,它不以此为起点和束缚,也就不必反对这个起点和束缚;它本来就在界外,至于界内的人看它是不是散文,甚至是不是文学,这本非它的关心所在。

说它在界外,并非是说它存在于轻飘飘的无限自由和失重的状态之中,恰恰相反,就是因为它没有待在被隔绝的界内,它才有可能与问题丛生的生活世界和纷杂难解的感情世界相遇相撞,才有可能与活跃的思想精神领域心气相通,才有可能与社会、时代、现实、历史发生着具体细微而又盘根错节的联系,也只有在这样的相遇相撞、心气相通和盘根错节的纠缠之中,个人——一个写作者,才有可能察觉和面对自我与写作,特别是察觉和面对在这样一个无从把握的时代里自我的疑惑和写作的困难。

这样的写作所产生的散文,大于通常所说的那个散文界的概念;如果我们还要坚持一个与置身其中的复杂境遇相隔离的"纯"文学观念的话,那我就要说一句违反常识的话:这个散文的概念,还大于那个文学的概念。

明确地说,我的想法就是这样:与其焦虑地寄希望于不知何时才会发生的界内革命,不如细心倾听已经传来,而且仍然在源源不断传来的界外消息。

我们生活在这样一个所谓全球化的时代,无论你愿意还是不愿意,一些东西在发挥着超乎寻常的深刻影响。不知从什么时候开始,《国家地理》——当然是美国的——出现在中国有文化懂时尚的部分人士的口耳之间,渐渐地频率就高起来。当然不只是中国,在我客居的韩国的一所大学,就在两天前,一个出类拔萃的女生跟我闲谈时还很认真地说,她的理想是成为《国家地理》的记者。为此她做着切实的准备,学习多种语言,义务为当地的一份杂志做摄影记者,以便提高自己的摄影能力。她给我看拍的照片,我说,你的照片太美了。我这话不是赞扬,而是批评。她也懂我的意思。我不以为她的理想有什么不对,也不觉得我们中国人就不能谈美国的《国家地理》,只是,你得有脑子,有判断,有心,有自己的感情,甚至,有愤怒。张承志《逼视的眼神》谈的是美国国家地理频道的一个电视片,题为"寻找阿富汗少女",这样一个由摄影师、记者和科学家共同参与的电视行动,与重7000公斤、长25米、用巨型C-130运输机运送、用降落伞减速投下的超级震荡炸弹在托拉博拉山地爆炸同时发生,可是这没关系,炸弹的烟尘和无辜者的尸体完全可以处理在画面之外,他们关心和追求的是趣味性和科学性,它们的轻松和客观正在征服全世界。

世界在这样那样,散文,或者文学,有能力筑一道隔离的墙把世界挡在外面吗?如果不可能,它又能有什么作为呢?差不多每天都可以从电视上看到巴以冲突的新闻,看多了,一些感受反而钝了,"日常生活"化了。这时候读到《午夜之门》,一个亲身踏上那片充满恐怖和死亡威胁的土地的人的叙述,会有一种把自身——阅读者——也置身现场的震撼。这完全不同于看电视新闻,看电视的时候你是在画面之外观看,可是这篇文章有那么一种力量,把你带入其中去经历——对,是置身其中经历,而不是待在旁边观看。读过这篇文章不久,又见到香港作家西西的一首诗——《车过巴勒斯坦难民营》,我愿意把它抄在这里,与《午夜之门》相印证——

  国际警察的天秤斜向大卫之星/你们忽然沦为寄生的贱民/被圈禁在耶路撒冷、安曼、开罗/贝鲁特、科威特等地的难民营/丧失一切自由、身份和人权

  远远看见挤逼的营地,本来是帐幕/如今是简陋的砖房,铁皮屋顶/冬季如冰窖,夏日像蒸笼/较好的楼房,你们不屑去/无国哪有家,所以奋力/争取属于自己的家园,而我们/称你们为恐怖分子,赶尽杀绝

  你们的声音我们听不见/你们的宗教不为我们谅解/你们的语言,需要翻译再翻译/仍不一定进入我们的世界

  上帝是以色列的上帝吧/把你们居住的土地应许给别的子民/流乳与蜜之地,其实贫瘠而荒芜/除了加利利湖、约旦河谷/只是旷野、死海和沙漠

  你们没有爱因斯坦、鲁宾斯坦/弗洛伊德和夏加尔,没有一人/选入舒特拉的名单/你们没有可以哀抚的哭墙

  车子沿着难民营驶过,你们/多容易辨认,约旦人/披红白格子的头巾,你们披黑白/守丧的颜色,守丧的年月/一个民族的复国竟是另一个民族的消亡

世界,它不是在我们的生活之外,不是在远方,不是在别处,它就是我

们周遭的现实,就是包围着我们的境遇。《逼视的眼神》和《午夜之门》不是在谈论与我们无关的世界热门话题,即便如翟永明《轻伤的人,重伤的城市》,叙说第二次世界大战中受伤的城市柏林,也不是重复与我们今天的现实无关的历史。这样的现实会让我们备感无力和沮丧,也许我们有办法视而不见,充耳不闻,有办法使它看起来与己无关,可同时我们也明白,那不过是自欺欺人。

写作并不具备比别的方式更优越和特别的能力来把握和概括这个现实,但透过与现实相关联的写作,确实应该呈现进入现实情境的隐约线索,哪怕这样的线索只通向整体现实的某一个很小的部分。譬如说,有这么三篇与流行音乐有关的小文章,如果放在一起看的话,你会感受到什么样的社会变化?1988年前后,崔健音乐的力量正在蔓延,在江淮之间的小城中学,男生穿着拖鞋、端着瓷碗往食堂走的路上,唱《一无所有》,女生则把《从头再来》的歌词抄下来当诗读(魏微《一九八八年的背景音乐》);到2002年5月,上海,弥漫着暧昧色欲的淫雨中,F4终于来了,台北的四个"阳光男孩",更准确的叫法是"花美男",挑逗起无数青春的尖叫,无数倾慕、无数热泪(毛尖《雨轻轻地在城市上空落着》)。你能够想象这个时候崔健在干什么吗?他在搞"真唱运动"和《真唱运动宣言》——这个歌坛把80年代的文化英雄逼到了什么份儿上。

说起从上个世纪80年代到今天中国社会的转型和沧桑巨变,我们已经有许多的理论叙述和堪称激烈的思想论争,前几年王晓明等关于"成功人士的神话"的讨论还记忆犹新,在这样的情形下,读读《民营企业家自述》——一个下海炒房炒地起家的成功者口述的个人奋斗史,不由得就会产生出更加真切同时也比读理论叙述更加复杂难言的感受。如果我们还能够把眼光移开一些,从众所瞩目、侃侃而谈的成功者,转向坐在垃圾当中安然吃饭的丑陋的老妇人(《垃圾房里的老妇人》),转向在吸毒的痛苦中辗转沉浮的"边缘人"(《吸毒者日记》),我们又会产生出怎样的感受。这里不需要廉价的同情之类,你我都知道,这样的现象其实比比皆是,没有什么新鲜;可它毕竟出现在文字里了,在现实之外的另一个层次上又一次刺目地提醒着我们某种现实,它之所以刺目,是因为我们不知道该怎样面对这样的现实。写《垃圾房里的老妇人》的张硕果还是个年轻的学生,有一种难得的思想上的坦诚和勇气。他说:"我失去了妥当地处理这位老妇人的办法。""我怕我会恨上她。因为她既妨碍了我的幸福,又妨碍了我的不幸。由于她的存在,只顾自己幸福地度日不再能心安理得,也是由于她的存在,使我的不幸变得牵强附会,和她相比,我有什么不幸,我有什么资格诅咒和抱怨,我和宾馆里制造垃圾、往垃圾桶里扔避孕套的绅士、淑女原来是一伙。我不愿她的存在。这是个很危险的愿望,要是在一年前,我会认为她不应该存在,再进一步的话,就是消灭她的存在!那时候我信奉尼采,当然只是我所理解的尼采。现在自然是不会这样想了,但现在我该采取什么样的态度,现在该怎么办呢?"

是啊,现在该怎么办呢？有太多的时候,我们应该发出这样的疑问。发出这样的疑问,叙述感情上和思想上的困难,就意味着,现实,不仅仅是在我们身外和周围的,我们进入现实,同时也就意味着让现实进入我们的内心,进入我们的感情过程和思想过程。否则,现实还是那个现实,我们还是那个我们,彼此分明,不可能在这之间建立起真正有意义的联系。

什么是真正有意义的联系呢？当今时代,分明提供了诸多发生联系的简捷、轻松、愉快的方式,你敢断言这样的联系就不是真正有意义的联系吗？譬如说,地理,这个词因为越来越多的"旅行"或者更加普遍的"旅游"而变得生活化和时尚化了,也就是说,如果高兴,我们就可以用旅行或旅游来和一个地方发生联系。以前说"在路上",会想到垮掉的一代之类的叛逆式精神和生活,可今天,差不多每一个现代人不是已经"在路上"就是准备着"上路"了。联系,不就这样发生了吗？而且,如果还有雅兴,当然可以用文字或者图像来叙说和证明这种联系。事实上,此类的文章和图书也正显示出方兴未艾的势头。

根据专家的研究,旅行或旅游的兴起是一个现代性事件。现代性?又是现代性。这么一说就复杂了。我们不必在这里纠缠,却需要意识到这正成为我们的生活和文化现实的一个部分。处在这样的现实意识中来读周晓枫的《锯木场》、苏童的《南方是什么》、张承志的《匈奴的谶歌》、王朝阳的《无法拒绝的传说》,你会感受到另外一种一个人和一个地方的联系。这些文字不是旅行或旅游的副产品,我清楚,把它们和这样的副产品比较本身就是不公正的;但我之所以用这样不公正的方式来谈论,也许是期望,这另外一种文字,说不定就能够提示我们产生并非多余的警觉和反省,意识到某些简捷、轻松、愉快的现代性方式及其所产生的相关文字、图像、闲话、传言,扭曲和伤害着与之发生联系的地方,扭曲和伤害着这些地方的地理、历史和人文。这另外的文字,提示着另外一种联系,就如张承志咀嚼那匈奴的谶歌,"失我祁连山,使我六畜不藩息/失我胭脂山,使我妇女无颜色":这悲亢的古歌,总结沧桑,结论绝境,岂止叙述过去的地理和历史,岂止与一个已经消亡的民族有关?

今年夏天,北京大学山鹰社登山队的五名队员攀登雪峰遇难,引起多方关注众说纷纭。事外人的议论多属无谓。有两篇简洁、稚拙的文字,《穷母现身》和《慕士塔格遗事》,出自两个学生队员之手,是早在这个事件发生之前的文章,前一篇是去年写的,后一篇更早,1996 年。这是一些"和雪山紧密相连的故事",也是一些和年轻的心灵紧密相连的故事。

我看到报上关于散文研讨会一类的报道又在重弹真情实感之类的老调。我不是怀疑真情实感本身有什么不对,而是想问,为什么我们总是强调散文要有真情实感,而散文又总是缺乏真情实感呢?为什么我们的散文总是想打动读者,而读者大多不买账呢?谁的真情实感?什么样的真情实感?发生在什么情形中的真情实感?真情实感能够从具体的历史、现实中抽象出来,想要就要吗?离开具体的历史、现实,从哪里产生欢乐、痛苦和种种复杂的感受?但你要说他们不关心现实,那又错了,他们分明还在不断地讨论散文如何表现现实之类的问题,甚至现实到讨论"散文创作如何与市场经济接轨"——如果不是大报上的白纸黑字,我一定以为这是谁的编造。

《巴金:一些说不出的随想》,作者在写和编者在用的时候,都不会把它当做散文,它出现在报纸的文化版上,本意就是一篇"特约记者"的稿子,可是它却能唤起读者不平静的感情。它的笔调尽量客观、克制,它只是叙述了一个事实:在上海华东医院的病床上,九十八岁的巴金已经躺了三年多,他要为别人活着而不是为自己活着,他病痛中的生存令人心疼,他曾说,长寿对我是一种惩罚。这个事实与什么样的现实相关联?我们挂在嘴上的散文表现现实的现实包含这样的现实吗?

《感天动地夫妻情》是陈思和记贾植芳和任敏的文章,这一对老人的非凡情感,是和他们一生的苦难命运相伴而生、难解难分的,不仅过去和他们的坎坷历史相连,而且今天和他们的现实困境相连;不仅和他们与苦难不屈抗争的人格力量相连,而且和他们在困境中艰难生存的种种具体而微的行为相连。如果文章没有揭示出这些内容,如果文章没有对这些的深刻洞察和感同身受的理解,根本就无从呈现和想象那样的夫妻情深。

我非常疑惑,当我们不断重复一些非常正确的说法,就譬如,散文需要真情实感,散文要表现现实,等等,会不会是这一遍又一遍无数张嘴的重复,使得本来具有真实意义和具体所指的想法,变得越来越模糊、越来越空洞、越来越无聊,甚至,越来越像一句假话?

2002年10月26日

(载《天涯》2003年第1期)

可以一篇一篇读下去

——《新世纪编年文选·2003年散文》[①]序言

编这样一本年度散文选需要多长时间？

我的回答是，需要一年的时间。这跟我的编法有关系。我不是到了年底来集中阅读、挑选，而是平时，看到一篇好文章，就把它存起来。我大概可以说是一个喜欢杂览的人，杂览的过程，多是平庸乏味的，但你也会有意外的惊喜、有心动的时刻。能够带来这样感受的文章，就应该挑出来了。也正是因为有了不断的惊喜和心动，那个漫长的平庸乏味的过程不仅变得可以忍受，而且，似乎正是这平庸乏味蕴涵了、孕育了对惊喜和心动的期待。

对于编选以年度为限的散文选来说，这个混合了乏味、心动和期待的过程，就是一年的过程。

并不是说这一年就干这一件事不干别的事，不如说，这一件事是在不需要用特别的时间和精力中完成的。即使不编这本年度选，我还是会照习惯地杂览，这已经是我日常生活的一部分，我还是会经历惊喜和心动，会在心里把带来这样感受的文章存起来；编这本散文选，是给惊喜和心动一个物质的存在形式而已。

所以，对于一开始的那个问题，另一种回答是，不怎么需要时间。最多，需要为那个物质存在形式——一本有形的书——付出些时间和精力。这包括，重读那些挑出来的文章，对照，比较，有的就淘汰了——这也说

[①] 《新世纪编年文选·2003年散文卷》，济南，山东画报出版社，2004。

明,有时候那种即时的惊喜和心动是靠不住的,需要一点时间来冷却和淘洗,虽然这时间最长不过一年;还包括,去读那些日常的阅读所不及的报纸杂志,希望有发现、有补充。

这样的做法使我自己愉快。这样我就不会觉得自己是在做一件额外的事,也不觉得自己是在草率应付。它是用一年的有心完成的,却也似乎是在无意中完成的。有心无意,我想,这是好的。

记得一天夜里读叶兆言的《郴江幸自绕郴江》,写他父辈的作家高晓声和汪曾祺,真是见性情、见风采。当时很冲动,很想第二天的当代文学课上就讲这篇文章,同时用这篇文章讲高晓声和汪曾祺。可是,怎么讲呢?除非把这篇文章读一遍,一复述就要损失不少。犹豫多时,最后作罢。现在编进书里,也算抵偿了一个小遗憾。

写人的好作品,这几年不少。2003 年流传甚广的杨绛的《我们仨》,就是其中一例,但因为已经风行,也就不需要选在这里了;章诒和写的人物往事,为这一年读书界特别关注,本来打算选一篇,最终还是决定不选。选在这里的几篇,虽然未必能够积聚那么多的热眼光,但我以为都是特别值得一读的,也就构成了这个选本的第一辑。

第二辑的四篇文章关涉历史。可是这里说历史,一不是"讲古",非但并不久远,而且与我们今天的生活恐怕仍然紧密相连;二不是"讲章",而是从具体入微的切实叙述中透露出活生生的信息。一位老学者在"思想改造"中的自传式检讨(钱基博《自我之检讨》),一个人和一本书的"小缘分"(辛丰年《沧桑之后又相逢》),一篇"不像"序的序(章培恒《自请写序》),一幢老房子和与老房子有关的人的命运(程怡《老房子》),所叙内容或有轻有重,叙述者则都是"我",亲历亲证——这也是把这几篇不同风格的文章编在同一辑的一个原因。其中《老房子》一篇,最初刊登在国外的杂志上,后来在网上发表,这里就是从网上选来的。

一个平时不怎么激动的朋友,知道我编散文选,就激动地对我说,你一定要选李零的《学校不是养鸡场》！其实我早在心里对自己说过了，我一定要选那篇《读网有感——学校不是养鸡场》。我还对自己说，我一定要选什么什么和什么什么。现在好了，已经选在这里了：几篇关于现实问题的杂感，涉及大学体制改革、乡村教育、电影、社会风尚、语言的新变，编为第三辑。

第四辑的文章，张炜记叙一座当代书院的建造，张承志说明关于内蒙古草原的十张画，筱敏回忆旧时乡间的木偶戏，杨一报告尚存于偏僻之地的道情皮影，严锋兴致盎然地谈似乎具有无限趣味的天文。在我读来，受触发深。

第五辑的文章展现的是广袤的民间生活世界，在这个世界里，有已经消失了的猎手，有在孤老院里苟度残生的台湾老兵，更有担当平凡艰辛日子的普通百姓。芳菲的《草根经济》写普通百姓的日子，好在前半细致实在，如一些数字、生活细节；后半又写出了那种深厚坚忍的生活态度和精神——态度和精神这样的东西，要像这样才踏实、才可靠。同样内容的文章，容易前面写虚了，后面流于空泛的感慨批判之类。《妇女闲聊录》本是林白的长篇小说《万物花开》的附录，是《万物花开》的"素材"，林白说得好，"闲聊录和《万物花开》的关系，大概相当于泥土和植物的关系吧。"我想进一步补充的是，闲聊录不仅仅是泥土，它本身也是根深叶茂、摇曳多姿的植物。

第六辑的文章主题或深或浅与自我探索和个人生活的主题有关，纠缠着各自不同的现实处境和精神处境。我曾经表示过对散文界创作现状的不满，以为好的文章，大多在散文界外，至今我也不想改变这个看法；不过，同时我也保持着对少数几位散文作家的敬意，有文章选在这一辑里的刘亮程、周晓枫、冯秋子就是，当然也还有其他人。

有心的读者看得出，这六辑的分类编排，其实多少是有些勉强的，只是为了使这个选本看上去有个眉目，也为方便读者。读者对这种做法当然可以不领情，就是一点儿也不领情，我也不觉得委屈。

我希望有心的读者更多地去注意选在这里的文章本身,去注意这些作者写出了什么,也注意他们是怎么写出的。譬如巴金的《怀念振铎》,1989年春动笔,又在1998年12月到1999年1月续写,用笔、用声音工作到力所能及的最后一刻,但最终还是没有完稿。这样一个写作过程和写出的文字一样具有打动人心的力量。写了一千五百多万字的巴金,他的最后一段文字是这样的:"今天又想起了振铎,是在病房里,我已经住了四年多医院了。病上加病,对什么事都毫无兴趣,只想闭上眼睛,进入长梦。到这时候才知道自己是个无能的弱者,几十年的光阴没有能好好地利用,到了结账的时候,要撒手也办不到。悔恨就像一锅油在火上煮沸,我的心就又给放在锅里煎熬。我对自己说:'这该是我的最后的机会了。'我感觉到记忆摆脱了我的控制,像骑着骏马向前奔逃,不久就将留给我一片模糊。"最后一句记忆奔逃的话,是一位老人在衰病中挣扎着思想和写作却又愈发无力的真切感受。2003年的散文选有这样的篇章,就加上了特别的重量。

一个朋友看过选目和稿子后,说,这本散文选,可以一篇一篇读下去。
这是多么实在的话。我个人觉得,对选在这里的文章和这个选本,没有比这句话更好的褒奖了。

2003年12月26日

辑外
批评的批评

我特别看重的是其中的"欣然"二字,因为你的这些文章确实读得出在写作时的欢乐与兴奋。在平时的言谈中,常常会听到你在很兴奋时所发出的与众不同而又确实很到位的意见。与此恰成对照的是你的沉默,与前者相比,这也许是你更经常出现的状态。

我揣测正是因为这种沉默,你才保持了心智的清醒与感觉的敏锐。你的那些为数不少的批评文章,也许依赖于为期更长的沉默。

审美批评的原创性：
生存根基的畅现与心智的交流
——关于张新颖的文学批评实践及其理想的通信

刘志荣

新颖：

你好！一直想写一篇关于你的文学批评的概论性文章，没有想到一下笔，才发现是一件很难办的事情。平时读书养成不求甚解的恶习，再好的文章读过之后也搁置在一边，懒得再去仔细搜求，即使触动很深的文章也不例外。而你从1987年就已经开始文学批评写作，屈指算来，也已十多年时间，这中间一定有些曲折变化，若不详加考察，难免有笼统浮泛之讥。好在你的重要文章都已收集出书，集外的文章我手头也都有打印件，为了写这篇文章，就又翻出来重读一遍。我觉得大体上可以把握住你的批评思路的发展过程，而且由此又引发出许多需要跟你交流的关于文学批评的想法。为求方便随意，所以采取通信的方式，不周之处，尚望指正。

平时聊天，你常常谈到人们对于批评和创作关系的误解：一方面在某些保持陈旧观念的人们眼中，始终以为批评应该指导写作，让文学批评承担它无法承担的职责；而在搞创作的人眼中，又常常有另外一些误解，以为批评是创作的附庸，再好的批评也不过是"二度写作"，最近的极端说法甚至把批评家称为"食人腐肉者"。这两种观念都无法对批评持一种平常心的看法，这在这个方生未死的浮躁年代，其实不足为奇。你说批评既不高于创作,但却也不是创作的附庸或者奴婢,这其实也是这个"无名"时代一般的严肃批评家的普遍观点——你的过人之处是对批评的原创性的要求,认为批评家与作家一样,同样是基于自己的生存体验面对时代发言,只不过批评家恰好选择了批评这一写作方式。自然,文学批评总要有其对象,但在你的这种"平常心"的批评观中,批评家与作家并不是一般误解的那样的"出主入奴"的依附关系,而是——套用巴赫金的术语——一种"对话"关系,基于各自的生活经验与生存体验,批评家与创作家发言,这种发言有"相合"的地方,构成对话关系中难得的共识,但更重要的是那些不相合的地方——双方由于自己的视界的限制,难免有局限的地方,反过来说,也就是各有"见对方不见"之处,那么在这种基于不相合基础上的"对话"、"争论"、"辩驳",也就提供了真正的思想更生的契机。我注意到你最近的《中国现代意识的发生与原有文化资源的考掘和重造》,其中谈到章太炎现代意识产生时"依自不依他"的特点,说了这样一段话:"如果我们不能否认在中国的章太炎也处在世界之内,我们就不能否认在此问题章太炎的见识与尼采的见识具有同样的现代意识意义上的探讨价值,同时我们可以在两个人之间建立起两个主体之间的对话关系。……一个熟读尼采甚至奉行尼采哲学的人,在尼采面前可能是一个不能以主体身份站立起来、开口说话的人;同样,一个能够跟尼采思想进行对话的人,也并不必须是一个深受尼采影响的人。"[①]你的这篇文章是学术文章,不属于狭隘意义上的批评文字,所讨论的也是两个思想家的关系,移用到这儿可能不太合适,但我从中注意到的是其中折射出的你对"对话关系"中参与者"依自不依他"的主体性的理解,而一般的误解总是企图取消批评的主体性,但在这最基本的一点被取消了之后,对话过程中的真正思想产生的契机也就同时被取消。那些称批评家为"食人腐肉者"之徒,也就是一方面企图取消批评家的主体性,在作了这番手脚之后,反过来给批评家加上

[①] 张新颖:《中国现代意识的发生与原有文化资源的考掘和重造》,载《东方文化》,2003。

这种"恶谥",不可谓不霸道——不过现在这种霸道态度正流行,反而是你那种清醒的对话态度常常被忽视甚至遗忘,但这些是非得失都可以不去管它,千古文章从来存真不存伪,时间的大浪淘沙终究会使"沉者自沉,浮者自浮"。

其实"对话关系"也还只是批评家最基本的态度,就你对批评的原创性的要求以及你那些充满了丰盈的"感性"与敏锐的"直觉"的文章来说,用"对话关系"这样的外来词汇形容总觉得还是有些隔膜。因为你的这些文章,不仅仅是理性的分析与思辨——当然在这些方面你也做得很好,但更重要的是你把自己的生命体验也投入到了这些文章之中去了。这样批评主体与批评对象之间的关系,就不仅仅是"对话关系"中的共存互补,而是把自己的那些甚至还没有化为语言的感觉、情感、体验也投入了进去,这在一般的批评腔浓厚的文章中常常被排除。这样,超越于一般对话关系之上,你与批评对象更发生了一种"共振"关系——我们知道,在物理学上,共振常常产生远远高于施与者所发出的力量,极端情况下甚至会使发生共振的事物倒塌崩溃——我觉得你的那些看起来非常感性的文章所发出的就是这样的力度。用中国传统的词语形容就是"冥合心会"、"欣然有得"。我特别看重的是其中的"欣然"二字,因为你的这些文章确实读得出在写作时的欢乐与兴奋。在平时的言谈中,常常会听到你在很兴奋时所发出的与众不同而又确实很到位的意见。与此恰成对照的是你的沉默,与前者相比,这也许是你更经常出现的状态。——我常常怀疑,你对热闹的大庭广众以及文坛各种喧哗的争论避之唯恐不及,也许更重要的原因是对之心存不屑——我揣测正是因为这种沉默,你才保持了心智的清醒与感觉的敏锐。你的那些为数不少的批评文章,也许依赖于为期更长的沉默。在某种意义上,这确实是两个相辅相成的事情。我们处身的是一个匮乏的时代,也是一个混乱的时代。匮乏是由于真正的思想的缺乏;混乱则是由于在这个真正的思想缺乏的时代,无数的伪思想打着思想的旗号而得以大行其道。我注意到你最近的一篇

《伪士当去,迷信可存》的文章所昭示的精神立场。在这篇文章中,你引用伊藤虎丸对鲁迅的"伪士当去,迷信可存"的解说,他认为:"鲁迅所说的'伪士',(1)其议论基于科学、进化论等新的思想,是正确的;(2)但其精神态度却如'万喙同鸣',不是出于自己真实的内心,惟顺大势而发声;(3)同时,是如'掩诸色以晦暗',企图扼杀他人的自我、个性的'无信仰的知识人'。也就是,'伪士'之所以'伪',是其所言正确(且新颖),但其正确性其实依据于多数或外来权威而非自己或民族的内心",重要的是你对其中引申出的精神立场的共鸣:"'本根'的确立和个人的主体性建设,必须立基于个人自身的历史和现实境遇,必须从个人最深切处出发,仅仅靠引进的西方近代观念,靠流行的种种新式说辞,是完全不足恃的。"①在这种精神立场上,"从个人最深切处出发"所引申出的含义就是要求在评论写作时,批评对象必须经过主体内心的磨砺,以至把主体自身中最深切处的东西也引发出来。你之所以与这种解说发生共鸣,从长远来看,也是由来有素,这种精神立场与你自己的那些感觉、情感、体验也完全投入了进去的批评文章其实内里是相通的。对你来说,批评也许就是这样的不依靠"引进的西方近代观念"与"流行的种种新式说辞",而是"立基于个人自身的历史和现实境遇"、"从个人最深切处出发"进行的"'本根'的确立和个人的主体性建设"?

可是,要在现在这个时代确立"本根",彰显"白心"与"神思",真是谈何容易!如你所言:"即以我的同龄人而论,出生于20世纪60年代,走过80年代,进入90年代的世纪末,本来身上带着各自不同的印记,可是经过知识、文明、商业、城市、国际等等统一化的大洗礼之后,大家都成了差不多的'新人'……有的连'芯子'也彻底更新了。我们像扔掉什么令人羞愧的东西似的扔掉初始的一切特征,我们在发了疯似的加速前进的时代列车上追逐正确的思想和生活,一任抛下的'白心'在滚滚的车轮下碾碎,看

---

① 张新颖:《伪士当去,迷信可存》,载《作家》,1998(6)。

不到丝毫的血迹,感不到些微的伤痛。"①你这段话用了"我们"这个词做主语,在认同之中显得特别沉痛,虽然其实比起大多数人来说,你已经保持了更多的"白心",否则你那些最好的批评文字如何解释?不过我也明白你这些话并非矫情,从你的文字来看,你在写作中恢复"白心"也经历了一个过程。1992年至1993年对你来说可能是个重要的年头,在此之前,你一直注视着当代文学中带有先锋精神的一支,这些文章当然很有新意,可是到了这两年,你才写出了那些与批评对象交融一体的饱含着自己的生命体验的评论文章,有的确实是把自己最深刻的体验都投注了进去。这样的文章,像《平常心与非常心——史铁生论》、《大地守夜人——张炜论》、《不绝长流——再说张炜言及张承志》、《乱语讲史 俗眼看世——刘震云〈故乡相处流传〉的无意义世界》、《坚硬的河岸流动的水——〈纪实和虚构〉与王安忆写作的理想》等等。在这些文章中,我个人比较偏好《平常心与非常心》、《大地守夜人》两篇,从这两篇文章来看,你的最先引人注目的特点是审美直觉的敏锐与完整。以《平常心与非常心》而论,在这篇文章中,你对《我与地坛》、《我的遥远的清平湾》、《礼拜天》的审美分析已经叫人击节叹赏,而况你又是用"美文"的形式来写这篇文章的。在此基础上,你既注意到史铁生身上"不执不固,不躁不厉,阅尽万象,汇于一心"的"调整自我与命运的关系,力求达到一种平衡",却更注目于另一种超越于"平常心"的"非常心"——"它以最真实的人生境遇和最深入的内心痛苦为基础,将一己的生命放在天地宇宙之间而不觉其小,反而因背景的恢弘和深邃更显生命之大","此时的史铁生,不再从平常心发出韵味悠长、宁静致远的浅斟低唱,而代之以心灵的激情与精神的伟力,呈现出来的不再是一个漫步者的形象,不再是静观的柔顺与和谐,而是昂扬若狂的生命的舞蹈"。② 这样来描述史铁生小说所传达的境界当然很准确,不过我觉得

---

① 张新颖:《伪士当去,迷信可存》。
② 张新颖:《平常心与非常心——史铁生论》,《栖居与游牧之地》,86、92页,上海,学林出版社,1994。

你分明是带着一种一直困扰自己的问题来阅读与评论的,所谓"平常心"的消解痛苦的智慧,与"非常心"的昂扬若狂的生命之舞,其实针对着的都是你一开始就提出的问题,即"欲舞而形单影只,会是怎样一种情形?"这样的提问所代表的"个体存在的孤立无助",并不仅仅是空泛的"困扰现代人的基本问题",而更有可能是你自己真切面对的问题,所以才能有这样的深切交融的审美体验。

更值得注意的是你在这样的文章所显示出的审美批评所能够达到的境界。曾经有人说:"近百年来,无论是文学创作者还是文学评论者和文学史家,都迫不及待地要把文学行为和文学成果转化为文化资源,以促进中国文学的现代化",①这话不免有以偏概全之嫌,不过也还是指出了一个直到现在也还非常严重的倾向,绝不是要否定这种功利化倾向的现实意义,但还是应该指出这种倾向对某些更基本的东西的遮蔽。审美批评绝对不是小道,而是直接与我们生活的感性方面与生存的根基息息相关的,不妨说它是一种在心智的交流的基础上对我们的生存根基的畅现——而这种生存根基常常是被种种时髦的理论话语所遮蔽的,即使在文学创作中表现出来,也常常会不幸成为各种时髦话语施暴的实验室。在这种情况下,以"白心"为基础的审美批评的去蔽作用就显示出其重要性来,而况审美批评的作用并不局限于去蔽,它更引发出批评者自身最深切的体验,从而在交流中达到一种新质的创造。移用你对"平常心"与"非常心"的分说,也许能够更加恰切地形容这种审美批评的境界,一种是平常心状态下的"物我合一"的自适状态,在这种状态下,主体去掉了自己的骄矜浮躁之气,"实现对客体的趋赴与让度",在一种神秘的契合中,"万物静观皆自得",而在这种融合达到一定的状态后,主体自身的创造性也被激发出来,于是在一种"非常心"的状态下,狂歌曼舞,实现一种精神的高扬与升华,以至可以达到与天地间生生不息的生命之流达成一种汇合。对于审美批

---

① 摩罗等:《重建文学史形态:必要与可能》,载《文艺争鸣》,1996(4)。

评来说,这无疑是一种很高的境界,在我看来也是你的批评的理想,而你一直为达到这种境界而努力,譬如你对史铁生的《礼拜日》的叙说:

> 《礼拜日》的分量由我看来并不在于表达诸如渴求人与人之间彻底沟通而达到存在的彻底自由的理念,其分量在于宏大的时空架构,在于在这种时空架构中表现关于生命的一切。迁徙的鹿群,北极圈附近的冰河,狼与鹿不动声色的心智较量与肉体的殊死搏斗;一个男人为了寻找的长途跋涉,荒漠,魔笛,书,灿烂的星空和一种达观的领悟:自由是写在不自由之中的一颗心,彻底的理解是写在不可能彻底理解之上的一种智慧;少女,老头,花开花落,悠悠万古时光。在这样宏大的时空架构中,生命不是缩在一个小角落里庸庸碌碌、自生自灭的过程,生命无所不在,他能够以精神的超越性达到精骛八极、心游万仞的境界。并不是任何单独的存在方式都能够以如此宏大的时空为背景,也并不是任何单独的存在方式都能够将心气与激情充盈于如此宏大的时空,以时空之大显个体生命之大,以宇宙之辉煌显人生之辉煌,这实在是一般人难以企及的非常心之投射。"天上人间,男人和女人神游六合,似洪荒之婴孩绝无羞耻之念,说尽疯话傻话呆话蠢话;恰幽冥之灵魂,不识物界之规矩,为所欲为。"①

这确实像陈思和老师所说的"很难再区分哪些是理性的分析,哪些是主体的自我体验","这类精彩的文章本身就是一种创作、一种诗。只有当评论主体读作品如同读生活,完全沉浸在对生活的感受里,才能达到这种主客体亲密无间的抒情。"②回头再看你对批评的原创性的追求,可以说,正是由于对生活的深切感受才促使你强调批评家与作家是处在共同的语境中面对世界发言,在写作的开始,他们是站在同一起跑线上的。而你的

---

① 张新颖:《平常心与非常心——史铁生论》,《栖居与游牧之地》,94页。
② 陈思和:《〈栖居与游牧之地〉序》,《栖居与游牧之地》,7页。

批评实践证明这不但不是悬的过高,而且证明批评可以达到与最好的创作一样高的境界。

但这种高境界的批评写作必然要求对批评对象的严格选择,并不是每一部作品都能让人"冥合心会""欣然有得"的,也并不是每一部作品都能够有这种提升人的精神的力量的。我在上面说 1992 年至 1993 年对你是个重要的年头,因为在此之前,你一直以"先锋批评家"的面目出现(此点后面还要论及),而在这两年,你的批评与另外一些更大气的作家作品相遇,才进一步成全了你的那种主客观交融一体的审美批评的品格。我注意到你说在写《大地守夜人》时有一种"复活的快乐",这可能是只有《九月寓言》这样优秀的作品才能够给人以这样的欢乐。所谓"复活的快乐",在我的理解中正是对你所说的"白心"的彰显时的欢乐。对此来说《九月寓言》无疑是一种召唤,一种返回本根的召唤。"'本根'的确立和个人的主体性建设,必须立基于个人自身的历史和现实境遇,必须从个人最深切处出发"。①《九月寓言》所表现的那种从苦难与贫穷中升华出来的诗意,那种大地之上流动着的生生不息的生命力,那种天地化生的大境界,却恰恰是从最实在、最平凡、最朴素的生活中升华出来的。这些不但都被你所注意到了,而且对你来说也是最亲切与最熟悉的,只是问题在于为什么最亲切、最熟悉的也是最容易被遗忘的?在这篇文章的结尾:"大地的隐秘和本质、人类生存的永恒根基通过张炜的叙述被感受,这是既让人欣慰又让人悲哀的事。欣慰的是我们还能感受,还没有完全麻木不仁,我们有幸还能成为张炜作品的受惠者;悲哀的是我在心里一直有这样的疑问,我不知道如果我们不通过张炜,我们会不会产生像张炜那样的感受和敏悟,哪怕只是产生那样一种冲动?我们自己有能力、有勇气直接融入大地,获得第一性的感受、思想和精神吗?"②这是很尖锐的不容自己回避的追问。不过我注意到在这追问中,交融着痛苦与

---

① 张新颖:《伪士当去,迷信可存》。
② 张新颖:《大地守夜人——张炜论》,《栖居与游牧之地》,109~110 页。

欢乐。在审美批评的过程中，批评家阐发作品，作品反过来也刺激、改造批评家，对于《九月寓言》这样的大作品来说，后者的作用当然是最主要的。但这对批评家来说，与其说应当感到惭愧，毋宁说应该感到喜悦。我很欣赏你在真正的大作品面前的谦卑，正是在骄矜之气完全被排除后，那种来自"本根"的召唤才会被明晰地接受到，才会有那种回家的欢乐、升华的欢乐，自然这也离不开你自己的生存体验做基础。不过你提出的这个问题其实也是大多数人所面临的问题，在我们这个忙于追逐进步的时代，人们越来越忘记了自己的生存的根基，越来越忽视"大地"的召唤，反而在无根基的生存之中迷途忘返。正是在这种情况之下，审美批评在心智交流的基础上对我们生存根基的畅现的意义才更加引人注目地表现出来。一方面，我们在虚静的状态中畅现了自己的"白心"；另一方面，我们的"白心"通过作品的引导与我们生存的根基大地交流，正如你所说的：

> 正是和大地重新建立起根本性的联系，才能使自身不能"完整"的人间"完整"起来。而意识到人是大地的生物或器官，是大地之子，才能进而破除人类自我中心主义的迷障，放宽视界，看到大地的满堂子孙，再进而反省人类在整个宇宙结构中的恰当位置，反省人类对待自我之外的生命和事物的态度和方式。大地养育万物，而人类只是其中之一，丝毫也不意味着人类的渺小和微不足道，恰恰相反，对大地的亲情和尊重正引导出对自我生命的亲情和尊重，同时也特别强调出对大地之上其他生命的亲情和尊重。① 生生不息肯定不是孤立的个体的特征，它归从于一个比我更大更长的流程。让生生不息之流从自我身上通过，即意味着自我的消融和归从，我不再彰显，因为我是在自己家里，我与最深的根基恢复了最亲密的联系。我不再彰

---

① 张新颖：《大地守夜人——张炜论》，《栖居与游牧之地》，105页。

显但我心安气定,我消融了但我更大更长。原来自我也像本质一样,也不应该是一个坚硬不化的核,个性和卓尔不群只能突出一个孤单的、势单力薄的局限之我,要获得大我、成就大我就不能硬要坚持个性之我,让生生不息通过我充实我,我才活了。①

这样的段落很难说是诗还是哲学,总之它们具有原创性写作的一切特点,而没有人们所一般认定的属于"二度写作"的文学批评的隔膜与浮泛。

回过头来看你1992年以前的批评,关注的一方面主要是当时所说的先锋作家,另一方面是西方现代主义和中国香港与台湾的文学。后者的作用也许主要在于学术训练的意义上,而前者颇能说明你的文学批评的另一个特点,即对文学新质的重视。你说的"我一直是在一种狭隘的意义上关注当代创作的:当代创作应该为文学提供新的质素和可能性。在这个意义上,并非所有在当代写作的作家都可称为当代作家,也并非所有的当代作品都是当代文学。这种观念既是文学史的观念,也是反文学史的观念"。其实就反映了这一点。不过同是强调文学新质,你的解读还是与别的批评家的不太一样,而显示出对解读的新意的强调,譬如你分析博尔赫斯与中国先锋小说家的关系时,从博氏赋予幻想世界的本体价值入手来分析他与马原、孙甘露、余华、格非诸人的关系,关注的中心不仅是博氏对他们的影响的程度,更在于"中国先锋小说通过对博尔赫斯的接受给文学带来了何种新的意义",指出博氏的"虚拟和幻想的新空间"对务实的中国文化与中国文学的不可小视的意义;又如你指出马原与中国传统的观感传达方式的历史感通,这到现在也还是不失新意的见解,而且它们也显示出你对文学史的宏观驾驭能力,能够在广阔的时空中考察某一作家的新质。另一些文章,如对残雪的"对恐惧价值的消解"的发现,对吕新的

---

① 张新颖:《不绝长流——再说张炜言及张承志》,《栖居与游牧之地》,114页。

"弥漫性文本"的概括,则直接显示出你的感觉力的敏锐。不过读你这些属于先锋批评范围的文章,总觉得还是有些隔,不够过瘾。这一点你后来在文章中也有所谈及,即"先锋文学"作为一种反叛性的文学,本身就是"为争取自由而不自由的文学",它们在逻辑起点上设定了一个反叛的对象,于是不得不受这种"自我意识中的对象性"的制约,它们是尖锐的,但"不具有包容性和大气"。① 批评对象自身的局限也必然对你对批评写作产生限制,而且为分析"文学新质"你就必须保持理性的清醒,这也不容易产生像你后来的文章那样的生命体验完全投入、主客观交融的效果,所以在颇具新意的同时会显得不够从容、大气。

这也许有些吹毛求疵,不过还是能够看出1992年之后你的写作进入了一个更加自由的境界。这不但表现在那些洋洋洒洒的长篇大论中,尤其表现在你的那些短小的批评文章中。这些文章抓住作家作品的一个主要的特征,着重于它们所能给文学以及生存的启示,要言不烦,入木三分,在批评的艺术上可以说已近化境。文章俱在,毋庸征引,我注意的倒是你把这些特点也引入到现代文学研究中来。在这门已经趋于规范化的学科中,像你这样既充满感性又很有概括力的文章读来颇有清风拂面之感。如你为《陈独秀印象》写的序言,掂出他的"酒旗风暖少年狂"与"孤桑好勇独撑风"两句诗,陈氏一生的狂气豪情都宛然纸上;又如你从《胡风回忆录》中拈出他与萧军、萧红深夜赛跑一件事,胡风严肃的战斗精神之外不太为人所注意的"赤子情怀"也就有了很形象的表现。除了这些短文之外,在正规的学术论文中,你的这些特点也很明显。由于对当代文学与当代现实的关注,你的这些论文当然坚持了价值中立的学术规范,但在客观的分疏中,字里行间却贯注了你的当代情怀,像你对章太炎现代意识产生时"依自不依他"的特点的概括,对王国维早熟的现代意识与在现实生存上难以承担这种意识的重压以至不断变动的过程的分疏,对鲁迅身上"伪

---

① 张新颖:《不绝长流——再说张炜言及张承志》,《栖居与游牧之地》,112页。

士当去,迷信可存"的精神的仔细解说辨析,对西南联大现代主义诗人群接受现代主义与抗战时代的关系的发现,都可以说是自觉不自觉地带着你的现实感受的影子。不过,一则你的这些论文所从属的大题目"中国现代文学中的现代主义"尚未完成,二则这已溢出当代文学批评的范围,此处就不多谈了。

　　拉拉杂杂已经写了不少,但要总结你的文学批评,还有两个问题是不容回避的:一是你对精神领域自主性的强调以及由此引起的对沉默与拒绝的意义的重视;另一是你对威胁我们的生存与"表达"的陈词滥调的警惕,以及由此所形成的文学批评的个人文体。这两个问题其实是一个问题,都基于你对真正的原创性的精神生产的重视:一方面要在"知识分子"越来越多而真正的"思想"越来越少的情况下强调思想的困难;另一方面在写作变得越来越容易的今天强调"困难的写作"的重要性。提出前一问题的主要有《精神领域自主性所受到的围困》、《伪士当去,迷信可存》。你受《自由交流》的启发不少,这本书的两个对话者指出了当代世界的一个倾向:"人们以时尚模式对待精神生活,将时装逻辑带进文艺生活,或者更糟,将政治逻辑带进文艺生活;保守集团一致行动,旨在制造某种思想氛围……"并且"他们想按照自己的尺寸,重新确定知识分子的面貌和作用。这些人只保留了知识分子的外部表象,既无批判意识也无专业才能和道德信念,却在现时的一切问题上表态,因此几乎总是与现存秩序合拍"。不但"知识界本身的独立性、自主性受到新闻界的压力","而新闻业本身也受制于其他各种权力";"知识分子本身越来越失去历史感和社会冲突感,却是一个更严重的问题"。你的强烈的现实感让你发现"域外现实所透露出的信息,在20世纪90年代的中国的现实文化环境中有那么多可以印证之处","几乎是不可忍受的"。《伪士当去,迷信可存》这篇文章写得相当峻急,代表了你的性格与思想的另一方面。你一直把这个问题追溯到鲁迅的《破恶声论》,其中鲁迅把那些把持新的思想做武器、精神态度却如"万喙同鸣","不是出于自己的内心惟顺大势而发声"的"无信仰的知识人"斥为"伪士"。时间过得很快。现在的"无信仰"的"伪士"却越来越多,每天滔滔不绝地告诉我们许多"正确而新潮"的思想,这种思想却没有与他们自己的心灵发生摩擦。但这种失去基本的现实感与真诚性的思想,不仅在现实中成为"几乎无所不在的压力,甚至成为""包藏了恶意的""批判的武器"。你对这种"伪士"的态度颇为峻急,你问道:"我们在空洞的词语、抽象的概念里兜圈子,这样的知识游戏真的很有意思吗?我们就是靠诸如此类普通民众掌握不了的持续的知识游戏来维系所谓的知识分子优越感的吗?实话说吧,我不相信那些丧失了现实感,没有个人切肤之痛的当代理论和当代讨论。"①我不知道有没有人、有多少人注意到你的这种拒斥的态度。一般说,拒绝总是被忽略的,人们注意的中心总是各种各样的表演,而不管这种表演是否具有意义,何况表演总归是不伤筋动骨的、无比轻松的,而你的拒绝最后导致的却是承担,而且绝非轻松的承担,而是要求真正的、全身心投入的承担。我尤其注意的是你从其中透露出的对现实,尤其是对我们周围日渐浮薄的文化现状的愤懑与反抗。对你来说,这种反抗同样是由来有素的,从你在《中国当代文化反抗的流变》中对那种"一无承担的文化反抗"的批评开始,你就自觉地走上了这一条路。在那篇文章中你写道:"文化反抗实质上正是靠所承担的文化重量来支持的,拒绝重量,等于拒绝了自我创生的根源。"②而形形色色的新的理论话语以及所谓的讨论,往往就是以拒绝承担为特色的,但在拒绝承担我们现实上与文化上的种种重担之后,他们还怎么可能真诚呢?而又怎么可能不对真正有所承担的人们不放出明枪暗箭呢?我觉得,对这种精神态度如"万喙同鸣","不是出于自己的内心惟顺大势而发声"的"无信仰的知识人",亦即所谓"伪士"的再发现,可能会成为你对当代文化批判的一个重要的贡献。

与此相辅相成的是你对"写作的困难"与个体自己的声音的强调。

---

① 张新颖:《伪士当去,迷信可存》。
② 张新颖:《中国当代文化反抗的流变》,《栖居与游牧之地》,19页。

你在最近一篇对诗人散文的讨论的文章中说:"在 90 年代散文写作日益'容易'因而也日益'繁荣'的文化景观中,诗人散文'出场'的意义,最简单、最质朴地说,就是他们和他们的作品仍然坚持和维护写作的困难,坚持和维护散文写作的困难。我们甚至可以看到这样一个逐渐清晰起来、逐渐被意识到的事实:散文写作愈发困难了,这也是因为日常景观中的散文写作愈发容易了。"①对写作的困难的强调,既是对思想与感受的困难——如何不落入庸常思维的泥坑的艺术的强调,也是对我们的表达如何不落入陈词滥调的保卫,以致被其异化的强调。其实这也是你必然要走到的地步。你一直对环绕我们周围的陈词滥调以及由此引申出的自我表达的困难保持一种警惕,有时甚至陷入一种无奈的状态。你说:"语词的'模糊'与'肿胀'已几近面目全非的地步,对它的恐惧在今天变得愈发突出了。生活也许变得日益轻松、容易、有意思,存在却更加困难、空洞、意义暧昧。我们可以做越来越多的事情,我们却越来越不能表达自己。"②这种对越来越模糊、肿胀的语言的警惕与无奈在你那儿形成了真正的焦虑,"我们"被语言所局限、所捆绑,在左冲右突中企图找出一条出路,在陷入最深的焦虑时甚至准备弃绝:"如果语言是我们自己的语言,那么语言就是我们存在的家园。可是语言先我们而在而且不可能为我们拥有,我们不得已和它发生关系就会被它反锁住,语言是我们黑暗又肮脏的牢笼。我们没有新工具,造不起来新房子。我们的存在既没有庇护又积满了历史和现实的尘垢,被莫名地捆绑。我们左冲右突、头破血流却仍然发不出声音。"③回首 20 世纪初,"五四"的英雄们不满"文言"的模糊、肿胀、暧昧、俗套而企图创造一种近乎透明的语体文,可是假使他们当初就想到语体文在不到一百年的时间内也堕落成一种模糊、肿胀、暧昧、俗套的语言,不知他们是否还会有当初的那种豪情?这也是一切

---

① 张新颖:《困难的写作——述论 90 年代的诗人散文》,载《文学世界》,1998(2)。
② 张新颖:《黑暗中的声音》,《歧路荒草》,4 页,上海人民出版社,1996。
③ 张新颖:《黑暗中的声音》,《歧路荒草》,8 页。

严肃的写作,尤其是创造性的写作必然要遭遇的宿命。要么激活一种病入膏肓的语言,要么沉默,在此二者之间别无选择。你的努力方向是在一种拒绝交流的极端个人化的独语与能够与读者交流的语言之间取得一种平衡。对你来说,批评写作与随笔写作相辅相成、在二者的交流之中形成一种容易交流的个人化的文体。在你最新的一本随笔集的最后部分,收录的全部是个人心灵的独白,这证明你有创造一种独白文体的能力。不过,在批评写作时,你必须面对外在的现实,这样你必须采用一种容易沟通的文体。你的随笔写作的理想也许可以说明你的批评文体的某一方面:"随笔应该是有关痛痒的,但是疼痛却并不一定通过叫喊的形式表达。""随笔应该是一种个人精神的显现,但是显现个人精神的方式却不一定非得直接述说个人情境不可","随笔应该追求某种精神高度,他的所作所为,都表明它还没有达到这种高度,但它的所作所为都保持着为了达到这种高度而必需的精神紧张性。"[①]你的独具一格的批评文体在这种背景之下才将全部的意义显露出来。在批评中,通过与批评对象的相会,你的个人精神也慢慢地、持续地显现出来。为此,你拒绝旧有的与引进的理论术语,拒绝它们所提供或者暗示的现成思路,因为它们都会遮蔽"本心"。在排除了各种各样的话语的遮蔽之后,你用一种坦率、朴素的文体来写作,在它的引导之下,进入作品与自己心灵相会的内核,在这种情况之下,被日常生活所遮蔽的"白心"与"神思"渐渐地彰显出来……这是一种美文的文体,也是一种个人化的文体,同时也是一种容易交流的朴素的文体——也许还有必要提一句:所谓美文,其本来意思就是坦率、自然、个人化而又朴素、亲切,不知什么时候竟然也用到那些报刊上矫揉造作的文章上去了,真是一种语言的堕落。

不过比起以上所说的你的表达出来的东西之外,也许对你自己来说你的沉默反而是更为意味深长的。这种沉默表达的是一个人与一个时

[①] 张新颖:《随笔写作的理想》,《迷失者的行踪》,228~229页,上海,复旦大学出版社,1998。

代的关系,表达的是个人如何坚守自己的位置。在《论沈从文:从1949年起》中,你谈到沈从文所采取的个人在时代中的位置:"百年来的中国社会历史,几乎就可以说是时代挟裹一切的历史。从伟人豪杰到凡夫俗子,几乎都有一种唯恐被时代抛弃的无意识恐惧,大家自觉地追赶时代,自觉地投入时代的洪流中去,尽管心里都清楚没有几个人能够呼风唤雨,引领时代,可是至少也要做到与时俱进,随波逐流。有普遍的不自觉恐惧和普遍的自觉追求的民众思想意识做基础,时代对人的影响、改造就容易进行,而且进行得完全彻底,势不可挡。"而"沈从文恰恰找到了一个角落的位置,而且并不是在这个角落里苟延残喘,却是安身立命。这个角落与时代的关系,多少就像黄浦江上小船里捞虾子的人和外白渡桥上喧闹的五一劳动节游行队伍之间的关系。处于时代的洪流之外的人也并非绝无仅有,可是其中多数是逃避了时代洪流,自己也无所作为的。沈从文却是要在滔滔的洪流之外做实事的人。"[①]与读你过去的文章一样,我寻找的是批评对象与你自己的契合点。在这个意义上,你写沈从文也就是写你自己,因为你确实认同于你所描述的他对时代的态度。我们所处的也是一个喧嚣的时代,这个时代比起以前也许少了一些看得见的强迫,却多了不少看不见的强迫与看得见的引诱。在这个时代,找到自己的位置,立稳脚跟,踏踏实实地做点实实在在地的事情,同样不是一件容易的事情。不过我与其他师友们都相信,你是已经找到了自己在时代中的位置,而且确实可以坚持下去的人。这个位置默默无闻,却可以实实在在为文化建设做点事情——文学批评与文化批评当然是其中很重要的一件。我现在明白,你所说的沉默与拒绝并不是一件消极的事情,而是一种自觉的承担,这种承担可以说是对现在越来越被遗忘的一种精神(因为伪士们的喧哗)的承担,你的原话是这样:"如果我们没有大智慧、大勇气,如果我们无法获得地气、天启和神示,那么就让我们沉默。

---

① 张新颖:《论沈从文:从1949年起》,载《上海文学》,1998(2)。

我们不加入现实的合唱。我们不在现实中存在但我们并非不存在,现实不是唯一的根据和尺度,甚至现实根本就不是根据和尺度。我们不要做现实中的话语主体。我们在沉默中孤绝。"①看不到这段话里的真诚,看不到其中所暗含的坚守与承担,就会对你发生误解。

唠叨良久,希勿生厌。并祝

撰安!

刘志荣

1998 年 11 月 15 日

(载《南方文坛》1999 年第 1 期)

---

① 张新颖:《黑暗中的声音》,见《歧路荒草》,9~10 页。

表达的焦虑

——漫谈张新颖的文学批评

周立民

一

有时,我非常痛恨张新颖,他的文字总是不能顺顺畅畅的,他要么曲曲折折、欲言又止,再不就东拉西扯有滋有味地说些细枝末节,最不能忍受的是,我刚刚品出点儿味道或者感觉切近要害了,他却突然"写于某年某月"结束了,就这么结束了?连一点高谈阔论都不会?但这样的文字对人诱惑更大,让人反而读得分外仔细,尽管过后也不甚了了,可我得承认比之于那些流畅通达却过目便忘的文字,张新颖的文章总有一些东西给我留下难以忘却的深刻印象。可能人的欣赏口味也是由绚烂而归之于平淡,想当年我是多么崇拜那些优美、流畅甚至华丽的批评文字啊!那位以"刘西渭"的笔名写批评的李健吾先生,他的文字曾让我如醉如痴,但现在仔细想一想,在李先生一会儿左拉一会儿福楼拜气势磅礴一泻千里的文字背后,我常常弄不清楚他到底在说什么和说出了什么。"流畅"已经让我产生了太多的不信任感,至少让我对张新颖的痛恨减少了几分。

其实,张新颖早已为"不流畅"准备了很多理由。比如面对人们对胡风和路翎的语言欧化、含混不清、没有语言自觉的指责,张新颖却认为:

"并不是'欧化'使胡风和路翎丧失了文体的自觉和语言的主体性,而是他们以与中国现实的紧张的'肉搏'和'奋力地突击',去艰难获取中国主体的诚实语言。""如果一定要用扭曲这样的词汇,那么这种语言的诚实正在于这种扭曲上,对历史、现实和自身经验的诚实使得未经虚饰和掩藏的扭曲发生了。"①张新颖更看重的是那种"未经虚饰和掩藏"的"对历史、现实和自身经验的诚实"。这也正是他在《伪士当去,迷信可存》中反复阐说的鲁迅的"白心"。问题也正是出在这上面,"白心"是可以表达的吗？或者说我们能够贴切地、准确地表达出来吗？不要忘了正是张新颖自己在十年前曾写下《存在的难题:我们如何表达自己》这篇文章,在这篇充满了疑问的文章中,张新颖坦诚地说:"我们可以做越来越多的事情,我们却越来越不能表达自己"。"我们几乎丧失了任何正面表达自我精神实质的能力。"②可以说,张新颖一直处在如何能够诚实地表达自我和身处的这个时代的困顿中,并且这种表达的焦虑在张新颖的文学批评历程中一直伴随着他。在他的笔下,这种表达的焦虑被表达得十分充分。比如在谈到张炜和张承志的时候,他说:"我感到自己说不出充分足够的理由,我还感到自己没有足够强大的力量来支持我说出所感受到的全部的理由。我只能勉力为之。"③在谈到刘震云的时候,张新颖又在说:"刘震云的长篇小说《故乡相处流传》又一次让我感觉到批评的多余。面对优秀的作品,批评能够说出些什么？它能够提供与作品的优秀程度相比肩的思想吗？"④说不出,干吗还要连篇累牍地去说,这都不是"废话"吗？但张新颖这种"废话"或者闲言碎语又特别多,我不认为这是客套、谦虚之辞,我觉得这除了真实地描述了他思考的轨迹外,更重要还是道出了表达的焦虑。这种焦虑至少可以分为两个层次,一是语言的有限与内心感觉的无限之间的矛

---

① 《现代困境中的语言经验》,载《上海文学》,2002(8)。
② 《存在的难题:我们如何表达自己》,《栖居与游牧之地》,28页,上海,学林出版社,1994年12月版。
③ 《不绝长流——再说张炜言及张承志》,《栖居与游牧之地》,111页。
④ 《乱语讲史 俗眼看世》,《栖居与游牧之地》,125页。

盾,是内部矛盾;一是既存的语言、自我与文化背景或是外部现实的矛盾。后者张新颖在对张承志的评论中已说得比较明白了:"我一直感觉到,张承志在自我表达上存在障碍,这种障碍的出现实质上与对当代社会的深刻感受有关。张承志不止一次地强调,这个时代是一个真诚需要掩饰的时代,人无法直接表达真诚,原因不仅在于他人或社会是否能够接受真诚,更在于自我本身没有勇气和能力既把真诚表达出来,又能保护它不受伤害。"①

那么,内部矛盾是不是更好解决呢?依我看,如果批评家意识不到这个问题的存在,连解决的必要都没有,你尽管顺畅地去一泻千里好了。但如果意识到了,而且真诚地去面对这些问题时,则无法找到圆通的解决方式。那些说不出的内心感觉,并非批评家的笨拙,而是内心感觉的质感、未完成性,所有这些用语言、概念去规范从本质上讲都是徒劳的。还是胡风和路翎,张新颖在对他们的研究中,一定是找到了许多感同身受的共鸣,所以他才会有以下的看法:"未完成的、一直处于紧张过程中的主体思想,在要求语言来表达、捕捉语言来表达的时候,必然发生摩擦、冲突、搏斗,这不仅见于路翎小说的叙述过程,也见于胡风理论的叙述过程。"接下来是他转述聂绀弩的一大段话:胡风不是文字的奴隶,他的文字是他自己创造出来的,只属于他,或者是只属于他的理论和他的诗。别的什么学问都跟他的诗和文章无缘。胡风的文字所以让人感到艰涩、不顺,甚至难以理解,因为他是一个探索者,而且探索的是险境,是谁都没有去过也不敢去的地方。②探险?在哪里探险?好了,我们开始接近一个问题,那就是张新颖的文学批评的一个重要特点,他不是那种以知识和名词来言说的批评家,他是将生命参与到批评的对象中,与批评对象沟通、与个人的生命经验沟通的批评家,他的不流畅不是知识症结在文字中,他是在朴素地

---

① 《不绝长流——再说张炜言及张承志》,《栖居与游牧之地》,116 页。
② 以上均引自张新颖:《20 世纪上半期中国文学的现代意识》,192~193 页,北京,三联书店,2001 年 12 月。

表达内心的过程中感觉到表达的焦虑,而这种焦虑恰恰缘于他将自己的内心放进了作品中,在作品中"探索、历险、挣扎、痛苦、欢乐"。

在一些人的眼中,批评家只是一个没有个性的简单的文本阐释者,是一个依附在作家身上的可怜角色。从批评家与作家与文本不可分割的联系来看,这种看法并非完全不可取,但事物的背面却往往不被人所了解,那就是在真正批评家的内心中有着一种隐秘的欢乐,是他穿着别人的衣服在表演着自己舞蹈的快乐,在批评文字的缝隙里,跳动着批评家的才智、情感和体验的火焰。他们不仅在阅读文本,实际上也参与了创作,让作品出现了另外一种版本和另外一种形式。在今天,批评成为学问,学科规范如天罗地网般严密的时候,批评的生命力恰恰在于它需要显现批评家的灵魂和智慧,需要他的生命参与意识。张新颖曾直言他不喜欢那些看不出作家魂灵的书,那么批评文字呢?他也很明确地认为:"对当下文化的关切不可能是一种纯粹的对象化的认识活动,身处其中的情境使言说者的叙述行为不可避免地带有自我省思的性质。"①这种"自我省思"是"我"深入到批评对象所处的境遇中,并返观自身的一种行为。也正因为如此,在比较现代文学与古典文学不同的时候,张新颖强调现代文学的未完成性,那么,剩下的缺口和延长的部分由谁来填补?自然是研究者自身的感受和经验。读张新颖的批评文字处处能看到他的自身经验与作品文本有限的描述之间的会合、融通。比如面对张炜的作品,张新颖常常有掩饰不住阅读的喜悦,他一次次从文本中穿行出来,在自己的心底里寻找与文本相印证的"材料"。在《大地守夜人——张炜论》中,完全是一种审美的愉悦在驱使着批评家的写作,他的感性记忆完全被激活了,读到张炜一篇叫《采树鳔》的小说,"小说还给我一段生活,让我心里重新装下那晶莹透亮的树鳔……"在这篇精彩的批评文字中,张新颖的个人记忆与张炜的文字相互碰撞,相生相成,所产生的火花照亮了作品中很多幽暗的地方。

① 《栖居与游牧之地》,1页。

正像他在文章中感叹的那样:"事实上《九月寓言》所写,既不神秘也不玄虚,那是最实在的生活。为数不少的当代人因为远离这种生活而不能理解、不能感受这种生活,我却在读这部长篇时获得了无与伦比的愉悦。不仅因为我的童年生活复现了,更重要的是因此而重新建立起与土地那种与生俱来的亲情,重新拥有一些真实的苦难和欢乐并生并存的日子。"[①]批评这个时候已经由诠释他者过渡到诠释自我,而自我又交付给批评者以打开他者的钥匙,用这把钥匙打开的门,迎面而来的是批评家的个体的生发、生命经验的升华。而从另外一篇《平常心与非常心——史铁生论》的评论的文本内外,我们则更清晰地看到张新颖的心灵图像。他先是从"也许我将独自跳舞/独自在街头漫步"这样一句流行歌曲的歌词所表达内心的感觉出发,写到了漫步街头,在实在的人和物中,思考万物超生的感觉,并感悟到:"一人而有这两种状态、情怀,在我看来就兼具平常心与非常心:漫步是平常心,跳舞是非常心。"[②]由此推进到史铁生的命运和作品,展开的是对超凡庸常、追求阔大深远的人生境界的思考。文字闲闲散散,似不经意,却也举重若轻。而陈思和先生所提供的这篇文章的写作背景,则更让我们看到一个批评家的人生境界:当时正是张新颖研究生毕业,原定的工作突然发生变化而新工作无着落的时候,他没有急得一筹莫展,而是在寝室里写下了这篇文章,"在文章里他议论了人应该怎样面对困境和命运,晴朗明白。此文在《上海文学》上刊出后很受好评,但知情者如我,深知他在文字背后的寄托。"[③]我不知道真正的学问该有哪些考核指标和需要什么样的规范,我觉得一个批评家倘不是这样的,他的文字倘不是与自己的生命体验切肤相关,那么他那些"高深"的学问,最多只能唬唬人。

张新颖的在场,并不是他与现实达成了默契、取得了和谐,正相反,他对当下的文化现状充满了疑虑,并力图排除时代的众流表达出个人独特

---

① 《大地守夜人——张炜论》,《栖居与游牧之地》,96、97、102 页。
② 《平常心与非常心——史铁生论》,《栖居与游牧之地》,89 页。
③ 陈思和:《序》,《栖居与游牧之地》。

经验,他表达的焦虑也由此更加严重。在评论朦胧诗的时候,张新颖认为:"晦涩仍然不是一个在审美范畴内可以解释的问题,本质上它是一种受压抑、受排斥的话语不得不采取的表达策略,顺从主流意识形态的话语表达是不需要而且也不可能晦涩的,晦涩本身即包含了对主流意识形态的反抗。"①语言也是有洁癖的,它不愿意同流合污,所以张新颖引用路翎的话:"文句上的毛病,那起源是由于对熟悉的字句的暧昧的反感:常常觉得它们不适合情绪。"②语言如果按照惯性运行下去,那自身的能量会损失,它距离我们要表达的内心现实也可能越来越远。张新颖不断地道出这种担心:"现代人却相反,一切可以入文,不仅文字的神圣性荡然无存,而且已有泛滥成灾之势。在这样一种文字环境下,真正的写作日益尴尬,要显示出某一部分有些不同,有点珍贵,诚然是件很难的事情。而且,文字的过度使用使它们的弹性、内涵、表现力减弱到了非常低的程度……""它还能保持原初的鲜活性吗?"③在另外一篇文章中,他举"爱"字为例,当它被大小歌星唱来唱去卖钱的时候,当它被重复无数遍,真正的爱已经破碎不堪④,我们连一个"爱"都说不出口,还谈什么表达我们自己? 更何况张新颖在进一步质疑:我们能创造自己独有的词汇和语法吗? 这样的焦虑实际上已经涉及对当下文化背景的批判,在那篇《伪士当去,迷信可存》中,他直截了当地问:"我们在空洞的词语、抽象的概念里兜圈子,这样的知识游戏真的很有意思吗? 我们就是靠诸如此类普通民众掌握不了的持续的知识游戏来维系所谓的知识分子优越感的吗? 实话说吧,我不相信那些丧失了现实感,没有个人切肤之痛的当代理论和当代讨论。"⑤

---

① 《中国当代文化反抗的流变》,《栖居与游牧之地》,6 页。
② 《20 世纪上半期中国文学的现代意识》,189 页。
③ 《坚硬的河岸流动的水》,《栖居与游牧之地》,141 页。
④ 见《存在的难题:我们如何表达自己》,《栖居与游牧之地》,28~29 页。
⑤ 《伪士当去,迷信可存》,《火焰的心脏》,6 页,石家庄,花山文艺出版社,2002 年 1 月。

二

　　这种没有自己"语法"和"词汇"的焦虑还被张新颖扩大到代层的焦虑,那就是作为"60年代"出生的人,为他们这一代人在当下文化处境中失语的焦虑。"到目前为止,我们还是'无名'的一代……这一代经历平淡,不太可能从经历或者与社会的关系中寻找出'命名'的依据,更根本的是,这一代从精神本质上拒绝被'命名',拒绝被统一到一个称号之下,在内部的个体之间,也没有像上几代人那样,你我他之间有那么多的共同或共通之处。'无名'的一代没有旗帜,不能为某一目标聚集成一种力量。这本身没有什么不好,但因为很难形成一种自己的话语系统,在文化上的自我认同、自我表达就极其困难,往往需要'借用'属于其他几代人的方式来勉强凑合,常常言不及义。"①拒绝命名又为"无名"而惶惑,这种表达极其暧昧,担心被命名是因为他们不愿将个性交付给一个集体或统一的观念,但"无名"不但让他们感到了表达的障碍,而且是精神存在的危机,他们无所傍依无所归属,突然意识到有被新的时代丢在一旁的危险。这种危机感造成60年代人非常自觉和非常庄严地去寻找代层话语。50年代人是在命运、环境挤压中无形形成的代层感,而"70年代"的旗号虽然也迎风招展过,但这不过是商业策略,或者是瞎凑热闹,70年代人本身上没有把这看得有多么重要,闹完了就完了。相反60年代人自怨自艾却写了很多"这一代人的怕和爱",还编了《"六十年代"气质》等书,他们不断表达与张新颖差不多的感觉:被时代甩出来,无足轻重,不甘平庸却没有伟大的机会,"这就决定了我们的宿命:一方面,我们不甘平庸,因为我们毕竟赶上了大时代的尾声,它使我们依然心存向往而不像70年代出生的人那样一张白

---

① 《黑暗中的声音》,《歧路荒草》,188~189页。

纸;另一方面,我们又有劲没处使,因为所处的是日益规范化、组织化的当下社会,制约了人的创造力。"①这种表述中,又隐隐约约让人感觉到60年代人的精神自恋,他们不住地要将自己与他人区别开来,这首先基于他们已经清醒意识到自己与当下文化境遇的距离。作家毕飞宇曾说过:"我们这一代人有点紧,世界变得太快,最大的累是不停地调整我们的世界观。"②世事常变,而他们的观念需要跟着跑,他们总有一种担心被丢下的"累",他们不断诉说"60年代"是对一种心灵的集体庇护的渴望。但到底该怎么来表达自己的价值、立场或他们的价值、立场又是什么仍然是十分模糊的,这也正是让张新颖感到焦虑的地方。

夹在其中不新不旧的60年代人,在前催后逼中非常尴尬的代层焦虑,是他们个人与当下时代关系的一种反映。不甘这么快就被"时代"甩了出去,但自己又不想奋不顾身地贴上去。话语的高墙本可以庇护他们,但他们没有自己的话语,他们赤裸裸地游荡在街头,心中还残留着昨夜的英雄大梦。这使他们与时代保持着微妙的关系,既不想被丢开,又不是那么全身心地投入,这种微妙的距离感使得他们能出能入,焦虑在一些人的手里可以转化为始终保持着一份清醒的批判意识,保持着自我选择的个性的优势。作为批评家,张新颖的代层焦虑感其实也是他对自己的不断提醒,在一个大浪滔滔的时代中提醒自己保持批评的"定性"——一种卫护某些抽象价值观的定性,一些需要拒绝的定性。正是这样,在他的文字中,我们可以看到他为张炜等人的作品情不自禁的欢呼,却找不到对"陕军东征"等作品的片语只言;有对诗人散文的欣赏,却少有对文化大散文的评论。这固然有批评者视野的局限,但它更是批评家选择权利的保留,他并不是文坛的风向标,他要有做导航仪的雄心,要鲜明地去倡扬什么和去拒绝什么。这种定性的存在,无形之中也是对喧嚣时代中,一种浮躁风气的扭转。所以,我们看到了张新颖甚至采取以退为进洁身自好的办法,

---

① 许晖:《疏离》,许晖主编《"六十年代"气质》,248页,北京,中央编译出版社,2001年1月。
② 毕飞宇:《沿途的秘密》,50页,北京,昆仑出版社,2002年9月。

他曾引用尼采的话，认为在这个时代中"情感的自制和沉默寡言——这是唯一的补救"，所以他声言："如果我们没有大智慧、大勇气，如果我们无法获得地气、天启和神示，那么就让我们沉默。我们不加入现实的合唱。我们不在现实中存在但我们并非不存在，现实不是唯一的根据和尺度，甚至现实根本就不是根据和尺度。我们不要做现实中的话语主体。我们在沉默中孤绝。"这等于是无声的抗议。在另外的文章中，他把批评的底线设置得很低很低："说出我要说的话。"但尽管如此，我感到仍然无法摆脱许多莫名其妙的问题缠绕，所以他又补充了一句："不说我不想说的话。"这种沉默抵抗一种强大的腐蚀力量，在自我与当下时代关系的调整中，不失为一种选择。

三

三十年前，美国学者哈罗德·布鲁姆曾经写过一本《影响的焦虑》，提出了"影响的焦虑"这一看法。这种"影响的焦虑"，不但存在于诗歌传统的内部，其实20世纪的中国文学也始终存在着这样焦虑。在《论"二十世纪中国文学"》一文中，三位论者将"一种根源于民族危机感的'焦灼'"作为20世纪中国文学总体的美感特征[①]，但我认为在外部开放的背景下，这种焦灼感还是中国文学自身存在危机的重要组成部分，它产生于中国20世纪文学与西方文学的关系中，产生于西方文学强大的阴影的笼罩下。在所谓全球化的文化背景下，这种焦灼感再次呈现出来，以至于中国的作家和研究者们谈起李杜、曹雪芹扬眉吐气，讲起近一百年的文学则底气不足，似乎都是人家的副本、引进版；以至于诺贝尔奖，甚或一个什么大师就能将一批中国作家搞得团团转，也使中国当代文学矛盾重重。

---

① 黄子平、陈平原、钱理群：《论"二十世纪中国文学"》，王晓明主编《二十世纪中国文学史论》(修订版)，9页，上海，东方出版中心，2003年4月。

这种焦虑实质上是当代中国人在强势文化下逼迫的心理失衡,而这种失衡的心理,又促使我们忽略自身的文化资源,甚至已让我们没有"自身"了。就此,陈思和先生在20世纪中外文学关系研究中曾有"中国文学的世界性因素"的提法,他认为既然中国文学的发展已经被纳入了世界格局,那么它与世界的关系就不可能完全是被动接受,它已经成为世界体系中的一个单元,在其自身的运动中形成某些特有的审美意识,不论其与外来文化是否存在着直接的影响关系,都是以独特面貌加入世界文化行列,并丰富了世界文化的内容①。这其实在为20世纪中国文学找回丧失已久的文化信心,而张新颖在《20世纪上半期中国文学的现代意识》中强调中国文学的主体意识,同样如此,他也在寻找20世纪中国文学的自身。这不仅是一种研究思路的转变,而且是企图消解影响的焦虑、扭转文化劣势心理的一种尝试。从这个意义上说,言说半个世纪前的"旧事",却有着非常尖锐的当下指向。

张新颖首先对中国现代文学"镜子功能"提出了质疑,因为在"冲击—反应"的研究模式下,"中国文学自身的问题被挤压掉了,因而它自身就被当成了一面扁平的、只有映照功能的镜子",这不是事实,这只是在强势文化压迫下以被扭曲的心理所观照的结果,而张新颖在探讨"中国现代意识"时认为:"它接受西方现代意识的启迪和激发,同时它更是从自身处境中生成并对自身的历史和现实构成重要意义。简单一点说,屡屡出现的'自身'这个词,其实是坚持和凸现中国主体性的存在。拒绝接受外来事物和思想固然可怕,因为这会遏制主体继续生长、变化的可能性;可是在外来新奇的事物和思想中丧失主体性也同样可怕,因为在外力之中消亡和由于自身活力枯竭而消亡同样是消亡。"②从这个出发点来看问题,张新颖再一次提到了鲁迅在《破恶声论》中的话:"伪士当去,迷信可存,今日之

---

① 请参见陈思和:《关于20世纪中外文学关系研究中的世界性因素》一文,《谈虎谈兔》,桂林,广西师范大学出版社,2001年6月。
② 《20世纪上半期中国文学的现代意识》,4、5页

急也。"他说鲁迅曾这样表示过:"就算你那些新说都是正确的,可是因为没有立基于个人自身的历史和现实境遇,没有从个人存在、深切处出发,不过是惟顺大势而发声,所以是靠不住的;而且正因为那些思想是正确的、新颖的,但其正确性其实依据于多数或外来权威而非依据自己或民族的内心,所以,这样的随波逐流者应该称为'伪士'……"①这种翻来覆去的强调其实是不断在提醒我们:瞪大眼睛看看自身。

告别了那种线性的单一研究思路和心理状态,从章太炎、王国维到路翎、沈从文等人身上,张新颖看到的是现代意识在中国文学不同部分中生成的复杂情况。比如,"从章太炎身上,我们或许可以领会到,所谓的现代意识本身,也并非铁板一块,其构成的内部并非是单一的,其与外部的关系并非是简单的对立和隔绝;还有很重要的一点在章太炎那里得到了突然的表现,即,现代意识的思想资源并非只能来自于西方或主要地依赖于西方,进一步说,中国现代意识的产生如果不能切实地汲取自身的文化资源,以自身的显示和实践为依托,则所得的现代意识与西方相比或为'纯正',而其自主创生的精神品性而求现代意识,不能不说是一个至大的悖论。"②哪怕就是在讲到新感觉派的小说、西南联大的诗歌群体等这些一讲起外国文学影响中国现代创作的现成例证时,张新颖也在提醒大家:"一、我们对新感觉派的研究可能过于注重和日本新感觉派的对应关系了,以致遮蔽或排斥了与其他方面的复杂关联;二、影响性的关联即使能够被全部照顾到(这显然是不可能的),也不足以揭示新感觉派作品本身的复杂性。"③很显然,张新颖的观点是一贯的,他不相信创作之间的影响是一个文本对另外一个文本的简单反映,自然也不相信刨除了自身处境的创作能够存在、能够激起人们的热爱。作为结果的创作的产生是一个在多种因素作用下的复杂过程,而不是一个简单的外在观念的刺激。在他以《学

---

① 《20世纪上半期中国文学的现代意识》,7页。
② 《20世纪上半期中国文学的现代意识》,32页。
③ 《20世纪上半期中国文学的现代意识》,134页。

院空间、社会现实和自我内外》为题来描述西南联大的现代主义诗群的时候,张新颖提醒我们注意,西南联大的现代主义诗群的崛起,"通过这一事实,我们对现代主义文学本身,也许能够加强一种感性认识:它与艰苦的磨难、巨大的创伤甚至是深刻的危机紧密相连,而不是躲避在象牙塔内的文字制作;同时,对西南联大的现代主义的诗歌创作,也许能够加强一种感性认识:它是异域的文学启迪与中国自身的、个人自身的显示境遇和精神状况相激发、相摩擦而产生的,而它的成就,在很大程度上就取决于互相激发和互相摩擦的程度。"①这不是谁先具有了现代意识或谁有它的专属权问题,也不是刻意回避影响或者因为受到谁的影响就不具有独创性的问题,一个独立和丰富的主体不回避影响也从不会屈服在影响之下做应声虫,中国文学的发展应当有这种自信和大气的心态,而实际上在过去和今后可能更多的多种文化"相激发、相摩擦而产生的"作品更需要我们去正视。需要特别说明的是,张新颖并不是要刻意去夸张中国文学的现代意识,他更尊重批评对象的独立性。他清醒地指出:"可是当我真正深入到研究中去的时候,我发现我的设想只能是一个设想而已,事物根本就没有像设想的那样发生、发展。在研究中我得出了一个关于中国文学现代意识的基本看法:它不断发生,甚少发展,不成系统。"②在这些具体问题的研究中,张新颖的文学观和他的评判标准已经非常清楚地显现出来。他的研究中,实际上也将自身的焦虑扩大到对中国现代文学的焦虑中,并且在为中国现代文学焦虑的缓解中,给自身的焦虑找到缓解的途径。

作为批评家,张新颖的批评观和批评实践非常值得当下批评界深思,比如他的生命参与感与对于消除那些名词和话语构成的迷障,代层的焦虑与对现实的不驯服的姿态,中国文学主体性的强调与全球化中中国文学的出路等等,都带给我们很多有益的启示。尽管由控诉张新颖到把他吹捧为批评家的标杆,完全不是我的初衷,但想到批评应当怎样和不应当

---

① 《20世纪上半期中国文学的现代意识》,195页。
② 《20世纪上半期中国文学的现代意识》,292~293页

怎样时，我的确常常想起张新颖。这么说，并不是因为张新颖的那些焦虑都得到了圆满解决，而是我更喜欢那些有焦虑感的批评家，也热爱那些总有些问题无法解决的人，这至少说明他一直在真诚地思考着。而所有问题到他那里都迎刃而解的人，我首先不认为他有着超凡的能力，接着就是抱以十二分的怀疑。幸好，张新颖不属于此列，使我痛恨他的理由没有机会变得更加坚强。

2003 年 5 月 24 日沪上
（载《当代作家评论》2003 年第 4 期）

图书在版编目(CIP)数据

双重见证/张新颖著.
南京:江苏教育出版社,2005.11
(今日思想丛书)
ISBN 7-5343-6966-5

Ⅰ.双...
Ⅱ.张...
Ⅲ.当代文学－文学研究－中国
Ⅳ.I206.7

中国版本图书馆 CIP 数据核字(2005)第 112086 号

出版者	**江苏教育出版社**
社　址	南京市马家街 31 号　邮政编码 210009
网　址	http://www.1088.com.cn
出版人	张胜勇
书　　名	双重见证
作　　者	张新颖
责任编辑	邓冀粤
集团地址	凤凰出版传媒集团有限公司
	(南京市中央路 165 号　邮政编码 210009)
集团网址	凤凰出版传媒网 http://www.ppm.cn
经　　销	全国新华书店
印　　刷	中煤涿州制图印刷厂
厂　　址	河北省涿州市范阳西路 21 号　电话 0312－3685460
开　　本	787×1092 毫米　1/16
印　　张	21.50　插页 2
字　　数	238 000
版　　次	2005 年 11 月第 1 版
印　　次	2005 年 11 月第 1 次印刷
印　　数	0001—5000
定　　价	24.80 元
发行热线	010－88876731
编辑热线	010－88876730

苏教版图书若有印装错误可向承印厂调换